Clive Cussler
Dirk Cussler

Die Kuba-Verschwörung

Ein Dirk-Pitt-Roman

Aus dem Amerikanischen
von Michael Kubiak

Weltbild

Die amerikanische Originalausgabe erschien 2014 unter dem
Titel *Havana Storm* bei Putnam's Sons, New York.

Besuchen Sie uns im Internet:
www.weltbild.de

Genehmigte Lizenzausgabe für Weltbild GmbH & Co. KG,
Werner-von-Siemens-Straße 1, 86159 Augsburg

Übersetzung: Michael Kubiak
Umschlaggestaltung: Johannes Frick, Neusäß
Umschlagmotiv: © Johannes Frick unter Verwendung von Shutterstock-Motiven (© Kletr)
Satz: Datagroup int. SRL, Timisoara
Druck und Bindung: CPI Moravia Books s.r.o., Pohorelice
Printed in the EU
ISBN 978-3-95973-300-7

2020 2019 2018 2017
Die letzte Jahreszahl gibt die aktuelle Lizenzausgabe an.

Die Kuba-Verschwörung

PROLOG

Verfolgt

15. Februar, 1898

Schweiß glänzte auf dem Gesicht des erschöpften Mannes, perlte über seine unrasierten Wangen und tropfte von seinem Kinn. Er zog die Innenhebel eines Paars schwerer Holzruder bis dicht an seine Brust, ließ die Ruderblätter für einen Moment neben dem Boot auf dem Wasser treiben und wischte sich mit einem ölverschmierten Hemdärmel den Schweiß von der Stirn. Während er die Schmerzen in seinen Armen und Schultern ignorierte, nahm er den langsamen, aber stetigen Ruderrhythmus wieder auf.

Die Anstrengung allein war nicht für sein Schwitzen verantwortlich, ebenso wenig die stickige tropische Schwüle. Die Sonne hatte sich kaum vom Horizont gelöst, und die stille Luft über dem Hafen von Havanna wirkte kühl und feucht. Es war die ständige Gefahr, verfolgt zu werden, die seinen Puls beschleunigte. Mit leerem Blick suchte er die Wasserfläche ab und gab dem Mann, der hinter ihm im Boot saß, mit einem Kopfnicken ein Zeichen.

Fast zwei Wochen war es her, dass die spanische Miliz versucht hatte, seinen Fund zu beschlagnahmen. Drei seiner Kameraden hatten bereits ihr Leben lassen müssen, als sie das wertvolle Stück verteidigt hatten. Was das Geschäft des Tötens betraf, so hatten die Spanier keinerlei Skrupel und würden ihn ohne zu zögern aus dem Weg räumen, um sich zu verschaffen, was sie unbedingt haben wollten. Er hätte schon längst den Tod gefunden, wäre er nicht zufällig einer bunt gemischten Truppe bewaffneter kubanischer Rebellen begegnet, die ihm bis in die Außenbezirke von Havanna sicheres Geleit gewährten.

Er blickte über die Schulter zu zwei Kriegsschiffen hinüber, die unweit des Handelshafens ankerten.

»*Al estribor*«, sagte er mit rauer Stimme. »Nach rechts.«

»Sí«, erwiderte der untersetzte Kubaner, der hinter ihm saß und sein eigenes Paar Ruder durch das Wasser zog. Auch er trug zerrissene und schmutzige Kleidung, und sein Gesicht befand sich dank eines verwitterten Strohhuts im Schatten.

Sie lenkten das große Boot in Richtung der modernen stählernen Kriegsschiffe. Der alte Mann suchte den Hafen nach möglichen Gefahren ab, hatte seine Verfolger jedoch, wie es schien, abschütteln können. Nun winkte ihm eine sichere Zuflucht.

Sie ruderten an dem kleineren Kriegsschiff vorbei, an dessen Heckmast eine spanische Flagge hing, und näherten sich dem zweiten Schiff. Es war ein Panzerkreuzer mit Zwillingsgeschütztürmen, deren Rohre auf beiden Seiten weit über die Reling hinausragten. Deck und Überwasserschiff waren in Hellgelb gehalten und setzten sich deutlich von dem schneeweißen Rumpf ab. Mit seinen weißen Positionslaternen, die das aufziehende Morgengrauen erhellten, funkelte das Schiff wie ein bernsteinfarbener Diamant.

Mehrere Wachtposten patrouillierten auf Vor- und Achterschiff und garantierten mit ihrer demonstrativ zur Schau gestellten Einsatzbereitschaft die Sicherheit des Kreuzers. Ein Offizier in dunkler Uniform erschien auf dem Laufgang eines Deckaufbaus und verfolgte den Kurs des sich nähernden Ruderboots.

Er hob ein Sprechrohr und hielt es vor den Mund. »Stoppen Sie und verraten Sie mir, was Sie wollen.«

»Ich bin Dr. Ellsworth Boyd von der Yale University«, antwortete der alte Mann mit schwankender Stimme. »Das amerikanische Konsulat in Havanna hat veranlasst, dass ich auf Ihrem Schiff Schutz suchen kann.«

»Einen Moment, bitte.«

Der Offizier begab sich zur Kommandobrücke und erschien wenige Minuten später zusammen mit mehreren Matrosen auf dem Hauptdeck. Eine Strickleiter wurde an der Rumpfseite herabgelassen, und der Offizier winkte das Ruderboot heran. Als das Boot am Rumpf des Kriegsschiffs entlangschrammte, stand Boyd auf und warf einem der Matrosen eine Leine zu.

»Zu meinem Gepäck gehört eine Kiste, die ich nicht zurücklassen darf. Sie ist außerordentlich wichtig.«

Mit dem Fuß schob Boyd ein paar Palmzweige beiseite, die einen stabilen Holzkasten bedeckten, der zwischen den Ruderbänken stand. Während die Matrosen weitere Seile herabließen, kontrollierte Boyd mit wachsamen Blicken die weitere Umgebung. Beruhigt, dass von dort offenbar keine Gefahr drohte, befestigten er und sein Gefährte die Seile an der Kiste und verfolgten, wie sie nach oben gehievt wurde.

»Die muss an Deck bleiben«, entschied der Offizier, während zwei Matrosen die schwere Kiste neben ein Belüftungsrohr mit Ventilator schoben und an massiven Stahlringen festzurrten, die mit dem Deck verschweißt waren.

Boyd reichte seinem Mitruderer eine Goldmünze und verabschiedete sich mit einem Händedruck von ihm, dann stieg er die Leiter hinauf. Mit knapp über fünfzig Jahren war Boyd erstaunlich fit und an das feuchtheiße Tropenklima gewöhnt, da ihn seine Arbeit alljährlich während der Wintersaison in die Karibik führte. Und doch war er nicht mehr jung, eine Tatsache, die er nur ungern zur Kenntnis nahm. Während er an Deck kletterte, ignorierte er die Schmerzen in seinen Gelenken – und auch die ständige Müdigkeit, die er nicht abschütteln konnte.

»Ich bin Lieutenant Holman«, stellte sich der Offizier vor. »Wir haben Sie bereits erwartet, Dr. Boyd. Ich zeige Ihnen eine Gästekabine, dort können Sie sich frisch machen. Aus Sicherheitsgründen muss ich Sie allerdings bitten, sich vorerst nur in Ihrer Kabine aufzuhalten. Wenn Sie wollen, führe ich Sie später durch das Schiff. Vielleicht können wir auch heute noch ein Treffen mit dem Kapitän für Sie arrangieren.«

Boyd streckte eine Hand aus. »Vielen Dank, Lieutenant. Ich weiß Ihre Gastfreundschaft zu schätzen.«

Holman ergriff seine Hand und drückte sie. »Im Namen des Kapitäns und der Mannschaft heiße ich Sie an Bord des Schlachtkreuzers USS *Maine* willkommen.«

Ein leichter Abendwind – Ausläufer des in diesen Breiten allgegenwärtigen Passats – bewegte die *Maine* an ihrem Ankerplatz so weit, dass ihr stumpfer Bug auf das Zentrum Havannas deutete. Die Wachtposten des Schiffes waren dankbar für die Brise, die den Gestank des schmutzigen Hafenwassers milderte.

Der Wind trug auch die vielstimmige Sinfonie der Straßen Havannas zu ihnen – die Musikfetzen aus den Hafenkneipen, das Lachen der Passanten auf dem nahe gelegenen Malecón und das Hufgeklapper und Rattern der Pferdefuhrwerke auf den Alleen. Die lebhaften Klänge erinnerten die Mannschaft der *Maine* auf schmerzhafte Weise daran, dass ihnen während der drei Wochen seit ihrer Ankunft jeglicher Landurlaub gestrichen worden war. Das Schiff war nach Kuba entsandt worden, um das amerikanische Konsulat nach einem Angriff spanischer Royalisten zu schützen, die der amerikanischen Regierung auf Grund ihrer Unterstützung kubanischer Rebellen, die sich gegen die spanische Gewaltherrschaft wehrten, den Kampf angesagt hatten.

Boyds Kabinentür erzitterte unter einem lauten Anklopfen. Er öffnete sie, und vor ihm stand Lieutenant Holman in einer messerscharf gebügelten blauen Uniform, die dem feuchtheißen Klima souverän trotzte.

Holman deutete eine Verbeugung an. »Der Kapitän nimmt erfreut zur Kenntnis, dass Sie seine Einladung zum Abendessen angenommen haben.«

»Vielen Dank, Lieutenant. Bitte, gehen Sie voraus.«

Ein heißes Bad und ein langer Nachmittagsschlaf hatten Boyds Lebensgeister aufgefrischt. Er folgte dem Schiffsoffizier mit den energischen Schritten eines Mannes, der aller Widrigkeiten zum Trotz sein angestrebtes Ziel erreicht hatte. Er trug seine Marschkleidung, mittlerweile frisch gewaschen und lediglich durch ein formelles Jackett vervollständigt, das er sich von Holman ausgeliehen hatte. Unbehaglich zog er an den Ärmeln, die für seine langen Arme mehrere Zentimeter zu kurz waren.

Sie gelangten zu einer kleinen Offiziersmesse kurz vor dem Achterdeck. In der Mitte des Raums stand ein mit weißem Geschirr und funkelndem Silberbesteck bedeckter Tisch, an dem der Kapitän der *Maine* bereits saß.

Charles Sigsbee war ein gebildeter Mann mit analytischem Verstand, der wegen seiner Führungsqualitäten hohes Ansehen in der Navy genoss. Mit runder Brille und buschigem Schnurrbart ähnelte er eher einem Bankangestellten als einem Schiffskapitän. Er erhob sich und begrüßte Boyd mit einem missbilligenden Blick, während Holman Gastgeber und Gast miteinander bekannt machte.

Die drei Männer nahmen ihre Plätze am Tisch ein, und ein Steward erschien und servierte eine Fleischbrühe. Boyd bemühte sich, den Schoßhund zu ignorieren, der neben dem Kapitän auf einem eigenen Stuhl lag.

Sigsbee wandte sich an Boyd. »Ich hoffe, Sie sind mit Ihrem Quartier an Bord der *Maine* zufrieden.«

»Mehr als das«, sagte Boyd. »Ich bin Ihnen zu tiefem Dank verpflichtet, dass Sie mir so kurzfristig Zuflucht auf Ihrem Schiff gewährt haben. Ich kann Ihnen kaum beschreiben, wie schön mir die *Maine* erschien, als ich sie heute Morgen das erste Mal zu Gesicht bekam.«

»Ich fürchte allerdings, wir haben an Komfort nur sehr wenig zu bieten, da wir auf Gäste gar nicht eingerichtet sind«, sagte Sigsbee. »Wir sind hierhergekommen, um gefährdeten Amerikanern die sichere Ausreise zu ermöglichen, aber seit unserer Ankunft hat sich die Lage anscheinend entspannt. Ich muss zugeben, dass ich ziemlich überrascht war, als mich die Bitte des in Havanna ansässigen Konsuls erreichte, Sie an Bord aufzunehmen, um Sie in die Vereinigten Staaten zu bringen – und das ohne jede weitere Erklärung.«

Boyd seufzte. »Der Konsul ist ein Freund der Familie aus früheren Zeiten in Virginia und war so nett zu intervenieren. Es ist jedoch keine Übertreibung, wenn ich sage, dass mein Leben ernsthaft in Gefahr war.«

»Ich hörte von Lieutenant Holman, dass Sie als Anthropologe an der Universität von Yale tätig sind.«

»Ja, mein Spezialgebiet sind karibische Kulturen der Frühzeit.

Ich habe gerade erst eine für das Wintersemester angesetzte Lehrgrabung in Jamaika abgeschlossen und wurde zu einem nicht geplanten Abstecher nach Kuba gezwungen.«

Der Steward trug die leeren Suppenteller davon und kehrte mit Servierplatten zurück, auf denen eine Auswahl an gegrilltem Fisch arrangiert war. »Die Kiste, die wir an Bord gehievt haben«, sagte Holman, »stammt sie von Ihrer Ausgrabung?«

Boyd nickte.

»Vielleicht«, sagte Sigsbee, »können Sie uns Ihr Fundstück nach dem Essen zeigen und uns seine Bedeutung ein wenig erläutern.«

Boyd reagierte sichtlich angespannt. »Damit würde ich lieber warten, bis wir auf See sind«, erwiderte er mit gepresster Stimme.

»Was hat Sie denn nach Havanna verschlagen?«, fragte Holman.

»Ich habe Montego Bay vor vierzehn Tagen auf dem Dampfer *Orion* mit dem Ziel New York verlassen. Kurz nach der Abfahrt gab es Probleme mit dem Dampfkessel, und wir waren gezwungen, Cárdenas anzulaufen, wo die Passagiere von Bord gehen mussten. Man erklärte uns, dass wir uns mindestens drei Wochen gedulden müssten, da die Reparatur des Schiffes so viel Zeit in Anspruch nehmen würde. Ich entschied, Havanna auf dem Landweg zu erreichen – in der Hoffnung, dort einen Platz auf einem Postschiff nach Key West zu ergattern. Dann begannen jedoch die Schwierigkeiten.«

Er trank einen Schluck Mineralwasser, während Holman und Sigsbee darauf warteten, dass er fortfuhr.

»Es war der Spanier – Rodriguez«, sagte Boyd, und Zorn blitzte in seinen Augen auf.

»Rodriguez?«, fragte Holman.

»Ein Archäologe aus Madrid. Er hielt sich zufälligerweise in Jamaika auf und besuchte unser Lager. Jemand musste ihm von meinem Fund erzählt haben, da er plötzlich auch an Bord der *Orion* auftauchte und mich auf Schritt und Tritt beobachtete. Es war ganz sicher kein Zufall.« Seine Stimme bebte. »Ich kann es zwar nicht beweisen, aber irgendwie muss er das Schiff lahmgelegt haben.«

Skeptisch runzelte der Kapitän die Stirn. »Was geschah denn nun, als Sie in Cárdenas eintrafen?«

»Begleitet wurde ich von zwei Studenten und meinem persönlichen Assistenten, Roy Burns, der mir bei meinen Lehrgrabungen stets zur Hand ging. Wir erwarben in Cárdenas ein Maultier und ein Fuhrwerk und beluden es mit der Kiste und unserem Gepäck. Am nächsten Tag brachen wir nach Havanna auf, wurden jedoch in der darauf folgenden Nacht, kurz nachdem wir unser Lager aufgeschlagen hatten, überfallen.«

Seine Augen wurden feucht, als er von der schmerzlichen Erinnerung eingeholt wurde.

»Eine Gruppe bewaffneter Reiter griff uns an. Sie mischten mich und Burns ziemlich heftig auf und schnappten sich das Fuhrwerk. Einer meiner Studenten verfolgte sie mit einem Messer. Sie stießen ihm eine Machete in die Brust, dann erschlugen sie seinen Kommilitonen. Die beiden hatten nicht die geringste Chance.«

»Waren die Männer spanische Soldaten?«, wollte Sigsbee wissen.

Boyd zuckte die Achseln. »Sie waren bewaffnet und trugen Uniformen, aber anscheinend gehörten sie zu einer Rebelleneinheit. Ihre Uniformen hatten weder Hoheits- noch Rangabzeichen.«

»Wahrscheinlich waren es Weyleristen«, sagte Holman. Die extremistische Splittergruppe war dem spanischen Gouverneur, General Valeriano Weyler, treu ergeben, der Kuba kurz zuvor nach einer Amtsperiode, die von der brutalen Verfolgung kubanischer Rebellen gekennzeichnet war, verlassen hatte.

»Durchaus möglich«, sagte Boyd. »Sie waren bestens ausgerüstet, aber offensichtlich Freischärler. Wir fanden heraus, dass sie in einem Dorf namens Picadura campierten. Burns und ich waren entschlossen, ihnen das Artefakt abzujagen, und folgten ihnen zu ihrem Lager. Burns zündete ein Feuer an, um sie abzulenken, während ich ihre Reitpferde verscheuchte und das Fuhrwerk zurückeroberte. Burns wurde von einer Gewehrkugel in der Brust getroffen. Ich musste ihn zurücklassen ...« Vor Bitterkeit versagte seine Stimme.

»Ich habe das Fuhrwerk durch die Nacht gelenkt, während sie mich beharrlich verfolgten. Im Morgengrauen versteckte ich den Wagen dann im Dschungel und machte mich zu Fuß auf den Weg, um Nahrung für mich und das Maultier zu suchen. Ich konnte mich drei Tage lang von ihren Patrouillen fernhalten und war nur des Nachts auf Wegen unterwegs, von denen ich hoffte, dass sie mich nach Havanna führten.«

»Bemerkenswert, dass Sie ihnen entkommen konnten«, sagte Sigsbee.

»Letztlich habe ich es doch nicht geschafft.« Boyd schüttelte den Kopf. »Am vierten Tag haben sie mich schließlich gefunden. Das Maultier hatte mit seinem Wiehern meinen Standort verraten. Es war nur ein kleiner Trupp, vier Männer. Sie holten mich vom Fuhrwerk herunter und hielten mich mit ihren Gewehren in Schach, als eine Salve aus dem Dschungel abgefeuert wurde. Die Spanier gingen zu Boden, niedergemäht bis auf den letzten Mann. Es war eine Bande kubanischer Rebellen, die zufällig in der Nähe campiert und den Lärm gehört hatten.«

»Aber sie haben Ihnen die Kiste nicht abgenommen?«, fragte Holman.

»Ihr einziges Interesse galt den Waffen der toten Spanier. Mich behandelten sie wie einen *compadre*, da sie mich, wie ich annehme, für einen Feind der Spanier hielten. Sie begleiteten mich bis nach Havanna.«

»Ich hörte, dass die kubanischen Rebellen, wenn auch nicht sehr gut ausgebildet, ausgesprochen tapfere Kämpfer sind«, sagte Sigsbee.

»Das kann ich bestätigen«, sagte Boyd. »Nachdem ihre Patrouille getötet worden war, sammelte die restliche spanische Streitmacht ihre Leute und heftete sich an unsere Fersen, um die Opfer zu rächen. Die Rebellen belauerten und beschossen sie ständig und bremsten auf diese Weise ihren Vormarsch. Als wir die Außenbezirke von Havanna erreichten, blieben die Kubaner zurück und zerstreuten sich, aber einer von ihnen nahm Kontakt mit dem Konsulat auf. Ihr bester Kämpfer begleitete mich bis an die Küste, beschaffte ein Ruderboot und half mir, zur *Maine* zu gelangen.«

Sigsbee lächelte. »Für Sie war das sicherlich ein Glücksfall.«

»Die kubanischen Rebellen hassen die Spanier bis aufs Blut und wissen die Hilfe, die unsere Nation ihnen gewährt, zu schätzen. Sie baten um weitere Waffenlieferungen.«

»Zur Kenntnis genommen.«

»Captain«, sagte Boyd, »wann werden wir Havanna verlassen?«

»Das kann ich nicht sagen, aber wir befinden uns seit drei Wochen in Bereitschaft, und wie es aussieht, hat sich die angespannte Lage mittlerweile beruhigt. Ende des Monats ist ein Einsatz in New Orleans geplant, den wir, wie ich annehme, auch absolvieren werden. Entsprechend rechne ich während der nächsten Tage mit unserem Marschbefehl.«

Boyd nickte. »Um unser aller Wohlergehen willen hoffe ich, dass er schon bald kommt.«

Holman lachte. »Dr. Boyd, Sie brauchen sich keine Sorgen zu machen. Kein Ort in Havanna ist so sicher wie die *Maine*.«

Nach dem Abendessen rauchte Boyd mit den Offizieren auf dem Achterdeck eine Zigarre, dann kehrte er in seine Kabine zurück. Doch ein bohrendes Unbehagen ließ seine Gedanken nicht zur Ruhe kommen. Er würde sich erst dann wirklich sicher fühlen, wenn der Hafen von Havanna weit hinter ihnen lag. In einem Winkel seines Bewusstseins glaubte er die Stimmen von Roy Burns und der zu Tode gekommenen Studenten hören zu können, die ihm aus dem Jenseits eine Warnung zuriefen.

Da er nicht einschlafen konnte, stieg er zum Hauptdeck hinauf. Tief atmete er die feuchte Nachtluft ein. Irgendwo in der Nähe der Kommandobrücke hörte er das Schlagen einer Glocke, die die Tageszeit verkündete. Halb zehn. Das ausgelassene Gelächter der Gäste in den Bodegas im Hafenviertel hallte durch die ganze Bucht. Boyd verdrängte die Geräusche jedoch und blickte in das stille schwarze Wasser hinab.

Ein kleines Boot näherte sich dem Schlachtschiff und veranlasste den diensthabenden Offizier, sich auf der Brückennock zu zeigen und einen lauten Warnruf auszustoßen. Der einzige Insasse des Bootes, ein Fischer in zerlumpter Kleidung, schwenkte eine halbvolle Flasche Rum und rief eine gelallte Antwort, ehe das kleine Boot wieder abdrehte.

Boyd beobachtete, wie es um den Bug der *Maine* herum glitt, dann hörte er ein metallisches Klirren und ein lautes Plätschern. Irgendetwas stieß gegen den Rumpf des Schlachtschiffs. Ein hölzernes Objekt schrammte am Schiff entlang, als ob es über einen eigenen Antrieb verfügte. Boyd nahm es genauer in Augenschein und erkannte, dass es sich im Schlepptau des Fischerboots befand.

Sein Magen verkrampfte sich. Er schaute zur Kommandobrücke und winkte der Gestalt auf der Brückennock zu. »Wachoffizier! Wachoffizier!«

Ein dumpfer Knall erklang irgendwo unterhalb des Schiffes, dann stieg eine kleine Wasserfontäne am Bug in die Höhe und zerfaserte in der Luft. Boyd zählte zwei Herzschläge, danach erfolgte eine gigantische Explosion.

Der Professor wurde rücklings gegen ein Schott geschleudert, als sich die vordere Hälfte des Schiffes in einen rasenden Vulkan verwandelte. Stahl, Rauch und Flammen – und dazwischen die zerfetzten Leiber Dutzender Soldaten – schossen in den Himmel hinauf. Boyd schüttelte die Schmerzen in seiner Schulter ab, während um ihn herum ein Trümmerregen niederging. Das Krähennest des Vorderschiffs erschien wie aus dem Nichts und krachte neben ihm auf das Deck.

Boyd kämpfte sich auf die Füße und stolperte vom Instinkt getrieben über das schräge Deck. In seinen Ohren war ein Rauschen, das die Schreie der Marinesoldaten, die unter Deck gefangen waren, übertönte. Alles, was jetzt noch für ihn zählte, war sein antikes Fundstück. Im roten Lichtschein des mittschiffs lodernden Flammeninfernos taumelte er darauf zu. Auf wunderbare Weise war die Kiste vor ernsten Schäden bewahrt worden und stand noch immer festgezurrt neben den Überresten des Ventilators.

Ein sich schnell nähernder Raddampfer erregte seine Aufmerksamkeit. Das dampfgetriebene Schiff ging neben dem sinkenden Kriegsschiff längsseits und stieß leicht gegen seinen Rumpf. Drei Männer in dunkler Kleidung sprangen an Bord.

Boyd hielt sie für Angehörige einer Rettungsmannschaft, bis einer der Matrosen der *Maine*, der während der Explosion im Maschinenraum seinen Dienst versehen hatte, ihnen in seiner qualmenden Uniform entgegenwankte. Einer der Männer vom Raddampfer stellte sich ihm in den Weg, rammte ihm ein Messer in die Seite und wuchtete seinen zuckenden Körper über die Reling.

Boyd war zu geschockt, um zu reagieren. Dann verarbeitete sein Geist das Gesehene. Die Männer waren nicht gekommen, um Hilfe zu leisten. Sie mussten von Rodriguez geschickt worden sein und wollten das Artefakt in ihre Gewalt bringen.

Der Archäologe erreichte die Kiste und wandte sich zu den Angreifern um. Eine verbogene Schaufel, die aus einem Kohlebunker an Deck geschleudert worden war, lehnte an einem Schott. Boyd ergriff sie.

Der erste Angreifer schwang ein blutiges Messer, dessen Klinge den Lichtschein der sich ausbreitenden Flammen reflektierte.

Boyd holte mit der Schaufel aus.

Der Eindringling wollte zurückweichen, aber das Wasser, das mittlerweile seine Füße umspülte, behinderte ihn. Boyd erwischte ihn an seinem Wangenknochen. Der Angreifer stieß einen Schmerzlaut aus und sackte auf die Knie. Aber seine beiden Komplizen zögerten keine Sekunde. Sie stürzten sich auf Boyd, ehe er erneut ausholen konnte, und schlugen seine Schaufel beiseite. In der Hand des einen Mannes lag plötzlich eine schwere Pistole, die er aus kürzester Entfernung auf Boyd abfeuerte.

Die Kugel bohrte sich in seine linke Schulter. Der Archäologe taumelte zurück, und die beiden Männer drängten sich an ihm vorbei und lösten die Stricke, die die Kiste an Ort und Stelle fixierten.

»Nein!«, rief Boyd, während sie sich anschickten, die Kiste über das schiefe Deck des sinkenden Schiffes zu ziehen.

Er kam auf die Füße und watete mit wackligen Beinen hinter ihnen her. Die Piraten ignorierten ihn jedoch, hievten die Kiste über die Reling und ließen sie in die Arme mehrerer Männer hinunter, die schon auf dem Raddampfer bereitstanden. Einer von ihnen trug einen Hut mit breiter Krempe, die sein Gesicht verbarg, aber Boyd wusste, dass er Rodriguez vor sich hatte.

Benommen vom hohen Blutverlust, sackte Boyd zusammen und kippte gegen den nächsten Eindringling. Der Pirat, ein untersetzter Mann mit kalten schwarzen Augen, packte Boyds Arm. Aber ehe er Boyd beiseitestoßen konnte, weiteten sich seine Augen. Ein Schatten glitt über sein Gesicht, und er richtete den Blick nach oben.

Einen Moment später verschwand der Pirat unter der Masse eines der Zwillingsschornsteine der *Maine*, der wie ein gefällter Redwoodbaum an der Basis geborsten und umgestürzt war. Während der Angreifer den Tod fand, wurde Boyd von dem Schornstein lediglich gestreift. Aber seine Beine lagen eingeklemmt unter der stählernen Masse, die ihn auf das mittlerweile vollständig überspülte Schiffsdeck nagelte.

Er warf sich hin und her, um sich zu befreien, doch die Last auf seinen Beinen war zu schwer. Unter Wasser gefangen, rang er nach Luft, reckte den Kopf über die zusammenströmenden Wellen und machte tiefe keuchende Atemzüge, während er an seinen Beinen zerrte.

Er spürte, wie unter ihm das Deck schwankte, während das Schiff absackte. Als die Flammen die Munitionskammern erreichten, flogen ihm vereinzelte Kugeln um die Ohren, sobald die Patronenkisten explodierten. Dann tauchte der Bug vollends unter.

Als er spürte, wie das Schiff unaufhaltsam in die Tiefe glitt, schaffte Boyd einen letzten tiefen Atemzug. Dabei sah er, wie der Raddampfer mit der gestohlenen Kiste auf dem Achterdeck in zügiger Fahrt auf die Hafenausfahrt zusteuerte.

Und dann zog die *Maine* den Archäologen mit in ihr schwarzes, nasses Grab hinab.

TEIL I

Geheimnisvolle Strömung

1

Juni 2016

Der Farbanstrich des plumpen Fischerboots bestand aus einer eigenwilligen Mischung von Lavendelblau und Zitronengelb. Als die Farben noch frisch waren, hatten sie dem Boot eine Aura von Unbeschwertheit und Fröhlichkeit verliehen. Von Sonne und See ausgelaugt, war von der Leuchtkraft nichts mehr übrig geblieben, und das kleine Schiff wirkte in der Weite des dunklen Ozeans bleich und kraftlos.

Die beiden jamaikanischen Fischer, die mit der *Javina* unterwegs waren, schenkten ihrem schäbigen Aussehen keine Beachtung. Ihre einzige Sorge war, ob die Maschine, die schwarzen Qualm ausstieß, sie nach Hause zur Insel zurückbringen würde, ehe das durch zahlreiche winzige Lecks eindringende Wasser die Förderleistung der Bilgenpumpe überstieg.

»Beeil dich mit dem Köder, solange die Thunfische noch beißen.« Der ältere Mann stand am Heck, wo er eine lange Angelleine über die Seitenreling ausbrachte. Neben seinen Füßen zappelten zwei große silberne Fische in einer Wasserpfütze auf dem Deck.

»Keine Sorge, Onkel Desmond.« Der jüngere Mann spießte kleine Stücke Makrelenfleisch auf eine Kette rostiger, von Hand zurechtgebogener Haken. »Die Sonne steht tief am Himmel, daher beißen die Fische auf der Sandbank noch für einige Zeit.«

»Es ist aber nicht die Sonne, für die der Köder gedacht ist.« Desmond ergriff den Rest der Angelschnur, warf sie ins Wasser und befestigte das Ende an einer Klampe am Bootsrand. Er wollte gerade zum Ruderhaus gehen, um den Kurs des Bootes zu korrigieren, blieb dann jedoch stehen und reckte lauschend den Hals.

Ein dumpfes Grollen, wie rollender Donner, war über dem Rattern des alten Dieselmotors der *Javina* zu hören.

»Was ist das, Onkel?«

Desmond schüttelte ratlos den Kopf. Er bemerkte einen dunklen Kreis, der auf der Backbordseite im Wasser entstand.

Die *Javina* knarrte und ächzte, als sie von der unsichtbaren Hand der Schockwelle gepackt wurde. Eine schneeweiße Gischtwolke schoss in geringer Entfernung einige Meter in die Luft. Ihr folgte eine schäumende konzentrische Welle, die anscheinend wie ein kompakter Ring von der Wasseroberfläche abhob. Die Welle dehnte sich aus, erreichte das Fischerboot und ließ es zum Himmel aufsteigen. Desmond klammerte sich an das Ruder, um das Gleichgewicht nicht zu verlieren.

Sein Neffe stolperte mit weit aufgerissenen Augen ins Steuerhaus. »Was ist das?«

»Irgendetwas unter Wasser.« Desmond krampfte die Finger mit weißen Knöcheln um die Speichen des Ruders, während sich das Boot weit auf die Seite legte.

Für einen kurzen Moment schien es, als werde es kentern, doch dann, als sich die Welle verlief, richtete es sich wieder auf. Die *Javina* schaukelte sanft auf der nunmehr wieder ruhigen Wasseroberfläche, während sich der schäumende Ring endgültig auflöste.

»Das war doch verrückt«, stellte der Neffe fest und kratzte sich am Kopf. »Was ist hier draußen los?« Das kleine Schiff war mehr als zwanzig Meilen von Jamaika entfernt, dessen Küstenlinie am Horizont kaum zu erkennen war.

Desmond zuckte die Achseln, während er das Boot vom Zentrum der Eruption fortlenkte. Er deutete über den Bug hinweg. »Vermutlich kam das von den Schiffen vor uns. Anscheinend suchen sie nach Erdöl.«

Eine Meile voraus schleppte ein Forschungsschiff eine hoch aufragende Schwimmplattform hinter sich her. Ein orangefarbenes Mannschaftsschiff pflügte ein kurzes Stück vor dem Schiff durch die Wellen. Alle drei nahmen Kurs auf die *Javina* – oder genauer gesagt: auf das Zentrum der Unterwasserexplosion.

»Onkel, welches Recht haben sie, in unseren Gewässern zu kreuzen und Sprengungen durchzuführen?«

Desmond lächelte. »Mit einem Schiff von dieser Größe können sie kreuzen, wo sie wollen.«

Während sich die kleine Armada näherte, füllte sich die Wasserfläche rund um die *Javina* mit Treibgut, das aus der Tiefe aufstieg. Tote Fische und andere Meereslebewesen, zerfetzt von der Explosion, trieben im Ozean.

»Die Thunfische«, rief der Neffe. »Sie töten unsere Thunfische!«

»Wir finden woanders mehr davon.« Desmond beobachtete das Forschungsschiff, das auf sie zuhielt. »Ich glaube, wir sollten die Sandbank lieber verlassen.«

»Nicht bevor ich ihnen nicht gezeigt habe, was ich von ihnen halte.«

Der Neffe streckte die Hand nach dem Ruder aus und drehte es nach Backbord, so dass die *Javina* zu dem großen Schiff herumschwenkte. Das Mannschaftsboot registrierte die Kursänderung, kam in hohem Tempo herüber und ging wenige Minuten später längsseits. Die beiden braunhäutigen Männer auf dem Boot waren offenbar keine Jamaikaner, was sich durch ihr Englisch, das einen seltsamen Akzent hatte, bestätigte.

»Sie müssen dieses Gebiet sofort verlassen«, befahl der Lenker des Bootes.

»Dies sind unsere Fischgründe«, widersprach der Neffe. »Sehen Sie sich um. Sie haben unsere Fische getötet. Diesen Schaden müssen Sie uns ersetzen.«

Der Steuermann des Mannschaftsboots musterte die Jamaikaner ohne ein Anzeichen von Verständnis oder gar Anteilnahme. Er schaltete ein Sprechfunkgerät ein, sprach in ein Mikrofon und rief das Schiff. Ohne ein weiteres Wort zu den Fischern gab er Gas und lenkte das Mannschaftsboot von der *Javina* weg.

Der massige schwarze Rumpf des Forschungsschiffs rauschte wenig später heran und türmte sich vor der *Javina* auf. Unerschrocken wiederholten die Fischer ihre Beschwerde gegenüber den Matrosen, die auf den Decks beschäftigt waren.

Dort schenkte zunächst niemand dem verwitterten Fischerboot Beachtung, das unter ihnen auf den Wellen tanzte, bis endlich zwei Männer an die Reling traten. Sie waren mit leichten tarnfarbenen Kampfanzügen bekleidet, studierten einige Sekunden lang die *Javina*, dann brachten sie Sturmgewehre in Anschlag.

Desmond schob den Gashebel auf volle Kraft und riss das Ruder herum, während er hinter sich auf dem Deck seines Fischerboots ein Poltern hörte. Vor Entsetzen vollkommen gelähmt, starrte sein Neffe auf zwei 40-mm-Gewehrgranaten – abgefeuert von Abschussvorrichtungen an den Läufen der Sturmgewehre –, die über das Deck auf seine Füße zurollten.

Das Steuerhaus löste sich in einem grellroten Feuerball auf. Rauch und Flammen stiegen zu dem warmen karibischen Himmel empor, während sich die *Javina* tödlich getroffen hin und her wälzte. Das verblichene blau-gelbe Fischerboot, dessen Steuerhaus nur noch eine verkohlte, qualmende Ruine war, stellte sich träge auf den Bug.

Für einen kurzen Moment hielt es inne, zögerte anscheinend, doch dann hob sich das Heck wie zu einem Abschiedsgruß aus dem Wasser und folgte dem Bug auf seinem letzten Weg in die Tiefe.

2

Juli 2016

Mark Ramsey gestattete sich den Anflug eines Grinsens. Er konnte das euphorische Triumphgefühl kaum unterdrücken, während er an der Tribüne vorbeiraste. Der beißende Geruch von Benzin und verbranntem Gummi kitzelte in seiner Nase, während die Anfeuerungsrufe einer kleinen Gruppe Zuschauer neben der Rennbahn über dem Motorengeheul seines Wagens kaum zu hören waren. Es war nicht nur das berauschende Gefühl, über eine freie Piste jagen zu können, das ihn mit unbändiger Freude erfüllte. Es war auch die Führungsposition zwei Runden vor Ende des Rennens, die den reichen kanadischen Industriellen beflügelte.

Mit einem Bugatti-Type-35-Grand-Prix-Rennwagen, Baujahr 1928, war er bei diesem Oldtimer-Rundstreckenrennen als klarer Favorit gestartet. Der leichte und wendige blaue Bugatti mit seinem ikonenhaften hufeisenförmigen Kühlergrill war einer der erfolgreichsten Rennwagen seiner Zeit gewesen. Ramseys aufgeladener Achtzylinder-Reihenmotor verschaffte ihm einen soliden Vorteil gegenüber der Konkurrenz.

Frühzeitig hatte er das Feld mehrerer Oldtimer weit hinter sich gelassen – bis auf einen dunkelgrünen Bentley, der ihn mit einigen Längen Abstand hartnäckig verfolgte. Der schwere englische Wagen mit einer offenen viersitzigen Le-Mans-Karosserie war für den Bugatti in den Steilkurven des Old Dominion Speedway kein ernst zu nehmender Gegner.

Ramsey wusste, dass er es geschafft hatte. Die zweite Kurve hinter sich lassend, trat er das Gaspedal bis aufs Bodenblech durch, raste die Hauptgerade hinunter und überrundete einen Stutz Bearcat. Aus den Augenwinkeln nahm er eine weiße Flagge wahr, die der Starter, der auf einem erhöhten Podest stand, schwenkte, um die letzte Runde anzuzeigen. Ramsey warf einen kurzen Blick auf die Zuschauer und bemerkte nicht, dass der Bentley hinter ihm näher gekommen war.

Bremsend und mit dem bei Rennfahrern üblichen – mit Ferse und Fußspitze ausgeführten – Fußmanöver herunterschaltend, lenkte er den Bugatti auf einer tieferen, engeren Bahn durch die Kurve. Der schwerere Bentley musste eine höhere Bahn nehmen und verlor deutlich an Boden. Als er jedoch aus der Kurve herauskam, nutzte der Bentley das Gefälle der steilen Kurvenwand zum Beschleunigen und stieß auf die Gegengerade hinunter. Ausgerüstet mit einem Rootes-Kompressor, der wie ein Rammbock über den Kasten der Anlasserkurbel hinausragte, heulte der Bentley kampflustig auf, als sein Fahrer das Gaspedal für einen kurzen Moment bis zum Anschlag durchtrat, ehe er hochschaltete.

Ramsey blickte in den Rückspiegel, der in der Mitte des Armaturenbretts angebracht war. Der Bentley, der über einen leistungsstärkeren Motor verfügte, war bis auf zwei Wagenlängen zu dem Bugatti aufgerückt, und sein imposanter Kühlervorbau füllte den Spiegel nun vollständig aus. Auf der Gegengerade behielt Ramsey den Fuß so lange wie möglich auf dem Gaspedal und bremste erst spät und ziemlich hart, ehe er den Bugatti in die letzte Kurve lenkte.

Hinter ihm fiel der Bentley zurück, als dessen Fahrer etwas früher die Bremse betätigte und die Kurve in einem weiten Bogen anschnitt. Die Reifen kreischten und drohten seitlich wegzurutschen, während er den Bugatti durch die Biegung jagte. Der Fahrer des Bentley war kein Anfänger. Er kitzelte alles aus dem Auto heraus und bewegte den schweren Wagen dicht am Limit.

Ramsey umklammerte das Lenkrad mit festerem Griff und prügelte den Bugatti durch die Kurve. Sein spätes Bremsmanöver ließ ihn weit von der Ideallinie entfernt regelrecht durch die Kurve segeln. Während er leicht aufs Bremspedal tippte, um seinen Wagen auf Kurs zu halten, stieß er, als er hörte, wie der Bentley hinter ihm beschleunigte, einen wütenden Fluch aus.

Der Bentley befand sich hoch auf der Kurvenwand, aber sein Fahrer hatte ihn bereits auf einen Geradeauskurs gebracht. Ramsey hingegen hatte die Biegung noch nicht überwunden und konnte erst einen kurzen Moment später das Gaspedal voll durchtreten und dem Druck auf sein Lenkrad nachgeben. Der röhrende Bentley hatte die Lücke fast geschlossen und hing an seiner hinteren Stoßstange, während sie die Zielgerade in Angriff nahmen.

Es war ein klassisches Duell von raffinierter Fahrtechnik gegen brutale Motorkraft. Der 140-PS-Motor des Bugatti war um einhundert Pferdestärken schwächer als der Motor des Bentley, dafür brachte der englische Wagen etwa eine ganze Tonne mehr Gewicht auf die Waage.

Die Geschwindigkeit beider Autos näherte sich der Einhundert-Stunden-Meilen-Marke, als sie sich wie Rennpferde beim Endspurt der Ziellinie entgegenstreckten. Ramsey sah den Starter wild mit der Zielflagge winken und spürte, wie sich sein Herzschlag beschleunigte. Der Bugatti hielt noch immer die Spitze, aber der Bentley schob sich Zentimeter für Zentimeter neben ihn. Kotflügel an Kotflügel rasten die beiden antiken Fahrzeuge die Piste hinunter, technische Dinosaurier aus einer eleganteren Epoche.

Die Ziellinie tauchte auf, und jetzt setzte sich die rohe Kraft durch. Der Bentley machte im letzten Moment einen Satz vorwärts und schlug den Bugatti um Kompressorlänge. Während der größere Wagen an ihm vorbeizog, schaute Ramsey zum Cockpit des Bentley hinüber. Der Fahrer, den Ellbogen lässig auf die Türkante gelegt, erschien im Augenblick seines Sieges völlig entspannt. Ramsey verstieß gegen die Benimmregeln und setzte sich an die Spitze des Feldes, als die Rennteilnehmer eine Abkühlrunde fuhren, ehe sie die Boxen aufsuchten.

Dann parkte Ramsey den Bugatti neben seinem luxuriösen Wohn- und Werkstattbus und beaufsichtigte seine Mechaniker-Truppe, während sie den Rennwagen überprüften und in einen geschlossenen Anhänger einluden. Daraufhin beobachtete er, wie der Bentley auf einem freien Boxenplatz in der Nähe ausrollte und anhielt.

Kein Werkstattwagen wartete dort, und kein Techniker-Team nahm den englischen Wagen in Empfang. Lediglich eine attraktive Frau mit zimtbraunem Haar wartete dort auf den Sieger. Sie saß in einem Klappsessel, neben ihren Füßen eine Werkzeugkiste und eine Kühlbox.

Ein großer schlanker Mann stieg aus dem Bentley und wurde von der Frau leidenschaftlich umarmt. Er nahm den Sturzhelm ab und fuhr sich mit den Fingern durch einen dichten, schwarzen Haarschopf, der sein braungebranntes, markantes Gesicht perfekt zur Geltung brachte. Er blickte sich um, während Ramsey auf ihn zuging und eine Hand ausstreckte.

»Herzlichen Glückwunsch«, sagte Ramsey und kaschierte seine Enttäuschung. »Das war das erste Mal, dass mich jemand in meinem Bugatti geschlagen hat.«

»Dieses alte Schlachtross muss während der letzten Runde irgendwelche verborgenen Energien aktiviert haben.« Der Fahrer tätschelte den Kotflügel des Bentley. Seine seegrünen Augen hatten fast die gleiche Farbe wie der Bentley und versprühten eine Intelligenz, die Ramsey bisher nur selten bei einem Gesprächspartner vorgefunden hatte. Dieser Mann kostete das Leben in vollen Zügen aus und nahm jede Herausforderung an.

Ramsey lächelte. Ihm war klar, dass er eher von dem Mann und nicht von dem Wagen besiegt worden war.

»Mein Name ist Mark Ramsey.«

»Dirk Pitt«, stellte sich der Fahrer vor. »Dies ist meine Frau, Loren.«

Ramsey wechselte einen Händedruck mit Loren und stellte dabei fest, dass sie aus der Nähe betrachtet noch um einiges attraktiver war.

»Ich liebe Ihren Bugatti«, sagte sie. »Zu seiner Zeit war das ein Symbol für technische Perfektion und Eleganz.«

»Und ihn zu fahren ist ein einziges Vergnügen«, sagte Ramsey. »Dieser Wagen hat 1928 die Targa Florio gewonnen.«

Während er diese Information weitergab, schoben seine Mechaniker den französischen Boliden in den Laderaum eines Sattelschleppers. Loren erkannte das Logo auf der Seitenfläche des Lasters: ein roter Grizzly mit einer Spitzhacke zwischen den Zähnen.

»Mark Ramsey ... Sie sind der Inhaber von Bruin Mining and Exploration.«

Ramsey musterte Loren misstrauisch. »In den Vereinigten Staaten kennen mich nicht sehr viele Leute.«

»Ich gehörte zu einer Delegation, die vor kurzem Ihre Goldmine am Thompson River in British Columbia besichtigt hat. Wir waren von dem Umweltbewusstsein, mit dem diese Anlage betrieben wird, tief beeindruckt.«

»Der Bergbau hat von jeher einen schlechten Ruf, aber es spricht nichts gegen den Versuch, das zu ändern. Sitzen Sie im Kongress?«

»Ich vertrete den Seventh District of Colorado.«

»Natürlich, Congresswoman Loren Smith. Ich bedaure, ich war nicht in der Stadt, als die Kongressdelegation ihre Rundreise machte. Mein Pech, darf ich wohl sagen. Weshalb haben Sie sich ausgerechnet für mein Unternehmen interessiert, wenn ich fragen darf.«

»Ich arbeite im Unterausschuss für Umweltfragen. Dort suchen wir zurzeit nach neuen Wegen zur schonenden Nutzung unserer natürlichen Ressourcen.«

»Lassen Sie mich wissen, wenn ich Ihnen in irgendeiner Weise behilflich sein kann. Wir stehen umweltfreundlichen Methoden des Bergbaus stets aufgeschlossen gegenüber.«

»Das ist sehr lobenswert.«

Pitt klappte Lorens Sessel zusammen und verstaute ihn im Kofferraum des Bentley. »Mr. Ramsey, dürfen wir Sie heute Abend zum Dinner einladen?«

»Darauf werde ich wohl verzichten müssen, da ich mit der nächsten Maschine nach Miami zurückkehren muss, um ein paar Kunden zu treffen. Vielleicht klappt es, wenn ich das nächste Mal in Washington bin.« Er sah Pitt herausfordernd an. »Ich würde es gern noch einmal mit Ihnen und Ihrem Bentley aufnehmen.«

Pitt lächelte. »Warum nicht? Zu einem anständigen Wettrennen bin ich jederzeit bereit.«

Pitt stieg ein und startete den Bentley. Gleichzeitig machte es sich Loren auf dem Beifahrersitz bequem.

Irritiert schüttelte Ramsey den Kopf. »Haben Sie keinen Transporter?«

»Der Bentley ist im normalen Straßenverkehr genauso gut wie auf der Rennpiste«, meinte Pitt grinsend und gab Gas. Beide Insassen winkten zum Abschied, während Ramsey ihnen mit einem Anflug von Neid nachblickte.

Loren sah Pitt belustigt von der Seite an. »Ich glaube nicht, dass Mr. Ramsey von deiner Boxentruppe besonders beeindruckt war.«

Pitt streckte eine Hand aus und tätschelte ein Knie seiner Frau. »Was redest du da? Ich habe schließlich die aufregendste Chefingenieurin auf dem Planeten.«

An der Einfahrt holte er den Siegerpokal ab, dann verließen sie das Rennbahngelände in Manassas, Virginia. Nachdem sie ein als Gedenkstätte hergerichtetes Bürgerkriegsschlachtfeld passiert hatten, bogen sie auf die Interstate 66 in Richtung Washington, D. C., ein. Der Sonntagnachmittagsverkehr hielt sich in Grenzen, und Pitt konnte den Wagen die meiste Zeit bis auf die erlaubte Höchstgeschwindigkeit beschleunigen.

»Ich hab völlig vergessen, dir Bescheid zu sagen«, rief Loren, um den Lärm des Fahrtwinds in dem offenen Wagen zu übertönen. »Während du auf der Piste warst, hat Rudi Gunn angerufen. Er muss über etwas mit dir reden, das er zurzeit in der Karibik beobachtet.«

»Kann es bis morgen warten?«

»Er hat aus dem Büro angerufen, also habe ich ihm versprochen, wir würden auf der Heimfahrt vorbeikommen.« Loren lächelte versonnen. Sie wusste, dass sein zur Schau gestelltes Desinteresse ein Bluff war.

»Dein Wort ist mir Befehl.«

Als Pitt den Vorort Rosslyn erreichte, bog er auf den George Washington Parkway ab und folgte ihm nach Süden am Potomac entlang. Der weiße Marmorbau des Lincoln Memorial schimmerte im verblassenden Sonnenschein, während er den Bentley in die Einfahrt eines imposanten Gebäudes mit grün verglasten Fronten lenkte. Er passierte die Wächterloge und parkte in einer Tiefgarage in der Nähe eines nur mit Magnetkarte benutzbaren Fahrstuhls, mit dem er und seine Frau in den zehnten Stock hinauffuhren.

Sie befanden sich in der Hauptverwaltung der National Underwater and Marine Agency, jener staatlichen Behörde, deren Aufgabe in der Überwachung und dem Schutz der Ozeane bestand. Als Direktor der NUMA unterstand Dirk Pitt ein umfangreicher Stab von Meeresbiologen, Ozeanografen und Geologen, die die Weltmeere mit Hilfe einer rund um den Globus stationierten Flotte von Forschungsschiffen kontrollierten. Die Agency benutzte außerdem Bojen, Tonnen, bewegliche oder stationäre Unterwasserfahrzeuge und sogar ein kleines Flugzeuggeschwader. Sie alle waren mit einem leistungsfähigen Satellitennetzwerk verbunden, das eine fast realzeitgetreue ständige Beobachtung des Wettergeschehens, des Seegangs und sogar von Ölteppichen gestattete.

Die Fahrstuhltüren öffneten sich zu einer mit Hightech gefüllten Halle, die das Hochleistungs-Computerzentrum der Agency beherbergte. Ein leise summender IBM-Blue-Gene-Supercomputer verbarg sich hinter einer hohen gekrümmten Wand, vor der Loren und Pitt stehen blieben. Die Wand selbst war ein riesiger Videoschirm, auf dem ein Dutzend Farbgrafiken und Bilder zu sehen waren.

Zwei Männer saßen an einem zentralen Kontrolltisch vor der Videowand. Der kleinere der beiden, ein drahtiger Mann mit Hornbrille, bemerkte Loren und Dirk Pitt und ging eilig zu ihnen hinüber, um sie zu begrüßen.

»Schön, dass ihr kommen konntet«, sagte Rudi Gunn lächelnd. Er war ein ehemaliger Navy-Commander, der als Bester seiner Klasse die United States Naval Academy absolviert hatte und den Posten des stellvertretenden Direktors der von Dirk Pitt geleiteten NUMA bekleidete. »Wie war das Rennen?«

»Ich glaube, wenn W.O. Bentley noch leben würde, würde er

heute sehr stolz auf mich sein«, sagte Pitt mit einem Siegerlächeln. »Was hat euch beide denn an einem Sonntag ins Büro gelockt?«

»Ein Umweltproblem im Karibischen Meer. Südlich von Kuba sind wir auf eine ungewöhnliche Ansammlung toter Zonen im Ozean gestoßen, aber Hiram kann dir das genauer erläutern.«

Die drei gingen zu einem Arbeitstisch hinüber, an dem Hiram Yaeger, der Chef des Computernetzwerks der NUMA, saß und auf einer Tastatur tippte.

»Hallo«, sagte er, ohne aufzuschauen. »Nehmt Platz.«

Yaeger, der den Nonkonformismus offenbar zu seinem Lebensmotto gemacht hatte, hatte sein langes Haar zu einem Pferdeschwanz zusammengerafft. Seiner Kleidung nach zu urteilen war er direkt aus einer Biker Bar an seinen Arbeitsplatz geeilt. »Tut mir leid, euer Wochenende zu stören, aber Rudi und ich dachten, dass du sofort erfahren solltest, was wir auf den jüngsten Satellitenbildern entdeckt haben.«

Er deutete auf die obere Ecke der Videowand, die von einem großen Satellitenbild ausgefüllt wurde, das den Golf von Mexiko und das Karibische Meer zeigte. »Was ihr dort seht, ist die übliche fotografische Ansicht des Gebiets. Und jetzt ein digital modifiziertes Bild.«

Ein zweites Foto erschien und überdeckte das ursprüngliche mit leuchtenden Farben. Ein hellrotes Band verlief parallel zur Küstenlinie, die den Golf im Osten begrenzte.

»Welche Bedeutung hat dieser rote Streifen?«, fragte Loren.

»Seiner Intensität nach zu urteilen zeigt er eine tote Zone im Mündungsbereich des Mississippi an«, sagte Pitt.

»Richtig«, bestätigte Gunn. »Satellitenbilder können Veränderungen des Lichts aufzeichnen, das vom Ozean reflektiert wird. Diese liefern Hinweise auf die biologische Beschaffenheit des Wassers. Die Meeresregion im Bereich des Mississippi-Deltas ist eine geradezu lehrbuchmäßige tote Zone. Der Fluss wird durch Dünger aus der Landwirtschaft und andere chemische Rückstände angereichert. Diese haben eine explosionsartige Zunahme von Plankton zur Folge, wodurch der Algenwuchs begünstigt wird, der wiederum den Sauerstoffgehalt des Wassers drastisch senkt. Es kommt zu einem hypoxischen Zustand, der sämtliche Meereslebewesen absterben lässt. Das Mündungsgebiet des Mississippi ist eine berüchtigte tote Zone, die Wissenschaftlern schon seit vielen Jahren Sorgen bereitet.«

Loren betrachtete die breiten magentafarbenen Streifen, die die Küstengewässer von Texas bis nach Alabama bedeckten. »Ich hatte keine Ahnung, wie groß das Gebiet ist.«

»Die Konzentration ist im Delta natürlich am größten«, sagte Gunn, »aber auf den Bildern ist zu erkennen, wie weit die Auswirkungen reichen.«

»Schön und gut«, sagte Pitt, »beziehungsweise nicht schön und gar nicht gut. Aber über die tote Zone an der Mississippimündung wissen wir doch schon seit Jahren Bescheid.«

»Tut mir leid, großer Meister«, sagte Yaeger. »Unsere Aufmerksamkeit wurde jetzt auch durch eine Region weiter südlich geweckt.«

Er deutete auf drei dunkelrote Flecken auf den Gewässern nordwestlich von Jamaika. Sie bildeten eine unregelmäßige Linie, die von den Cayman Islands bis zur westlichen Spitze Kubas verlief.

Yaeger tippte auf einige Tasten und holte die Region näher heran. »Wir haben es mit einer Reihe toter Zonen zu tun, die offenbar erst seit jüngster Zeit existieren.«

»Welche Bedeutung hat die rote Farbe?«, fragte Loren. »Und weshalb werden die Flecken nach Nordwesten zunehmend dunkler?«

»Anscheinend haben wir es mit einem explosionsartigen Wachstum von Phytoplankton zu tun«, sagte Gunn, »allerdings weitaus heftiger als am Mississippi-Delta. Die Zonen dehnten sich zwar sehr schnell aus, waren aber nur vorübergehend aktiv.« Er nickte Yaeger zu, der nun eine Serie Satellitenbilder aufrief.

»Zu beobachten ist ein Zeitraffer-Effekt«, erklärte er, »angefangen vor drei Monaten.«

Das erste Foto zeigte noch keine Anomalien. Auf dem nächsten

Bild war bereits ein hellroter Punkt zu erkennen, dann zwei weitere dunkelrote auf den nächsten Fotos. Doch mit jeder neuen toten Zone, die erschien, verblassten die vorangegangenen.

»Es kommt offensichtlich jedes Mal zu einer abrupt ansteigenden Konzentration, die verhältnismäßig schnell nachlässt, während an einer anderen Stelle ein neues Zentrum entsteht. Wie ihr sehen könnt, wandert diese Erscheinung kontinuierlich von Südosten nach Nordwesten.«

Pitt betrachtete die wachsende Kette toter Zonen. »Seltsam ist, dass keine Landmasse in der Nähe ist. Die Ursache für diese Zonen können demnach kaum Verunreinigungen sein, die über Flüsse ins Meer gelangt sind.«

»Genau«, pflichtete ihm Gunn bei. »Das Ganze ergibt eigentlich keinen Sinn.«

»Könnte es sein, dass jemand heimlich Schadstoff im Meer entsorgt?«, fragte Loren.

»Möglich wäre es«, sagte Gunn, »aber weshalb an all diesen Positionen? Ein gewohnheitsmäßiger Umweltsünder würde seine giftige Fracht auf einmal und so schnell wie möglich abladen und dann das Weite suchen.«

»Was uns auffiel, war das gleichzeitig beobachtete Fischsterben und die Tatsache, dass sich die Störung in Richtung des Golfs von Mexiko bewegte. In den Medien fanden wir zahlreiche Berichte aus Jamaika, von den Caymans und sogar aus Kuba, in denen von großen Mengen toter Fische und Meeressäugetiere die Rede war, die meilenweit von den Zonen entfernt an Land gespült wurden. Wir können zwar nicht mit Sicherheit sagen, ob zu den von uns beobachteten Zonen eine direkte Verbindung besteht, aber wenn dies der Fall sein sollte, dann sind die Auswirkungen weitaus heftiger, als die Bilder vermuten lassen.«

Loren betrachtete die Küstenregion von Louisiana. »Der Golf von Mexiko kann sich nach der BP-Ölpest kaum eine weitere Umweltkatastrophe leisten.«

»Genau das ist unsere Sorge«, sagte Rudi Gunn. »Wenn sich diese toten Zonen mit dem Tempo im Golf von Mexiko ausbreiten, wie wir es auf den Bildern beobachten können, dürften die Folgen verheerend sein.«

Pitt nickte. »Wir müssen schnellstens in Erfahrung bringen, wodurch sie entstehen. Was melden denn unsere hydrographischen Bojen?«

Yaeger öffnete ein neues Fenster auf der Videowand, in dem eine schematische Darstellung des Globus erschien. Hunderte von blinkenden Lichtpunkten waren auf der Karte verstreut und zeigten die Positionen der Forschungsbojen an, die die NUMA auf den Weltmeeren verteilt hatte. Die Bojen maßen Wassertemperatur, Salzgehalt und Seegang, sendeten die Daten an die jeweils nächsten Satelliten, von wo aus sie in Yaegers Computerzentrum hinuntergeladen wurden. Er vergrößerte das Karibische Meer mit den dort stationierten Bojen. Keine befand sich in der Nähe der toten Zonen.

»Ich fürchte, aus diesem Bereich stehen uns keine Daten zur Verfügung«, sagte Yaeger. »Ich habe die Messungen der Bojen überprüft, die dem Gebiet am nächsten sind, konnte aber nichts Ungewöhnliches feststellen.«

»Wir müssen uns also an Ort und Stelle informieren«, sagte Pitt. »Was ist mit unseren Forschungsschiffen?«

»Ich könnte die *Sargasso Sea* anbieten.« Yaeger rief eine Seekarte auf, die die jeweiligen Positionen der NUMA-Forschungsschiffe zeigte.

»Sie liegt in Key West und dient als Basis für ein Unterwasser-Technologie-Projekt, das Al Giordino leitet«, sagte Gunn. »Soll ich ihn anrufen und mit dem Schiff in Marsch setzen?«

Yaeger verdrehte die Augen. »Al wird begeistert sein.«

Pitt betrachtete die Seekarte. »Nein, das wird nicht nötig sein.«

Loren sah den Ausdruck in den Augen ihres Mannes und wusste genau, was in diesem Moment in seinem Kopf vorging.

»O nein.« Sie verzog das Gesicht und schüttelte verzweifelt den Kopf. »Nicht schon wieder dieser Lockruf der Tiefe.«

Pitt sah seine Frau an, als wüsste er nicht, was sie meinte, und lächelte unschuldig.

3

Die Party, die anlässlich des Tages der Revolution stattfand, ging einem frühzeitigen Ende entgegen. Dreiundsechzig Jahre waren verstrichen, seit Fidel Castro und eine Rebellentruppe eine Kaserne der Armee in Santiago angegriffen und den Sturz des kubanischen Diktators Fulgenico Batista eingeleitet hatten. Zurzeit gab es allerdings nur wenig, was man hätte feiern können. Die Wirtschaft lag noch immer darnieder, es herrschte Lebensmittelknappheit, und die technischen Fortschritte der restlichen Welt ließen das Land anscheinend nach wie vor links liegen. Hinzu kam, dass schon wieder einmal Gerüchte die Runde machten, man werde damit rechnen müssen, dass *El Comandante* in Kürze seinen letzten Atemzug mache.

Alphonse Ortiz trank seinen Mojito, es war der sechste an diesem Abend, und schlängelte sich durch das Gedränge der Gäste zur Tür des stilvoll möblierten Apartments.

»Wollen Sie uns schon verlassen?«, fragte die Gastgeberin der Party, als sie ihn an der Tür abfing. Sie war die Frau des Landwirtschaftsministers und eine üppige Erscheinung, deren Gesicht mit einer dicken Schicht Make-up bedeckt war.

»Ich muss morgen am Martí Airport den Erweiterungsbau mit einer Rede eröffnen, da möchte ich einigermaßen ausgeschlafen und frisch sein. Ist Escobar in der Nähe?«

»Dort drüben. Er versucht gerade, den Handelsminister zu beschwatzen.« Sie deutete auf ihren Mann, der am anderen Ende des Raums in ein Gespräch vertieft war.

»Richten Sie ihm meine Grüße aus. Es war eine wunderschöne Party.«

Die Frau bedankte sich mit einem Lächeln für das übertriebene Kompliment. »Es war uns eine Freude, dass Sie uns mit Ihrem Besuch beehrt haben. Viel Glück bei Ihrer Rede morgen.«

Ortiz, ein hoch angesehener Vizepräsident und Mitglied des Staatsrats, verbeugte sich, wobei er leicht schwankte, und flüchtete dann durch die Tür hinaus. Nach fünf Stunden nervtötender Gespräche mit dem halben kubanischen Kabinett brauchte er dringend frische Luft. Mit unsicheren Schritten tastete er sich drei Treppen hinunter, durchquerte eine schmucklose Eingangshalle und trat auf die Straße hinaus. Ein Schwall warmer Luft hüllte ihn ein, und er hörte den Gesang und das Gelächter der Menschen, die den nationalen Gedenktag feierten.

Ortiz ging über den brüchigen Gehsteig und winkte einer schwarzen Limousine, die in der Nähe parkte. Die Scheinwerfer flammten auf, und der in China produzierte Geely näherte sich und kam am Bordstein zum Stehen. Ortiz öffnete die hintere Tür und ließ sich auf den Rücksitz sinken.

»Bring mich nach Hause, Roberto«, sagte er zu dem Mann mit dem runzligen Gesicht hinter dem Lenkrad.

»Hatten Sie einen schönen Abend?«

»Eine Migräne könnte nicht schlimmer sein. Diese verdammten Narren berauschen sich nur an der Vergangenheit. Niemand in unserer Regierung denkt an morgen.«

»Ich glaube, der Präsident tut das schon. Ihm gefallen Ihre Vorstellungen und Ideen. Eines Tages wird er Sie auf seinen Platz setzen.«

Ortiz wusste, dass diese Möglichkeit durchaus bestand. Es gab eine kurze Liste mit den Namen möglicher Nachfolger, die darauf warteten, dass Raúl Castro im Jahr 2018 zurücktreten würde, und er wusste, dass auch sein Name auf dieser Liste zu finden war. Dies war auch der einzige Grund, weshalb er an dieser Party teilgenommen und sich gegenüber den anderen Ministern des Kabinetts von seiner freundlichsten Seite gezeigt hatte. In der Politik konnte man nie genug Verbündete haben.

»Eines Tages werde ich mich auf einem Schaukelstuhl wiederfinden«, sagte er zu seinem Fahrer, lehnte sich zurück und schloss die Augen.

Roberto lächelte, während er den Wagen in den fließenden Verkehr einfädelte und das Stadtzentrum Havannas verließ. Sekunden später bremste ein bulliger Kamaz-Militärtransporter unweit des Apartmenthauses. Ein Soldat in olivfarbener Tarnkleidung tauchte aus dem Schatten eines Hauseingangs auf und stieg in den Lastwagen.

Er deutete mit einem Kopfnicken auf die sich entfernende Limousine. »Das ist er. Hinterher.«

Der Fahrer gab Gas und schnitt einem Motorradfahrer den Weg ab, als er den Wagen auf die Fahrbahn lenkte. Ein Block vor ihm rollte der Geely am Museo Napoleónico vorbei, ehe er in die Avenida La Rampa einbog und durch die westlichen Vororte fuhr. Während zahlreiche hochrangige Regierungsbeamte in luxuriösen Stadtapartments wohnten, residierte Ortiz nach wie vor in seinem modernen Haus auf einem Hügel außerhalb von Havanna – mit Blick aufs Meer.

Der Verkehr und die Straßenbeleuchtung wurden spärlicher, während der Geely durch eine Gegend rollte, die von Tabakpflanzungen und Maniokfeldern bestimmt wurde. Der Armeelaster, der in der Stadt einen diskreten Abstand gehalten hatte, holte jetzt auf, bis er fast auf Tuchfühlung kam und an der hinteren Stoßstange der Limousine klebte.

Roberto, der während sechzig seiner fünfundsiebzig Lebensjahre als Chauffeur gearbeitet hatte, ließ sich nicht aus der Ruhe bringen. Die unbeleuchtete Straße war mit streunenden Hunden und wilden Ziegen bevölkert, und er hatte keinesfalls die Absicht, eine Kollision zu riskieren, nur weil jemand noch nie etwas von einem Sicherheitsabstand gehört hatte.

Der Lastwagen blieb für eine Meile hinter ihm, bis die Straße in einem weiten Bogen bergauf führte. Geräuschvoll herunterschaltend und Vollgas gebend, lenkte der Fahrer des Armeetrucks seinen Wagen auf die Gegenfahrbahn und neben den Geely.

Roberto blickte aus dem Seitenfenster und erkannte das sternförmige Emblem auf der Lastwagentür. Ein Transporter der Revolutionsarmee.

Der Truck holte einen knappen Vorsprung heraus, dann scherte er aus auf die Fahrbahn des Geely und rammte den vorderen Kotflügel der Limousine.

Hätte Roberto noch über die Reflexe eines jüngeren Mannes verfügt, hätte er vielleicht scharf und schnell genug gebremst, um zurückzubleiben und nur einen geringen Schaden davonzutragen. Aber seine Reaktion erfolgte einen winzigen Moment zu spät, so dass der schwere Lastwagen die Limousine quer über die Straße schob.

Der Geely schrammte an der verrosteten Leitplanke entlang und erzeugte einen dichten Funkenregen.

Der Lastwagen zeigte kein Erbarmen und nagelte den Geely gegen die stählerne Begrenzung, um ihn entweder über oder durch die Schiene zu drücken und den Berghang hinunterzukatapultieren. Als die Fahrzeuge jedoch aus der Kurve herauskamen, endete die Leitplanke und wurde durch eine Reihe gedrungener Begrenzungspfähle aus Beton ersetzt. Die Limousine kam von der Stahlplanke frei und rammte frontal den ersten Betonpfosten.

Das laute Krachen der Kollision hallte über das Gelände und wurde als Echo vom gegenüberliegenden Berghang zurückgeworfen. Dort schreckte ein junger Farmhelfer hoch, der soeben damit beschäftigt war, einen Ziegenstall auszubessern. Er richtete sich auf und schaute über die Rücken und Köpfe der Ziegen hinweg zur Straße. Dort kam gerade ein Armeelastwagen zum Stehen, nachdem er einen demolierten Personenwagen überholt hatte. Einer der Scheinwerfer des Personenwagens brannte noch und beleuchtete den Lastwagen in einigen Metern Entfernung. Der junge Mann wollte in seine Sandalen schlüpfen, um über das Feld zu rennen und zu helfen, doch dann hielt er lieber inne und beobachtete das Geschehen.

Ein Mann in Tarnkleidung – offenbar ein Soldat – sprang aus dem Führerhaus des Lastwagens. Er schaute sich nach allen Seiten um, als wollte er sich vergewissern, dass er nicht beobachtet wurde. Dann ging er auf den Wagen zu, in einer Hand eine Stablampe, in der anderen einen dunklen Gegenstand.

Im Wagen stöhnte Ortiz vor Schmerzen. Eine Schulter war ausgerenkt, und sein Nasenbein war gebrochen, als er gegen die Kopfstütze des Vordersitzes geschleudert worden war. Er versuchte sich zu orientieren, während Blut aus seiner Nase sickerte und an seinem Kinn hinabrann. »Roberto?«

Der Fahrer lag auf dem Lenkrad und rührte sich nicht. Robertos Genick war gebrochen, als er mit dem Kopf gegen die Windschutzscheibe geflogen war. Der chinesische Wagen verfügte über keine Airbags.

Während Ortiz allmählich begriff, was geschehen war, richtete er sich auf und gewahrte durch die mit feinen Rissen durchzogene Frontscheibe den Armeelastwagen. Er wischte sich das Blut aus dem Gesicht und verfolgte, wie der Soldat näher kam.

»Helfen Sie mir. Ich glaube, mein Arm ist gebrochen«, sagte er, während der Soldat die Beifahrertür aufhebelte.

Der Soldat musterte ihn kalt und gleichgültig, und Ortiz begriff, dass von ihm keine Hilfe zu erwarten war. Hilflos musste er zusehen, wie der Soldat den Arm hob und mit dem länglichen Gegenstand zuschlug. Sekundenbruchteile bevor sein Schädel zertrümmert wurde, erkannte der Minister die Waffe – ein ordinäres Brecheisen.

4

Mit den Beinen vollführte der Taucher einen kraftvollen Scherenschlag, der seinen Körper zügig durchs Wasser gleiten ließ. Er blickte nach unten, um den sandigen Meeresgrund abzusuchen, der sich wie ein unregelmäßiger beigefarbener Teppich vor ihm erstreckte. Als er eine Bewegung unter sich wahrnahm, wurde er langsamer und tauchte zu dem Objekt hinab. Es war kein Fisch, sondern etwas, das einer großen, hellfarbenen Krabbe glich.

Die Kreatur bewegte sich auf langen, spinnenähnlichen Gliedmaßen vorwärts, die seitlich an ihrem Körper zu rotieren schienen. In ihren Augen, die starr geradeaus blickten, lag ein schwaches blaues Leuchten. Der Taucher folgte der Krabbennachbildung, als sie auf eine vom Meeresboden aufragende Korallenformation zukroch. Die Krabbe stieß gegen den Korallenturm, wich zurück und versuchte abermals, ihren Weg fortzusetzen. Erneut versperrte ihr das Korallenhindernis den Weg.

Der Taucher verfolgte, wie die Krabbe ihre Versuche mehrmals wiederholte, ehe er vollends zu ihr hinabschwamm und auf ihren Rücken klopfte. Die blauen Augen wurden schwarz, und die Beine blieben abrupt stehen. Der Taucher erfasste die Krabbe, klemmte sie sich unter einen Arm und strebte mit kräftigen Beinschlägen zum Tageslicht.

Er brach in nächster Nähe eines modernen Forschungsschiffs, das sich in einer sanften Dünung wiegte, durch die Wasseroberfläche. Auf der Seite liegend und mit nur einem Arm kraulend, schwamm er zu einer Tauchplattform am Heck des Schiffes, deponierte die Krabbe darauf und schwang sich aufs Trockene.

Al Giordino war ein eher kleiner Mann mit der kräftigen Statur eines Berufsringers, gepaart mit der Zähigkeit und Beharrlichkeit eines alten, kampferprobten Krokodils. Seine muskulösen Arme und Beine sprengten beinahe die Nähte seines Nasstauchanzugs, als er sich aufrichtete, seinen Lungenautomaten ausspuckte und seine Tauchmaske abnahm. Er wischte eine Haartolle beiseite, die auf seiner Stirn klebte, und gab einem Mann mit einem Handzeichen zu verstehen, dass er die Tauchplattform hochfahren solle.

Sekunden später stoppte die Plattform knarrend auf Deckniveau. Giordino hob die Krabbe mit verdrießlichem Blick hoch und trat aufs Schiffsdeck. Als er den Matrosen erkannte, der die Plattform bedient hatte, erstarrte er. Es war Dirk Pitt.

Beim Anblick seines Chefs und alten Freundes lachte Giordino strahlend. »Wie ich sehe, bist du mal wieder aus dem Elfenbeinturm der Macht geflüchtet.«

»Ich wollte mich nur vergewissern, dass das Technologie-Budget der NUMA nicht für billigen Rum und willige Girls verschwendet wird.«

Giordino reagierte mit einem gequälten Blick. »Ich hab dir doch gesagt, dass ich seit meiner letzten Gehaltserhöhung den billigen Rum gestrichen habe.«

Pitt grinste, während er Giordino half, das Atemgerät und den Tariergürtel abzunehmen. Sie waren seit ihrer Kindheit miteinander befreundet, arbeiteten seit Jahren zusammen und fühlten sich enger miteinander verbunden als Brüder. Als ihre ersten Angestellten hatten sie die NUMA aufgebaut, und ihre Unterwasseraktionen besaßen innerhalb der Agentur Legendenstatus. Giordino leitete die technische Abteilung der NUMA und verbrachte seine meiste Arbeitszeit damit, ferngesteuerte Sensoren und Unterwasserfahrzeuge umfangreichen Praxistests zu unterziehen.

Pitt deutete mit einem Kopfnicken auf die mechanische Krabbe. »Wer ist dein arachnoider Freund?«

»Wir nennen ihn Creepy Crawler.« Giordino stellte die künstliche Kreatur auf eine Werkbank und begann jetzt, sich aus seinem Nasstauchanzug zu schälen. »Er soll ausgedehnte Tiefwasseruntersuchungen durchführen.«

»Woher bezieht er seine Antriebsenergie?«, fragte Pitt.

»Aus einer kleinen Brennstoffzelle, die Wasserstoff aus Salzwasser gewinnt. Damit kann er bis zu einem halben Jahr auf dem

Grund des Ozeans herumkriechen. Abgesetzt wird er gewöhnlich von einem Tauchboot, aber man kann ihn auch von einem Schiff direkt ins Wasser hinablassen und ausklinken. Dank eines entsprechenden Dienstprogramms folgt er dann einem vorgezeichneten Weg bis zu seinem genau festgelegten Endpunkt. Dort steigt er zur Wasseroberfläche auf und sendet ein Peilsignal aus, das von einem Satelliten aufgefangen wird und uns mitteilt, wo wir ihn aus dem Bach fischen können.«

»Ich nehme an, dass er den Weg, den er zurücklegt, protokolliert und speichert.«

Giordino tätschelte die mechanische Kreatur. »Dieser hier ist vollgestopft mit einer Batterie von Sensoren und einer Videokamera, die sich in regelmäßigen Zeitabständen einschaltet. Wir haben im Labor noch ein halbes Dutzend weitere Roboter, die je nach durchzuführender Untersuchung mit den verschiedensten Sensoren ausgestattet werden können.«

»Sie könnten sich als nützlich erweisen, wenn wir uns den Kaimangraben vornehmen.«

Giordino runzelte die Stirn. »Ich dachte mir schon, dass du nicht für einen Imbiss und einen Drink bei Sloppy Joe's nach Key West heruntergekommen bist. Warum der Kaimangraben?«

»Er befindet sich in der Nähe einer Kette toter Zonen, die sich von Jamaika bis zur westlichen Spitze von Kuba hinzieht.« Pitt berichtete von seinem Gespräch mit Rudi Gunn und Hiram Yaeger in Washington.

»Irgendeine Idee, was ihre Herkunft oder Entstehung betrifft?«, fragte Giordino.

»Nicht die geringste. Deshalb möchte ich mich an Ort und Stelle umschauen.«

»Wenn sie künstlich erzeugt wurden, finden wir die Ursache«, sagte Giordino. »Wann brechen wir auf?«

»Der Kapitän meint, wir könnten in einer Stunde die Anker lichten.«

Giordino schaute mit einem wehmütigen Blick zur Duval Street und ihren Bars, aus denen laute Musik zu ihnen herüberdrang. Dann klemmte er sich den Creepy Crawler unter den Arm.

»Wenn das so ist«, sagte er niedergeschlagen, »sollte ich meinem Freund lieber zu einem neuen Gehirn verhelfen, ehe er wieder auf Tauchstation gehen muss.«

Er überquerte das Deck und hinterließ eine Reihe nasser Fußabdrücke.

5

Die erdrückende Dunkelheit zweihundert Meter unter der Meeresoberfläche hatte sich aufgehellt. In Reihen angeordnete LED-Lampen, eingeschlossen in Gehäusen aus Titan, die dem enormen Wasserdruck in dieser Tiefe standhielten, warfen ein helles Licht auf den hügeligen, kahlen Grund des Ozeans. Ein Tarpun, dessen Schuppenkleid im Lampenschein silbern funkelte, schwamm vorbei und betrachtete ein seltsames Gerüst, das unter den Beleuchtungskörpern vom Meeresboden aufragte, ehe er mit einem schnellen Flossenschlag in der Schwärze verschwand, die um einiges sicherer erschien.

Die Konstruktion erinnerte an einen erleuchteten Christbaum, der auf die Seite gekippt war. So jedenfalls kam es Warren Fletcher vor, der durch ein kleines, einige Zentimeter dickes Acrylglasfenster blickte. Der erfahrene Berufstaucher kauerte in einer geräumigen Tauchglocke, die etwa zwanzig Meter über dem Meeresboden am Kranseil eines Hilfsschiffs hing.

In der fremden Welt auf dem Meeresgrund zu arbeiten faszinierte Fletcher. Er fand es auf seltsame Art beruhigend, sich in der kalten, dunklen Tiefe aufzuhalten. Deshalb war er, nachdem sich seine ursprünglichen Tauchpartner einige Jahre zuvor zur Ruhe gesetzt hatten, immer noch in dem harten, gefährlichen Gewerbe des Industrietauchens aktiv. Für Fletcher lag im Sirenengesang der Tiefe immer noch eine unwiderstehliche Lockung, der er sich nicht entziehen konnte.

»Bist du bereit für den nächsten Tauchgang, Pops?« Die mit Helium angereicherte Atemluft in der Tauchglocke verlieh der Stimme einen piepsenden Klang.

Fletcher wandte sich zu einem Mann mit Walrossstatur um, der Tank hieß und damit beschäftigt war, einen Versorgungsschlauch auf eine Trommel aufzuwickeln. »Es gibt keinen Tag, an dem ich es nicht bin.«

Tank grinste. »Brownie ist auf dem Rückweg und müsste in fünf Minuten erscheinen.«

Als verantwortlicher Taucherglockenhelfer, auch Bell Man genannt, war Tank dafür zuständig, seinen beiden Tauchern bei ihrer Ausrüstung behilflich zu sein und dafür zu sorgen, dass ihre lebenserhaltenden Versorgungsleitungen störungsfrei funktionierten. Das Trio absolvierte eine Achtstundenschicht, ehe es an die Wasseroberfläche zur *Alta* hinaufgezogen wurde. Dort mussten sie eine gefängnisähnliche Unterkunft in einer stählernen Überdruckkammer aufsuchen, in der der gleiche Luftdruck herrschte wie in der Taucherglocke in Meeresbodennähe.

Durch den ständigen Aufenthalt bei konstantem Überdruck wurde den Tauchern das Einhalten langwieriger Dekompressionszyklen nach jedem Tauchgang erspart. Da sie unter erhöhtem Luftdruck ihrer Arbeit nachgingen, bedienten sich die Männer der Methode des Sättigungstauchens. Dabei nahmen ihre Körper vorwiegend Stickstoff auf – bis zur vollständigen Sättigung. Dann wurden sie über Tage und sogar Wochen in diesem Zustand gehalten. Am Ende des Arbeitseinsatzes unterzogen sich die Männer einem einzigen ausgedehnten Dekompressionszyklus, ehe sie wieder in ihren normalen Lebensraum entlassen wurden.

Der Zweck dieser langen Tauchgänge war die ewige Suche nach Erdöl. Fletcher und seine Kollegen verfolgten seit mehreren Tagen das wochenlange Projekt, auf dem Meeresgrund einen Bohrlochkopf mitsamt Steigrohr zu installieren. Danach sollte ein Bohrschiff über der Konstruktion in Position gehen und in der Hoffnung, auf Erdöl zu stoßen, durch das Sediment bohren. Fletcher und seine Helfer schufen die technischen Grundlagen für die dritte Testbohrung, die ihr norwegischer Arbeitgeber während des vorangegangenen Halbjahres in Angriff nehmen wollte.

Mit Genehmigung der kubanischen Regierung hatte die Explorationsfirma das Recht erworben, eine Region der Hoheitsgewässer nordöstlich von Havanna genauer in Augenschein zu nehmen. Erdölexperten glaubten, vor der Küste Kubas ein umfangreiches, unerschlossenes Erdöl- und Erdgasvorkommen entdeckt zu haben. Doch die norwegische Firma hatte eine Niete gezogen. Die ersten beiden Testbohrungen waren erfolglos verlaufen.

»Meinst du, dass uns die *Alta* nach Havanna gebracht hat, wenn wir so weit sind, die Druckkammer verlassen zu können?«, fragte Tank.

Fletcher hörte nur mit halbem Ohr zu. Ihm war ein schwacher Lichtschein aufgefallen, der in einiger Entfernung vom Bohrkopf erschienen war. Er wandte sich um und blickte auf die Bodenklappe des Einstiegsschachts der Taucherglocke. Dort entdeckte er die Lampe von Will Brown, der gerade im Begriff war, zur Druckschleuse aufzusteigen. Er konzentrierte sich wieder auf das Bullauge, während die andere Lichterscheinung näher kam und sich in zwei Lichtstrahlen aufteilte. Als das Objekt die Basis des Bohrlochkopfs erreichte, erkannte Fletcher ein kleines weißes Unterseeboot.

Das Tauchboot stieg langsam hoch und kam so nahe heran, dass Fletcher seinen Lenker sehen konnte. Das Boot besaß eine Art Greifarm, auf dessen Ende eine tellerförmige Scheibe ruhte. Der Anblick erinnerte an einen Kellner mit Serviertablett.

Während sich das Boot entfernte und außer Sicht geriet, hob Fletscher den Kopf und schaute fragend zur Decke der Tauchglocke. »Shack, wer hat uns da einen Besuch abgestattet?«

Eine Stimme von der *Alta* antwortete: »Habt ihr da unten Gesellschaft bekommen?«

»Hier ist gerade ein U-Boot aufgetaucht.«

Eine längere Pause entstand. »Es ist nicht von uns. Bist du sicher, dass du keine Gespenster gesehen hast, Pops?«

»Ganz sicher«, erwiderte Fletcher ungehalten.

»Wir halten Ausschau, ob jemand vorbeikommt, um es an Bord zu holen.«

Tank holte weiterhin die Versorgungsleitung ein, während Brown näher kam. Unter der Bodenklappe befand sich ein kurzes Rohr, das mit einer Luke endete, die ebenfalls offen stand. Der Innendruck der Glocke, die mit einem Sauerstoff-Helium-Gemisch vom Schiff versorgt wurde, entsprach dem Druck in der jeweiligen Wassertiefe, damit sich die Kammer nicht mit Seewasser füllte.

Dem Lichtstrahl des auf seinem Helm befestigten Suchscheinwerfers folgend, tauchte Browns dunkle Gestalt aus dem Wasser auf und schob den Kopf durch die Innenluke der Kammer.

Tank und Fletcher zogen Brown durch die Öffnung und setzten ihn so auf den Boden der Glocke, dass seine Füße ins Wasser hingen. Der Taucher befreite sich vorsichtig von seinen Schwimmflossen, während Tank die Nabelschnur abkoppelte, die Brown mit einer Mischung von Atemgasen versorgt und gleichzeitig seinen Trockentauchanzug mit temperiertem Wasser gewärmt hatte.

Nachdem er sein Visier abgenommen hatte, atmete der Taucher tief durch und meinte dann, begleitet von einem heftigen Zähneklappern: »Da unten ist es kalt wie Pinguinscheiße. Entweder ist die Heizleitung verstopft, oder die Jungs oben auf dem Schiff haben den Thermostaten runtergedreht.«

»Ach, wolltest du heißes Wasser haben?« Tank deutete auf die Nabelschnur. »Ich habe nach oben gemeldet, du hättest darum gebeten, die Klimaanlage einzuschalten.« Lachend reichte er Brown einen mit heißem Kaffee gefüllten Thermosbecher.

»Sehr lustig.« Der Taucher hakte einen großen Schraubenschlüssel von seinem Tariergürtel los und reichte Fletcher das Werkzeug. »Ich habe den Fußflansch aufgesetzt und justiert. Es sollte kein Problem sein, ihn endgültig festzuschrauben.«

Ein lautes Dröhnen versetzte die Tauchglocke in Schwingungen. Eine Sekunde später, als ein heftiger Stoß die Taucherglocke erschütterte, wurden Tank und Fletcher von den Füßen geholt. Tank fluchte, als ihm brühheißer Kaffee aus Browns Becher in den Nacken spritzte. Fletcher hielt sich an der Trommel fest, auf der die Versorgungsleitung aufgewickelt war, während die Taucherglocke heftig hin und her schwang. Es fühlte sich an, als hätte ein Riese die Glocke ergriffen und schüttelte sie nun wie eine Schneekugel.

»Was ist los?«, rief Brown, während die anderen beiden Männer zu Fall kamen, auf ihm landeten und ihn mit ihrem Gewicht auf den Boden nagelten.

»Irgendetwas ist da oben an der Wasseroberfläche los«, murmelte Fletcher. Er hielt noch immer den Schraubenschlüssel in der Hand. Dann verspürte er einen heftigen Ruck aufwärts, woraufhin die Lampen erloschen und das Schwanken der Glocke stoppte. Er befand sich in der Nähe des Bullauges und blickte automatisch hinaus. Für einen kurzen Moment erstrahlten die Lampen des Bohrlochkopfs ungewöhnlich hell, dann herrschte schlagartig Dunkelheit. Es dauerte einen Moment, bis Fletcher begriff, weshalb dies geschah. Die Taucherglocke war in Richtung des Bohrkopfs gezerrt worden und im Begriff umzustürzen.

»Die Luke schließen! Schnell!«, brüllte er und sank auf die Knie.

Eine kleine rote Notlampe leuchtete auf und sorgte für ein Minimum an Licht, während eine Alarmsirene plärrte. Browns Beine hingen immer noch durch die äußere Luke im Wasser.

Fletcher packte den Taucher unter den Armen und zog ihn zur Seite. Tank war geistesgegenwärtig genug, um die innere Luke zuzuschlagen und zu verriegeln. Fast im gleichen Moment prallte die Taucherglocke gegen ein massives Hindernis. Gepeinigter Stahl ächzte unter ihren Füßen.

Die Taucherglocke schüttelte sich, hielt inne, dann ruckte sie zur Seite. Menschliche Leiber, schweres Tauchgerät und verschlungene Versorgungsleitungen bildeten ein unentwirrbares Durcheinander. Ein schmerzerfülltes Stöhnen ging in dem schrillen Alarmgeheul beinahe unter.

»Seid ihr okay?«, fragte Fletcher, während er sich von dem Knäuel Nabelschnur befreite und auf die Füße kämpfte.

»Einigermaßen.« Tanks Stimme schwankte. Trotz des trüben Lichts war die nackte Angst in seinen Augen deutlich zu erkennen. Er hob eine Hand und ertastete eine Platzwunde über seinem Ohr. »Brownie, bist du okay?«

Er erhielt keine Antwort.

Fletcher grub sich durch das Durcheinander, bis er Browns Trockenanzug berührte. Er krallte die Finger in das Material und zog den Taucher aus dem Trümmerhaufen. Brown rührte sich nicht. Er war bewusstlos.

Fletcher befreite seinen Kopf von der Kapuze seines Anzugs, legte einen Finger auf seine Halsschlagader und spürte ein schwaches Pochen. Er hörte ein Stöhnen und sah, wie sich seine Brust hob und senkte. Eine golfballgroße Beule prangte auf seiner Stirn, und irgendetwas stimmte nicht mit seinen Füßen.

Als er ihm die Schwimmflossen auszog, sah er, dass Browns linker Fuß einen seltsamen Winkel mit dem Unterschenkel bildete. »Ich glaube, sein Knöchel ist gebrochen – und er hat etwas auf den Kopf gekriegt.«

Auf dem schrägen Boden der Tauchglocke räumten die beiden Männer eine ausreichende Fläche frei und streckten Brown darauf aus. Tank kramte einen Erste-Hilfe-Kasten hervor, und dann verbanden sie seinen Fuß und Kopf.

»Das ist alles, was wir tun können, solange er bewusstlos ist«, sagte Fletcher.

Um sich zu orientieren, drückte er sich die Nase am Bullauge platt. Das Wasser war pechrabenschwarz, aber die Innenbeleuchtung erzeugte eine schwach erhellte Zone um die Taucherglocke. Sie waren mit dem Steigrohr oder seinem Blowout-Preventer kollidiert und hingen nun anscheinend an einer der beiden Vorrichtungen fest. Ein längliches, schlankes Objekt schwankte in der Strömung, und er schirmte die Augen vor dem Bullauge ein wenig ab, um erkennen zu können, um was es sich handelte.

Ihn durchfuhr ein eisiger Schreck, begleitet von dem Gefühl, von einer Abrissbirne in der Magengrube getroffen worden zu sein. Es war ein Teil der Versorgungsleitung der Taucherglocke – ihrer lebenswichtigen Nabelschnur. Sie hatte sich um eins der Abzweigventile des Steigrohrs gewickelt. Möglicherweise hatte jemand auf dem Versorgungsschiff einige Meter Kranseil und Versorgungsleitung ins Wasser abgelassen, aber sein Instinkt sagte ihm etwas völlig anderes. Beide Verbindungen zur Wasseroberfläche waren gekappt worden.

Fletcher tastete sich zu einer Kontrolltafel und studierte die Anzeigen. Er fand seine schlimmsten Erwartungen bestätigt. Die Zufuhr an elektrischem Strom, Helium und Sauerstoff, die Kommunikation und sogar der Nachschub an heißem Wasser für die Tauchanzüge – alles, was über Schlauch- und Drahtleitungen vom Versorgungsschiff geliefert und bereitgestellt wurde – war unterbrochen. Die Mannschaft in der Taucherglocke war vollständig von der Umwelt abgeschnitten.

Tank, der nichts davon mitbekommen hatte, begann das Versorgungsschiff zu rufen, von wo aus das Geschehen in der Taucherglocke durch eine konstante Funkverbindung ständig überwacht wurde.

»Spar deinen Atem«, sagte Fletcher, »sie haben uns verloren.« Er deutete am Bullauge nach draußen auf die Schläuche und Kabel.

Tank starrte für einen Moment wortlos auf das triste Panorama vor dem Acrylglasfenster, während sein Verstand das Gehörte verarbeitete. »Okay«, murmelte er dann. »Arbeiten die Gaswäscher? Wie ist die Atemluft?«

Fletcher übernahm das Kommando, aktivierte den Notfall-Transponder, ein Blinklicht auf der Kuppel der Taucherglocke, und einen Reserveabluftwäscher, beides batteriebetrieben. Über eine kleine Kontrolltafel öffnete er die Ventile verschiedener Gasbehälter, die außen auf der Hülle der Taucherglocke befestigt waren, und justierte die Zusammensetzung der Atemluft. Vorausgesetzt, sie fanden eine Möglichkeit, der Außenkälte zu trotzen, verfügte die Taucherglocke über ausreichende Strom- und Gasreserven für zwei bis drei Tage. Angesichts der nahe gelegenen Küste von Florida und ihrer derzeitigen Position im Golf hätte ein mit Sättigungstauchtechnik ausgerüstetes Rettungsschiff genug Zeit, um zu ihnen zu gelangen.

»Die Wäscher sind eingeschaltet. Die Luftmischung ist okay.« Er warf einen Blick auf eine mechanische Anzeige. »Druck stabil bei sechshundertzwanzig Fuß.«

Während des normalen Betriebs wurden Druck und Atmosphäre innerhalb der Taucherglocke von der *Alta* aus gesteuert.

Eine ausgewogene Mischung von Atemgasen wurde durch die Nabelschnur der Taucherglocke gepumpt und den sich ändernden Umgebungsbedingungen ständig angepasst, während die Taucherglocke auf Arbeitstiefe hinuntergelassen wurde. Anstelle von Stickstoff war Helium das bevorzugte inerte Gas, mit dem die Taucher versorgt wurden. Es beseitigte die Gefahr des Tiefenrauschs, die Folge einer Stickstoffvergiftung, mit der in Tauchtiefen von mehr als dreißig oder vierzig Metern gerechnet werden musste. Die Glocke war mit eigenen externen Helium-, Sauerstoff- und Stickstofftanks für einen Notfall wie diesen ausgestattet.

Fletscher deutete auf das Bullauge. »Da ich bereits im Tauchanzug stecke, schaue ich mich mal draußen um.«

»Ohne Innenheizung solltest du dich dabei aber lieber beeilen.«

Während Fletcher seine Versorgungsleitung mit dem Mischventil der Notfallgasflaschen verband, schlängelte sich Tank in die Ausstiegsschleuse, um die äußere Luke zu öffnen. Sie bewegte sich nur ein paar Zentimeter, ehe sie mit einem metallischen Klirren gegen ein Hindernis stieß. Tank stemmte sich mit aller Kraft gegen die Luke, aber sie wollte nicht nachgeben. Er schob eine Hand durch den Spalt ins Wasser und tastete die nächste Umgebung ab.

»Deine Pläne für einen Tauchgang kannst du begraben, Pops. Die Glocke ist offenbar zu heftig auf dem Meeresboden aufgeschlagen, da hat sich der gesamte Rahmen verbogen und blockiert jetzt die Luke. Wir werden es nicht schaffen, sie zu öffnen.«

Fletcher hatte das ungute Gefühl, dass die Tauchgötter offenbar entschlossen waren, sie für vergangene Sünden büßen zu lassen. »Okay, ich versuche, das Schiff über das Unterwasser-Interkom zu erreichen. Du kannst inzwischen die Überlebensanzüge rausholen und versuchen, Brownie in einen hineinzukriegen.«

Tank öffnete ein Seitenfach, in dem schwere, gummierte Überlebensanzüge zum Eistauchen aufbewahrt wurden. Er schlüpfte in einen dieser unhandlichen Anzüge, und dann versuchte er, einen zweiten Anzug über Browns Körper zu streifen. Fletcher aktivierte ein Notfunkgerät, das mit einem externen Transponder auf der Tauchglocke gekoppelt war. Mehrere Minuten lang rief er die *Alta*. Aber als Antwort hörte er nur ein Rauschen aus dem Lautsprecher.

Da aufgrund der gekappten Nabelschnur auch die Fernheizung ausfiel, sank die Temperatur in der Taucherglocke rapide. Als er die zunehmende Kälte sogar in seinem Trockentauchanzug spürte, schaltete Fletcher das Funkgerät aus, um Tank dabei zu helfen, Brown in einen Überlebensanzug zu bugsieren. »Die haben da oben offenbar alle Hände voll zu tun«, sagte er. »Ich versuche es in einer Minute noch mal.«

»Es hat keinen Sinn, untätig abzuwarten«, sagte Tank. »Du hast doch gesehen, dass die Nabelschnur schlaff im Wasser treibt. Das Kranseil ist durchtrennt. Sie können uns nicht hinaufziehen, aber sie können uns sicherlich an Bord holen, wenn wir es aus eigener Kraft nach oben schaffen.«

Fletcher ließ sich Tanks Worte durch den Kopf gehen. Er tendierte eigentlich dazu abzuwarten, bis mit der Wasseroberfläche eine Verbindung zustande kam, ehe er einen Notausstieg vorbereitete. Aber dass er von oben keine Antwort erhielt, ließ auf ernste Probleme an Bord der *Alta* schließen. Da Brown verletzt war, hätte es wenig Sinn, sich für längere Zeit in der Tiefe einzurichten.

»In Ordnung. Versuch, die Gewichte abzuwerfen. In der Hoffnung, dass uns jemand hört, melde ich, dass wir einen Express-Aufstieg einleiten.«

Während Fletcher das Funkgerät wieder einschaltete, öffnete Tank eine Bodenplatte. Darunter befanden sich zwei Drehgriffe, die mit externen Gewichten unterhalb der Taucherglocke verbunden waren. Er wartete, bis Bell das Funkgerät sinken ließ und ihm auffordernd zunickte, dann drehte er an den Griffen.

Ein leises Klirren ertönte, als zwei Bleigewichte in ihrem Gehäuse ausgeklinkt wurden. Aber nur eins rutschte weiter und sank auf den Meeresboden hinab. Das andere blieb wegen des verbogenen Rahmens an Ort und Stelle hängen. Während sie sich wegen des herrschenden Ungleichgewichts weiter auf die Seite legte, stieg die Taucherglocke ganz langsam schwerfällig auf. Fletcher zwinkerte Tank aufmunternd zu, erstarrte jedoch abrupt, als ein ohrenbetäubendes Quietschen durch die Taucherglocke hallte. Eine dichte Wolke Gasblasen wirbelte vor dem Bullauge aufwärts, während die Taucherglocke gleichzeitig mit einem heftigen Ruck stoppte.

»Wir hängen am Blowout-Preventer fest!«, rief Tank erschrocken.

Beide drückten die Gesichter gegen die Acrylglasscheibe. Alles, was sie erkennen konnten, war ein dichter Strom tanzender Gasblasen, die mit dem lauten Rauschen und Dröhnen eines startenden Düsenjets in Richtung Tageslicht aufstiegen.

Da sie den Aufstieg in Schräglage begonnen hatten, hatte sich die Taucherglocke an einem weit hinausragenden Seitenarm des Blowout-Preventers verfangen. Dabei hatte der Seitenarm die Halterung mit den neun Reservegasflaschen abgerissen. Gleichzeitig hatte der Blowout-Preventer die Verbindungen mit den Einlassventilen der Taucherglocke getrennt, ehe er sich in der Gasflaschenhalterung verhakte und die Taucherglocke am weiteren Aufstieg hinderte.

Fletcher hechtete zur Steuerkonsole und kontrollierte die Druckanzeigen. Unter normalen Umständen die Ruhe selbst, erbleichte der Taucher, als er hilflos verfolgen musste, wie achtzig Prozent der wertvollen Atemgase ausströmten. Gefangen in der Taucherglocke, die unverrückbar auf dem Meeresgrund festgehalten wurde, waren sie nun einzig und allein auf Rettungsversuche von der Wasseroberfläche angewiesen.

Tank sah seinen Partner mit vor Todesangst geweiteten Augen an. »Wie schlimm ist es?«

Fletcher drehte sich langsam zu ihm um, antwortete jedoch nicht. Der Ausdruck seiner Augen verriet Tank alles, was er wissen musste. Ihnen blieben nur noch wenige Stunden.

6

Zweihundert Meter über der Taucherglocke befand sich das norwegische Explorationsschiff *Alta* im Todeskampf. Dicke schwarze Qualmwolken, aus denen gelegentlich grelle Flammenzungen herausleckten, hüllten das Vorderdeck ein. Ein großer Drehkran, mit dessen Hilfe das Bohrgestänge nachgesetzt wurde, war umgekippt und lag quer auf dem Hauptdeck. Der Schiffsbug tauchte so tief ein, dass die Wellen der immer noch leichten Dünung die Reling zu überspülen drohten.

Kevin Knight, der Kapitän der *Alta*, blickte durch das Fenster der Kommandobrücke auf das Chaos. Wenige Minuten zuvor, nachdem im Bauch des Schiffes ein dumpfer Donner erklungen war, hatte er eine Wettervorhersage abgerufen. Das Deck bog sich unter seinen Füßen. Sekunden später explodierte ein Treibstofftank im Vorschiff und ließ das Schiff kurzzeitig in einem Flammenmeer untergehen.

»Sir, das Dive Shack meldet, dass sie den Kontakt zur Glocke verloren haben!«, rief der Dritte Offizier, über dessen Gesicht ein breiter Blutstrom rann, der aus einer Platzwunde an der Stirn herrührte, die von der herumfliegenden Glasscherbe eines Fensters verursacht worden war.

Alarmglocken schepperten, und blinkende Warnlampen auf der Instrumententafel zeigten an, welche Bereiche des Schiffes bereits überflutet waren. Knight biss knirschend die Zähne zusammen, als er sah, wie sich die Schadensmeldungen häuften. Ihm blieb nichts anderes übrig, als sich in das Unvermeidliche zu fügen.

Er wandte sich an den Funkoffizier. »Setzen Sie einen Mayday-Ruf ab! Geben Sie durch, dass wir sinken und schnellstens Hilfe brauchen.«

Knight griff nach einem Mikrofon und aktivierte die schiffsinterne Sprechanlage. »Sämtliche Angehörige des Brandbekämpfungskommandos sollen sofort die vorgesehenen Positionen einnehmen. Die restliche Besatzung hat Vorbereitungen zum Verlassen des Schiffes zu treffen.«

»Sir, was geschieht mit der Taucherglocke?«, fragte der Dritte Offizier. »Außerdem halten sich drei Männer in der Sättigungskammer auf.«

»In der Sättigungskammer befindet sich eine Rettungszelle. Die Männer sollen sie sofort aufsuchen.«

»Und was ist mit der Taucherglocke?«

Knight schüttelte den Kopf. »Die Insassen dort müssen einstweilen abwarten. Für sie können wir zurzeit nichts tun.« Er sah den zögernden Offizier auffordernd an. »Gehen Sie zur Druckkammer. Und zwar sofort!«

Der Mannschaft, normalerweise niemals um einen verwegenen Spruch verlegen, saß der Schock in den Gliedern, als sie sich auf den Weg machte, um sich in die Rettungsinseln zu begeben. Mehrere Männer, die Verbrennungen davongetragen oder sich anderweitig verletzt hatten, mussten teilweise zu den Rettungsinseln getragen werden, was durch die starke Schlagseite des Schiffes erheblich erschwert wurde. Knight eilte durch die Gänge, schickte auch die Angehörigen des Brandbekämpfungskommandos in die Rettungsboote und vergewisserte sich, dass niemand zurückblieb oder vergessen wurde. Im Parterre der Abteilung, in der sich die Quartiere der Mannschaft befanden, traf er den Schiffsingenieur, der soeben aus dem Maschinenraum heraufkam. »Sind jetzt alle draußen?«

»Ich denke schon.« Der Ingenieur atmete keuchend. »Das Schiff läuft rasend schnell voll, Sir. Wir müssen es sofort verlassen.«

Knight winkte ab. »Die Männer sollen in die Boote steigen und sie sofort zu Wasser lassen. Ich mache einen letzten Rundgang.«

»Das ist zu gefährlich, Sir«, rief der Ingenieur. Aber Knight war bereits in den dichten Rauchschwaden verschwunden.

Das Heck stieg beängstigend steil in die Höhe, während er das Deck überquerte. Durch den Rauchvorhang konnte er für einen kurzen Moment erkennen, dass sich der Bug bereits vollständig unter Wasser befand. Er rannte zur Wasserlinie und suchte das Deck nach Matrosen ab, die es noch nicht bis zu den Rettungsbooten geschafft hatten. Ein zweifaches lautes Klatschen sagte ihm, dass zwei Rettungsinseln im Wasser gelandet waren. Diese Erkenntnis erleichterte und erschreckte ihn zugleich.

Der beißende Qualm brannte in seinen Augen und ließ das Atmen zu einer Tortur werden. Über die Sprechanlage gab er noch einmal den Befehl, das Schiff zu verlassen. Während er sich anschickte, zum Heck zu gehen, bemerkte er einen Stiefel, der hinter einem Deckkran hervorragte. Er gehörte seinem Ersten Offizier, einem Mann namens Gordon. Dessen Kleider waren verkohlt, sein Haar war versengt. Er starrte Knight mit glasigen Augen an.

Der Kapitän versuchte, ihn vom Deck hochzuziehen. »Gordon, wir müssen das Schiff verlassen.«

Der Offizier schrie auf, als Knight seine Bemühungen verstärkte. »Mein Bein!«

In diesem Moment sah Knight, dass eins von Gordons Beinen in einem obszönen Winkel abgeknickt war. Ein blutiges Stück Knochen bohrte sich in Kniehöhe durch den Stoff des Hosenbeins. Der Magen des Kapitäns verkrampfte sich zu einem schmerzhaften harten Knoten.

Ein lautes Krachen unterbrach seine Gedanken, als ein Bündel Bohrgestänge aus seiner Verankerung gerissen wurde und polternd über das Hauptdeck ins Wasser rutschte. Stahlplatten ächzten, als der Rumpf durch das aufragende Heck fast bis zum Bersten belastet wurde. Das Deck erzitterte unter Knights Füßen, während das Schiff darum kämpfte, über Wasser zu bleiben.

Knight schlang einen Arm um Gordons Oberkörper und versuchte, den verwundeten Mann hochzuheben. Gordon machte einen rasselnden Atemzug, ehe er in Knights Armen erschlaffte. Der Kapitän spürte, wie seine eigenen Knie, durch eine Footballverletzung in seiner Jugend geschwächt, unter dem zusätzlichen Gewicht des Verletzten nachzugeben drohten. Die beiden Männer sackten aufs Deck, während ein Generator, der die Taucherglocke mit Strom versorgte, knirschend abrutschte und sie nur knapp verfehlte.

Der *Alta* blieben nur noch Sekunden bis zu ihrem Ende. Knight bereitete sich innerlich auf einen tödlichen Ritt zum Meeresgrund vor.

Dann erklang in nächster Nähe eine aufgeräumte Stimme. »Ich empfehle einen schnellen Abgang, ehe wir uns nasse Füße holen.«

Knight fuhr zu der Stimme herum, aber eine dichte Qualmwolke versperrte ihm die Sicht. Dann tauchte ein hochgewachsener dunkelhaariger Mann mit grünlich funkelnden Augen aus dem Dunst auf und betrachtete die Szenerie.

»Wo ... wo kommen Sie denn her?«

»Von der R/V *Sargasso Sea*«, antwortete Pitt. »Wir haben Ihren Notruf aufgefangen und sind hergekommen, so schnell wir konnten.«

Er sah erst Gordon und dann Knight an und bemerkte die Rangabzeichen auf der Schulter seines Oberhemds. »Wie schwer ist Ihr Mann verletzt, Käpt'n?«

»Sein Bein ist gebrochen.«

Ein Rumpeln lief durch das Schiff, als sein Heck weiter in die Höhe stieg. Pitt eilte zu den Männern, in der Hand ein Rettungsgeschirr, das an einem Seil befestigt war. Er schnallte das Geschirr um Knights Oberkörper. »Können Sie ihn festhalten?«

Knight nickte. »Solange ich nicht laufen muss.«

Pitt hievte Gordons schlaffen Körper hoch und legte ihn auf Knights Schulter. »Ich fürchte, Sie werden trotz allem doch ein wenig nass.«

Er hakte ein Sprechfunkgerät von seinem Gürtel los und rief die *Sargasso Sea*. »Das Geschirr langsam hochziehen.«

Das Deck sackte ab. »Sie säuft ab!«, rief Knight.

Der Kapitän der *Alta* sah, wie sich das Halteseil des Rettungsgeschirrs straffte, als das Schiff unter seinen Füßen abwärtsglitt. Er spürte, wie ihn eine Hand vorwärtsschob, während ihm das Wasser bis zum Hals stieg. Es war Pitt, der ihn zur Reling dirigierte.

Er umklammerte Gordon mit aller Kraft, während sie unter Wasser gesogen wurden. Sie stießen gegen ein Ventilatorgehäuse, und Knight spürte, wie sich das Geschirr um seinen Brustkorb zusammenzog, während die Wassermassen an ihm zerrten. Schlagartig beruhigte sich der Strudel. Dann lief ein Ruck durch das Geschirr, und plötzlich waren sie frei und schwebten über den Wellen.

Knight schaute hoch und sah den türkisblauen Rumpf eines Schiffes, über dessen Reling ein Kran hinausragte, der das Seil einholte, an dem das Rettungsgeschirr mit ihm und Gordon auf seiner Schulter hing. Dessen Körper kam ihm zunehmend schwerer vor. Der Erste Offizier würgte, und seine keuchenden Atemzüge bestätigten, dass er noch am Leben war.

Knight drehte sich, um einen letzten Blick auf die *Alta* zu werfen, deren schwerer Bronzepropeller in der Luft rotierte, ehe das Schiff mit einem Ächzen berstenden Metalls und einem ohrenbetäubenden Zischen herausgepresster und entweichender Luft unter der Meeresoberfläche verschwand. Die beiden Rettungsinseln und die schwimmfähige Dekompressionskammer tanzten in der Nähe auf den Wellen, unbehelligt von der Sogwirkung des sinkenden Schiffes.

Knight konzentrierte sich auf einen Ring schäumenden Wassers, der die letzte Position des sterbenden Schiffes markierte. Einige Trümmerteile stiegen zur Wasseroberfläche empor, aber von dem Mann, der ihm soeben das Leben gerettet hatte, war nichts zu sehen.

7

Pitt hatte das Gefühl, als säße er auf dem Kuhfänger der Lokomotive eines Güterzugs, der durch einen dunklen Tunnel raste.

Nachdem er Knight und Gordon sicher auf den Weg gebracht hatte, wollte er sich über die Reling schwingen. Aber das tödlich getroffene Schiff sank zu schnell, und die darauf einstürzenden Fluten schleuderten ihn gegen das Gerüst eines Deckkrans. Da das Schiff auf seiner Reise in die Tiefe stetig beschleunigte, wurde er vom Ozean gegen das Krangestell genagelt und hatte keine Chance, sich dem Druck entgegenzustemmen.

Die Schmerzen ignorierend, die von dem zunehmenden Druck in seinen Ohren herrührten, zog er sich am Krangestell entlang. Eine Kakophonie gedämpfter metallischer Geräusche erfüllte das Wasser ringsum, als lose Gegenstände im Innern des Schiffes gegen die stählernen Schotten prallten. Ein aus seiner Verankerung gerissener Stützpfeiler wurde gegen das Krangestell gespült und verfehlte Pitt um Haaresbreite.

Als er den Fuß des Krans erreichte, suchte er mit den Füßen Halt, stieß sich ab und schwamm mit kraftvollen Zügen in Richtung der unsichtbaren Reling. Ein harter Gegenstand traf eins seiner Beine, und dann ließ der unwiderstehliche Sog des Wassers nach, so dass er sich wieder einigermaßen frei bewegen konnte. Das sinkende Schiff, das er in der dunklen und trüben See eher spüren als sehen konnte, rauschte an ihm vorbei.

Das Wasser in seiner direkten Umgebung war mit unzähligen kleinen Wirbeln und Strudeln durchsetzt, die eine genaue Orientierung unmöglich machten, aber Pitt zwang sich zur Ruhe. Er hatte sein ganzes Leben dem Tauchen gefrönt, und er fühlte sich im Wasser so heimisch, als sei es sein natürliches Element. Panik in dieser Umgebung war ihm völlig fremd. Er verfolgte eine Kette silberner Blasen, die zu einem ebenfalls silbernen, hellen Lichtschein aufstiegen. Er änderte seinen Kurs und folgte den Luftblasen zur Wasseroberfläche, die sich jedoch, wie er feststellen musste, mit jedem Schwimmzug von ihm entfernte.

Pitt wurde vom Sog der *Alta* weiter in die Tiefe gezogen. Dabei schwamm er gegen eine unsichtbare Macht an, während ihm ein dumpfes Pochen fast den Schädel sprengte. Er brauchte Luft.

Sein Körper machte schmerzhaft Bekanntschaft mit irgendeinem Objekt, und er streckte instinktiv die Hand danach aus. Es hatte Auftrieb und kämpfte ebenso wie Pitt gegen den Sog des sinkenden Schiffes. Als er spürte, wie sich seine Kehle mehr und mehr zuschnürte, wusste Pitt, dass er sich davon losreißen und schnellstens auftauchen musste.

Während seine Lunge kurz vorm Platzen war und sein Sichtfeld auf Tunnelbreite schrumpfte, hörte er nicht auf, heftig mit den Beinen zu strampeln. Er vermisste das Gefühl des Aufsteigens, erkannte jedoch, dass die Luftblasen in seiner Umgebung nicht an ihm vorbei nach oben wanderten. Er legte den Kopf in den Nacken. Das silbrig helle Schimmern kam schon näher, und das Wasser wurde fühlbar wärmer. Die glänzende Meeresoberfläche blieb jedoch außer Reichweite, während jede Ader in seinem Kopf wie ein Dampfhammer pulsierte. Dann war er plötzlich am Ziel.

Sein Kopf brach durch die Wellen, und er sog gierig frische Luft ein, während das dumpfe Pochen seines Herzens langsamer wurde. Ein kleiner Motor schnurrte in seiner Nähe, und ein orangefarbenes Schlauchboot tauchte neben ihm auf. Dann beugte sich das grinsende Gesicht Al Giordinos über den Rand.

Er lachte glucksend, während er Pitt ohne sichtbare Anstrengung über den Randwulst ins Boot zog. »Das ist eine ganz neue Definition des Begriffs ›Wellenreiten‹«, stellte er fest.

Pitt sah ihn erst verständnislos an, danach blickte er ins Wasser. Neben ihnen trieb eine hellgrüne transportable Toilettenzelle von der *Alta*, von der er sich hatte ans Tageslicht tragen lassen. Pitt musste grinsen, als ihm klar wurde, welches Glück er gehabt hatte. »Ich denke, das nennt man ›einen Thron besteigen‹«, sagte er.

Die *Sargasso Sea* hatte die für Notfälle vorgesehene Reserve-Dekompressionskammer der *Alta* an Bord geholt, und das Rettungsteam versorgte bereits die Überlebenden aus den Rettungsinseln, als Pitt und Giordino das Deck betraten. Kapitän Knight entdeckte Pitt und kam eilig zu ihm. »Ich dachte schon, es hätte Sie erwischt.«

»Ihr Schiff hätte mich liebend gern in die Ewigen Jagdgründe mitgenommen, aber ich konnte noch rechtzeitig abspringen. Wie geht es Ihrem Partner?«

»Er liegt sicher aufgehoben im Schiffslazarett. Sie haben uns beiden das Leben gerettet.«

»Das war ein regelrechter Großbrand auf Ihrem Schiff. Wissen Sie, wodurch er entstanden ist?«

Knight schüttelte den Kopf. Das Bild des explodierenden Schiffes würde ihn bis ans Ende seiner Tage verfolgen. »Keine Ahnung. Irgendetwas hat den vorderen Treibstoffbunker hochgehen lassen. Ich kann mir nicht vorstellen, was diese Explosion ausgelöst haben könnte. Wie durch ein Wunder ist anscheinend jeder vom Schiff heruntergekommen, sogar die Männer in der Druckkammer.« Nun aber trat ein schmerzlicher Ausdruck in seine Augen. »Drei weitere Männer sind allerdings noch auf dem Meeresgrund. Unsere Taucher.«

»Waren sie im Wasser?«

Knight nickte. »Sie haben von der Taucherglocke aus gearbeitet. Die erste Explosion hat das Kranseil und die Versorgungsleitung gekappt. Es blieb keine Gelegenheit, sie zu warnen.«

»Wir haben das Undersea Rescue Command der Navy alarmiert«, sagte Giordino. »Sie können in zehn Stunden mit einem Rettungs-U-Boot an Ort und Stelle sein. Außerdem suchen wir nach Tiefseeunternehmen, die zurzeit in der Nähe tätig sind.«

»Vorausgesetzt, es gab in der Taucherglocke keine Verletzten oder sonstige Probleme, müssten die Taucher für mindestens vierundzwanzig Stunden sicher sein«, sagte Pitt. Er deutete auf ein kleines gelbes Unterseeboot auf dem Achterdeck. »Am besten schauen wir nach, wie es ihnen geht. Wir können ihnen zwar nicht aktiv helfen, aber so haben sie wenigstens ein wenig Gesellschaft, bis die Kavallerie eintrifft.«

Pitt wandte sich an Giordino. »Wann können wir die *Starfish* zu Wasser lassen?«

»In etwa zehn Minuten.«

»Sehen wir zu, dass wir es in fünf schaffen.«

8

Das Zwei-Mann-U-Boot versank in der kabbeligen See und begann seine langsame Tauchfahrt, deren Geschwindigkeit allein durch die Schwerkraft bestimmt wurde. Pitt hatte kaum ausreichend Zeit gehabt, in trockene Kleidung zu schlüpfen, ehe Giordino die *Starfish* einsatzbereit gemacht hatte. Er hatte den Pilotensitz noch nicht richtig eingenommen, als er bereits die Checkliste durchging und das Tauchboot mit einem Kran in den Ozean hinabgelassen wurde.

»Batterien liefern volle Leistung, alles ist offenbar im grünen Bereich. Die Tauchfahrt ist freigegeben«, sagte Pitt mit einem Augenzwinkern, während die ersten Wellen über die Aussichtskuppel leckten.

Giordino schaltete eine Batterie externer Scheinwerfer ein, während sie unter die Einhundert-Fuß-Markierung sanken. Der Abstieg kam ihnen quälend langsam vor. Mit der Arbeit am und im Meer vertraut, verspürten sie eine enge Verbundenheit mit den unbekannten Tauchern auf dem Meeresgrund. Nach mehreren Minuten kam der graubraune Meeresboden in Sicht.

»Die Strömung hat uns während des Abstiegs nach Osten abgedrängt«, sagte Giordino. »Ich empfehle einen Kurs von zweihundertfünfundsiebzig Grad.«

»Alles klar.« Pitt schaltete die Strahlruder der *Starfish* ein.

Das Tauchboot glitt über den Grund des Ozeans und musste gegen eine leichte Strömung kämpfen. Der Meeresboden war felsig und hügelig, schien aber nahezu leblos.

Pitt bemerkte, wie sich in einiger Entfernung vor ihnen das Gelände veränderte. »Achtung, da ist irgendwas.«

Zwei parallel verlaufende Furchen im Sediment kreuzten ihren Weg wie eine abgesenkte Querstraße.

»Reifenspuren«, sagte Pitt. »Irgendjemand war hier unten mit schwerem Gerät unterwegs.«

Giordino blickte in die Dunkelheit. »Das deutet darauf hin, dass es bis zum Bohrkopf nicht mehr weit sein dürfte.«

Sie legten eine kurze Strecke zurück, ehe der massige dunkle Schatten der *Alta* vor ihnen auftauchte. Der Bug war durch das Aufschlagen auf dem Meeresboden eingedrückt, ansonsten aber war das Schiff intakt, saß aufrecht auf dem Kiel und hatte nur geringe Schlagseite. Pitt vergeudete keine Zeit damit, die Beschädigungen zu inspizieren, sondern umrundete sein Heck und sah vor sich eine Art Unterwasserschrottplatz.

Gerümpel von der *Alta* war über eine steinige Fläche verstreut, dazwischen eine Ansammlung von Rohrleitungen, Kompressoren und Kabeln, die durch den Aufprall losgerissen worden waren. Vervollständigt wurde dieses Bild der Zerstörung durch große Gasflaschen, die Helium oder Sauerstoff enthielten und die Druckkammer der *Alta* versorgt hatten. Dutzende von grünen, braunen und schwarzen Stahlzylindern bedeckten den Meeresboden.

Während sie über einen zerbeulten Wellblechschuppen glitten, rief Giordino: »Blinklicht an Steuerbord.«

Pitt lenkte das Tauchboot in Richtung des Lichtsignals. Eine aufragende Konstruktion, von deren vertikaler Mittelachse verschiedene Rohrstutzen abzweigten, schirmte das Lichtsignal teilweise ab. Pitt manövrierte das Tauchboot um das Steigrohr des Bohrlochkopfs und Blowout-Preventers herum und fand die Taucherglocke, die in einem schrägen Winkel mit der Konstruktion verkeilt war. Eins ihrer Ballastgewichte befand sich noch an seinem Platz.

Giordino betrachtete die Unglücksstelle mit einem Kopfschütteln. »Die sitzen wirklich ganz schön in der Klemme.«

Ein kleines Licht bewegte sich im Innern der Taucherglocke hinter einem ihrer Bullaugen. Pitt schaltete die Beleuchtung des Tauchboots kurz ein und aus, während er sich näher herantastete und gleichzeitig auf eine sichere Distanz zum Bohrlochkopf achtete.

»Ich glaube, ich kann zwei Männer erkennen«, sagte Giordino. »Mal sehen, ob wir sie über den Notrufkanal erreichen.«

Pitt aktivierte den Notfall-Transponder, der auf der gleichen Frequenz sendete wie der Peilsender der Taucherglocke. »Tauchboot *Starfish* an Taucherglocke *Alta*. Können Sie mich hören?«

Eine schrille, verzerrte Stimme antwortete bestätigend.

»Offenbar befindet sich der Stimmenmodulator auf dem Schiff«, stellte Giordino fest. »Hoffentlich hast du in deiner Jugend genug Micky-Mouse-Filme gesehen.«

Die Stimme Warren Fletchers drang quiekend aus dem Lautsprecher. Pitt verstand nicht jedes Wort, konnte sich jedoch zusammenreimen, dass da ein Mann verletzt war und dass die Taucherglocke den größten Teil ihres Reservegasvorrats verloren hatte. Er lenkte das Tauchboot zur Seite und verschaffte sich einen eigenen Eindruck von der Lage. Ein halbes Dutzend Gasflaschen stapelte sich im Sand unter der Taucherglocke. Das verbogene Tragegerüst für die Gasflaschen war nicht zu übersehen.

Pitt versuchte, die nutzlosen Behälter zu zählen. »Sie haben ein ernstes Atemluftproblem.«

»Jemand hat gerade zwei Finger an die Sichtscheibe gehalten«, sagte Giordino. »Also zwei Stunden.«

Das war ein Problem, mit dem sie nicht gerechnet hatten. Pitt hatte die Absicht gehabt, die Taucherglocke zu suchen und den Männern Mut zu machen, bis ein Tiefsee-Rettungsteam einträfe. Aber diese Hilfstruppen waren bestenfalls acht Stunden weit entfernt. Wenn die ersten Helfer die Unglücksstelle erreichten, wären die Männer in der Taucherglocke längst erstickt.

»Die armen Kerle«, sagte Giordino. »Bis die Navy eintrifft, dauert es noch Stunden. Die drei werden es niemals schaffen.«

»Es sei denn, sie versuchen zu schwimmen.«

Pitt funkte die Taucherglocke an. »*Starfish* ruft *Alta*, können Sie die Glocke verlassen und aus eigener Kraft auftauchen? Wir verfügen über eine Dekompressionskammer. Ich wiederhole, eine Dekompressionskammer steht bereit.«

Fletcher verwarf diese Möglichkeit mit dem Hinweis darauf, dass die Ausstiegsluke von außen blockiert wurde.

Pitt und Giordino studierten die Außenhülle der Taucherglocke und erkannten den verbogenen Rahmen, der ein Öffnen der Luke verhinderte und außerdem das Ballastgewicht in der Haltevorrichtung verkeilt hatte.

Pitt betrachtete die massive Stahlkonstruktion der Taucherglocke. »Diese Luke können wir aus eigener Kraft nicht weit genug öffnen. Meinst du, wir schaffen es, sie vom Steigrohr zu lösen?«

»Einen Versuch wäre es wert. An den unteren Teil des Rahmens, wo sie festhängen, kommen wir nicht heran. Natürlich würde die Taucherglocke nicht sehr weit aufsteigen, solange sie so viel Kabel hinter sich herzieht.«

»Früher oder später müssen sie sowieso versuchen, sich aus eigener Kraft zu befreien.« Pitt lenkte das Mini-U-Boot um die Taucherglocke herum. Dann brachte er die *Starfish* genau über der Taucherglocke in Position.

Giordino machte sich an die Arbeit, fuhr einen mechanischen Arm aus und schob die Greifhand in eine Hebeöse an der Taucherglocke. »Ich hab's.«

Pitt richtete die Düsen der Strahlruder nach unten und versuchte, die Taucherglocke anzuheben. Die Kapsel bewegte sich zwar, gab jedoch nicht vollends nach. Pitt veränderte den Hebewinkel, aber die Steigrohrkonstruktion des Bohrkopfs wollte die Taucherglocke nicht freigeben.

Pitt ließ das U-Boot ein wenig sinken, und Giordino zog die Greifklauen aus der Öse heraus.

»Diese Glocke ist sicherlich ebenso schwer wie unser Boot«, sagte Giordino. »Wir haben nicht genug Leistung, um sie vom Bohrkopf wegzuziehen.«

»Sie müsste nur mit einem kräftigen Ruck von oben angehoben werden.«

»Richtig, nur – das ist mit der *Starfish* nicht zu schaffen.«

»Stimmt«, sagte Pitt. »Aber vielleicht mit Hilfe des Kranseils.«

»Meinst du, wir sollen das Seil heben? Das sind über zweihundert Meter geflochtener Stahl. Wahrscheinlich wiegen sie genauso viel wie die Taucherglocke. Wie sollen wir diese Last an die Wasseroberfläche bringen?«

»Ich dachte nicht an Ziehen. Sondern an Aufschwimmen«, sagte Pitt mit einem Augenzwinkern.

Giordino musterte seinen Partner prüfend. Er kannte diesen Gesichtsausdruck. Er gehörte zu einem Mann, der dem Tod schon mehrmals ein Schnippchen geschlagen hatte. Er vermittelte einen Eindruck von Entschlossenheit und Zuverlässigkeit, wie man ihn bei Old Faithful, dem berühmten Geysir im Yellowstone-Park, seit seiner Entdeckung beobachten konnte. Pitt kannte die Männer in der Taucherglocke nicht, aber er würde niemals untätig zuschauen, wie sie starben.

Giordino massierte sein Kinn. »Wie sollen wir das hinbekommen?«

»Ganz einfach«, sagte Pitt. »Indem wir das Dach anheben.«

9

Mit einem Gefühl, als ob er soeben dazu verurteilt worden wäre, in einem eisigen stählernen Sarg zu sterben, beobachtete Fletcher, wie sich die Scheinwerfer des NUMA-Tauchboots entfernten.

»Sie kommen zurück«, murmelte er halblaut, um sich selbst Mut zu machen.

Er konnte kaum etwas anderes tun, als sich auf sein Atmen zu konzentrieren, bedeutete doch jeder Atemzug einen Hinweis auf ihren beschränkten Luftvorrat. Wie die meisten Berufstaucher war er gegen Klaustrophobie immun, aber nach und nach kam es ihm vor, als drohte ihn die Taucherglocke zu erdrücken.

Er blickte auf Tank hinunter, der zu ihm herübergerutscht war, neben ihm kauerte und schicksalsergeben auf den Boden starrte. Um sich ein wenig gegen seine eigene Angst zu wappnen, stand Fletcher vor dem Bullauge und verfolgte den Weg des Tauchboots. Was hatte es vor? Das Boot bewegte sich anscheinend ohne Plan vor und zurück und wirbelte Schlick auf. Ganz gleich, welche Absichten seine Insassen verfolgen mochten, anscheinend hatte es nichts mit seiner eigenen sowie Tanks und Browns Rettung zu tun.

Aber genau die hatte Dirk Pitt im Sinn.

»Außer einem Altweiberknoten ist es das Beste, was wir tun können«, erklärte Giordino, dem der Schweiß von der Stirn rann.

Er bediente den Roboterarm – oder Manipulator –, der abermals einen Strang des Kranseils der Taucherglocke ergriffen hatte. Pitt hatte Fletcher und die Glocke in der Dunkelheit zurückgelassen, um dem Seil zu folgen, bis er sein ausgefranstes Ende in der Nähe der gesunkenen *Alta* fand.

Auf seine Anweisung hin hatte Giordino das Seilende erfasst und zu dem Wellblechschuppen geschleppt, den sie kurz vorher auf dem Trümmerfeld gesehen hatten. Die aus Fertigteilen zusammengefügte Schweißerhütte hatte auf dem Deck der *Alta* gestanden und war heruntergerutscht, als die *Alta* auf dem Meeresgrund aufgesetzt hatte. Dabei war der Schuppen halbwegs aufrecht stehend im Schlick gelandet. Obgleich erheblich verbeult, ragte er völlig intakt aus dem weichen Sandbett.

Mit Hilfe einiger raffinierter Manöver hatten Pitt und Giordino das Seil um die Tür des Schuppens und anschließend mehrmals um Seitenwände und Dach gewickelt.

»Damit würden wir keinen einzigen Knoten-Wettbewerb gewinnen«, sagte Giordino, »aber jetzt hat unser Drachen einen Schweif.«

»Und nun zum entscheidenden Teil unseres Experiments«, sagte Pitt.

Giordino ließ das Seil los, und Pitt lenkte das Tauchboot dicht an die *Alta* heran. Er senkte das Boot auf den Meeresboden ab und schaute zu, wie Giordino mit dem Manipulator eine braune Heliumgasflasche an ihrem Ventil ergriff.

Giordino schickte Pitt einen warnenden Blick. »Diese Schätzchen sind nicht gerade leicht.«

»Ein Kinderspiel.« Pitt ließ das Boot vom Grund aufsteigen und aktivierte die für Rückwärtsfahrt zuständigen Druckdüsen.

Das Tauchboot glitt langsam zurück. Die Heliumflasche wurde leicht angehoben und rutschte dann durch den Sand. Pitt spielte behutsam mit den Kontrollen, bis er die Gasflasche neben die Schweißerhütte gezogen hatte und mit dem Ventil in unmittelbarer Nähe der offenen Tür ablegen konnte.

»Nummer eins«, sagte Pitt.

»Dieses Manöver hat unseren Batterien nicht gerade gutgetan.« Giordino blickte mit gerunzelter Stirn auf die Anzeigen. »Uns stehen nur noch fünfunddreißig Prozent Leistung bei voller Ladung zur Verfügung.«

Pitt nickte und lenkte das Tauchboot zur nächsten Gasflasche. Sie hatten den Prozess insgesamt sechsmal wiederholt und die sechs Gasflaschen neben der ersten vor der Schuppentür abgelegt, als Giordino meldete, dass sie ihre Aktion baldmöglichst abbrechen müssten.

»Unsere Leistungsreserven schrumpfen auf einstellige Prozentwerte vor dem Komma, großer Meister. Es wird Zeit, ans Tageslicht zurückzukehren.«

»Okay, Maestro. Vorher sollten wir aber die Gasflaschen öffnen, um zu überprüfen, ob dieser Vogel auch fliegen kann.«

Pitt verharrte mit dem Mini-U-Boot über den Gasflaschen, so dass Giordino sie mit seinem Manipulator erreichte. Ein dichter Strom Gasblasen rauschte am Bullauge vorbei, während er das erste Ventil öffnete. Nachdem auch aus dem letzten Zylinder Gas ausströmte, bewegte Pitt die *Starfish* ein kleines Stück rückwärts, und Giordino schob die Stahlflaschen vorwärts, bis die ausströmenden Gasblasen von der Schweißerhütte aufgefangen wurden.

Es war ein verrücktes Manöver, aber ihre einzige Chance, die Taucher in der gestrandeten Glocke zu retten. Pitt hoffte, das Kranseil hoch genug anheben zu können, damit sich die Taucherglocke vom Bohrlochkopf löste. Um das zu erreichen, würde die Schweißerhütte wie ein Hebesack funktionieren und das Seil bei ihrem Aufstieg zur Wasseroberfläche mitnehmen.

Pitt manövrierte mit dem U-Boot hin und her, bis es genau über dem Schuppen schwebte.

»Bist du sicher, dass du genau hier parken willst?«, fragte Giordino.

»Wir müssen die Hütte vielleicht stabilisieren und ihr einen kräftigen Schubs versetzen. Versuch mal, sie in den Griff zu kriegen.«

Giordino fuhr den Manipulatorarm aus und bugsierte die Greifzangen unter einen Vorsprung des Spitzdachs. Pitt leerte die Ballasttanks. Ein dichter Strom aufsteigender Gas- und Luftblasen verdeckte ihnen die Sicht, so dass sie nicht erkennen konnten, ob sie sich mit der Schweißerhütte im Schlepptau bewegten, daher überwachte Pitt den Tiefenmesser. Die digitale Anzeige verharrte für einige Sekunden auf einem konstanten Wert, dann verringerte sich der Wert langsam, aber stetig jeweils um einen Fuß.

Pitt grinste. »Wir bewegen uns.«

Fletcher, der aus der Taucherglocke heraus den Weg des Mini-U-Bootes verfolgt hatte, sah, wie es aufstieg. Für eine Sekunde glaubte er, im Licht seiner Scheinwerfer eine kleine Hütte zu erkennen, die unter dem U-Boot hing. Er rieb sich die Augen und verfolgte, wie die Lichter des Tauchboots verschwanden. Damit verlor er sämtliche Hoffnung auf eine Rettung.

Er hatte natürlich nicht die geringste Ahnung, dass sein Gefängnis mit dem aufsteigenden Gespann verbunden war.

Indem Pitt das Gewicht des U-Bootes einsetzte, um das Dach der Wellblechhütte auszubalancieren, schaffte er es, die Hütte in einer waagerechten Position zu halten, während sie sich mit Gas füllte und zunehmend Auftrieb entwickelte. Dabei stieg sie auf und zog das Stahlseil mit sich. Mit abnehmender Tauchtiefe verminderte sich der Wasserdruck, was dazu führte, dass sich das Gas in der Hütte ausdehnte. Mit ein wenig Glück würde es genug Auftrieb erzeugen, um das zunehmende Gewicht des Kranseils zu kompensieren.

»Fünfhundert Fuß«, sagte Giordino. »Ich komme mir vor wie in einem Lastenaufzug.«

»Für mich fühlt es sich eher wie ein mechanischer Bulle an.« Pitt dirigierte das U-Boot zur Seite. Er musste die Strahldüsen ständig ein- und ausschalten, um die horizontale Lage des Schuppendachs zu erhalten. Wenn die Hütte zu weit in Schräglage kippte, würde das Gas aus ihrem Innern entweichen, und die gesamte Last würde abstürzen.

Die seltsame Konstruktion stieg, eingehüllt in eine dichte Wolke von Gasblasen, zunehmend schneller zur Meeresoberfläche auf. Irgendwann hatte das sich ausdehnende Helium sämtliches Wasser aus der Hütte verdrängt, und es strömte durch jede noch so kleine Öffnung wie auch durch die Tür aus. Die Hütte wurde mit jedem Meter schneller und schob das Mini-U-Boot vor sich her.

Die *Sargasso Sea* wartete einsatzbereit in unmittelbarer Nähe des vorausberechneten Auftauchpunktes. Nervös ging Kevin Knight auf dem Hauptdeck auf und ab und blieb immer wieder stehen, um die Wasseroberfläche rund um das Schiff zu kontrollieren. Er entdeckte eine leichte Turbulenz und konnte beobachten, wie ein Ring aus weißer, schäumender Gischt im Wasser entstand. Nur wenige Sekunden später tauchte das gelbe NUMA-Tauchboot vollständig aus den Wellen auf. Knight konnte erkennen, dass es auf einem Gebilde ruhte, das einem winzigen Haus glich. Als dieses leicht absackte und das U-Boot sich davon entfernte, erkannte Knight die Schweißerhütte von der *Alta*.

Auf Pitts Zeichen hin näherte sich die *Sargasso Sea*. Ein Kran angelte das Seil mit einem Haken und hievte die gesamte Hütte aufs Achterdeck, wo einige Matrosen bereitstanden und das Seil mit Zwingen und Klammern fixierten und sicherten. Das lose Ende wurde von der Hütte abgewickelt und um die leere Trommel einer Winde geschlungen.

Während die Winde das Seil einzuziehen begann, setzte der Kran die Schweißerhütte am Rand des Hauptdecks ab und hievte das Tauchboot an Bord.

Pitt und Giordino hatten sich kaum durch die Einstiegsluke hinausgeschlängelt, als Knight schon aufgeregt auf sie zueilte.

»Sind sie am Leben?«

»Im Augenblick noch«, sagte Pitt. »Die Glocke hat mehrere Reservegasflaschen verloren, daher bleibt ihnen nicht mehr viel Zeit.«

Die Mannschaft wartete gespannt, während die Winde das Seil aufrollte. Niemand wusste, was sie am anderen Ende erwartete. Schließlich entstand unweit der Heckreling eine Turbulenz, und Pitt sah, wie die Kuppel der Taucherglocke auftauchte.

»Lassen Sie die Glocke vom Kran an Bord holen, und sorgen Sie dafür, dass sie in die Dekompressionskammer geschafft wird«, sagte Pitt. »Wir brauchen auch einige Schweißer, die den Unterbau abschneiden müssen, damit wir an die Ausstiegsluke herankommen.«

Die Taucherglocke wurde auf dem Hauptdeck abgesetzt, und die Mannschaft machte sich an die Arbeit. Ein Techniker kam zu Pitt herüber, während Schweißfunken auf das Deck regneten.

»Ich habe die Gegensprechanlage der Glocke mit unserem Schiffsinterkom verbunden«, sagte der Techniker. »Einer der Taucher möchte mit Ihnen reden. Er meinte, sein Name sei Warren.«

Pitt folgte dem Techniker zu einer Konsole, die nicht weit von der Tauchglocke entfernt aufgestellt worden war. Er griff nach einem Handapparat, während ihm ein Mann durch ein Bullauge zuwinkte.

»Hi, Warren. Ich bin Pitt. Wie geht es Ihnen da drin?«

»Nun da ich die Sonne wieder sehen kann, erheblich besser«, antwortete Fletcher. »Eine Weile dachte ich schon, für immer an diesem Bohrkopf festzuhängen. Es war ziemlich verrückt, wie Sie uns aus dem Wasser geholt haben, aber ich bin verdammt froh, dass Sie es versucht haben.«

»Ich entschuldige mich für die unruhige Liftfahrt. Wie geht es Ihren Kollegen?«

»Tank ist okay, aber Brown hat mit seinem gebrochenen Bein große Probleme. Er hat unterwegs mehrmals das Bewusstsein verloren.«

»In der Dekompressionskammer wartet bereits ein Arzt und versorgt ihn, sobald wir Ihren Umzug dorthin organisiert haben.«

»Danke, Mr. Pitt. Was immer Sie mit uns vorhaben, es ist okay. Aber eine Frage habe ich noch, was ist mit der *Alta* passiert?«

»Sie ist nach einer Explosion gesunken. Zum Glück gab es keine Toten, aber niemand weiß, was wirklich geschehen ist. Wir unterhalten uns darüber, wenn man Sie in die Kammer gebracht hat.«

Fletcher nickte. »Halten Sie mich von mir aus für verrückt, Mr. Pitt, aber kurz bevor das Kranseil und die Versorgungsleitung gerissen sind, habe ich ein unbekanntes U-Boot gesehen. Ich glaube, dass jemand die *Alta* ganz gezielt versenkt hat.«

Pitt sah den ernsten Ausdruck in den Augen des Tauchers – und erkannte, dass diese Vermutung ganz und gar nicht verrückt war.

10

Ein heller azurblauer Himmel überstrahlte den Kummer, der auf Havanna lastete. Die Quelle dieser traurigen Stimmung war ein Leichenzug, der sich über das brüchige Pflaster der kubanischen Hauptstadt schleppte, in der die Zeit anscheinend im Jahr 1959 stehen geblieben war. In den mit Schlaglöchern übersäten Straßen, die im Laufe der Jahrhunderte spanische Konquistadoren, englische Rotröcke, amerikanische Landser und russische Generäle gesehen hatten, drängten sich auf den Bürgersteigen Scharen von einfachen kubanischen Bürgern. Scheinbar jeder Bewohner der Insel hatte sich eingefunden, um von *El Caballo* Abschied zu nehmen.

Am Ende hatte Fidel Alejandro Castro Ruz, der feurige Vater der kubanischen Revolution, seinen Kampf gegen die Sterblichkeit verloren. Es war fast sechzig Jahre her, dass ein junger Castro sein Exil abgebrochen hatte und in einer geliehenen Segelyacht mit einer bunt zusammengewürfelten Truppe von einundachtzig Guerillakriegern an der südwestlichen Spitze Kubas gelandet war. Im Zuge eines tollkühnen Putschversuchs, dessen Erfolg an ein Wunder grenzte, hatte er sich der Unterstützung der ländlichen Bevölkerung versichert und das Batista-Regime gestürzt. Weniger als drei Jahre später war er in Havanna einmarschiert.

Castros Liaison mit dem Marxismus hatte es jedoch nicht geschafft, Kuba in das Utopia zu verwandeln, das ihm vorschwebte, und das halbe Jahrhundert seiner Herrschaft, die im Jahr 2008 geendet hatte, als er die Macht an seinen Bruder Raúl übergab, war eher durch politische Repression und wirtschaftliche Engpässe als durch Freiheit und Wohlstand gekennzeichnet gewesen. Dennoch wurde er weiterhin von vielen Kubanern verehrt, von denen die meisten nie ein anderes Staatsoberhaupt kennengelernt hatten.

Der von Pferden gezogene Leichenwagen, begleitet von einer Ehrenwache in schneeweißen Uniformen, bog in die Plaza de la Revolución ein und rollte langsam an einer großen Tribüne vorbei. Die Regierung und die militärische Elite Kubas hatten ihre Plätze in der Mitte der Tribüne. Umringt wurden sie von zahlreichen internationalen Würdenträgern. Die besten Plätze waren für die Vertreter Venezuelas, Chinas und Nicaraguas sowie für eine Handvoll Hollywoodschauspieler reserviert. Raúl Castro nahm Habachtstellung ein und erwies seinem Bruder die Ehrenbezeigung, während die Prozession das imposante José Martí Memorial passierte.

Raúl und sein Vizepräsident, ebenfalls in den Achtzigern und auf einen Gehstock angewiesen, kehrten in das Gebäude des Innenministeriums zurück, wo ein kleiner Empfang stattfand. Die kubanische Herrschaftselite, die aus Staatsrat und Ministerrat bestand, sowie die leitenden Mitglieder der Nationalversammlung, der Kommunistischen Partei und der Revolutionsarmee bildeten eine Warteschlange und drückten Präsident Castro ihr Beileid aus.

Ein elegant gekleideter Mann mit silbergrauem Haar beendete seine Kondolenzbezeugung und durchquerte danach den Raum, wobei er unabsichtlich einen General anrempelte, der sich gerade angeregt mit einem Berater unterhielt.

»Ich bitte um Entschuldigung, General«, sagte er und blieb vor dem Mann stehen, mit dem er kollidiert war.

General Alberto Gutiers Raubvogelgesicht verzog sich, als er den Störenfried mit hartem Blick musterte. »Minister Ruiz.«

»Dies ist ein trauriger Tag für Kuba«, sagte Ruiz. »*El Caballo* war das Herz und die Seele der Revolution.«

Gutier quittierte die Nennung von Fidels populärem Spitznamen – das Pferd – mit einem Grinsen. »Ein Mann kann eine Revolution auslösen, aber viele sind nötig, um sie in Gang zu halten.«

»Das ist richtig, aber ohne entschlossene Führung gibt es keinen Fortschritt.« Ruiz schaute zu Raúls betagtem Vizepräsidenten hinüber, der in einem Sessel in Castros Nähe saß und aus einer tragbaren Gasflasche Sauerstoff einatmete.

Dann wandte er sich wieder zu Gutier um und sagte leise: »Es wird nicht mehr lange dauern, bis in Kuba eine neue Ordnung herrscht. Dynamisch, weltoffen und fortschrittlich.«

»Sie meinen doch nicht etwa *sich selbst* damit?«

»Nun, das wäre keine schlechte Idee«, sagte Ruiz. »Ich bin froh, dass ich auf Ihre Unterstützung zählen kann, und freue mich schon jetzt auf Ihre interessanten Anregungen im Staatsrat während meiner Präsidentschaft.«

Die beiden waren erbitterte Rivalen. Sie gehörten zu Castros Kabinett, Gutier als Innenminister und Ruiz als Außenminister. Und beide erfreuten sich der Gunst des Präsidenten und wussten, dass der Posten als Herrscher des Landes in Reichweite war. Zu Gutiers Verdruss galt Ruiz als wahrscheinlichste Ablösung des kränkelnden Vizepräsidenten und Nachfolger Castros.

Gutier musterte Ruiz eisig. »Ich halte es für wahrscheinlicher, dass Sie mir in Kürze die Schuhe putzen werden.«

»Ich bitte Sie. Sie erwarten doch nicht ernsthaft, so schnell aufzusteigen, oder?« Er beugte sich vor, um ins Ohr des Generals zu flüstern. »Es gibt Gerüchte, dass der Tod von Minister Ortiz kein Unfall gewesen sei und die Armee ihre Hände im Spiel gehabt haben soll. Das ist eine denkbar schlechte Presse für Sie, mein lieber Freund.«

Diesmal reagierte Gutier mit einem Lächeln. »Vielleicht trifft es zu«, erwiderte er ebenfalls im Flüsterton. »In diesem Fall hoffe ich, dass Sie in Zukunft vorsichtig mit dem Auto fahren.«

Ruiz, normalerweise schlagfertig und niemals um eine bissige Bemerkung verlegen, wandte dem General den Rücken und ging auf eine Gruppe befreundeter Mitarbeiter zu.

Gutier entließ seinen Berater, blickte sich im Raum um und bemühte sich, seine Abscheu, die ihn bei diesem Anblick überkam, zu verbergen. Die Führungsriege Kubas bestand aus alten Kampfgefährten *El Caballos,* die sich, mit einem Fuß bereits im Grab, beharrlich an die Macht klammerten. Ruiz hatte mit seiner Bemerkung über eine neue Generation, die auf ihre Chance wartete, recht. Aber was er von dieser neuen Generation bislang gesehen hatte, stieß ihn ab. Sie alle waren wie Ruiz, Produkte einer privilegierten Erziehung, die revolutionäre Sprüche klopften, während sie im Stillen auf Kosten des Staates wie im Schlaraffenland lebten. Nicht dass Gutier keinen Gefallen an den Annehmlichkeiten hatte, die seine Macht mit sich brachte. Es war nur so, dass er auch erheblich bescheidenere Lebensumstände kannte. Zusammen mit seinem Bruder war er von einer mittellosen Mutter in einer Bruchbude in Santiago aufgezogen worden, nachdem sein Vater während der Kampfhandlungen im Zuge der Schweinebucht-Invasion gefallen war. Als seine verwitwete Mutter wenig später einen Offizier der Armee heiratete, verbesserte sich sein wirtschaftlicher Status, aber glücklicher wurde er nicht.

Sein Stiefvater war Alkoholiker, der die Jungen und ihre Mutter regelmäßig mit Schlägen traktierte. Vielleicht aus einem Gefühl der Schuld heraus machte Gutiers Vater seine adoptierten Söhne mit dem Soldatenleben vertraut und brachte sie auf einer Offiziersschule unter. Nach Jahren ständiger Misshandlungen revanchierten sich die Brüder, als sie erwachsen waren, indem sie den Mann erwürgten und seine Leiche in den Rio Cauto warfen. Von niemandem verdächtigt, lernten sie zum ersten Mal kennen, wie es sich anfühlte, einen Mord zu begehen und dennoch straffrei zu bleiben. Es sollte nicht ihr letzter Mord sein.

Dank eines ausgeprägten Talents für List und Tücke stieg der ältere Gutier sehr schnell in der militärischen Hierarchie auf und erwarb sich den Ruf absoluter Skrupellosigkeit. Raúl wurde auf ihn aufmerksam, als der jüngere Castro das Kommando über die Revolutionsarmee innehatte. In Raúls Stab versetzt, diente Gutier als erfolgreicher, wenn auch nicht allzu beliebter Problemlöser.

Gleichzeitig mit Raúls Aufstieg wurde er zum Innenminister ernannt, allerdings erst nachdem ein erfahrener General nach dem Konsum einer unbekannten giftigen Substanz von einer akuten geistigen Lähmung heimgesucht wurde.

Gutier verabschiedete sich von einer Gruppe Abgeordneter und verließ den Empfang. Ein Militärlastwagen russischer Bauart transportierte ihn quer durch Havanna zu einem kleinen Flugplatz in Playa Baracoa. Er stieg in einen Helikopter, der mit ihm nach Osten an der Küste entlangflog und die Einfahrt zum Hafen von Havanna und den Hügel passierte, auf dem Morro Castle stand. Nach einem Flug von etwa dreißig Meilen landete der Hubschrauber auf einem Feld unweit eines kleinen Yachthafens. Dort begab sich Gutier auf eine Barkasse, die wenig später durch die indigoblauen Fluten der Floridastraße pflügte.

Die Barkasse nahm Kurs auf eine Luxusyacht, die in der Bucht ankerte. Neben dem von Oceanco erbauten Schiff, das jeden erdenklichen Luxus enthielt, erschien die Barkasse winzig klein. Während sie auf eine heruntergelassene Trittleiter zusteuerte, las Gutier den Namen der Yacht, *Gold Digger*, in goldenen Lettern auf ihrem Heckspiegel. Ein Mitglied der Mannschaft geleitete den General in einen klimatisierten Salon.

Mark Ramsey stand hinter einer Bar aus Mahagoni und mixte Drinks. »General, wie schön, dass Sie hierhergekommen sind. Ich war mir nicht sicher, ob Sie unsere Verabredung an einem derart traurigen Tag einhalten könnten.« Er schaltete einen Fernseher aus, auf dessen Bildschirm die aufgebahrte sterbliche Hülle Fidel Castros zu sehen war.

»Meinen offiziellen Pflichten bin ich schon früher nachgekommen«, sagte Gutier. »Es mag ein trauriger Tag für die Geschichte Kubas sein, aber für seine Zukunft ist es ein freudiger Tag, denke ich.«

Ramsey reichte ihm einen Daiquiri. »Auf den Aufschwung Kubas.«

»Auf Kuba.«

Ramsey führte ihn zu einem Esstisch, der mit Dokumenten bedeckt war. Sie setzten sich.

»Eine unangenehme Woche liegt hinter mir«, sagte Ramsey. »Ich habe ein Bohrschiff verloren, das ich von den Norwegern geleast hatte, und Ihnen ist eine nationale Ikone abhandengekommen. All dies sozusagen als Krönung des schlimmen Autounfalls von Minister Ortiz.«

»Niemand lebt ewig. Dafür wird Fidels Handschrift in Kuba allgegenwärtig sein und die Zeiten überdauern.«

»Sein Tod hinterlässt eine spirituelle Lücke in Ihrem Land. Eine Lücke, die vielleicht jemand wie Sie ausfüllen könnte.«

Gutier bemühte sich um eine ausdruckslose Miene. »Kein Mensch kann voraussagen, was das Schicksal für ihn bereithält. Erzählen Sie mir von Ihrem Schiffsunglück und vom Stand Ihrer Erdölsuche.«

»Die *Alta* war ein modernes Bohrschiff, das auf Tiefseeprojekte spezialisiert war. Sie sollte die technischen Voraussetzungen für eine Probebohrung in Quadrant R-29 des von uns gepachteten Explorationsgebiets schaffen.« Er schob eine Seekarte zu Gutier hinüber und deutete auf eine Region nordöstlich von Havanna. »Dies ist eines der beiden Gebiete, für die uns mit Minister Ortiz' Unterschrift kurz vor seinem Hinscheiden die Erdölexplorationsrechte zugeteilt wurden. Ich hoffe, dass diese Vereinbarung auch weiterhin uneingeschränkt gilt.«

»Bei den Verhandlungen vertrat Minister Ortiz die kubanische Regierung. Die Vereinbarung hat weiterhin Bestand. Aber, was war denn nun mit diesem gesunkenen Schiff?«

»Nach einer Explosion, deren Ursache nach wie vor unbekannt ist, ging es innerhalb von weniger als zehn Minuten unter. Die Mannschaft konnte sich in Sicherheit bringen, aber drei Taucher waren auf dem Meeresgrund gefangen. Wäre nicht ein amerikanisches Forschungsschiff zu Hilfe gekommen, wären sie mit Sicherheit gestorben. Wie es aussieht, sind keine Menschenleben zu beklagen.«

»Das nenne ich Glück. War das Schiff durch den Eigentümer versichert?«

»In diesem Fall war der Benutzer für den Abschluss einer Versicherung zuständig, während es sich im Arbeitseinsatz befand.« Ramsey presste die Lippen zusammen, als er an den Eigenanteil an der Schadenssumme dachte, den er aus seiner Tasche würde beisteuern müssen.

»Wann beabsichtigen Sie, dorthin zurückzukehren?«, fragte Gutier.

»Unser zweites gechartertes Schiff operiert in unserem zweiten Suchgebiet vor der Westküste. Wir schätzen die dortigen Erfolgschancen erheblich geringer ein, daher werden wir in ein oder zwei Wochen unsere Arbeiten abbrechen und die Vorbereitungen für die Testbohrung abschließen, die die *Alta* begonnen hat.«

Gutier blickte Ramsey streng in die Augen. »Ich möchte Sie bitten, für mindestens drei Wochen von allen weiteren Aktivitäten in Quadrant R-29 abzusehen.«

»Gibt es dafür einen bestimmten Grund?«

»Ich wünsche es«, sagte Gutier barsch.

Ramsey schob die Seekarte zu ihm hinüber. »General, ich weiß, dass es einige Mühen gekostet hat, Ihre Regierung zu bewegen, unser Konsortium innerhalb Ihrer Hoheitsgewässer zum Zuge kommen zu lassen. Wir erhielten jedoch die Genehmigung, nur zwei kleine Quadranten vor der Küste zu untersuchen, von denen keiner von unseren Geophysikern als besonders vielversprechend eingeschätzt wird. Um erfolgreich arbeiten und Ihnen zu substantiellen Erdölexporten verhelfen zu können, brauchen wir einen ungehinderten Zugang zu weiteren Flächen auf dem Meeresgrund.«

»Mr. Ramsey, ich darf Sie daran erinnern, dass es außer Ihnen noch zahlreiche andere Interessenten gibt, die die gleichen Ziele verfolgen.«

»Wir sprechen aber von Tiefseeprojekten. Das ist eine völlig andere Hausnummer. Wenn Sie die Leute aus Mexiko oder Venezuela ... oder aus dem Mittleren Osten zum Zuge kommen lassen, dürfte es doppelt so lange dauern, bis Sie mit zuverlässigen Ergebnissen rechnen können.«

»Aber Sie selbst sind doch ebenfalls Bergbauingenieur.«

»Richtig, auf diesem Gebiet habe ich einige Erfahrung. Aber ich bin lediglich einer von mehreren Partnern in diesem Joint Venture. Ich bin nur hierhergekommen, weil sich der Chef des Konsortiums zurzeit von einem leichten Herzinfarkt erholt. Aber ich kann Ihnen versichern, dass unsere Gruppe kanadischer und norwegischer Erdölexperten reichhaltige Erfahrung vorweisen kann, die sie auf der Ölsuche in der Nordsee und in der Arktis gesammelt hat. Sie erledigen ihre Arbeit effizient und in kürzester Zeit. Was Tiefseeoperationen betrifft, sind sie praktisch konkurrenzlos.«

»Aber Sie müssen immer noch Ergebnisse vorweisen.«

»Im Erdölgeschäft gibt es nun mal keine Garantien.«

Gutier blickte auf die Seekarte. »Wo wollen Sie denn sonst noch bohren?«

Ramsey deutete auf ein weitläufiges Gebiet, etwa einhundert Meilen nordwestlich von Havanna. »Wenn wir die freie Wahl hätten, stünde das North Cuba Basin auf unserer Liste möglicher Erdölreserven an erster Stelle.«

»Vielleicht schaffe ich es, Ihnen einen Teil des Gebiets für eingehende Untersuchungen zugänglich zu machen. Aber ich verlange eine Gegenleistung.« Seine dunklen Augen fixierten Ramsey.

»Sagen Sie, was Sie wollen.«

»Soweit ich weiß, hatten Sie vor kurzem einige Probleme mit einer Bohrung in Indonesien.«

»Das Problem waren ein paar militante Islamisten. Sie haben meinen Projektleiter und drei Ingenieure entführt – am helllichten Tag mitten in der Straße von Jakarta.«

»Und wurden sie gerettet?«

»Alle sind am Leben und wohlauf, Gott sei Dank.«

»Und die Entführer?«

»Die hatten nicht so viel Glück.« Ramsey lächelte schief. »Sie wurden bei einer Schießerei getötet.«

»Aber nicht von Regierungstruppen.«

»Nein. Weshalb interessieren Sie sich dafür?«

»Ich plane ein Projekt, zu dessen Durchführung gewisse militärische Fähigkeiten nötig sind.«

»Ihnen stehen doch die hervorragenden Truppen des kubanischen Militärs zur Verfügung.«

»Das stimmt schon, aber in diesem Fall handelt es sich um ein externes Projekt, das absolute Geheimhaltung verlangt.«

»Nicht in den USA, wenn ich Sie richtig verstehe.«

»Nein.«

Ramsey nickte.

»Ich möchte Ihre Männer engagieren«, sagte Gutier.

»Das sind nicht meine Männer. Sie sind selbstständig und wurden für diese besondere Arbeit angeheuert.«

»Würden Sie auch für mich arbeiten?«

»Ich sehe keinen Grund, weshalb nicht, vorausgesetzt Sie sind kein heimlicher Al-Kaida-Sympathisant.«

»Falls es Sie beruhigt, meine Mutter war gläubige Katholikin und hat meinen Bruder und mich in diesem Geist erzogen.«

Ramsey ging zu seinem Schreibtisch und kam mit einem Bogen Papier zurück, auf dem er einen Namen und eine Telefonnummer notiert hatte.

»Maguire?«, las Gutier laut vor. »Ist das alles?«

»Meine Kontaktperson. Die Telefonnummer – und die Nummer eines Bankkontos auf den Kaiman-Inseln –, das ist alles, was ich von ihm weiß.«

»Ist er ein Profi?«

»Absolut. An Ihrer Stelle würde ich ihm nicht allzu viele Fragen stellen.«

Gutier erhob sich. »Den Verlust Ihres Schiffes bedauere ich. In Kürze wird Ihnen der Zugang zu dem neuen potentiellen Ölfeld gestattet.« Er wandte sich um und verließ den Salon.

Ramsey rührte sich nicht. Durch das Fenster beobachtete er, wie sich die Barkasse mit dem General an Bord entfernte. Dabei fragte er sich unwillkürlich, ob er möglicherweise gerade einen Pakt mit dem Teufel geschlossen hatte.

TEIL II

Aztlán

11

Die Strahlen der Tauchlampe drangen funkelnd durch das kristallklare Wasser und erhellten eine raue Kalksteinwand in etwa fünf Metern Entfernung. Kein Detail war so klein, dass man es nicht hätte erkennen können, dachte Summer Pitt und staunte über die Reinheit des Wassers. Obgleich sie die Farben und die Wärme der Meeresfauna und -flora, die einen Tauchgang in Salzwasser so reizvoll machten, vermisste, genoss sie die Gelegenheit, sich in einer Umgebung mit perfekten Sichtverhältnissen bewegen zu können. Wenn sie nach oben schaute, konnte sie die von ihr ausgeatmeten Luftblasen zur Wasseroberfläche aufsteigen sehen – gut dreißig Meter über ihr.

Die Ozeanografin und Tochter des NUMA-Direktors tauchte in einer Cenote in der Nähe der Küste von Tabasco, einem Bundesstaat in Ost-Mexiko. Ihrer natürlichen Herkunft nach eine Doline, die in einer Kalksteinschicht entstanden war, bestand eine Cenote im Grunde nur aus einem vertikalen, mit Wasser gefüllten Tunnel. Summer hatte das Gefühl, sich in einem Fahrstuhlschacht zu bewegen, während sie sich tatsächlich in einer Höhle mit etwa zwanzig Metern Durchmessern absinken ließ. Als das hereinfallende Sonnenlicht schwächer wurde, richtete sie den Lichtstrahl ihrer Tauchlampe nach unten in die Dunkelheit. Nicht weit von ihr entfernt strebten zwei weitere Taucher zu dem sandigen Grund der Höhle hinab. Sie blies ihre Ohren frei, folgte den beiden Tauchern und holte sie ein, als sie den Boden in vierzig Metern Tiefe erreichten.

Sie schwamm neben einem dunkelhaarigen Mann, dessen großer, schlanker Körperbau ihrem eigenen frappierend ähnlich war. Er wandte sich zu ihr um und zwinkerte ihr zu. Die Freude über diesen Tauchgang in der Cenote blitzte in seinen hellgrünen Augen. Ihr Zwillingsbruder Dirk, der den Namen seines Vaters trug, machte keinen Hehl daraus, welches Vergnügen es ihm bereitete, dem Ruf der Tiefe folgen zu können.

Sie schwammen nebeneinander auf den dritten Taucher zu, einen bärtigen Mann, dessen zotteliges graues Haar seine Tauchmaske umrahmte. Professor Dr. Eduardo Madero, ein Anthropologe, der an der Universität von Veracruz lehrte, untersuchte voller Sorgfalt den Grund der Höhle. Dirk und Summer hatten soeben ein mit Madero durchgeführtes meereskundliches Projekt abgeschlossen, das darin bestanden hatte, einen Abschnitt des Korallenriffs vor Campeche zu vermessen und auf Umweltschäden zu untersuchen. Als Dank für ihre Hilfe hatte Madero sie zu einem Tauchgang in der abgeschiedenen Tabasco-Cenote eingeladen, wo er seine eigenen kulturgeschichtlichen Forschungen betrieb.

Madero schwebte über einem großformatigen Aluminiumgitter, das über einem Teil des Bodens der Cenote verankert war. Kleine gelbe Fähnchen mit nummerierten Schildern ragten aus dem Sand und markierten die Fundorte von Artefakten, die während der offiziellen Ausgrabungen gefunden worden waren. Die meisten Objekte, denen Maderos Ausgrabungen galten, waren ausgiebig zu besichtigen.

Während sie vorsichtig neben ihm in Position gingen, richteten Dirk und Summer ihre Tauchlampen auf den teilweise ausgegrabenen Abschnitt. Summer wich plötzlich erschrocken zurück. Ein menschlicher Schädel schaute zu ihr hoch und entblößte braun gefleckte Zähne. Ein Paar kleiner goldener Ringe glänzten neben dem Schädel im Sand, handgearbeiteter Ohrschmuck, der einst die Schönheit seiner stolzen Besitzerin zu ihrer Freude zur Geltung gebracht hatte.

Summer schwenkte ihre Lampe und holte eine morbide Kollektion aus dem Sand ragender Knochen und Schädel aus dem Dunkel. Madero hatte nicht übertrieben, als er sie vor dem Tauchgang gewarnt hatte, auf dem Grund sehe es aus wie auf einem Friedhof nach einem Tornado.

Dass die Cenote zum Darbringen von Menschenopfern verwendet worden war, erschien offensichtlich, aber Madero musste erst noch genau bestimmen, wem genau sie als ritueller Versammlungsort gedient hatte. Sie befand sich in einer Region, in der zuerst die Olmeken und später die Maya gelebt hatten. Allerdings gab es keine Fundstücke, die Madero einer der beiden Epochen hätte zuordnen können. Eine kleine Porzellanfigur war auf das Jahr 1500 n. Chr. datiert worden, was mit der Herrschaft der Azteken weiter im Norden übereinstimmte und beinahe mit dem Eroberungszug der Spanier zusammenfiel.

Während sie den freigelegten Schädel betrachtete, stellte sich Summer das zeremonielle Menschenopfer vor, das Jahrhunderte zuvor am Rand der Cenote stattgefunden hatte. Wenn es ein aztekisches Ritual gewesen war, dann hätte das Opfer dem Himmel das Gesicht zugewandt, während ein Hohepriester eine rasiermesserscharfe Feuersteinklinge in die Brust des Opfers gestoßen und das schlagende Herz herausgerissen hätte. Das Herz und das Blut waren die Gaben an die Götter, wahrscheinlich an den Kriegsgott, der den täglichen Weg, den die Sonne am Himmel beschrieb, bestimmte.

In einigen Fällen wurden die Glieder des Opfers abgetrennt und während einer rituellen Mahlzeit verzehrt, während der Körper in die Cenote geworfen wurde. Bei den Azteken waren Menschenopfer an der Tagesordnung. Der grinsende Schädel, der zu Summer heraufschaute, gehörte zu einem von vielleicht mehreren hundert Opfern aus dem unbekannten Dorf, das einst in der Nähe existiert haben musste. Trotz der Wärme in ihrem Nasstauchanzug fröstelte sie bei dem Gedanken.

Summer wandte sich von dem Anblick ab und folgte Madero, als er sie zu mehreren Ausgrabungspunkten führte und auf eine Mahlschale, oder *molcajete*, aus Basalt deutete, die noch katalogisiert und eingesammelt werden musste. Nachdem sie für einige weitere Minuten die grässliche Kollektion menschlicher Überreste betrachtet hatten, deutete Madero mit dem Daumen nach oben zum Ausstieg. Ihre Tauchzeit war abgelaufen.

Froh, den Unterwasserfriedhof hinter sich lassen zu können, schwamm Summer vor den beiden Männern zur Wasseroberfläche. Während sie ihrer Spur aufsteigender Luftblasen folgte, streifte sie die Kalksteinwand. Bei einem überhastet ausgeführten Beinschlag blieb sie mit dem Rand ihrer Schwimmflosse an einem Vorsprung hängen, so dass ihr die Flosse beinahe vom Fuß gerissen wurde. Links von ihr ragte eine schmale Leiste aus der Schachtwand, auf der sie sich abstützte, während sie ihre Schwimmflosse zurechtrückte.

Sie stieß sich von der Kalksteinleiste ab, um den Aufstieg fortzusetzen, spürte jedoch gleichzeitig einen glatten Widerstand unter dem Arm. Sie hielt inne und untersuchte die schmale Leiste, die mit einer dicken Schicht Schlick bedeckt war. Als sie mit der Hand im Wasser hin und her wedelte, entfernte sie eine Lage losen Sediments, das sich als braune Wolke im Wasser ringsum verteilte. Während sich die winzigen Schwebeteilchen wieder setzten, tauchte auf der Leiste eine Bilddarstellung auf: ein gemalter Schmetterling.

Madero holte zu Summer auf und warf einen Blick auf die Leiste. Plötzlich funkelte ein Ausdruck des Erkennens in seinen Augen. Er strich leicht mit der Hand, die in einem Handschuh steckte, über die von den Ablagerungen befreite glatte Fläche, dann bohrte er die Finger in die Sedimentschicht, um die Umrisse des Objekts zu ertasten. Beim Absinken offenbar auf dem Vorsprung gelandet, machte das Objekt nicht gerade den Eindruck, als sei es so bedeutend, dass es einer methodischen Inspektion unterzogen werden müsste. Er wischte den Schlick beiseite und legte einen Porzellanbehälter frei, der ungefähr die Größe einer herkömmlichen Schmuckschatulle hatte. Die Ecke, die nicht mit Sediment bedeckt war, wies als Verzierung einen kleinen Schmetterling auf.

Madero gab Summer durch Handzeichen zu verstehen, dass sie die Schatulle an sich nehmen und damit auftauchen solle. Sie hob den Porzellanbehälter so vorsichtig hoch, als sei er eine tickende Zeitbombe, und setzte dann mit kräftigen Beinschlägen ihren Weg zum Tageslicht fort.

Da sie sich nur für einen kurzen Zeitraum auf dem Grund der

Cenote aufgehalten hatten, brauchten sie keine Dekompressionspause einzulegen. Sie paddelte mit den Füßen, bis ihr Kopf durch die ruhige Wasseroberfläche brach. Vor einer provisorischen Treppe wartete sie, während Madero aus dem Wasser stieg, seine Tauchausrüstung ablegte und zurückkam, um Summer von ihrer zerbrechlichen Last zu befreien. Dirk folgte ihr, als sie die Stufen hinaufstieg. Eingehüllt von der feuchtwarmen Luft der mexikanischen Golfküste, schälten sie sich schnellstens aus ihren Nasstauchanzügen.

»Das Wasser war unglaublich klar«, sagte sie leise zu Dirk, »aber auf die Friedhofstour hätte ich gut verzichten können.«

Er zuckte die Achseln. »Er ist sicher nicht der schlechteste Ort, an dem man die Ewigkeit überdauern kann, nachdem man sein Herz verloren hat.«

»Was haben sie mit den Herzen getan?«

»Ich glaube, sie haben sie verbrannt. Vielleicht haben sie auch einige als Vorrat aufbewahrt.« Mit einer ausholenden Geste deutete Dirk auf den nicht allzu dichten Dschungel ringsum. Madero hatte nur einige wenige verstreute Überreste eines Tempelbaus und eines Dorfs in der Nähe der Cenote gefunden. Viel war von beidem nicht mehr vorhanden. Lediglich zwei Stoffzelte, die während ihrer regelmäßigen Ausgrabungen von Madero und seinen Helfern benutzt wurden, deuteten daraufhin, dass dieser Ort nicht gänzlich verlassen und vergessen war.

Der Archäologe hatte Summers Porzellanbehälter zu einem Tisch in der Nähe gebracht. Summer und Dirk kamen zu ihm, während er mit einer alten Zahnbürste eine verhärtete Sedimentschicht entfernte.

»Was hat Summer denn nun gefunden?«, fragte Dirk. »Eine antike Zigarrenkiste?«

»No es una caja de cigarros«, widersprach Summer und schüttelte den Kopf.

Madero lächelte anerkennend. »Ihr Spanisch ist gut.« Prüfend betrachtete er die Schatulle. »Ich denke, es ist etwas weitaus Bemerkenswerteres.«

Summer beugte sich ein wenig vor, um das Artefakt eingehend zu studieren. »Was meinen Sie, wofür der Behälter benutzt wurde?«

»Das kann ich auf Anhieb nicht sagen, aber der Form und Aufmachung nach zu urteilen dürfte die Schatulle aztekischen Ursprungs sein. Die Azteken waren auch handwerklich wahre Künstler. Ich habe schon viele ihrer Artefakte untersuchen dürfen, aber so etwas wie dies habe ich noch nie gesehen.« Er legte die Zahnbürste beiseite und kippte die Schatulle ein wenig an, so dass Summer sie besser begutachten konnte.

»Die Form ist einzigartig«, sagte er. »Ein genau rechtwinkliger Würfel ist aus Ton viel schwieriger herzustellen als ein rundes Gefäß. Und sehen Sie sich dies an.«

Er deutete auf die Naht am Rand des Deckels, die mit einer grauen Substanz abgedichtet war.

»Der Behälter wurde zugeklebt«, sagte Dirk.

»Genau. Die Substanz sieht wie getrockneter Latex aus, der sich leicht aus den einheimischen Gummibäumen gewinnen lässt.« Er hob die Schatulle hoch und schüttelte sie vorsichtig. Ein leichter Gegenstand klapperte in ihrem Innern.

»Er scheint vollkommen dicht zu sein, obgleich er sicherlich lange im Wasser gelegen hat«, sagte Madero. »Die Ablagerungen, die sich im Laufe der Zeit auf dem Behälter angesammelt haben, haben ihn bestimmt noch zusätzlich abgedichtet.«

»Was meinen Sie, was sich darin befindet?«, fragte Summer.

Madero schüttelte den Kopf. »Keine Ahnung. Sobald wir in mein Labor in Veracruz zurückgekehrt sind, röntgen wir den Behälter, und dann entfernen wir den Latex und öffnen den Deckel.«

Dirk grinste. »Ich glaube noch immer, dass es einige leicht vermoderte Zigarren sein werden.«

»Vielleicht.« Behutsam stellte Madero die Schatulle zurück auf den Tisch. »Aber ich denke, es ist etwas Wertvolleres und Bedeutenderes.«

Er nahm die Zahnbürste wieder zur Hand, bewegte die Borsten vorsichtig über die Deckelmitte und legte ein hellgrünes Muster aus runden Elementen frei. Eingelegte grüne und blaue Schmucksteine vervollständigten das Muster. Eine Vogelschwinge nahm allmählich Gestalt an.

»Die Azteken hatten eine Vorliebe für die Darstellung von Tieren«, sagte Madero. »Besonders beliebte Motive waren Adler und Raubkatzen wie der Jaguar. Das waren kriegerische Symbole.«

Summer studierte das Bild, von dem nach und nach mehr Details zu erkennen waren. »Es ist ein Vogel, aber kein Adler, denke ich. Wurden auch noch andere Vögel als Symbole verwendet?«

»Ja, vor allem exotische Tropenvögel. Deren Federkleid galt als besonders wertvoll, noch wertvoller als Gold. Der oberste Herrscher und andere hohe Würdenträger bestellten kunstvolle Kopfbedeckungen, die aus den Federn eines grünen Urwaldvogels namens Quetzal hergestellt wurden. Dann gibt es noch Huitzilopochtli. Er war die älteste Gottheit der Azteken, wahrscheinlich auch die wichtigste. Dabei war er ein Kriegsgott, aber auch der Schutzpatron der Stadt Tenochtitlan. Er führte die Mexica auf ihrer Wanderung von Aztlán nach Tenochtitlan – dem heutigen Mexico City.«

»Wurde er ebenfalls mit einem Vogel in Verbindung gebracht?«, fragte Summer.

»Ja, und zwar mit einem blauen Kolibri. Dessen Darstellung war für die Angehörigen der herrschenden Klasse reserviert.«

Madero pustete den Sedimentstaub vom Deckel und präsentierte Summer die nunmehr weitgehend gesäuberte Schatulle. Die Schmucksteine waren Jade und Türkis. Hinzu kamen Elfenbein und Pyrit, die man in der Form eines fliegenden Vogels angeordnet hatte. Die kurzen Flügel und der lange Schnabel des Vogels waren unverwechselbar.

Beides gehörte zweifelsfrei zu einem blauen Kolibri.

12

Alle Blicke waren auf die mittlerweile vollständig gereinigte Porzellanschatulle gerichtet. Im hellen Licht einer Batterie von Leuchtstoffröhren auf einem stählernen Arbeitstisch in einem Labor neben Dr. Maderos Universitätsbüro liegend, schien sie darauf nur zu warten, ihre Geheimnisse preisgeben zu dürfen.

Madero benetzte den Deckelrand mit einem Lösungsmittel, dann erwärmte er den Deckelspalt rundum mit einem kleinen Haarföhn. Dank dieser kombinierten Bemühungen wurde der Latex weich und verlor seine Haftfähigkeit. Madero prüfte das plastische Material mit einem Kunststoffspachtel.

»Es ist noch ziemlich klebrig«, stellte er fest. »Aber ich vermute, der Deckel wird sich öffnen lassen.«

Er umfasste den Deckel mit behandschuhten Fingern und übte einen leichten Zug aus. Der Deckel gab sofort nach.

Dirk und Summer, die rechts und links neben Madero standen, beugten sich neugierig vor. Ein kleines Tuch aus grünem Filz bedeckte ein rechteckiges Objekt im Innern des Behälters. Madero hob das Filztuch vorsichtig hoch. Ein kleiner Stapel Papierbogen mit unregelmäßigen Rändern kam zum Vorschein.

»Sieht aus wie ein kleines Buch«, sagte Summer.

Maderos Augen waren groß wie Untertassen. Mit einer Pinzette blätterte er die leere oberste Seite um und gelangte zu einem farbigen cartoonartigen Bild, das mehrere Krieger zeigte, die mit Speeren und Schilden bewaffnet waren.

»Kein herkömmliches Buch, wie wir es kennen.« Maderos Stimme zitterte vor Erregung. »Ein Codex.«

Summer wusste über die Codices der Maya und Azteken Bescheid – piktografische Manuskripte, die sich mit ihrer Kultur und Geschichte beschäftigten. Aber sie hatte noch nie einen mit eigenen Augen gesehen. Umso überraschter war sie, als Madero die erste Seite aufschlug … und sich die folgenden daraufhin ziehharmonikaartig entfalteten. Jede Seite enthielt eine Bilddarstellung mit mehreren glyphischen Zeichen.

»Ist das Maya?«, fragte Dirk.

»Nein, klassisches Nahuatl.«

Summer runzelte die Stirn. »Nahuatl?«

»Die Sprache der Mexica oder Azteken. Die Glyphen sind eindeutig Symbole aus dem klassischen Nahuatl.«

»Können Sie es entziffern?«

Madero faltete den Codex vollständig auseinander, so dass er fast die gesamte Länge des Tisches einnahm, und zählte dabei zwanzig Tafeln. Zuerst fotografierte er jede Seite, und dann studierte er die Bilder. Er behielt jedoch seine Überlegungen für sich, während er von einer Bildtafel zur nächsten wechselte. Auf den ersten Tafeln waren die Szenen einer Schlacht zu sehen, während auf den späteren Männer dargestellt waren, die ein großes Objekt trugen. Nach einigen Minuten blickte Madero auf.

»Anscheinend wird hier ein örtlicher Konflikt geschildert. Ein Bericht von der Schlacht wurde in Stein gemeißelt. Dieser Stein wurde dann in zwei Hälften geteilt und aus irgendeinem Grund fortgeschafft.« Er schüttelte den Kopf. »Ich muss gestehen, dass ich mich hier auf weitgehend unbekanntem Terrain bewege. Ein Kollege von mir, Professor Miguel Torres, ist ein Experte für Nahuatl. Ich werde mal sehen, ob er ansprechbar ist.«

Kaum eine Minute später kehrte Madero zurück, begleitet von zwei fremden Männern.

»Dirk, Summer, dies ist mein geschätzter Kollege Dr. Miguel Torres, Chef der Archäologischen Abteilung. Miguel, dies sind meine Freunde von der NUMA.«

Ein bärtiger Mann mit dem Gesicht eines Posaunenengels trat lächelnd vor und schüttelte ihnen die Hand.

»Freut mich, Sie kennenzulernen. Herzlichen Glückwunsch zu Ihrem sensationellen Fund.« Sein Blick sprang zum Codex. Er hielt seine Neugier noch lange genug im Zaum, um den Mann hinter sich vorzustellen.

»Darf ich Sie mit Juan Díaz vom kubanischen Innenministerium bekannt machen? Juan führt hier zurzeit Untersuchungen an seinem eigenen aztekischen Artefakt durch. Ebenso wie ich kann er es kaum erwarten, Ihren Fund in Augenschein zu nehmen.«

Díaz lächelte. »Offensichtlich ist Ihre Entdeckung wesentlich interessanter als die kleine Statuette, die ich besitze.«

»Sie haben in Kuba ein Artefakt der Azteken gefunden?«, fragte Summer.

»Eher dürfte es wohl sehr viel später auf dem Handelsweg dorthin gelangt sein«, sagte Torres. »Sicherlich ist es möglich, dass Azteken das Karibische Meer mit Schiffen befahren haben, aber dafür gibt es bisher keinen Beweis.«

Der Professor wandte sich dem Codex zu. »Eduardo hat mir bereits den Porzellanbehälter gezeigt. Für sich genommen ist das schon ein wundervoller Fund. Aber auch noch mit einem Codex darin?«

»Bitte«, sagte Summer, »werfen Sie einen Blick darauf. Wir würden gerne wissen, was Sie davon halten.«

Der Archäologe konnte seine Erregung kaum verbergen. Er streifte sich ein Paar Baumwollhandschuhe über die Hände und beugte sich über den Codex.

»Das Papier ist klassisches Amatl, hergestellt aus der inneren Rinde des gleichnamigen Feigenbaums, die dann mit einer Kalkfarbe geweißt wurde. Dies trifft auch auf mehrere bekannte Codices zu. Dieser hier ist absolut trocken und frei von dunklen Verfärbungen. Einfach unglaublich, nachdem er gewiss einige Jahrhunderte lang unter Wasser gelegen haben dürfte.«

»Ein Zeugnis für die hohe Handwerkskunst in früheren Zeiten«, sagte Madero, »wie wir schon des Öfteren feststellen durften.«

Torres betrachtete die erste Tafel. »Dies ähnelt dem Borturini-Codex im Nationalmuseum für Anthropologie.« Er deutete auf mehrere Symbole unter dem Bild, das die Krieger zeigte. »Dieser Codex datiert aus der Kolonialzeit.«

»Meinen Sie damit die Ankunft der Spanier?«, fragte Summer.

»Ja. 1519, um genau zu sein. In diesem Jahr landete Cortés in der Nähe von Veracruz.«

Zu jeder Tafel lieferte Torres nun ausführliche Erklärungen. Daraus ergab sich schnell ein chronologischer Handlungsablauf.

»Auf den ersten Tafeln beklagen die Azteken so etwas wie eine Niederlage«, sagte Torres. »Dabei kam es zu zahlreichen Todesfällen. Unklar ist, ob der Gegner ein in der Region ansässiger Feind war oder ob die Spanier gemeint sind.«

»Könnte es auch eine Krankheit gewesen sein?«, fragte Madero.

»Durchaus möglich. Die Pocken kamen mit den Spaniern und rafften Millionen Menschen hin. Ich glaube jedoch, dass eine konventionelle Auseinandersetzung – eine Schlacht – gemeint ist. Auf der zweiten Tafel sehen wir eine Gruppe von Kriegern, die mit Federn geschmückt sind und sogenannte Beckenhauben tragen. Sie waren die *cuăuhtmeh*, oder Adlerkrieger, eine Elitetruppe, die aus erfahrenen Veteranen bestand.«

Torres deutete auf eine lange Reihe von Fußabdrücken, die quer über mehrere Seiten des Codex verliefen und eine Wanderung darstellten. »Die Folge der Schlacht war offenbar, dass sie sich auf einen längeren Marsch begaben.«

»Setzten sie ihre Reise auf dem Wasser fort?«, fragte Summer und deutete auf die nächste Tafel, auf der mehrere Kanus am Rand eines Gewässers dargestellt waren.

»Offensichtlich. Die Aztekenhauptstadt Tenochtitlan wurde auf einer Insel in einem See erbaut, daher wissen wir, dass sie kleine Kanus benutzten.«

»Diese Boote erscheinen um einiges größer«, sagte Madero.

Díaz, der Kubaner, kam interessiert näher. »In jedem Boot befinden sich zahlreiche Soldaten. Außerdem haben sie offenbar eine Menge Proviant an Bord. Und dies ist anscheinend eine Art Segel.« Er deutete auf einen Mast, an dem ein Tuch hing.

»Ja, sehr seltsam«, sagte Torres. »Ich gebe zu, dass ich auf Bildern der Azteken noch nie die Darstellung eines derart großen Schiffes gesehen habe. Wir müssen wohl die Möglichkeit in Erwägung ziehen, dass sie die Bucht von Campeche überquert haben.«

»Oder noch weiter vorgedrungen sind?«, fragte Díaz.

»Das könnte eine Erklärung dafür sein, weshalb wir den Codex in Tabasco gefunden haben«, sagte Madero. »Da muss irgendeine Verbindung mit ihrem Aufbruchs- oder Ankunftsort an der Küste bestehen.«

»Es gibt sehr vieles, das wir noch nicht wissen«, meinte Torres.

Sie wandten sich der nächsten Tafel zu, auf der die sieben Kanus auf dem Wasser schwammen und Kurs auf die Sonne nahmen. Das Bild, das darauf folgte, zeigte die Rückkehr eines einzelnen Kanus.

»Jetzt wird es interessant«, sagte Torres. »Auf der nächsten Tafel ist ein Adlerkrieger zu sehen, vermutlich aus dem übrig gebliebenen Kanu, der seine Reise einem Steinmetz schildert. Dann sehen wir, wie die Bilder von dieser Reise in eine kreisrunde Steinplatte eingraviert werden.«

»Die Platte sieht wie der Sonnenstein aus«, erklärte Madero.

»Wo habe ich diesen Namen schon einmal gehört?«, überlegte Summer laut.

»Der sogenannte Stein der Sonne wurde 1790 im Verlauf von Renovierungsarbeiten an der Kathedrale von Mexico City gefunden und ist heute im Nationalmuseum für Anthropologie zu besichtigen. Er hat einen Durchmesser von über dreieinhalb Metern und enthält eine Vielzahl aztekischer Bildzeichen, von denen viele auf bestimmte, uns bekannte Kalenderperioden hinweisen.«

»Wenn der Maßstab korrekt ist«, sagte Torres, »dann ist dieser Stein bedeutend kleiner.«

Dirk betrachtete das Bild, dachte jedoch immer noch über die Kanus auf den vorhergehenden Tafeln nach. »Haben Sie irgendeine Idee, was es mit dieser Reise auf sich hatte?«

»Ihr Zweck ist nicht eindeutig zu erkennen, aber es scheint, als hätten sie irgendetwas Bedeutendes transportiert. Dies ergibt sich aus der Anwesenheit der Adlerkrieger als Begleitung. Vielleicht war es eine besondere Opfergabe für eine ihrer Gottheiten.«

»Könnte es sich dabei um Gegenstände von hohem Sachwert gehandelt haben?«, fragte Díaz. »Zum Beispiel Gold oder Edelsteine?«

»Die Azteken betrachteten diese Dinge als wertvoll und trieben Handel mit ihnen, was an ihren religiösen Artefakten zu erkennen ist, daher ist das durchaus wahrscheinlich.«

Auf der nächsten Tafel war der Steinmetz mit dem Ergebnis seiner Arbeit zu sehen. Er stand in einem Haus, vor dem sich mittlerweile Männer mit eisernen Helmen auf den Köpfen und mit Brustpanzern versammelt hatten.

»Und jetzt erscheinen die Spanier«, sagte Madero.

»Ja, und sie haben es offenbar auf den Stein abgesehen.« Torres deutete auf das nächste Bild. »Der Steinmetz schneidet ihn in der Mitte durch und versucht, beide Hälften zu verstecken. Die Spanier finden die eine Hälfte und töten den Steinmetz.«

Auf der folgenden Tafel wurde eine Hälfte des Steins in ein Schiff mit großem Segel eingeladen. Über dem Bug befand sich die Darstellung eines Affen.

»Demnach haben die Spanier den Stein einkassiert und auf eine Galeone geladen«, sagte Summer. »Zurzeit liegt er wohl im Keller eines Museums in Sevilla und setzt Staub an.«

»Von einem solchen Artefakt weiß ich nichts«, sagte Torres. »Und die Spanier besitzen nur den halben Stein. Auf den letzten Tafeln ist zu sehen, dass weitere Adlerkrieger die zweite Hälfte des Steins in einer Höhle unter einem Berg verstecken, der mit dem Bild einer Kuh markiert ist.«

»Gibt es einen Hinweis auf den Standort dieses Berges?«

Torres deutete auf eine Codextafel, die eine Pyramide mit einer langen Treppe und vier großen Statuen auf ihrer abgeflachten Spitze zeigte.

»Das ist mit ziemlicher Sicherheit die Quetzalcoatl-Pyramide in Tula, nördlich von Mexico City«, sagte er. »Wie die Fußspuren auf der nächsten Tafel anzeigen, sind sie nach der Ankunft in Tula weitergezogen. Entfernungen zu bestimmen ist schwierig, aber wenn die nächste Seite einen Zeitraum von ein oder zwei Tagen abdeckt, sind sie von Tula aus etwa fünfundvierzig bis sechzig Kilometer weitergewandert.«

Madero betrachtete nachdenklich die letzte Bildtafel. »Dort haben sie dann, wie es scheint, den Stein in einer Höhle vergraben, und zwar in der Nähe eines Berges oder Hügels, der mit einer Kuh markiert ist. Sehr, sehr seltsam.«

»Dass sie den Stein versteckt haben?«, fragte Summer.

»Nein, dass sie eine Kuh gezeichnet haben. Rindvieh gehörte nicht zu den heimischen Tierarten Nordamerikas. Es wurde von Kolumbus eingeführt.« Er ging zu einem Aktenschrank, öffnete eine Schublade und kam mit einer zusammengefalteten Straßenkarte des mexikanischen Bundesstaats Hidalgo zurück. Er deutete auf einen Punkt in der Nähe der südöstlichen Ecke der Karte.

»Dort befindet sich die Ausgrabungsstätte mit den Überresten von Tula. Man kann mit einiger Sicherheit davon ausgehen, dass sie die Stadt von Süden kommend erreicht haben. Die Frage ist: Wohin sind sie von dort weitergezogen?«

Er und Torres lasen die Ortsnamen in der Umgebung der Ausgrabungsstätte und suchten nach einem Hinweis.

»Vielleicht Huapalcalco?« Madero deutete auf eine Stadt östlich von Tula. »Eine wichtige toltekische Stadt und eine der ältesten menschlichen Ansiedlungen in Hidalgo.«

»Wenn sie aus Tenochtitlan oder von der Küste von Tabasco kamen«, sagte Torres, »brauchten sie Huapalcalco gar nicht zu berühren. Es hätte zu weit im Osten gelegen.«

»Sie haben recht. Dass sie sich weiter nördlich gehalten haben, ist wahrscheinlicher.« Madero fuhr mit einem Zeigefinger von Tula ausgehend fast fünfundsiebzig Kilometer weiter nach Norden bis zu einer Stadt namens Zimapán. Nachdenklich betrachtete er den Namen neben dem Stadtsymbol.

»Eine Kuh auf dem Berg«, sagte er. »Oder ist es in Wirklichkeit ein Bulle? Gibt es dort nicht ein altes spanisches Bergwerk namens Lomo del Toro oder Bull's Back?«

Torres' Augen leuchteten auf. »Ja. Eine sehr alte spanische Silbermine, Vorgängerin der großen El-Monte-Mine westlich von

Zimapán. Vor Jahren habe ich dort an Ausgrabungen teilgenommen, nachdem man auf die Überreste eines alten Dorfs gestoßen war. Der Name Bull's Back bezieht sich auf das Aussehen des Berges, der in seiner Form tatsächlich dem Rücken eines Bullen ähnelt. Sie haben recht, Eduardo. Die Beschreibung passt auf diesen Ort. Die Höhle könnte auf diesem Berg zu finden sein.«

»Fragt sich nur, ob sich auch der Stein noch dort befindet«, sagte Díaz.

Das war der entscheidende Punkt. Im Raum wurde es still. Schließlich brach Madero das Schweigen. »Das Gebiet ist sehr abgelegen. Ich denke, die Chancen stehen gut.«

»Es gibt nur ein Problem«, sagte Torres. »Der Zimapán-Staudamm, der in den Neunziger Jahren dort errichtet wurde, hat dafür gesorgt, dass das gesamte Tal westlich des Berges überflutet wurde. Wenn sich die Höhle auf dieser Seite befindet, liegt sie wahrscheinlich vollständig unter Wasser.«

»Unter Wasser, sagen Sie?« Madero wandte sich zu Dirk und Summer um und meinte mit einem Augenzwinkern: »Kennen wir nicht zufälligerweise jemanden, der für eine solche Unterwassersuche geradezu prädestiniert wäre?«

Dirk und Summer Pitt sahen einander an und grinsten unternehmungslustig.

13

Die ruhige Wasserfläche sah im Großen und Ganzen genauso aus wie jede andere Zone des Karibischen Meeres. Nur die toten Fische, die gelegentlich mit einem leisen Klatschen gegen den Rumpf der *Sargasso Sea* schlugen, deuteten darauf hin, dass etwas nicht in Ordnung war. Die Maschinen des NUMA-Forschungsschiffes stoppten, und es trieb stetig langsamer werdend durch die leicht kabbelige See.

Zwei Tage waren verstrichen, seit sie unter den wachsamen Blicken der Besatzung eines kubanischen Patrouillenboots in die Bucht von Havanna eingelaufen waren und die teilweise verwundete Mannschaft der *Alta* sowie die Ölsucher an Land abgesetzt hatten. Ein Depotschiff der Marine der kubanischen Revolutionsarmee war längsseits gegangen und hatte eine Taucherglocke auf das NUMA-Schiff geladen. Das kanadische Taucherteam war von der Dekompressionskammer des NUMA-Schiffes in die Glocke umgestiegen, die unter entsprechenden Druck gesetzt worden war. Diese wurde auf das kubanische Schiff zurückgeholt, wo die Männer ihren Dekompressionszyklus abschließen würden.

Kapitän Knight verfolgte, wie der letzte seiner Männer von Bord ging, dann kam er zu Pitt herüber, der an der Gangway stand. »Ich wage gar nicht daran zu denken, für wie viele Männer diese Fahrt die letzte gewesen wäre, wenn Sie nicht auf unseren Notruf reagiert hätten. Ich kann Ihnen nicht genug danken.«

»Es war ein glücklicher Zufall, dass wir gerade in der Nähe waren.« Mit einem Kopfnicken deutete Pitt auf die vorsintflutlichen Krankenwagen, die soeben den Kai verließen. »Wir hätten Sie gerne auch in Key West abgesetzt.«

Knight lächelte. »Man wird uns hier gut versorgen. Wir haben einen Vertrag mit der kubanischen Regierung, daher ist es wahrscheinlich besser, wenn wir hier sind, um mögliche vertragstechnische Streitigkeiten beizulegen. Ich muss ihnen nur irgendwie schonend beibringen, dass an die geplante Probebohrung vorerst nicht zu denken ist.«

»Dazu wünsche ich Ihnen Glück«, sagte Pitt und schüttelte ihm zum Abschied die Hand.

Gemessenen Schritts ging Knight an Land, dann wandte er sich um, nahm Haltung an und verabschiedete sich mit einem militärischen Gruß von der Mannschaft.

Während die Gangway eingezogen und gesichert wurde und die Leinen losgemacht wurden, kam Giordino zu Pitt herüber, unter seinem Arm eine Kiste kubanischer Ramón-Allones-Zigarren.

»Woher hast du die denn?«, wollte Pitt wissen. »Niemand durfte doch das Schiff verlassen.«

»Ich habe mich mit dem Hafenlotsen angefreundet. Die Kiste hat mich zwei Flaschen Maker's Mark gekostet.«

»Ich würde sagen, da hast du auf jeden Fall das bessere Geschäft gemacht.«

Schmerzlich verzog Giordino das Gesicht. »Ganz sicher nicht, wenn du bedenkst, dass die beiden Flaschen die letzten von dem kleinen privaten Treibstoffvorrat waren, den ich an Bord schmuggeln konnte.«

Sie standen an der Reling und ließen den historischen Malecón vorbeigleiten, während die *Sargasso Sea* aus dem kleinen Hafen auslief. Pitt hatte Havanna einige Jahre zuvor besucht und war verblüfft, wie unverändert ihm das Hafenviertel vorkam – als hätte die Zeit die Stadt vollkommen vergessen.

Schon bald gelangte das NUMA-Schiff ins freie Wasser. Es setzte sich von seiner kubanischen Eskorte ab, umrundete die Westspitze der Insel und ging auf südöstlichen Kurs in Richtung Jamaika. Als sie eine der von Yaeger und Gunn identifizierten toten Zonen erreichte, machte die *Sargasso Sea* Halt, und auf dem Deck brach hektische Geschäftigkeit aus. Ein Team von Wissenschaftlern ließ Sammelbehälter über die Reling ab, nahm Wasserproben aus unterschiedlicher Tiefe und brachte sie eilends in das schiffseigene Labor.

In der Zwischenzeit bereitete Giordino ein autonomes Unterwasserfahrzeug für den Einsatz vor. Das torpedoförmige AUV war mit einer Vielzahl von Sensoren und einem unabhängigen Sonar-System ausgestattet. Mit einem Operationsplan programmiert, sollte das Gerät abtauchen, sich auf dem in einem Schachbrettmuster aufgeteilten Meeresgrund auf und ab bewegen und seine Konturen aufzeichnen.

Pitt schaute zu, wie Giordino das AUV mit Hilfe des Heckkrans zu Wasser ließ. »Wann kommt es zurück?«

»In etwa vier Stunden. Den ersten Durchgang macht es an der kurzen Leine und untersucht weniger als eine Quadratmeile. Es hat keinen Sinn, das AUV blind über den Meeresboden zu scheuchen, bevor wir in etwa das Zentrum der toten Zone lokalisieren können.«

»Das hatte ich als Nächstes vor.« Pitt begab sich zur Kommandobrücke, wo der Kapitän das Schiff die Region systematisch durchkämmen und jede halbe Meile zusätzliche Wasserproben ziehen ließ. Als der Zeitpunkt heranrückte, das AUV aus dem Ozean zu fischen, suchte Pitt zusammen mit Giordino eines der Labore auf. Eine dunkeläugige Frau in einem blauen Kittel winkte ihnen und deutete einladend auf einen Computerbildschirm.

»Haben Sie Ergebnisse für uns, Kamala?«, fragte Pitt.

Kamala Bhatt, die Meeresbiologin der *Sargasso Sea*, nickte. »Die haben wir in der Tat.«

Sie ließ sich auf einem Hocker nieder. »Wie Sie wissen, gibt es in allen Ozeanen der Welt tote Zonen. Man findet sie vor allem im Mündungsbereich schadstoffbelasteter Flüsse. Aber diese Zone und die anderen, die von Hiram Yaeger aufgespürt wurden, sind vom Festland weit entfernt. Unsere ersten Messungen ergeben einen absinkenden Sauerstoffgehalt, allerdings in einem geringeren Ausmaß als erwartet.«

Pitt schüttelte den Kopf. »Dann gibt es hier gar keine tote Zone?«

»Im Gegenteil, der Giftgehalt ist sogar sehr hoch. Nur ist die Ursache eine ganz andere als die, mit der ich gerechnet habe.« Sie deutete auf den Bildschirm, wo ein Balkendiagramm die Zusammensetzung einer der Wasserproben zeigte. »Der Sauerstoffgehalt weicht deutlich vom Durchschnitt ab, anscheinend gibt es aber einen anderen Faktor, der sich auf Meeresfauna und -flora lebensfeindlich auswirkt. Ich musste tiefer graben, bis ich ein Element fand, dessen Konzentration vom Normalwert abweicht.«

»Und?«, fragte Giordino.

»Quecksilber. Oder um genau zu sein, Methylquecksilber.«

»Eine Verseuchung durch Quecksilber so weit vom Festland entfernt?«, fragte Pitt. »Sind Sie sicher?«

»Wir haben bis auf die letzten alle Meerwasserproben getestet und bei allen eine hohe Konzentration von Methylquecksilber festgestellt. Außerdem konnten wir es im Plankton nachweisen, wo es sich per Bioakkumulation ablagert und von wo es dann in die Nahrungskette gelangt. Wir haben die Verbindung auch in toten Fischen gefunden, deren Häufigkeit in dieser Region deutlich zugenommen hat, auch wenn von einem klassischen Fischsterben noch nicht die Rede sein kann.«

»Das Vorhandensein von Quecksilber ist nichts Neues«, sagte Pitt. »Aufgrund der industriellen Luftverschmutzung nimmt der Quecksilbergehalt der Ozeane seit Jahrzehnten stetig zu. Verhält es sich hier etwa anders?«

Bhatt nickte. »Die Konzentration ist exponentiell höher. Dies ist nicht die Folge von saurem Regen, sondern eine auf einen bestimmten Ort begrenzte Erscheinung. Eine einzige vergleichbare hohe Giftigkeit wurde, wie ich herausfand, nur in Minamata in Japan festgestellt. Dort hatte eine Fabrik über einen Zeitraum von mehreren Jahrzehnten insgesamt siebenundzwanzig Tonnen Methylquecksilber in die dortige Meeresbucht entsorgt, was zu einer Umweltkatastrophe unvergleichlichen Ausmaßes führte und schwerste gesundheitliche Schäden bei der Bevölkerung zur Folge hatte. Der Tod von über zweitausend Menschen ließ sich eindeutig darauf zurückführen.«

»Aber wir sind hier mindestens fünfzig Meilen vom nächsten Festland entfernt«, sagte Giordino.

»Wenn Sie mich fragen«, sagte Bhatt, »würde ich darauf tippen, dass hier vor kurzem jemand Industrieabfälle in großen Mengen entsorgt hat.«

»In diesem Fall«, meinte Pitt, »wird uns das AUV die entsprechenden Beweise liefern.«

»Die Konzentration war in derjenigen Wasserprobe am höchsten, die dort entnommen wurde, wo das AUV zu seiner Testfahrt startete«, sagte Bhatt.

»Es müsste jeden Moment auftauchen«, sagte Giordino. »Wenn wir Glück haben, haben die Umweltsünder eine Visitenkarte hinterlassen.«

Pitt, Giordino und die Meeresbiologin begaben sich zum Heck der *Sargasso Sea*, als das AUV an die Wasseroberfläche kam und an Bord gehievt wurde. Giordino kopierte die Sonardaten auf eine tragbare Festplatte und kehrte ins Labor zurück, um sie zu analysieren. Er ging die akustischen Bilder des AUV durch, die jeweils einhundert Meter lange Streifen des hügeligen Meeresbodens zeigten. Zu sehen waren Felsen, Sand und vereinzelte Dünenformationen, aber keine Fässer, Abfallbehälter oder Ansammlungen von sonstigem Müll. Lediglich eine seltsame Serie dunkler Linien bedeckte in einer nicht sehr großen talartigen Senke den Meeresboden.

»Ich sehe nichts Auffälliges«, sagte Giordino, »obgleich es sich anbieten würde, diese Linien eingehender zu untersuchen. Auf den ersten Blick lässt sich nicht eindeutig feststellen, ob sie geologischen Ursprungs sind oder von Menschenhand hinterlassen wurden.«

»Vielleicht ist dort irgendetwas vergraben worden«, sagte Pitt. »In diesem Fall scheint mir völlig klar, was wir zu tun haben.«

»Ich kann das AUV entsprechend konfigurieren, um eine sedimentechnografische Vermessung durchzuführen. Damit könnten wir einen begrenzten Blick unter die Oberfläche des Meeresbodens werfen, falls die Beschaffenheit der Sedimentschicht dies zulässt.«

Pitt betrachtete den Sonarschirm und wusste, dass die Lösung des Rätsels dort verborgen war. Langsam schüttelte er den Kopf.

»Nein. Wir wechseln unsere Position. Es sieht so aus, als hätten wir es hier vorwiegend mit Sandboden zu tun, so dass eine Überprüfung mit dem Tiefensonar keine wesentlich erhellenden Ergebnisse liefern würde. Wir wissen noch von zwei weiteren toten Zonen, die wir in Augenschein nehmen müssen, und ich möchte fast darauf wetten, dass wir in einer die Ursache finden werden.«

Umgehend gab Giordino entsprechende Anweisungen an die Kommandobrücke weiter. Er wusste aus der Vergangenheit, dass man sich auf die Intuition seines Freundes stets verlassen konnte.

14

Der ramponierte grüne Kastenwagen bog von der Schotterstraße ab und hielt auf einem Felsvorsprung an, unter dem das Gelände steil abfiel. Während sich die Staubwolke senkte, die sie aufgewirbelt hatten, verließ Dr. Torres seinen Platz hinter dem Lenkrad und breitete eine Landkarte auf der Motorhaube aus. Dirk und Summer kamen zu ihm, während er einen schwarzen Filzstift hervorholte und ein quadratisches Gitternetz durchstrich. Ein halbes Dutzend angrenzender Gitternetze waren bereits in gleicher Weise markiert.

»Das war der letzte für unsere Suche zugängliche Bereich am Fuß des Lomo del Toro«, sagte Torres mit müder Stimme. »Abgesehen von den beiden stillgelegten Grubenschächten, durch die wir gekrochen sind, haben wir, fürchte ich, nichts gefunden, das man als Höhle bezeichnen könnte.«

»Dr. Madero meinte, wir sollten uns nicht allzu viel Hoffnung machen«, sagte Summer.

»Stimmt. Ich wünschte, er wäre hier, um es mit eigenen Augen zu sehen.«

»Er bedauert es ebenfalls, aber er muss in Mexico City eine Rede halten und konnte unmöglich absagen«, erwiderte Summer. »Wir mussten ihm versprechen, dass wir keine Mühen scheuen.«

Torres nickte. Er war überzeugt, dass sie am richtigen Ort waren. Er und Madero hatten den Codex tagelang studiert und mit anderen aztekischen Texten verglichen sowie spanische Dokumente aus dieser Zeit durchgeforstet. Nach und nach hatten sie weitere Hinweise entziffert, denen mit einiger Gewissheit zu entnehmen war, dass es tatsächlich Azteken gewesen waren, die den halben Stein der Sonne nach Zimapán gebracht hatten.

Eine Bildzeichenfolge wies darauf hin, dass sie nach Norden gewandert waren, wahrscheinlich von ihrer Hauptstadt Tenochtitlan aus. Eine andere Zeichenfolge berichtete, dass sie unterwegs in Tula angehalten hatten. Tula war eine alte Stadt am nördlichen Rand des aztekischen Reichs, nur zwanzig Meilen entfernt. Der Codex berichtete, dass die Krieger nach ihrem Aufenthalt in Tula noch zwei Tage unterwegs gewesen waren und ein tiefes Tal überquert hatten, ehe sie den halben Stein in einer Höhle nicht weit von der Basis des kuhförmigen Berges deponiert hatten. Eigentlich deutete alles auf den Lomo del Toro hin.

Aber eine zweitägige Suche in dieser trockenen, unwegsamen Region des mexikanischen Zentralplateaus hatte nichts ergeben. Nachdem sie in der Bergbaustadt Zimapán eingetroffen waren, fuhren die drei durch die enge Schlucht namens Barranca de Tolimán, die offenbar der Beschreibung im Codex entsprach. Am Lomo del Toro dehnten sie ihre Suche auch auf seine weitere Umgebung aus. Viele Bereiche des Gebiets waren nicht befahrbar, daher waren sie gezwungen, sich zu Fuß durch das zerklüftete Gelände zu schlagen. Jetzt waren sie nur noch verschwitzt, mit Staub bedeckt – und hatten es satt, ständig auf Klapperschlangen achten zu müssen.

Sie hatten die gesamte Region rund um den Berg durchgekämmt bis auf das Gelände der El-Monte-Mine vor den Toren Zimapáns, auf dem sich auch die ursprünglichen Grubenanlagen befanden. Da der größte Teil der Silber- und Bleivorkommen, auf die man bereits im sechzehnten Jahrhundert gestoßen war, mittlerweile nahezu erschöpft war, hatte das Bergwerk seine ursprüngliche Bedeutung verloren und wurde nur noch in bescheidenem Umfang betrieben. Torres hatte sich mit Vertretern der Bergbaugesellschaft und örtlichen Historikern in Verbindung gesetzt, aber niemand konnte sich daran erinnern, jemals Geschichten von Höhlen aztekischen Ursprungs oder gar von längeren aztekischen Besuchen in der Region gehört zu haben. Befürchtungen, dass der Stein möglicherweise in einem der frühen Grubenstollen verschwunden war, wurden zerstreut, als sie erkannten, dass sich der Bergbaubetrieb auf dem oberen Teil des Berghangs befand.

Torres trank von dem lauwarmen Wasser in seiner Feldflasche und schüttelte den Kopf. »Freunde, vielleicht steht dieser Kuhberg, der im Codex dargestellt wird, ganz woanders.«

Dirk holte eine Kopie der Codextafel hervor, die den Ort zeigte, an dem der Stein versteckt wurde. Er ließ den Blick zwischen dem Bild und der mächtigen Erscheinung des Lomo del Toro hin und her wandern. »Mir kommen die Umrisse vollkommen gleich vor.«

Summer warf einen kurzen Blick auf den Berg und nickte zustimmend. Sie studierte die Fotokopie und entdeckte unterhalb der darauf dargestellten Höhle eine dünne Linie. »Was ist das?«

Dirk und Torres betrachteten die Linie aus verschiedenen Blickwinkeln.

»Ich kann mich nicht daran erinnern, diesen Streifen auf dem Original gesehen zu haben«, sagte Torres.

»Mir geht es genauso«, sagte Summer. »Wahrscheinlich tritt er auf der Fotokopie deutlicher hervor, weil alles andere drumherum blasser dargestellt wird.«

Torres ging dicht an das Blatt heran. »Die Linie könnte ein Fluss oder ein Bach sein.«

Dirk studierte bereits die topografische Landkarte. »Die Umrisse des Bullen sind von Südwesten und Nordosten aus am deutlichsten zu erkennen. Das Gebiet im Nordosten ist mit Bergen und Hügeln durchsetzt und erstreckt sich bis nach Zimapán. Im Südwesten, wo wir uns zurzeit aufhalten, fließt entlang der westlichen Bergflanke ein natürlicher Bach.«

»Dort haben wir doch schon gesucht«, stellte Summer fest.

»Aber nicht hier.« Dirks Finger folgte dem Bach bis zu einem flachen Höhenrücken, der von der Basis des Bergs abzweigte. In einer halben Meile Entfernung wölbte sich der Rücken zu einem steilen Felswall hoch. Darunter mündete der Bach in einen großen See.

»Glauben Sie, dass sich die Höhle in diesem schmalen Bergrücken befindet?«

»Nein, ich denke eher, unterhalb des Steilhangs.«

»Das hieße unter Wasser«, sagte Summer.

»Aber das war sie sicher nicht, als die Azteken hier waren.« Torres' Stimme klang wieder zuversichtlicher. »Der See verdankt seine Existenz einem Staudamm, der vor ungefähr fünfundzwanzig Jahren gebaut wurde.«

Dirk fuhr mit dem Finger in die Mitte des Sees. »Wenn man von diesem Aussichtspunkt ein Bild von der Höhle zeichnete, würde der Lomo del Toro im Hintergrund diesen steilen Hügel überragen. Das entspräche genau dem Bild im Codex.«

»Ja, richtig.« Torres' Gesicht leuchtete auf. »Sind Sie in der Lage, eine solche Unterwassersuche durchzuführen?«

Dirk grinste den Professor an. »Kann ein aztekischer Priester auch einen Truthahn tranchieren?«

15

Sie ließen sich von einem Felssims am Ufer des Stausees ins Wasser fallen. Summer stellte fest, dass es kälter war als in der Cenote, in der sie zuletzt getaucht waren, und fast ebenso klar. Für einen Moment hielt sie in fünf Metern Tiefe inne, um den Druck in ihren Ohren auszugleichen, dann schwamm sie hinter ihrem Bruder her, der mit kräftigem Beinschlag in die Tiefe sank. Die Zwillinge hatten ihre Ausrüstung in Rekordzeit angelegt, nachdem Torres einen Weg zum Ufer des Stausees gefunden hatte, wo er ungeduldig auf und ab ging.

Dirk folgte dem Gefälle, das nach zwanzig Metern in die Horizontale überging. Der Seegrund, zerklüftet und mit braunem Schlick bedeckt, glich einer Mondlandschaft. Seit Errichtung des Staudamms hatte sich das alte Flussbett mit Sediment gefüllt und war nicht mehr zu erkennen. Dirk wusste, dass sich der Fluss an dem Bergausläufer entlanggeschlängelt hatte, und als Summer ihren Bruder einholte, begann er, den Steilhang zu untersuchen.

Sie konnten das zum Seegrund abfallende Gelände bis zur Wasseroberfläche überblicken. In kurzen Bahnen schwammen sie darüber auf und ab und inspizierten es in der Hoffnung, eine höhlenähnliche Öffnung zu entdecken. Mehrmals wurden sie von Schatten und schmalen Spalten, die nirgendwohin führten, in die Irre geführt. Dank der geringen Strömung, die im Stausee herrschte, hatten sie schnell einige hundert Meter über dem Fuß des Felsrückens zurückgelegt.

Nach und nach ging der felsige Abhang unter ihnen in eine steile, nahezu senkrechte Wand über. Dirk hielt nach der nächsten auffälligen Erscheinung Ausschau, als er spürte, wie Summer seinen Arm ergriff. Sie deutete auf die Felswand in seiner Nähe. Dort war eine kleine Vertiefung zu sehen, wo er mit dem Blatt einer Schwimmflosse den angesammelten Schlick weggewischt hatte. Er schob die

Finger in diese Senke und entfernte eine Handvoll Schlamm. Eine dunkelbraune Wolke wallte auf, verzog sich jedoch fast genauso schnell wieder, und sie konnte erkennen, dass die Vertiefung einer künstlichen Stufe entsprach. Summer tastete sie ab und fand eine weitere Vertiefung dicht über der ersten, auch sie unter einer Sedimentschicht verborgen, die sie mit der Hand entfernte.

Sie deutete nach oben und stieg parallel zur Felswand auf. Weitere Stufen folgten im Abstand von ungefähr dreißig Zentimetern, ebenfalls unter Schlick verborgen. Etwa fünfzehn Meter über ihr entdeckte Summer einen dunklen Punkt, und ihr Herzschlag beschleunigte sich.

Er erschien ein wenig dunkler als die Schatten auf der Felswand, die sie vorher mehrmals getäuscht hatten, und ihre Neugier wurde erst recht geweckt, als ein Paar Fische aus dem dunklen Zentrum des Flecks auftauchte. Dirk folgte Summer, als sie an den unter Sediment verborgenen Stufen entlang aufstieg. Während sie sich dem Schatten näherte, bemerkte sie über sich eine breite Felsleiste, die aus der Wand ragte und die weitere Sicht nach oben versperrte.

Mit einem kräftigen Flossenschlag glitt sie um die Kante herum und hatte ein freies Blickfeld in Richtung Wasseroberfläche. Oberhalb der Leiste befand sich eine ovale Öffnung, die zu einer Nische in der Felswand gehörte. Durch die Felsleiste abgeschirmt und über die Stufen nur zu einer Zeit erreichbar, als noch kein Stausee das Tal gefüllt hatte, dürfte die Höhle ein ausgezeichnet zu verteidigendes Versteck für ihre ehemaligen Benutzer gewesen sein.

Summer wartete, bis ihr Bruder neben ihr auf der Leiste erschien. Dann schaltete sie eine Tauchlampe ein, schwamm durch die schmale Öffnung und schreckte einen Barsch auf, der aus dem Dunkel herausschoss. Dirk folgte seiner Schwester und achtete darauf, mit den Schwimmflossen nicht über den Boden zu scharren und Schlick aufzuwirbeln.

Der kurze schmale Korridor nach dem Durchlass erweiterte sich zu einer geräumigen Höhle. Da sie vom Tageslicht vollständig abgeschirmt war, herrschte – bis auf die dünnen Lichtstrahlen ihrer Lampen – im Innern absolute Dunkelheit. Die hohe Decke bot den Tauchern ausreichend Raum, um aufzusteigen und die Höhle zu inspizieren. Aber es gab nur wenig zu entdecken. Eine aus Steinen zusammengefügte Feuerstelle beherrschte das Zentrum des Höhlenbodens, während ein offenbar mit Sorgfalt zusammengetragener Haufen zerkleinerter Steine einen Teil der hinteren Wand verdeckte. Nirgendwo ein Hinweis auf den halben Stein der Sonne oder andere Artefakte.

Dirk schwamm zu einer Seitenwand und untersuchte sie mit Hilfe seiner Lampe. Narbenähnliche, scharfkantige Vertiefungen deuteten darauf hin, dass der Steinhaufen vor der hinteren Höhlenwand aus den Überresten der Steinmetzarbeiten bestand, die vor Jahrhunderten in dieser Höhle durchgeführt worden waren. Er hob einen der Felssplitter hoch und hielt ihn dicht vor seine Tauchmaske. Es war Granit, durchsetzt mit Silber. Jemand hatte eine Ader des Erzes entdeckt und einen primitiven Versuch unternommen, diese Ader auszubeuten. Waren das die Azteken gewesen?

Er verstaute die Steinprobe in einem Netz an seinem Tariergürtel und kehrte zu Summer zurück, die, ihre Lampe abwärtsgerichtet, über dem Höhlenboden weite Kreise zog. Das Funkeln gespannter Erwartung in ihren Augen war erloschen, und sie sah ihren Bruder an und schüttelte enttäuscht den Kopf. Dirk deutete zum Eingang und machte Anstalten, die Höhle zu verlassen.

Summer folgte ihm. Dabei glitt der Lichtstrahl der Lampe, die sie weiterhin auf den Boden richtete, über die Feuerstelle im Zentrum des Felsendoms. Eine erste flüchtige Überprüfung hatte lediglich einen Ring aus Steinen auf einem mit Schlamm bedeckten Felsboden ergeben. Nun hingegen fiel ihr auf, dass nirgendwo Reste von verkohltem Holz zu sehen waren. Außerdem war keiner der Steine von Feuer geschwärzt. Sie zögerte, und dann erst fiel ihr die Anordnung der Steine auf. Sie formten keinen runden Trichter, sondern bildeten einen Halbkreis.

Sie streckte die Hand aus und tippte Dirk auf den Fuß, ehe er durch die Öffnung hinausschwamm, dann ließ sie sich zu der Feuerstelle hinabsinken. Er richtete seine Lampe auf sie, während sie über der Feuerstelle innehielt und eine Hand hineintauchte. Summers Finger gruben sich durch mehrere Zentimeter Sediment, ehe sie auf ein solides Hindernis trafen. Sie strich darüber und stellte fest, dass seine Oberfläche glatt und eben war.

Ihr Pulsschlag wurde schneller, während sie Hände voll Schlick aus der Feuerstelle herausschaufelte. Winzige Partikel wirbelten durchs Wasser, reflektierten das Licht ihrer Lampen und reduzierten die Sichtweite. Dirk tauchte zum Höhlenboden hinab, wo Summer die letzten Sedimentreste aus der Feuerstelle fächelte. Er spürte, wie sie innehielt, und dann warteten sie regungslos, dass sich die Schlammwolken auflösten und das Wasser wieder klar wurde.

Summer kam es wie eine Ewigkeit vor, dabei dauerte es nur ein oder zwei Minuten, bis sie ihre Umgebung wieder erkennen konnte. Sie sah, wie Dirks Licht erschien, dann tauchten die Umrisse seines Nasstauchanzugs auf. Sie richteten ihre Lampen auf die Feuerstelle. Summers Finger ertasteten ein großes, flaches Objekt. Sie wischten eine letzte dünne Sandschicht beiseite. Summer beugte sich hinab.

Sie erkannte den Kopf eines Vogels, der von mehreren Bildzeichen umgeben war. Einige dieser Zeichen hatte sie bereits im Codex gesehen. Triumphierend blickte Summer ihren Bruder an.

Sie hatte den Sonnenstein der Azteken gefunden.

16

Der Stein war zu schwer und zu sperrig, um über eine längere Strecke transportiert zu werden, daher ließen ihn Summer und Dirk an Ort und Stelle liegen und verließen die Höhle. An Dirks Tariergürtel hing ein kleiner Hebesack, dessen Schnur er an einem Stein in der Nähe des Höhleneingangs befestigte. Er blies den Kunststoffsack mit Hilfe seines Lungenautomaten auf, so dass er zur Wasseroberfläche aufstieg und den Eingang der Höhle markierte. Dirk und Summer stiegen ebenfalls auf und schwammen am Felsrücken entlang, dort hin, wo Torres ungeduldig auf sie wartete.

Als Summer ihren Fund beschrieb, hüpfte der Archäologe auf und ab – wie ein Waldschrat unter Strom. »Und er war perfekt halbkreisförmig?«

»Ja«, bekräftigte Summer, »als sei er genau in der Mitte durchgeschnitten worden. Er war mit eingravierten Glyphen bedeckt, wie sie im Codex zu finden sind.«

»*Fantástico!* Können Sie den Stein aus der Höhle herausholen?«

»Sicher, aber ihn bis hierher zu schaffen dürfte unmöglich sein.« Sie deutete auf einen winzigen orangefarbenen Punkt im Wasser. Dirks Behelfsboje war gut vierhundert Meter vom Ufer des Stausees entfernt.

»Wir müssen mit dem Lieferwagen näher an den Stausee heran«, sagte Dirk und ließ den Blick über den Felsrücken schweifen, dann lieh er sich von Torres die Landkarte. »Wenn wir um den Bergausläufer herumfahren, können wir ihn vielleicht in Höhe der Höhle überqueren. Laut Karte verläuft in der Nähe ein ausgetrocknetes Bachbett, das uns direkt bis ans Seeufer bringt.«

Summer nickte. »Wir können den Stein über den Berghang hinaufziehen. Im Lieferwagen habe ich ein Seil gesehen, das sich dafür eignen würde.«

Torres lachte. »Wir haben nichts zu verlieren außer meinem Wagen. Versuchen wir es einfach.«

Sie luden ihre Ausrüstung ein, lenkten das Fahrzeug an der Ostseite des Felsrückens entlang und folgten einer verwitterten Schotterpiste, die sich über den Berghang zum Staudamm hinabschlängelte. An einem nur mäßig steilen Abschnitt des Bergausläufers verließ Torres die Piste und fuhr den Berghang hinauf. Der Untergrund war hart und festgebacken und bot dem abgenutzten Reifenprofil des Kastenwagens ausreichend Halt.

Der Untergrund verwandelte sich in soliden Fels, als Torres den Grat erreichte. Dirk stieg aus dem Wagen und dirigierte ihn auf der anderen Seite hinab zum Rand eines Felsvorsprungs, der sich genau oberhalb der Markierungsboje befand. Torres hielt vor einer Ansammlung schwerer Felsbrocken an und reckte den Kopf aus dem Seitenfenster. »Ist das okay?«

»Perfekt«, sagte Dirk. »Vergessen Sie nicht, den Rückwärtsgang einzulegen, wenn es losgeht.«

Torres zog die Handbremse an und schaltete den Motor aus. Summer war bereits an der Tür und schlang das Ende eines Nylonseils um die Türsäule. Die restlichen Seilschlingen warf sie den Berghang hinab und beobachtete, wie das andere Seilende gut zehn Meter unterhalb ihres Standorts im See versank.

»Das Seil ist knapp vierzig Meter lang«, sagte sie. »Es müsste eigentlich ausreichen.«

Dirk lud ihre Tauchgeräte und zwei dünne Schlafmatten aus, die zu ihrer Campingausrüstung gehörten.

»Denkst du auch an meinen neuen Fotoapparat?« Summer deutete auf eine Olympus-Unterwasserkamera.

Torres half ihnen, ihre Ausrüstung zu dem nahe gelegenen Bachbett zu schleppen, das, auch wenn es ziemlich steil war, einen verhältnismäßig bequemen Zugang zum Stausee bot. »Seien Sie bloß vorsichtig«, rief er hinunter, während sie Vorbereitungen trafen, wieder auf Tauchstation zu gehen.

»Wir bringen den Stein ganz bestimmt in einem Stück nach oben«, erwiderte Dirk, der wusste, dass Torres' Hauptsorge dem Artefakt und seiner Unversehrtheit galt.

Dann setzte er die Tauchmaske auf, klemmte sich die Schlafmatten unter den Arm und stieg ins Wasser. Summer schwamm an ihm vorbei, das freie Seilende in der Hand. Sie trafen sich am Hebesack und tauchten zum Höhleneingang hinunter, der sich gut zehn Meter unter ihnen befand.

An der Feuerstelle schoss Summer mehrere Fotos von dem Sonnenstein in seiner augenblicklichen Position. Dann half sie Dirk, den schweren Stein auf eine der Schlafmatten zu heben. Dirk deckte die andere Matte als Schutz auf die freie Seite des Steins und sicherte sie mit Summers Nylonseil. Auf dem Höhlenboden verschaffte er sich einen sicheren Stand und zog probeweise an dem Seil. Mit vereinten Bemühungen schleiften sie den verpackten Stein über den mit Schlick bedeckten Höhlenboden.

Er nickte Summer zu und begann, den Stein aus der Höhle zu ziehen, während seine Schwester über ihm schwebte und sich bemühte, ihn an möglichen Hindernissen vorbeizubugsieren. Sobald sie den Höhleneingang überwunden hatten, stellte Dirk den Stein hochkant auf die Felsleiste und schoss zum Tageslicht empor. Sie hatten vereinbart, dass Summer im Wasser blieb und das Auftauchen des Steins überwachte, während Dirk und Torres ihn aufs Trockene hievten und zum Lieferwagen zogen.

Dirk brauchte Torres kaum zu helfen. Sobald er sich von seiner Tauchausrüstung befreit hatte und zum Lieferwagen hinaufgestiegen war, zog Torres bereits wie ein Berserker an dem Seil. Es sah aus, als pulsiere reines Adrenalin in den Adern des Archäologen. Aber seine Muskeln streikten, als der Stein durch die Wasseroberfläche brach, und Dirk stand ihm bei der Überwindung der letzten Etappe tatkräftig zur Seite. Summer stieg aus dem Wasser und half den beiden Männern, das Seil und die Schlafmatten zu entfernen. Sie war von der Anstrengung sichtlich gezeichnet und schnappte mühsam nach Luft.

Die weiße halbierte Steinscheibe leuchtete matt im Licht der Nachmittagssonne. Torres sank davor auf die Knie und strich behutsam mit den Fingern über ihre Oberfläche. Die Bildzeichen waren exakt graviert worden und nur an den Rändern ein wenig abgenutzt.

Summer erkannte, dass die Bildzeichen kreisförmig angeordnet waren und die gesamte Scheibe bedeckt haben mussten, ehe sie halbiert worden war. »Können Sie den Text entziffern?«

»Teile davon«, erwiderte Torres mit einem Kopfnicken. »Dieser Abschnitt schildert den Verlauf einer wichtigen Reise über ein großes Gewässer. Auch wenn uns die andere Hälfte des Steins fehlt, denke ich, dass wir die Inschrift weitgehend entschlüsseln können.« Er lächelte. »Mit dem Stein und dem Codex haben Sie zwei alten Archäologen zu einigen Jahren intensiver Arbeit verholfen.«

»Sie müssen uns nur versprechen«, sagte Dirk, »dass Sie unseren Fund nicht in irgendeinem dunklen Archiv verstauben lassen.«

»Lieber Himmel, nein. Dies wird im Museum der Universität die Hauptattraktion sein. Was mich zu der Frage bringt: Gab es weitere Artefakte?«

»Nein, ich habe mich umgeschaut, als ich den Stein fotografierte«, sagte Summer. »O nein!«, platzte sie plötzlich heraus. »Meine Kamera! Ich habe sie in der Höhle liegen lassen.«

»Ich hole sie«, bot sich Dirk sofort an. »Ich muss sowieso noch die Markierungsboje bergen. Vielleicht findet ihr in der Zwischenzeit etwas Essbares in der Kühlbox.«

»Nein.« Torres schüttelte den Kopf. »Wir werden unseren Fund in Zimapán mit einem opulenten Dinner feiern, und der Tequila geht auf meine Rechnung.«

Dirk grinste. »Das ist das beste Angebot seit Monaten.«

Er ging zum Seeufer hinunter, lud sich die Pressluftflasche auf den Rücken, setzte die Tauchmaske auf und ließ sich ins Wasser gleiten. Er sah sich ein letztes Mal um und bemerkte über den Felsrücken eine seltsame Staubwolke. Doch ohne einen weiteren Gedanken daran zu verschwenden, ließ er die Luft aus seinem Tariergürtel ab und verschwand unter der Wasseroberfläche.

17

Rasant jagte der weiße Jeep Cherokee den Bergrücken hinauf. Scheinbar mühelos überwanden die Stollenreifen den Steilhang. Als er den Gipfelgrat erklommen hatte, kam er geradewegs auf den Kleinlaster der Universität zu. Der Fahrer des Jeeps suchte sich keinen bequemen Weg, sondern fuhr den Steilhang in gerader Linie hinab und kam dicht vor dem Lieferwagen schlingernd zum Stehen. Eine kleine Lawine losen Gerölls ergoss sich über den Steilabbruch und prasselte in den See. Summer deckte gerade beiläufig die Schlafmatte über den Stein und baute sich davor auf, während drei Männer aus dem Jeep sprangen. Jeder trug eine Baseballmütze, eine Sonnenbrille und hatte einen schwarzen Schal um sein Gesicht geschlungen. Zwei hielten automatische Pistolen in den Händen, die sie auf Summer und Torres richteten.

»Was soll das?«, schnappte Torres ungehalten. »Wir haben weder Drogen noch Geld.« Obwohl sie von den Operationsbasen der Drogenkartelle, die ihre Geschäfte vorwiegend in den nördlichen Bundesstaaten Mexikos machten, weit entfernt waren, wusste Torres, dass diese gewalttätigen Organisationen einen langen Arm hatten.

»Sei still, alter Mann, und geh zur Seite«, sagte einer der beiden bewaffneten Männer. Er winkte Summer mit der Pistole. »Du auch.«

Torres und Summer wichen zurück, während der andere Bewaffnete vortrat und die Schlafmatte vom Stein herunterzog.

»Ist er das?«, fragte er.

Der unbewaffnete Mann kam mit einer lässigen und selbstsicheren Haltung näher, die sich deutlich von dem angespannten Auftreten der beiden Männer mit den Pistolen unterschied. Er war älter als sie und offensichtlich der Anführer.

Er studierte den Aztekenstein mit geduldiger Eindringlichkeit. Zufrieden mit dem Ergebnis seiner Untersuchung, nickte er seinen Helfern zu, dann deutete er auf das Heck des Jeeps. Der Gangster, der ihm am nächsten stand und ein rotes Hemd trug, öffnete die Klappe des Frachtabteils und kam zu dem anderen Mann herüber. Sie verstauten ihre Waffen in Schulterhalftern und hoben den Stein vom Erdboden hoch.

»Nein!«, rief Torres. »Das ist ein wichtiges historisches Fundstück!«

Er machte einen Schritt vorwärts und versetzte dem nächsten Mann einen heftigen Stoß. Der ließ den Stein los und taumelte rückwärts. Der andere Träger ließ ebenfalls los, und der Stein sackte mit einem dumpfen Laut auf den Erdboden. Keine Sekunde später lag die Pistole wieder in seiner Hand. Ohne zu zögern, brachte er sie in Anschlag und feuerte dreimal auf Torres' Oberkörper.

Summer schrie auf, während der Archäologe rückwärtsstolperte. Er verdrehte die Augen, die Lider flatterten, und er stürzte in den Staub. Alle anderen erstarrten, während die Pistolenschüsse von den Bergen ringsum widerhallten.

»Imbécil!«, brüllte der Anführer des Trios wütend. Er entriss seinem Helfer die Pistole und deutete auf den Stein. *»Rápidamente.«*

Die beiden Gangster luden den Stein in den Jeep, während ihr Boss Summer wachsam im Auge behielt. Sie kniete neben Torres, erkannte jedoch sofort, dass die Schüsse tödlich gewesen waren.

»Sie haben ihn wegen eines Steins erschossen!«, sagte sie anklagend und richtete sich auf.

Die beiden Gangster kamen zurück und unterhielten sich leise mit ihrem Anführer. Einer holte ein Messer hervor und schnitt ein Stück von dem Nylonseil ab. Dann streckte er die Hand aus und packte Summer an einem Handgelenk.

Sie holte mit dem anderen Ellenbogen aus und rammte ihn gegen das Kinn des Mannes. Während er zurücktaumelte, machte sie Anstalten zu flüchten, erstarrte jedoch zur Salzsäule, als ein Schuss fiel.

Er kam vom Anführer des Trios. Er hatte nur wenige Zentimeter neben Summer in den Lieferwagen gefeuert. Nun schwenkte er den Lauf der Pistole zur Seite und nahm sie ins Visier. »Der nächste geht nicht daneben.«

Logik und der Gedanke an ihren Bruder, der in diesem Moment im Stausee tauchte, überlagerten ihre Wut. Sie wehrte sich nicht, als sich der leicht benommene Gangster aufraffte und Summer die Hände auf dem Rücken fesselte. Nach einem kurzen Wortwechsel mit dem Anführer trat der Mann im roten Hemd zu Summer. »Wo ist der andere, der mit dir hierhergekommen ist?«

Summer starrte an dem Mann vorbei und sagte nichts. Der Anführer ging zum Rand des Felsvorsprungs und blickte ins Wasser des Stausees. Dirks Markierungsboje tanzte direkt unter ihm auf den Wellen. Das Wasser war so klar, dass er die Felsleiste vor dem Höhleneingang erkennen konnte. Er warf einen Blick auf den Steinhaufen vor dem Jeep. Seine Position war für das, was er vorhatte, perfekt.

Er deutete auf Summer und dann auf den Jeep. Der Mann im roten Hemd fasste nach ihrem Arm und stieß sie auf den Rücksitz, dann half er seinen beiden Kumpanen, Torres' Leichnam zur Felskante zu schleifen und ins Wasser zu rollen. Gequält verzog Summer das Gesicht, als der Tote mit einem lauten Klatschen auf der Wasseroberfläche aufschlug und sofort unterging. Dann machte sich der Mann mit dem Messer an den Reifen des Lieferwagens zu schaffen und zerfetzte sie.

Zufrieden mit ihrem Zerstörungswerk, kehrten die drei Männer zum Jeep zurück. Der Mann im roten Hemd schlängelte sich auf die Rückbank und hielt Summer mit einer Pistole in Schach, während seine Spießgesellen vorn einstiegen. Der Anführer setzte sich hinters Lenkrad, aber anstatt zurückzusetzen, ließ er den Jeep vorwärtsrollen, bis er einen der Felsbrocken am Ende des Felsvorsprungs berührte. Er legte einen niedrigen Gang ein, tippte aufs Gaspedal und schob den Stein vor sich her. Kleinere Felsbrocken, die vor ihm lagen, rutschten über die Kante des Felsvorsprungs und regneten ins Wasser hinab. Dann gab der Findling nach und polterte in den See.

Der Jeep setzte zurück und nahm einen Steinwall aufs Korn, der dicht am Rand der Felsplatte aufragte. Der Fahrer versetzte dem Steinhaufen einen leichten Rammstoß und setzte hastig zurück, als sich ein Stein löste und auf die Motorhaube krachte. Ein weiterer Stopp löste die unteren Steinschichten, und der gesamte Haufen ergoss sich über die Felskante in den Stausee. Dabei brach auch ein beträchtliches Stück des Felsbalkons ab. Fast wäre der Jeep der Lawine gefolgt, aber der Fahrer schaltete in den Rückwärtsgang und gab im letzten Moment Vollgas. Er wendete und nahm den Berghang in Angriff, während mehrere Tonnen Gestein talwärts rutschten und sich in den See ergossen.

Summer sah reglos zu. Lediglich ihre zuckenden Augenlider verrieten die Wut, die in ihr tobte und die sie mühsam unterdrückte. Während der See hinter ihnen für einen kurzen Moment durch eine Staubwolke verschleiert wurde, konnte sie nichts anderes tun, als für die Sicherheit ihres Bruders zu beten.

18

Eine kleine Tonschüssel rettete Dirk das Leben.

Er hatte den Hebesack an Ort und Stelle gelassen, während er in die Höhle schwamm, um Summers Unterwasserkamera zu holen. Er fand sie auf dem Boden der Höhle neben der Feuerstelle. Während er danach griff, tauchte seine Hand in den Schlick und streifte etwas Glattes und Rundes. Dann fanden seine Finger einen Halt, und er zog eine kleine Tonschüssel aus dem Sediment. Auf ihrem Boden war das Bild einer Schlange zu erkennen.

Nachdem er die Schüssel im Beutesack an seinem Tariergürtel verstaut hatte, suchte er nach weiteren Gegenständen. Aber seine Hände ertasteten nur weichen Schlamm. Als über ihm ein dumpfes Poltern ertönte, blickte er gerade noch rechtzeitig zum Höhleneingang, um beobachten zu können, wie der bläuliche Schimmer des Tageslichts erlosch. Sekunden später wurde er von einer Wolke schlammtrüben Wassers verschluckt.

Dirk schwamm blind zum Eingang, indem er sich über den Höhlenboden tastete, bis er mit einem größeren Felsen kollidierte, der ihm den Weg versperrte. Während sich die Sedimentpartikel allmählich setzten, sah er auf einer Seite einen hellen Spalt. Er schwamm zu der Öffnung, als über ihm ein zweites Rumpeln erklang. Er dachte daran, die Höhle schnellstens zu verlassen, zögerte jedoch, als er ein lautes Klatschen hörte. Er leuchtete mit seiner Lampe durch die Öffnung und sah, wie sich eine Lawine aus Steinen auf die Felsleiste herabwälzte, ehe ihm eine zweite Sedimentwolke die Sicht raubte.

Dirk spürte die Schwingungen, als sich die Felsen über ihm aufhäuften. Es dauerte mehrere Sekunden, bis das Rumpeln nachließ und verstummte. Die Gesteinslawine hatte über der Wasseroberfläche einen Felsvorsprung abgebrochen, mit dem weitere

Tonnen Geröll die Felsleiste bedeckten. Damit war der Höhleneingang vollkommen zugeschüttet.

Dirk zog sich vom Eingang zurück und überprüfte seinen Luftvorrat. Die Nadel der Anzeige stand dicht über der roten Warnmarkierung. Der Inhalt seiner Pressluftflasche reichte nur noch für fünf bis zehn Minuten.

Mit derart wenig Luft in einer hermetisch verschlossenen Höhle unter Wasser eingesperrt zu sein wäre der perfekte Anlass gewesen, in Panik zu geraten. Dirk hingegen unterdrückte jegliches Angstgefühl und atmete einmal vollkommen ruhig durch, um seine Lage zu überdenken.

Sein erster Impuls war, den Gesteinshaufen zu attackieren und zu versuchen, sich hindurchzugraben. Vielleicht rückte Summer dem Hindernis bereits in diesem Moment von der anderen Seite zu Leibe. Aber die Logik sagte ihm, dass es niemals rechtzeitig zu schaffen wäre. Die Lawine hatte derart viel Gestein aufgehäuft, dass sein Luftvorrat verbraucht wäre, ehe er sich auch nur wenige Zentimeter in das Hindernis hineingewühlt hätte.

Wäre dies seine einzige Möglichkeit, müsste er sich wohl damit abfinden. Dann blickte er nach oben. Das Höhlendach wies zwei Spalten auf, die fast sieben Meter weit nach oben reichten. Er entschied, dort sein Glück zu versuchen.

Mit der Lampe in einer Hand paddelte er mit vorsichtigen Flossenschlägen aufwärts und folgte dem ersten Spalt, bis dieser sich zu einer Spitze verengte. Er trat den Rückzug an, untersuchte den zweiten Spalt und fand dort die gleichen Verhältnisse vor. Riss und Höhlenwand bestanden offenbar aus solidem Fels. Er kehrte um, ließ sich absinken und hätte es beinahe übersehen. Aber aus dem Augenwinkel nahm er einen winzigen Lichtpunkt wahr.

Er änderte die Richtung, schwamm näher heran und entdeckte ein winziges, fast nur stecknadelkopfgroßes Loch in der Felswand, hinter der sich der Stausee befand. Er holte ein Randall-Tauchermesser aus der Scheide, die um seinen Oberschenkel geschnallt war, und stocherte damit in der Öffnung herum. Der Lichtfleck wurde größer, als ein Felssplitter herausbrach. Dirk verstärkte seine Bemühungen, stieß das Messer kraftvoller in das Loch und vergrößerte es bis auf den Durchmesser eines Baseballs.

Er wusste, es war ein möglicher Fluchtweg, aber er stand vor dem gleichen Dilemma wie kurz zuvor. Könnte er die Öffnung ausreichend vergrößern, ehe seine Atemluft vollständig versiegte? Drei Minuten hatte er bereits verbraucht. Während der geringen Zeitspanne, die ihm zur Verfügung stand, würde er allein mit einem Messer als Werkzeug niemals ans Ziel gelangen. Er brauchte etwas Effektiveres.

Er tauchte zum Höhlenboden hinab und suchte in dem Geröllhaufen einen Stein, den er als Hammer verwenden konnte. Er fand einen solchen Stein mit einer abgerundeten Seite und pflückte ihn aus dem Trümmerhaufen. Darunter entdeckte er einen grünen Stein mit einer gleichmäßigen, nahezu perfekt geformten Schneide. Neugierig grub er seinen Fund aus dem Steinhaufen und stellte fest, dass er keinen Stein in der Hand hatte. Für seine Größe war er viel zu schwer, außerdem befand sich in der Unterseite ein kreisrundes Loch.

Dirk hielt das Objekt dicht vor seine Tauchmaske und identifizierte es als den oxidierten Kopf einer Kupferaxt, die offenbar benutzt worden war, um die Wände der Höhle zu glätten. Er konnte sich erinnern, gelesen zu haben, dass die Azteken geschickte Steinmetze gewesen waren und Statuen und ganze Tempel aus Basalt geschaffen hatten. In der Nachbarschaft in Oaxaca lebende mixtekische Handwerker, die sich auf die Metallverarbeitung spezialisiert hatten, dürften den Azteken aus Kupfer hergestellte Werkzeuge verkauft haben. Obgleich der Holzstiel längst verrottet war, machte der Kopf der Axt noch immer einen soliden Eindruck.

Dirk schwamm schnell zu dem Spalt zurück und machte sich mit beiden Fundstücken an die Arbeit. Er platzierte die Schneide der Axt neben die Öffnung und schlug mit dem runden Stein auf die stumpfe Seite des Axtkopfs. Gedämpft durch das Wasser ringsum, war der Aufprall nur als ein leises Klicken zu hören. Dirk schlug abermals zu, und ein großer Steinsplitter wurde aus der Öffnung gesprengt. Die mixtekischen Metallurgen hatten Zinn und Kupfer gemischt, als sie die Axt geschmiedet hatten, und damit ein bronzeähnliches Metall geschaffen, das sich bei der Steinbearbeitung als erstaunlich wirkungsvoll erwies.

Als er beim Einatmen in seinem Lungenautomaten einen zunehmenden Widerstand verspürte, begann er wie wild auf den Kupfermeißel einzuschlagen. Er brauchte nicht erst auf die Anzeige zu schauen, um zu wissen, dass er soeben die letzten Luftreserven verbrauchte. Seine harten Schläge führten dazu, dass faustgroße Brocken aus der Felswand brachen. Als er ein weiteres Bruchstück entfernte, hatte die Öffnung einen Durchmesser von gut dreißig Zentimetern.

Dirk atmete ein, aber nichts kam aus seinem Luftschlauch. Die Pressluftflasche war vollkommen leer.

Ohne zu zögern, hämmerte er mit dem Stein auf den Axtkopf. Weitere Felssplitter lösten sich, aber die Öffnung war immer noch zu klein. Seine Lunge verkrampfte sich, als das Pochen in seinem Schädel den Rhythmus seiner Hammerschläge imitierte. Durch den vibrierenden Axtkopf glaubte er spüren zu können, wie die Felswand nachzugeben begann. Aber noch immer kam es ihm so vor, als wollte er mit einem Uhrmacherhammer den Hoover-Staudamm zum Einsturz bringen.

Er verdrängte die Angst vor dem Ertrinken, streifte den Tariergürtel ab und nahm die Pressluftflasche von seinem Rücken. Er packte ihren Hals und schmetterte sie mit dem Boden gegen den Fels. Die Wand erzitterte kaum merklich. Er schlug erneut zu. Und wieder und wieder. Mehr als ein metallisches Klirren war aber nicht zu hören. Dirk blies den letzten Rest Luft aus seiner Lunge aus. Verzweifelt setzte er zu einem allerletzten Rammstoß an und legte seine gesamte noch verbliebene Kraft hinein.

Diesmal erschien ein Riss im soliden Fels – dann sackte knirschend ein etwa ein Meter breites Teilstück der Felswand nach unten in Richtung Höhlenboden.

Beinahe erschrocken über diesen unerwarteten Erfolg, ließ Dirk die Pressluftflasche los und schlängelte sich durch die Öffnung. Die Wasseroberfläche leuchtete nur drei Meter über ihm. Er machte zwei kräftige Schwimmzüge, tauchte in blendend hellen Sonnenschein hinauf und sog gierig die frische Luft in seine Lunge. Fast eine Minute lang ließ er sich reglos treiben, bis sich der Sauerstoffgehalt seines Blutes normalisiert hatte und er wieder ruhiger atmen konnte. Er blickte dankbar zum Himmel und reagierte nicht sofort, als er eine Berührung an der Schulter verspürte. Sobald sich sein Atemrhythmus normalisiert hatte, wandte er den Kopf, um nachzuschauen.

Es war der Körper von Dr. Torres.

19

Dirk reagierte schnell, schwamm zu einer kleinen Felszunge und zog Torres' Körper hinter sich her. Sobald er an Land geklettert war, bemerkte er die drei Schusswunden in der Brust des Professors.

Dirk schaute zum Kastenwagen hinauf und rief den Namen seiner Schwester. Er erhielt keine Antwort. Dann gewahrte er eine Staubwolke über dem Bergrücken. Er trennte sich von Tauchmaske und Schwimmflossen, suchte in Torres' Taschen den Autoschlüssel und rannte den Berghang hinauf. Er sah das ausgefranste Seil an der Türsäule und wusste, dass jemand den Stein geholt hatte. Automatisch blickte er voller Sorge auf den Stausee hinunter. Von Summer war nichts zu sehen. Offenbar war sie entführt worden.

Die vier platten Reifen ignorierend, startete Dirk den Lieferwagen, wendete und gab Vollgas. Der Wagen bewegte sich ruckartig vorwärts, wobei die Laufflächen der Reifen gegen die Radkästen schlugen. Trotz der mangelhaften Traktion der Räder gelang es Dirk, den Wagen auf den Bergrücken zu lenken. Tief unten im Tal entdeckte er einen weißen Jeep, der auf der alten Schotterstraße mit hohem Tempo in Richtung Norden rollte.

Dirk widerstand dem Drang, den Bergrücken zu verlassen und den Jeep zu verfolgen. Angesichts der erheblich eingeschränkten Fahrtüchtigkeit des Lieferwagens wäre es ein Ding der Unmöglichkeit, den Jeep einzuholen. Einen der zerfetzten Reifen hatte er bereits verloren. Falls der Lieferwagen aber die Straße erreichte, würden die zahlreichen sandigen Abschnitte dafür sorgen, dass auch die anderen Reifen auf der Strecke blieben.

Dank seines früheren Studiums der Landkarte wusste Dirk, dass die Straße um mehrere Hügel am Fuß des Lomo del Toro herum verlief, ehe sie nach Westen schwenkte und über den Zimapán-

Damm führte. Der Staudamm riegelte eine enge Schlucht am fernen Ende des Bergrückens ab. Wenn er den Lieferwagen über den Kamm des Bergrückens lenken könnte, würde er ein oder zwei Meilen Fahrtstrecke einsparen und könnte den Jeep möglicherweise abfangen, ehe er den Damm überquerte.

Er trat aufs Gaspedal und rumpelte über den gewölbten Kamm des Bergrückens. Was von den Reifen noch übrig war, wurde in Fetzen abgerissen. Die stählernen Felgen drehten kreischend durch, und jede Unebenheit des Untergrunds schüttelte das Chassis des Jeeps bis in die letzte Schraube durch. Dirk kam sich vor, als ritte er auf einem Presslufthammer. Im Außenspiegel konnte er Funken aufstieben sehen, sobald eine der Felgen über blanken Fels schrammte.

Die Breite des Bergrückens nahm stetig ab und zwang Dirk, eine an der Seite parallel verlaufende Felsleiste zu benutzen. Aber auch die Felsleiste wurde beständig schmaler und verlor sich schließlich in einer Folge kleiner schroffer Felsbuckel. Dirk lenkte den Wagen den Abhang hinauf, geriet jedoch in eine mit weichem Sand gefüllte Mulde. Als er spürte, wie sich die Räder eingruben, hatte er keine andere Wahl, als das Lenkrad herumzureißen und bergab zu fahren, um in Bewegung zu bleiben. Er verfehlte einen aufragenden Felsblock und rutschte in einen schmalen Graben. Der Lieferwagen neigte sich zur Seite und kippte beinahe um, ehe er auf der anderen Seite in eine Rinne sackte und sich aufrichtete. Er schlingerte über einige kleinere Felsbrocken, dann gelangte er auf einen einigermaßen ebenen Untergrund.

Dirk streichelte das Gaspedal, als sich der Bergkamm weiter verengte. Vor und unter ihm konnte er die schmale Krone des Zimapán-Staudamms erkennen. Er dirigierte sein Fahrzeug den Steilhang hinab, dann trat er aufs Bremspedal und riss das Lenkrad herum, um ein Ausbrechen des Wagens zu verhindern. Die verbogenen und schartigen Felgen gruben tiefe Rillen in den lehmigen Boden, ehe der Mini-Truck abrupt stoppte. Dirk stieg aus und ging an der Motorhaube entlang ein paar Schritte zur Wagenfront.

Nur einen Meter vor dem Kühlergrill endete der Kamm in einem nahezu senkrechten Steilabbruch. Etwa dreißig Meter unter der Kante verlief die Zufahrt zum Staudamm. Eine vom Alter gezeichnete Asphaltstraße überquerte die mächtige Betonmauer und schlängelte sich am anderen Ende einen weiteren Bergrücken hinauf. Dirk ging durch den Kopf, dass die Konstrukteure des Staudamms einen idealen Ort für dieses Bauwerk gefunden hatten, denn genau an dieser Stelle ließ sich das Tal mit dem geringsten technischen Aufwand absperren.

Er verfolgte den Gedanken nicht weiter, während er den Blick auf die nach Osten führende Straße richtete. Der weiße Jeep war nur noch wenige Sekunden weit entfernt.

20

Summer Pitt saß reglos auf dem Rücksitz, aber hinter ihrem Rücken arbeiteten ihre Hände hektisch. Das Seil um ihre Handgelenke war von dem Bad im See noch feucht. Die Nässe machte ihre Handgelenke rutschig und das Seil biegsamer und weicher. Bei jedem Schlagloch, das den Wagen hüpfen ließ, spannte sie die Hände an und schaffte es, den Knoten zu lockern.

Summers Sitznachbar war es bereits leid, sie ständig zu bewachen. Er griff an ihr vorbei, verriegelte die Tür auf ihrer Seite und steckte dann seine Pistole ins Halfter. Nichtsdestoweniger starrte er sie weiterhin misstrauisch an, vielleicht war es auch Interesse, weil sie ihm gefiel. Sie revanchierte sich mit einem verbalen Bombardement von Fragen. Von dem offensichtlichen »Wohin bringen Sie mich?« bis zu einem neckischen »Wo haben Sie diesen hübschen Schal gekauft?« versuchte sie, den Wächter ständig zu beschäftigen. Doch jede Frage wurde mit eisigem Schweigen beantwortet. Aber ihre Gesprächigkeit zeigte schließlich Wirkung, da er sich irgendwann abwandte und aus dem Fenster blickte.

Summer bremste ihren Redefluss ein wenig. Es hatte keinen Sinn, ihr Glück herauszufordern. Die Gangster hatten nicht gezögert, Torres zu töten, und würden das Gleiche genauso schnell mit ihr tun. Ermutigt, an ihrem Plan festzuhalten, wurde sie allein durch die Tatsache, dass die drei Räuber trotz der Hitze noch immer ihre Gesichter verhüllten. Wenn sie Ruhe bewahrte, bis sie eine Stadt erreichten, könnte sie dort vielleicht aus dem Wagen springen und irgendwo Zuflucht suchen. Zuerst müsste sie sich jedoch von der Handfessel befreien.

Ihr Wunsch ging eher in Erfüllung, als sie gehofft hatte. Der Zustand der Straße besserte sich merklich, bis die Reifen des Jeeps über Asphalt rollten. Sie erreichten den Staudamm, wo die Straße sich verengte, als sie dem Verlauf der Staumauer folgte. Der Fahrer gab Gas, dann stieß er einen Fluch aus und machte eine Vollbremsung.

Während der Jeep über den Asphalt rutschte, wurden alle vier Insassen nach vorn geschleudert. Der harte Bremsvorgang verschaffte Summer einen Vorteil. Ihre linke Hand rutschte aus der Fessel, und während sie auf ihrem Platz nach hinten fiel, streifte sie das Seil schnell von beiden Handgelenken ab. Sie kannte den Grund für den Blitzstopp nicht. Aber als sie jetzt aus dem Seitenfenster blickte, bekam sie einen Schock.

Der grüne Transporter der Universität war über eine Felskante direkt über ihnen hinausgeschossen und raste wie eine Tomahawk-Rakete auf sie herab. Der Lieferwagen flog an dem Jeep vorbei, streifte in drei Metern Entfernung den Rand der Straße, schlug mit der Nase zuerst auf und rollte aufs Dach. Das zusammengedrückte Fahrzeugwrack rutschte noch ein paar Meter weiter, ehe es in einer Pfütze auslaufenden Benzins liegen blieb und die Straße blockierte.

Der Jeep ratterte noch mit blockierten Rädern über die Straße, als Summer bereits die Tür öffnete und hinaussprang. Sie landete auf dem Asphalt und rannte zum Lieferwagen, wobei sie den Namen ihres Bruders rief. Während sie sich dem teilweise platt gedrückten Fahrzeug näherte, verhärtete sich ihr Magen zu einem schmerzhaften Knoten. Diese Kopflandung konnte niemand, der darin gesessen hatte, überlebt haben.

Sie näherte sich dem Fenster auf der Fahrerseite und musste auf die Knie hinuntergehen, um hineinblicken zu können. Niemand war zu sehen. Der Knoten in ihrem Magen lockerte sich.

Sie hatte keine Zeit zu reagieren, als sie spürte, wie sich der Wagen bewegte. Der Jeep war herangekommen, und sein Fahrer versuchte, das Transporterwrack beiseitezuschieben. Summer richtete sich auf, während der Lieferwagen einige Zentimeter weiterrutschte, und entdeckte ihren Rücksitzpartner, der mit gezückter Pistole auf sie zukam.

Sie hob kapitulierend die Hände, während sie nach Anzeichen von Dirk Ausschau hielt. Die Sonne schien ihr in die Augen, aber sie konnte trotzdem erkennen, dass die Felswand zu steil war, um sie zum Abstieg zu nutzen. Da sie auch auf der Straße keinerlei Bewegung wahrnehmen konnte, blickte sie in die andere Richtung.

Sie befanden sich auf dem Damm. Die blauen Fluten des Stausees leckten knapp zehn Meter unter ihr über die Betonmauer des Staudamms. Seltsamerweise erschien das Gelände auf der anderen Seite des hohen, schmalen Damms vollkommen trocken. Dort stand kein Turbinenhaus, und es war auch nicht zu erkennen, dass Wasser in die steile, enge Schlucht namens El Infiernillo Cañones abgelassen wurde.

Summer ließ den Blick zu ihrem Wächter wandern. Mit wütender Miene bedeutete er ihr durch ein Winken, sie solle zum Jeep zurückkommen. Sie nickte und machte einen halben Schritt, als sich ihr Überlebenswille meldete. Es mochte nicht ihre beste Chance sein, die Flucht anzutreten, und vielleicht war es auch überhaupt keine Chance, aber sie ergriff sie trotzdem. Mit einem schnellen Schritt zur Seite erreichte sie die Leitplanke und sprang. Der Wächter reagierte augenblicklich. Nachdem er kurz vorher verbal zusammengefaltet worden war, weil er übereilt geschossen hatte, wollte er diesen Fehler kein zweites Mal machen. Er versuchte, sie mit der freien Hand festzuhalten, bekam jedoch nur den Saum eines Hosenbeins zu fassen. Aus dem Gleichgewicht gebracht, wurde er zur Leitplanke gezogen. Einerseits wollte er sie nicht loslassen, andererseits konnte er sie mit seinem schwachen Griff aber auch nicht festhalten. Als seine Beine von der Leitplanke gestoppt wurden, knickte sein Oberkörper ab und wurde in die Tiefe gezogen.

Sie stürzten ab und schlugen nahezu gleichzeitig mit einem lauten Klatschen auf dem Wasser auf. Summer versuchte, in die Tiefe zu schwimmen und sich mit kräftigen Beinschlägen von dem Wächter zu lösen. Aber der hielt ihr Bein weiter fest, während er mit dem Pistolengriff auf sie einschlug. Sie kam sich wie in einem unter Wasser geführten Käfig-Ringkampf vor. Da sie die bessere Schwimmerin war, strebte sie weiter in die Tiefe, um sich aus seinem Griff zu befreien.

Ihre Hand schlug gegen den Staudamm, und sie spürte, wie ihre Finger über seine raue Oberfläche glitten. Die Bewegung erschien schneller, als sie erwartet hatte. Sie wurden von einer starken Unterwasserströmung mitgerissen. Während sich die Umgebung schnell verdunkelte, erkannte sie, dass sie zum Fuß der Staumauer hinuntergezogen wurden.

Damit regte sich eine neue Sorge in ihrem Bewusstsein. Was war die Ursache dieses Unterwassersogs? Es gab kein Turbinenhaus und auch keine Anzeichen für einen Grundablass auf der Rückseite der Staumauer. Da kein Abflusskanal existierte, wäre ein Tauchgang an der Innenseite der Staumauer kaum gefährlich.

Die Angst vor dem Ertrinken war stärker als ihre Angst vor dem Wächter. Also wehrte sie sich nicht mehr gegen seinen Griff, sondern unterstützte ihn in seinem Bemühen, an die Wasseroberfläche zu gelangen. Aber das Wasser wurde stetig dunkler, und ein wachsender Druck in ihren Ohren signalisierte ihr, dass sie weiter und weiter auf den Grund des Sees gezogen wurden.

Im trüben Wasser entdeckte Summer eine runde Öffnung von etwa fünf Metern Durchmesser, die sie mit unwiderstehlicher Gewalt ansaugte. Sie erkannte darin einen Abflusskanal, der die Basis der Staumauer durchstieß. Der Zimapán-Staudamm diente der hydroelektrischen Energiegewinnung, nur dass sein Turbinenhaus am Ende eines zwanzig Kilometer langen Tunnels flussabwärts erbaut worden war.

Der Einlass des Abflusskanals wurde durch ein Gitter zum Abfangen größerer Fremdkörper gesichert, aber Jahre nachlässiger Wartung hatten ihre Spuren hinterlassen. Das Gitter war fast bis zur Hälfte aus seiner Verankerung herausgebrochen und ermöglichte einen ungefilterten Wasserzufluss.

Summer und der Wächter sahen, was sie erwartete, und kämpften heftig dagegen an. Aber der Sog wurde stärker, und sie trieben der Öffnung immer schneller entgegen. Sich gegen ihre Instinkte wehrend, entschied sich Summer für das Undenkbare. Sie schwamm aktiv auf die Öffnung zu.

Der Wächter starrte sie ungläubig an, Panik in den Augen, während er sich dem unbarmherzigen Sog weiter widersetzte. Zu spät erkannte er, dass Summer eine clevere Taktik gewählt hatte. Indem sie mit der Strömung schwamm, konnte sie ihre Richtung so weit bestimmen, dass sie zum intakten Teil des Gitters gelangte. Sie bekam eine stählerne Querstange zu fassen und warf sich herum.

Sie prallte bäuchlings gegen das Gitter, wobei ihr der letzte Rest Atem aus der Lunge gepresst wurde. Der Wasserdruck nagelte sie neben Baumästen, einem Autoreifen und anderem Abfall fest. Sie wandte den Kopf, als der Wächter an ihr vorbeitrieb. Sein Schal und die Sonnenbrille waren längst weggerissen worden, und Summer sah das nackte Grauen in seinen Augen, da er es nicht schaffte, sich aus dem Sog zu befreien. Sekundenbruchteile später war er in dem schwarzen Loch verschwunden, wo die wirbelnden Wassermassen seine Todesschreie erstickten.

Wenigstens wird jemand meine Leiche bergen können, dachte Summer, als der Luftmangel ihre Sinne zunehmend lähmte.

Während sie sich verzweifelt an das Gitter klammerte, ging als letzter Gedanke die Frage durch ihren Kopf, was wohl jetzt gerade oben auf dem Damm geschah und ob ihr Bruder noch am Leben war.

21

Trotz hämmernden Herzschlags und Lunge, die anscheinend in hellen Flammen stand, war Dirk sogar sehr lebendig. Mehr durch Glück als aus Berechnung – allerdings unterstützt durch einen schweren Stein auf dem Gaspedal und ein Seilende, welches das Lenkrad fixierte – hatte er den Lieferwagen am genau richtigen Punkt vom Felsvorsprung abheben und dicht vor dem flüchtenden Jeep auf der Straße aufsetzen lassen. Er wartete nicht ab, bis sich der Staub einigermaßen gesetzt hatte, sondern sprintete sofort bergab.

Er musste gut einhundert Meter zurücklaufen, um einen Weg zur Straße hinunter zu finden. Das Gefälle wäre schon für jemanden mit Wanderschuhen sehr gefährlich gewesen, aber für jemanden, der Wasserschuhe trug und es in vollem Lauf überwinden wollte, war es geradezu selbstmörderisch. Dirks Füße verloren mehrmals den sicheren Halt und rutschten über loses Geröll. Lediglich sein Nasstauchanzug bewahrte ihn vor schweren Verletzungen.

Während seines Abstiegs lag der Damm im toten Winkel und war für ihn unsichtbar. Er konnte nur hoffen, dass sich der Jeep noch auf der Straße befand. Nicht dass er irgendeinen präzisen Plan hatte. Mit bloßen Händen gegen bewaffnete Männer hatte er kaum Aussichten, sie aufzuhalten. Aber er musste sich vergewissern, ob sich Summer in ihrer Gewalt befand – und noch am Leben war.

Während er sich mehr rutschend als rennend dem Fuß des Steilhangs näherte, geriet der Damm wieder in sein Blickfeld, und er erstarrte beinahe vor Schreck. Da stand Summer in der Nähe des zerbeulten Lieferwagens und sprang plötzlich mit einem Gangster im Schlepptau in den Stausee. Von dem Anblick abgelenkt, stolperte Dirk und stürzte.

Dieses Missgeschick kostete ihn wertvolle Sekunden. Als er wieder festen Stand fand, hatte sich der Jeep an dem demolierten Kleinlaster vorbeigeschlängelt. Der Fahrer hielt an und blickte ins Wasser. Nach einigen Sekunden schüttelte er den Kopf. Sekunden später drehten die Räder durch, und der Jeep schoss über die Dammkrone, das Heck leicht schlingernd von der schweren Last des halben Sonnensteins und den hektischen Lenkmanövern.

Als er schließlich die Straße erreichte, rannte Dirk zum Staudamm. Da er durch den gestrandeten Lieferwagen gedeckt wurde, konnte ihn der Fahrer des Jeeps nicht im Rückspiegel sehen, während er die Bergstraße hinaufjagte. In Höhe des Mini-Trucks blickte Dirk ins Wasser. Es war glatt und ruhig, nichts deutete auf das dramatische Geschehen auf dem Grund des Stausees hin.

Er eilte zum Van und hebelte die Hecktür auf. Im Innern sah es aus, als habe eine Bombe eingeschlagen, aber er fand Summers Pressluftflasche, den Tariergürtel und die Tauchmaske. Er legte die Ausrüstung in Windeseile an und öffnete das Ventil der Atemflasche. Ein flüchtiger Gedanke schoss ihm durch den Kopf, und er zog das Seil aus dem Durcheinander. Ein Ende war noch immer am Türholm verknotet, daher fädelte er das freie Ende in einen D-Ring an seinem Tariergürtel ein. Dann flankte er über die Leitplanke in den Stausee.

Er knipste eine kleine Lampe an, die ebenfalls an seinem Tariergürtel hing, und folgte einer dünnen Spur von Sedimentpartikeln, die offenbar in die Tiefe gezogen wurden. Bald spürte er die Strömung. Er paddelte kräftig mit den Beinen, um sein Tempo zu erhöhen, und hielt Ausschau nach Summer.

Immer noch von der Strömung gegen das Sperrgitter gepresst, war es ihr gelungen, sich bis an seinen Rand zu hangeln. Mittlerweile befand sie sich länger als eine Minute dort und spürte, wie sich der Sauerstoffmangel bemerkbar machte und ihren Geist umnebelte.

Wäre in der Nähe eine Leiter oder etwas anderes gewesen, woran sie sich hätte festhalten können, hätte sie sich vielleicht aus dem Sog herausziehen können, aber alles, was sie in ihrer Umgebung ertastete, war die glatte Wand der Staumauer. Eine Flut verzweifelter, verwirrter Gedanken raste durch ihr Gehirn und drängte sie zur Flucht. Vielleicht wartete am anderen Ende des Abflusskanals die Rettung? Sie begann, die Finger einen nach dem anderen vom Gitter zu lösen, als ihr etwas ins Auge fiel.

Ein schwaches Licht war über ihr erschienen. Es wurde schnell größer und von einer Gestalt begleitet, die auf sie zuflog. Hoffnung und Verzweiflung brandeten gleichzeitig in ihr hoch, als sie Dirk erkannte, der an ihr vorbei und durch das offene Gitter schoss. Seltsamerweise schienen seine Augen zu lächeln, als er in dem schwarzen Loch verschwand.

Nur einen Moment später sah sie das Licht im Abflusskanal tanzen. In seinem Widerschein entdeckte sie ein straff gespanntes Seil, das von ihrem Bruder zur Wasseroberfläche führte. Kurz darauf erschien er leibhaftig, sich Hand über Hand an dem Seil hochziehend, bis er die Öffnung des Abflusskanals erreichte. Summer klebte links von ihm am Gitter, das Gesicht bereits von einem bläulichen Schimmer überzogen.

Er stemmte die Füße gegen die Staumauer, stieß sich mit aller Kraft ab und wurde durch die Strömung zu seiner Schwester hinübergetragen. Er löste eine Hand vom Seil und streckte sie nach ihrem Oberkörper aus. Sie spürte eine Berührung, packte seine Hand und schlang die Arme um seine Taille.

Sie riss den Regulator aus seinem Mund, schob ihn sich zwischen die Zähne und machte mehrere tiefe Atemzüge. Dirk blies seinen Tariergürtel auf, zog sich mit seiner lebendigen Last ein Stück am Seil hinauf und wartete darauf, dass Summer ihm den Regulator zurückgab. Sie teilten sich die Pressluft, während Dirk sie an der Staumauer entlang nach oben hievte. Dabei wurde der Sog des Abflusskanals kontinuierlich schwächer, bis sie aus eigener Kraft ganz bis zum Tageslicht aufsteigen konnte.

»Das war eine ziemlich hässliche Überraschung da unten«, stellte Dirk fest, als ihnen die Sonne wieder ins Gesicht schien.

»Wem sagst du das. Noch zwei Sekunden länger, und ich hätte erfahren, was sich am anderen Ende des Kanals befindet.«

»Wahrscheinlich die Turbinen des Kraftwerks.«

Summer erschauerte, als sie an den Gangster dachte, der in den Tunnel gesogen worden war. »Ich glaube, von diesem Stausee hab ich die Nase erst mal gründlich voll.«

Sie kraulte zur Staumauer, ergriff das Seil und hangelte sich daran nach oben. Dirk folgte ihr und befreite sich von Pressluftflasche und Tariergürtel, als er zum Lieferwagen kam.

Summer betrachtete die leere Straße, die sich den Berg hinaufwand. »Sie haben Dr. Torres erschossen und den Stein gestohlen.«

»Hast du irgendeine Vorstellung, wer diese Kerle sind?«

Sie schüttelte den Kopf. »Sie waren zu dritt. Einer sprang mit mir ins Wasser und wurde in den Abflusskanal gesogen. Alle drei waren bemüht, ihre Identität zu verbergen.«

»Wahrscheinlich professionelle Antiquitätendiebe, die nicht vor Mord zurückschrecken.«

Summer beförderte einen kleinen Stein mit einem Fußtritt in den Stausee. »Dr. Torres wurde getötet, ehe er die Chance hatte, die Inschrift auf dem Stein zu entziffern. Nun ist er weg. Ich vermute, wir werden niemals erfahren, was er uns mitzuteilen hat.«

»Madero könnte es versuchen.«

»Nicht ohne den Stein.«

»Aber wir haben etwas, das fast genauso gut ist.« Dirk kramte im Innern des zerbeulten Lieferwagens herum. Sekunden später kam er heraus, einen Gegenstand in der Hand.

Summer brauchte nur einen kurzen Blick darauf zu werfen, und ihr Gesicht leuchtete auf. »Das kann doch nicht wahr sein!«

Dirk grinste hinterhältig, während er das zertrümmerte Gehäuse von Summers neuer Unterwasserkamera hochhielt.

22

Das Haustelefon klingelte in einem fort und noch ein wenig länger. St. Julien Perlmutter hielt nichts von Anrufbeantwortern, Voicemail oder auch nur Mobiltelefonen. Seiner Meinung nach war all das eine unerträgliche Form von Belästigung. Erst recht keine Verwendung hatte er für diese Einrichtungen bei den seltenen Gelegenheiten, wenn er sein Haus in Georgetown verließ, was gewöhnlich nur dann geschah, wenn er in einem der besseren Restaurants der Hauptstadt speiste oder zwecks wichtiger Recherchen das Archiv einer der großen nationalen Bibliotheken aufsuchen musste.

Der Anrufer konnte sich also glücklich schätzen, dass Perlmutter zu Hause und in diesem Moment damit beschäftigt war, seine zahlreichen Bücherschränke nach einem speziellen alten Folianten zu durchsuchen. Er war ein Koloss von einem Mann und sicherlich der fähigste Seefahrt-Historiker auf dem Planeten. Der Umfang seines Wissens über Schiffe und Schiffswracks war legendär, und Archivare auf der ganzen Welt sehnten den Tag herbei, an dem Perlmutter dahinschied und seine Sammlung von Briefen, Seekarten, Tagebüchern und Logbüchern zum Verkauf stünde.

Während er sich in einen stabilen Ledersessel neben einem Rollschreibtisch fallen ließ, griff er nach dem zehnten Klingeln zum Telefonhörer. Wie die meisten Objekte des täglichen Lebens war das Telefon eine schiffstechnische Antiquität und hatte früher einmal die Kommandobrücke des Luxusdampfers *United States* mit dem Schiff und der restlichen Welt verbunden.

»Perlmutter«, meldete er sich mit barscher Stimme.

»St. Julien, hier ist Summer. Ich hoffe, ich störe dich nicht beim Essen.«

»Du liebe Güte, nein.« Seine Stimme bekam einen warmen Ton. »Ich war nur gerade auf der Suche nach einem Bericht aus erster Hand … über Christopher Kolumbus' vierte Reise in die Neue Welt.«

»Ein glückliches Zeitalter«, sagte Summer.

»Das war die Epoche der Entdeckungen immer. Ich hatte vor kurzem das Vergnügen, mit deinem Vater zu dinieren. Er sagte, du und dein Bruder, ihr seid zurzeit in Mexiko tätig.«

»Ja, wir sind noch hier. Und wir könnten deine Hilfe brauchen. Wir suchen ein spanisches Schiff, das zu Beginn der Eroberung Mexikos von Veracruz aus in See gestochen ist.«

»Wie ist sein Name?«

»Das wissen wir nicht. Der einzige Hinweis auf seine Existenz ist eine Zeichnung in einem aztekischen Codex, von der ich dir gerade eben per E-Mail eine Kopie geschickt habe.«

Während Summer von der Entdeckung des Codex' berichtete und ihre Abenteuer mit dem aztekischen Sonnenstein schilderte, schaltete Perlmutter seinen Computer ein und rief das Bild auf.

»Ziemlich mager«, stellte er fest. Er studierte die schlichte Darstellung eines Segelschiffs, über dessen Bug ein Affe schwebte. »Ist euern Experten für die aztekische Kultur dazu eine Erklärung eingefallen?«

»Nichts Handfestes. Der Affe könnte sich auf die Ladung beziehen. Er könnte auch den Schiffsnamen symbolisieren. Wir hoffen, dass Letzteres der Fall ist.«

»Das ist möglich, wenn die Spanier in dieser Zeit auch bei der Namensgebung für ihre Schiffe stets auf einen religiösen Bezug achteten, seien es nun Symbole oder Persönlichkeiten. Glücklicherweise sind die Aufzeichnungen über die frühen Reisen der Spanier ziemlich umfangreich.«

»Wir interessieren uns für den Stein. Falls du irgendeine Idee hast, wo er geblieben sein könnte, würden wir das gerne wissen. Für irgendjemanden ist es offensichtlich von großer Bedeutung.«

»Bedauernswerterweise gibt es allzu viele unter uns, die vor nichts zurückschrecken, um einen schnellen Profit zu machen. Das mit eurem Freund tut mir leid. Hoffentlich seid ihr beiden vorsichtig.«

»Das sind wir.«

»Was den Stein betrifft, so bin ich schon sämtliche spanischen Schifffahrtsmuseen durchgegangen und habe nirgendwo einen Hinweis auf ein solches Artefakt gefunden. Ich vermute, er könnte in einer privaten Sammlung gelandet sein. Ich werde in dieser Richtung mal einige Erkundigungen einziehen.«

»Danke, Julien. Wir denken ganz sicher daran, dir eine Flasche von deinem Lieblings-Tequila mitzubringen. Porfidio, wenn ich mich richtig erinnere.«

»Summer, du bist ein Engel. Lass nur deinen treulosen Vater nicht in die Nähe der Flasche, sonst ist sie leer, bis ich auch nur einen Blick darauf werfen durfte.«

Perlmutter legte auf und betrachtete das Bild von der Galeone auf dem Bildschirm seines Computers. Während er seinen grauen Vollbart kraulte, waren seine Gedanken meilenweit entfernt. Viertausend Meilen, um genau zu sein.

»Es gibt nur einen Ort, um mit der Suche anzufangen, mein kleiner pelziger Freund«, sagte er laut zu dem Bild des Affen. »Sevilla.«

23

Pitt blickte aus dem Brückenfenster der *Sargasso Sea*, während ein großes Containerschiff mit Kurs nach Norden vorbeizog. Von ihrer augenblicklichen Position gerechnet waren es nur zwanzig Meilen bis zu der grünen Küstenlinie von Südkuba. Er überlegte, ob sich die giftige Wirkung des Quecksilbers bereits an den Stränden dort bemerkbar machte.

Das NUMA-Forschungsschiff näherte sich der dritten toten Zone, die von Hiram Yaeger identifiziert worden war. Pitt ärgerte sich darüber, dass es ihnen nicht gelungen war, eine Ursache für die Verseuchung zu lokalisieren. Die zweite Zone, einhundert Meilen nordöstlich der Kaiman-Inseln, hatte keine Antwort auf die Frage geliefert. Diese Zone, in der sie sich zurzeit befanden, enthielt wie die vorangegangenen extreme Konzentrationen von Methylquecksilber, wenn auch mit einem geringeren prozentualen Anteil. Da der Quecksilbergehalt gleichmäßiger verteilt war, hatten die Wissenschaftler zwei ganze Tage gebraucht, um den Bereich der höchsten Giftkonzentration auf einen Bereich von zehn Quadratkilometern einzugrenzen.

Die gedämpften Arbeitsgeräusche auf der Kommandobrücke wurden durch Al Giordinos sonore Stimme überdeckt, die gerade aus dem Deckenlautsprecher drang. »Achterdeck. AUV ist an Bord. Bitte nächsten Gitterquadranten aufsuchen.«

Pitt kam dem Kapitän auf dem Weg zum Interkom zuvor. »Brücke bestätigt, Meldung empfangen. Treffe dich in fünf Minuten im Kino zur täglichen Matinee.«

»Du bringst das Popcorn mit, ich die Milk Duds. Achterdeck Ende.«

Als Pitt das Labor betrat, blätterte Giordino bereits auf einem großen Flachbildmonitor durch die Sonarbilder des AUV. Pitt stellte fest, dass der Meeresboden mit zahlreichen Felsformationen und zerklüfteten Hügeln und Tälern noch dramatischer aussah als in den vorangegangenen Zonen.

Er ließ sich neben Giordino nieder. »Bei dieser Fahrt wurde dein AUV ganz schön gefordert.«

»Dafür wurde es schließlich konstruiert.« Giordino deutete auf ein kleines Fenster auf dem Bildschirm, das die stark verkleinerte Darstellung des gesamten Suchgitters mitsamt einer Markierung enthielt, die ihre relative Position darin anzeigte. »Wenn die Strömungen richtig berechnet wurden, besteht eine hohe Wahrscheinlichkeit, dass sich die Quelle der Quecksilberverseuchung innerhalb des Quadranten befindet, der soeben untersucht wurde.«

»Hoffen wir, dass wir etwas Entsprechendes zu sehen bekommen«, sagte Pitt.

Sie betrachteten eine fast einstündige Folge von Sonarbildern. Der Meeresgrund verflachte, aber nirgendwo waren von Menschenhand geschaffene Objekte zu sehen. Schließlich bemerkte Pitt einen Schatten auf dem Meeresboden und bat Giordino, das Bild anzuhalten.

»Hol diesen Streifen näher heran«, sagte er. »Sieht aus wie ein schnurgerader Weg.«

Giordino nickte zustimmend und vergrößerte das Bild. »Es sind zwei parallele Linien. Sie wirken zu präzise, um natürlichen Ursprungs sein zu können.«

»Mal sehen, wo sie hinführen«, sagte Pitt.

Giordino setzte die Bildfolge wieder in Gang. Die dünnen Linien erschienen in höherer Konzentration in einem Bereich des Gitters, in dem sich eine ausgedehnte Vertiefung befand. Pitt versuchte zu schätzen, wie tief das Gelände absackte, als Giordino das Bild anhielt.

»Hey, sieh dir das mal an«, sagte er. »Da hat jemand ein Schiff verloren.«

Ein dunkles, schlankes Objekt ragte vom Meeresgrund auf und warf einen kurzen Schatten. In seiner Nähe waren die vertrauten geraden Linien zu sehen.

»Länglich und schmal«, sagte Pitt. »Vielleicht ein Segelboot, das im Schlick vergraben ist.«

»Das AUV hat mit einer niedrigeren Frequenz gearbeitet, um einen weiteren Bereich abzudecken, daher dürfte die Auflösung eher grob sein. Dieser Schatten ist schätzungsweise zehn Meter lang.«

»Höchstwahrscheinlich ist das nicht unsere Quecksilberquelle, aber ganz sicher einer eingehenderen Betrachtung wert.«

Giordino blätterte weiter, bis die Aufzeichnungen des AUV endeten. Pitt merkte sich die letzte Tiefenangabe, ehe die Tauchsonde wieder an die Meeresoberfläche zurückkehrte.

»Ich fürchte, das ist alles, was aufgezeichnet wurde«, sagte Giordino. »Ein paar dunkle Linien und ein kleines Boot.«

Pitt tippte mit einem Finger auf den mittlerweile dunklen Bildschirm. »Die Tiefenanzeige des AUV deutet auf eine Senke im Zentrum des Gitters hin. Es hat vielleicht nichts zu sagen, aber wenn die Quecksilberverseuchung von diesem Bereich ausgeht, dann sollte er vielleicht genauer untersucht werden. Kann von dem gesamten Suchgitter ein Mosaikbild erstellt werden? Oder wenigstens von größeren Abschnitten?«

»Ein Kinderspiel. Man muss nur genug Sitzfleisch haben, um die Tastatur lange genug zu bearbeiten.«

»Ausgezeichnet, aber delegiere diesen Job lieber an jemand anders. Du hast Wichtigeres zu tun.«

»Und das wäre?«

»Das Tauchboot des Schiffes einsatzbereit machen«, sagte Pitt. »Ich will mit eigenen Augen sehen, was da unten los ist.«

24

»Liebe Freunde, ich stelle mit Freuden fest, dass Ihnen nichts Schlimmes zugestoßen ist.«

Von Dr. Maderos Erleichterung, Dirk und Summer wohlbehalten wiederzusehen, war in seiner Stimme kaum etwas zu hören. Sein Gesicht zeigte eine gequälte Maske aus Schock und Angst, als er sie ins Labor neben seinem Universitätsbüro geleitete.

»Nach dem, was mit Dr. Torres passiert ist, fühlen wir uns einfach schrecklich«, sagte Summer. »Wenn ich doch nur nicht diesen Codex gefunden hätte.«

»Nein, nein, der Codex ist ein wichtiger und wertvoller Fund. Außerdem kann ich sagen, dass Miguel starb, während er das tat, was er am meisten liebte.« Seine Stimme sank fast zu einem Flüstern herab. »Mir tut nur unendlich leid, dass die Polizei die Mörder nicht ausfindig machen konnte.«

»Einen von ihnen haben sie immerhin unterhalb des Kraftwerks aus dem Fluss gefischt«, berichtete Dirk. »Unglücklicherweise war er derart zerfetzt, dass nicht mehr genug übrig war, um ihn identifizieren zu können. Haben Sie irgendeine Idee, wer Dr. Torres wegen des Steins getötet haben könnte?«

Madero schüttelte den Kopf und verzog das Gesicht. »Alle möglichen Leute könnten es gewesen sein, vielleicht sogar welche von außerhalb des Landes. Wir hatten in der Umgebung von Tula viele Probleme mit dem Schwarzmarkthandel, auf dem vermehrt toltekische Antiquitäten angeboten wurden und werden. Wahrscheinlich haben die Diebe nicht mal eine Ahnung, was sie sich verschafft haben.«

»Ich habe den Eindruck«, widersprach Summer, »dass sie ganz genau wussten, worauf sie es abgesehen hatten.«

»Ich werde die Hoffnung nicht aufgeben, dass der Stein gefunden wird«, sagte Madero mit brüchiger Stimme, »und dass Miguels Tod gerächt wird.«

»Wenigstens haben wir die Fotos, auch wenn meine Kamera nie mehr eins schießen wird.« Sie schickte ihrem Bruder einen verärgerten Blick.

»Ich dachte, es sei ein Wegwerf-Modell«, sagte Dirk.

»Vielleicht haben wir Glück.« Madero holte einen Ordner mit Summers Fotos von dem Stein auf den Bildschirm zurück. Er pickte eines heraus und vergrößerte es, um Einzelheiten der Bildzeichen erkennen zu können.

»Können Sie uns erklären, was es mit diesem Stein auf sich hat, welche Bedeutung er hat?«, fragte Summer.

»Vieles ging ja schon aus dem Codex hervor.« Ein Ausdruck von Interesse, von Begeisterung kehrte in seine Stimme zurück. »Wie Sie an der Anordnung der Glyphen erkennen können, wurde der Stein in zwei Hälften gebrochen oder geschnitten, wobei Ihr Teilstück der linken Hälfte entspricht. Die rechteckigen Zeichen am Rand stellen die Sonne dar, nach aztekischer Überlieferung das Symbol für Leben und Gegenwart. Form und Aufteilung ähneln der des aztekischen Kalendersteins, außer dass die Glyphen im Innern des Kreises von oben nach unten zu lesen und nicht konzentrisch angeordnet sind.«

»Gleichen die Glyphen den Zeichen auf dem Kalenderstein?«, fragte Dirk.

»Eher den Zeichen auf dem Stein von Tizoc, einem Altarstein, der bei Opferritualen benutzt wurde. Er ist mit rituellen Gravuren versehen, soll aber auch das Andenken an Vergangenes wachhalten. Ihr Stein besteht anscheinend aus dem gleichen Material, einem vulkanischen Gestein namens Andesit. Während auf dem Altarstein Namen, Titel und Orte verewigt wurden, bilden die Zeichen auf Ihrem Stein eine Art zusammenhängende Schilderung.«

Summer sah Madero gespannt an. »Und was wird berichtet?«

»Leider steht uns nur eine Hälfte dieses Berichts zur Verfügung, aber wir können uns sicher das ein oder andere zusammenreimen und Vermutungen anstellen.« Madero atmete tief durch, dann deutete er auf den Stein. Mehrere Reihen und Kolonnen von Bildzeichen bedeckten die Fläche innerhalb des Rings aus Sonnensymbolen.

»Dort sehen wir Skelettdarstellungen, die auf Tod und Kummer hinweisen. Wie im Codex ist auch hier nicht zu erkennen, ob damit auf eine regionale Auseinandersetzung oder auf die Ankunft der Spanier hingewiesen wird. Dann finden wir ein Bild von Huitzilopochtli, dem Sonnen- und Kriegsgott. Anscheinend führt er eine wichtige Prozession an, deren Bedeutung offensichtlich auf der anderen Hälfte des Steins erklärt wird. Und Adler- und Jaguarkrieger heben die Bedeutung der Reisegruppe hervor.«

Madero rieb sich die Augen, dann konzentrierte er sich wieder auf das Bild. »Die nächsten Glyphen weisen auf Wasser und Fischfang hin. In Kombination mit den Fußspuren, die wir bereits kennen, dürften Reisen gemeint sein. Die gewählten Zwischenräume bezeichnen meiner Meinung nach eine Reise, die, wie im Codex angedeutet, wahrscheinlich länger als eine Woche gedauert haben wird. Danach wird es interessant.«

Unterhalb der Zeichenkolonne erstreckte sich entlang der Bruchkante der Steinhälfte eine freie Fläche mit einem runden Umriss. Madero deutete auf eine gezackte Linie, die darunter verlief, und auf zwei unregelmäßige Kreise innerhalb der Fläche.

»Dies ist so etwas wie eine Landkarte. Nach meinem Dafürhalten haben sie ein Bild von ihrem Reiseziel in den Stein geschnitten. Soweit man erkennen kann, müsste es eine Bucht mit mehreren Inseln gewesen sein. Leider fehlt die andere Hälfte des Steins, um das Bild vervollständigen zu können.«

»Könnte es eine Darstellung Tenochtitlans sein?«, fragte Dirk.

»Nach dem, was wir wissen, stimmen die Umrisse nicht mit dem Texcoco-See überein. Mir kam der gleiche Gedanke, vor allem als ich dies sah.«

Er deutete auf das Bild eines Vogelkopfs mit Halsansatz oberhalb der Bruchkante.

»Ein Flamingo?«, fragte Summer.

»Oder ein Reiher«, sagte Madero, »der auf Aztlán hinweist.«

»Professor Torres hat uns von Aztlán erzählt«, sagte Dirk. »Es war das Stammland der Azteken und wurde als Insel in einer Lagune beschrieben.«

»Aztlán, das ›Land der Reiher‹, lag der Legende nach nördlich des aztekischen Reichs, von wo die Mexica ursprünglich auswanderten.« Madero fixierte den Stein. »Möglicherweise ziehe ich die falschen Schlüsse, aber in Verbindung mit dem Hinweis auf Huitzilopochtli dürfte die Botschaft eindeutig sein. Eine Gruppe wichtiger Azteken unternahm eine Pilgerfahrt nach Aztlán. Es scheint, als würde der Codex bestätigen, dass die Reise über ein Gewässer führte und erfolgreich verlief.«

»Warum eine Pilgerfahrt?«, fragte Summer. »Und was transportierten sie?«

Madero zuckte die Achseln. »Da uns nur der halbe Stein zur Verfügung steht, wird das wohl für ewig ein Rätsel bleiben.«

»Vielleicht auch nicht«, sagte Dirk.

»Was meinen Sie?«

»Wir haben eine Spur, wo die andere Hälfte des Steins geblieben sein könnte.«

Madero wurde blass, und Summer lachte.

»Es ist nur eine vage Vermutung«, sagte sie. »Ich habe in Washington einen Freund unserer Familie um Rat gefragt, St. Julien Perlmutter. Sein Spezialgebiet ist die Geschichte der Seefahrt. Er hat einen Fachkollegen im Indien-Archiv in Sevilla, der ihm ein Register von Schiffen zugesandt hat, die im frühen sechzehnten Jahrhundert zu einer Fahrt in die Neue Welt aufgebrochen sind. Eins dieser Schiffe hatte den Namen *Böser Bär*.«

»Ich verstehe nicht«, sagte Madero.

»Anfangs habe ich das auch nicht verstanden«, sagte sie. »Ich habe Perlmutter eine Kopie der Codex-Seite gezeigt, auf der die Galeone mit dem Bildzeichen des Affen zu sehen ist. Er kämmte daraufhin die Schiffsverzeichnisse auf der Suche nach einer Verbindung mit einem Affen oder einem anderen Primaten durch, fand aber nichts. Glücklicherweise ist Perlmutter einer von der hartnäckigen Sorte. Er suchte weiter nach einem anderen Ansatz. Und er fand ihn, als er das Wort für ›Affe‹ in Nahuatl nachschlug.«

»*Ozomahtli*«, sagte Madero.

»Genau. Er fand etwas, das eine Verbindung zu einem Schiff namens *Oso Malo – Böser Bär* – sein könnte.«

Madero lächelte. »Beide Namen klingen ähnlich. Es wäre nicht zu weit hergeholt anzunehmen, dass die Azteken den Namen, den die Spanier ihrem Schiff gaben, falsch verstanden haben. Durchaus möglich, dass Ihr Bekannter mit seinem Geistesblitz ins Schwarze getroffen hat.«

»Er ist dafür bekannt, wahre Wunder zu vollbringen, wenn man ihn entsprechend motiviert.«

»Aber das Schiff zu identifizieren bringt noch nicht den Stein zum Vorschein«, wandte Madero ein.

»In diesem Fall vielleicht doch«, sagte Summer, »da das Schicksal der *Oso Malo* ziemlich interessant ist. Sie unternahm nur eine einzige Reise nach Veracruz, und zwar im Jahr 1525. Während ihrer Rückreise nach Cádiz geriet sie in einen Sturm und musste nach Jamaika ausweichen. Sie schaffte es beinahe, ehe sie an der Nordküste strandete.«

»Wurde das Wrack geborgen?«

»Das wissen wir noch nicht«, sagte Dirk, »aber wir werden es in Erfahrung bringen. Summer und ich fliegen heute noch nach Jamaika. Wir werden in drei Tagen auf einem Forschungsschiff der NUMA zurückerwartet und wollen die Zeit bis dahin nutzen, um die Untergangsstelle zu suchen und uns dort gründlich umzusehen.«

»Wir hoffen, dass mögliche Hobbyhistoriker oder Schatzsucher ausschließlich an wertvollen Metallen oder Edelsteinen interessiert waren und einem offensichtlich zerbrochenen Stein keine Beachtung geschenkt haben.« Summer deutete auf das Foto. »Zumindest wissen wir, wonach wir Ausschau halten müssen.«

Madero sah die Zwillinge an und schüttelte den Kopf. »Die Verbindung zu dem Schiff ist äußerst vage. Ich denke, Sie rennen hinter einem Phantom her. Bitte, lassen Sie es ruhen. Sobald der erste Stein geborgen wurde, wird die Fachwelt davon erfahren, und wir erhalten sicherlich eine Menge Hinweise, die uns zur zweiten Hälfte führen. Zweifellos befindet sie sich im Depot irgendeines Museums.«

»Vielleicht«, sagte Summer, »aber eine Suche kann nicht schaden. Außerdem fliege ich nicht nach Jamaika, nur damit mein Bruder drei Tage lang am Strand liegen und Rum in sich hineinschütten kann.«

»Spielverderberin«, murmelte Dirk.

»Nehmen Sie sich aber in Acht«, sagte Madero leise.

»Das tun wir, Eduardo.« Summer schüttelte ihm die Hand. »Wir werden Sie wissen lassen, was wir finden.«

Madero blickte ihnen nach, als sie das Labor verließen, dann wandte er sich zu seinem Büro um. In dessen Türöffnung erschien in diesem Augenblick Juan Díaz, eine Pistole in der Hand. Ein jüngerer Mann schlängelte sich an ihm vorbei, durchquerte das Labor und schloss die Tür zum Flur ab.

»Eine aufschlussreiche Unterhaltung«, stellte Díaz fest. »Ich bin froh, dass ich ihr beiwohnen durfte. Ihre Freunde sind sehr hilfreich. Vielleicht sind sie bei der Suche nach dem zweiten Stein genauso hilfreich wie bei der Entdeckung des ersten.«

Madero rührte sich nicht, Wut loderte in seinen Augen. Nur wenige Sekunden, bevor Dirk und Summer eingetroffen waren, war Díaz in seinem Büro erschienen und hatte mit vorgehaltener Pistole die Herausgabe des Codex' gefordert. Die Erkenntnis, dass es der Kubaner gewesen war, der seinen Kollegen, Dr. Torres, ermordet hatte, traf ihn wie der Blitz. »Die Verbindung zu dem Schiffswrack vor Jamaika ist reine Spekulation«, sagte Madero. »Ein Abstecher dorthin wäre reine Zeitverschwendung.«

»Ich weiß Ihren Versuch, mir unnütze Mühen zu ersparen, zu schätzen, aber wir wissen doch beide, dass die Hypothese Ihrer Freunde absolut einleuchtend ist.«

Er trat auf Madero zu und sah ihm in die Augen. »Sie haben es unterlassen, Ihre Freunde über den wahren Wert des Steins aufzuklären. Weshalb? Wollen Sie sich bei ihnen schadlos halten?«

Madero biss die Zähne zusammen. »Ich wollte sie nur vor Schaden schützen.« Er musterte Díaz, der ein athletischer Mann war, in dessen dunklen Augen der Hunger und Jagdeifer eines Raubvogels funkelten. »Woher wissen Sie, welches Geheimnis der Stein birgt?«

Díaz lächelte. »Ich habe meine eigenen Untersuchungen angestellt, die mich zu Dr. Torres geführt haben. Ein wahrer Glücksfall, dass Sie ihm vom Fund des Codex erzählt haben. Nun, wo ist jetzt dieses wertvolle Dokument?« Der Kubaner hob die Pistole und zielte auf Maderos Stirn.

Madero schob langsam die Hand in eine Hosentasche, holte einen Schlüsselbund hervor und schloss einen Stahlschrank auf. In einer Plastikschale lag der Azteken-Codex, eingewickelt in sein Filztuch. Díaz nickte seinem Begleiter unmerklich zu, dann holte er den Plastikbehälter aus dem Safe.

Madero, der in diesem Moment nur Augen für den Codex hatte, bemerkte nicht, dass der andere Mann eine steinerne Statue olmekischer Herkunft vom Labortisch nahm. Weit ausholend, schmetterte der Mann die Statue auf Maderos Hinterkopf. Dieser sackte lautlos zu Boden.

Díaz stieg über den ausgestreckten Körper hinweg und wandte sich zu seinem Partner um. »Wischen Sie Ihre Fingerabdrücke von der Statue ab. Wenn wir Glück haben, wird die Polizei annehmen, dass seine amerikanischen Freunde ihn umgebracht und den Codex gestohlen haben.«

Mit zufriedener Miene klemmte er sich den Plastikbehälter unter den Arm und verließ ohne Eile das Gebäude.

25

Das moosgrüne Wasser spülte über die *Starfish* und verschluckte den hellen karibischen Sonnenschein. Pitt überwachte vom Pilotensitz aus den Ballasttank, während Giordino neben ihm die Energie- und lebenserhaltenden Systeme überprüfte.

»Geschätzte Meerestiefe zwölfhundert Fuß«, sagte Pitt.

Al Giordino gähnte. »Fast genug Zeit für ein Nickerchen, bis wir ankommen.«

Das Tiefseetauchboot sank allein durch die Wirkung der Schwerkraft und befand sich auf träger Tauchfahrt zum Meeresgrund. Giordino kam es sogar noch langsamer vor, weil ihm sein Nickerchen versagt wurde, als Pitt ihn wegen seiner neuen Freundin – einer bekannten Washingtoner Anwältin – mit sarkastischen Kommentaren stichelte.

»Wenigstens bin ich nicht mit einer Politikerin verheiratet«, konterte Giordino.

Pitt stoppte ihren Abstieg, als der Meeresboden in Sicht kam. Giordino stieß einen leisen Pfiff aus. »Sieht so aus, als wäre jemand im Begriff, hier unten eine Schnellstraße anzulegen.«

Sie waren auf eine der schattigen Linienstrukturen herabgesunken, die sie auf dem Sonarbildschirm gesehen hatten. Aus der Nähe betrachtet, waren die Linien viel schärfer definiert und eindeutig keine natürliche geologische Erscheinung. Es konnte sich nur um mechanisch erzeugte Spurrillen handeln. Pitt lenkte das Tauchboot zu einem breit angelegten System paralleler Linien und verharrte schwebend über ihnen. »Ganz klar, hier unten war jemand mit schwerem Gerät unterwegs.«

»Die Rillen haben eine Breite von drei Metern«, sagte Giordino. »Ich kenne nur wenige Fahrzeuge, die groß genug sind, um eine solche Spur zu hinterlassen.«

Pitt schüttelte den Kopf. »Das sind keine Überbleibsel einer

Erdöl- oder Erdgasbohrung. Irgendwer hat da Erzabbau in großem Stil betrieben.«

»Könnte jemand Manganknollen gesammelt haben?«

»Das könnte durchaus der Fall sein. Wahrscheinlich mit hohem Goldgehalt.«

Pitt lenkte das Tauchboot über den mit Rillen durchzogenen Meeresgrund, wo zwei verschiedene Spuren eine weite Fläche kreuz und quer durchschnitten. »Kommen dir diese beiden anderen Spuren irgendwie vertraut vor?«

»Wenn du so fragst – sie kommen mir wie die Spuren in der Umgebung der *Alta*-Taucherglocke vor.«

»Das denke ich auch.«

Als sich Pitt von den Spuren entfernte, bemerkte er, dass die Wassertiefe leicht abnahm. Die Senke, die sie auf dem Sonarbild gesehen hatten, war durch die Sichtscheibe als eine schüsselförmige Vertiefung zu erkennen, die in der Mitte steil absackte. In diesem Bereich waren die Spuren am dichtesten.

»Meinst du, hier wurde gesprengt?«, fragte Giordino.

»Sieht ganz danach aus.«

»Donnerwetter, geh mal vom Gas runter. Die Wassertemperatur hat schlagartig um zehn Grad zugenommen.«

Pitt verringerte den Schub der Steuerdüsen und dirigierte das Tauchboot zum Zentrum der Senke.

»Die Temperatur steigt weiter«, meldete Giordino. »Bis auf sechzig Grad, fünfundsechzig, siebzig ... jetzt sinkt sie wieder.« Er beobachtete die Anzeige eine Minute lang. »Der Spitzenwert betrug dreiundsiebzig Grad.«

»Es ist eine hydrothermale Quelle«, sagte Pitt, »mitten in ihrer Abbauzone.«

»Durchaus einleuchtend. Im Bereich von Tiefseequellen ist gewöhnlich mit reichhaltigen Mineralienvorkommen zu rechnen.«

»Ich wette, dass in diesem Fall eine ganze Menge Quecksilber dabei ist.«

»Demnach müsste dies die Quelle sein«, sagte Giordino. »Nur seltsam, dass wir bei anderen hydrothermalen Quellen, die wir bisher untersucht haben, auf keinerlei Quecksilberkonzentration gestoßen sind.«

»Vielleicht war es eine Folge der Sprengungen. Unterhalb der Quellen könnte sich eine Quecksilberblase befunden haben, die durch die Sprengungen in der Umgebung verteilt wurde.«

»Das ergibt durchaus einen Sinn. Falls es ein natürliches Vorkommen war, das freigesetzt wurde, würde es erklären, weshalb wir in den anderen beiden toten Zonen keine offensichtlichen Hinweise gefunden haben.«

»Wenn wir genauer hinschauen«, sagte Pitt, »möchte ich fast wetten, dass wir ähnliche Spuren und eine künstlich geschaffene Vertiefung finden.«

»Immerhin wissen wir jetzt, wonach wir suchen müssen. Lass uns zum Schiff zurückkehren. Ich will mir noch einmal die Sonarbilder der beiden anderen Zonen ansehen.«

»Klar«, sagte Pitt, »aber vorher machen wir einen kleinen Umweg.«

Er umrundete die Senke und suchte das vor ihm liegende Gelände ab, ehe er das Mini-U-Boot in Richtung eines schlanken bräunlichen Objekts lenkte, das aus dem Sand aufragte. Als sie darüberschwebten, konnten sie sehen, dass es weder ein Motorschiff noch ein Segelboot war. Es war ein langer Balken.

»So viel zu meinem gesunkenen Boot«, sagte Giordino. »Es ist nur ein großes Stück Holz, das von einem Frachtschiff heruntergerollt ist.«

»Nicht so hastig«, sagte Pitt und lenkte das U-Boot auf die andere Seite, von wo aus sie erkennen konnten, dass der Balken in Wirklichkeit ein Einbaum war.

»Sieh dir mal an, wie groß das Ding ist«, sagte Giordino, während er eine externe Videokamera einschaltete. »Es muss mehr als zehn Meter lang sein.«

»Ein Riesenkanu«, sagte Pitt. »Damit sind sie von Insel zu Insel gelangt.«

Das Kanu war halb im Schlick vergraben, und sein Rumpf lag dem Zentrum der Vertiefung zugewandt. Aber das Innere war frei von Sand und Treibgut. Pitt ließ die *Starfish* so daran entlanggleiten, dass die Videokamera das Kanu von allen Seiten einfangen konnte.

»Ich zähle zehn Sitzbänke«, sagte Giordino, »breit genug für zwei Ruderer und mit einer Menge freiem Laderaum.«

»Wahrscheinlich haben die örtlichen Taíno-Indianer damit ihre Handelsgüter transportiert.« Pitt deutete auf den Rumpf. »Offenbar wussten sie genau, wie man ein Kanu seetüchtig macht.«

Zurechtgeschnittene Bretter waren auf dem Rand des Kanus befestigt worden und schufen ein Freibord, das dem Bootskörper dreißig Zentimeter zusätzliche Höhe bescherte. An Heck und Bug befanden sich hohe, kantige Aufbauten, die am Baumstamm verankert waren.

»Ich weiß nicht, was sie gewöhnlich geladen haben«, sagte Giordino, »aber es war todsicher kein Quecksilber.«

Pitt nickte. Als er um das Ende des Kanus herumkurvte, bliesen die Strahldüsen des Tauchboots eine Sandschicht beiseite und legten einen kleinen rechteckigen Stein frei.

Giordino entdeckte das Objekt sofort. »Da liegt etwas auf dem Meeresgrund.«

»Ich sehe es. Warum versuchst du nicht, es zu bergen und nach Hause mitzunehmen?«

Giordino betätigte bereits die Kontrollen des Manipulators und fuhr dessen chromglänzende Greifklaue aus, während Pitt die *Starfish* an das Objekt heranlenkte. Giordino ergriff den Stein und hob ihn aus seinem Sandbett. Als er ihn vor die Sichtscheibe hielt, erkannten er und Pitt das Bild eines Eingeborenenkriegers. Er hatte stämmige Beine, eine große Nase und trug einen Lendenschurz.

Pitt warf einen kurzen Blick auf das Steinrelief, ehe er die Ballasttanks ausblies, um aufzusteigen. »Möglicherweise eine wertvolle Antiquität«, sagte er.

»Irgendwie erinnert er mich an unseren Ringkampftrainer auf der Highschool, Herbert Mudd«, sagte Giordino.

Pitt grinste. »Ich wette, dass der junge Herbert auf dem Stein da sicherlich eine interessante Geschichte zu erzählen hätte, wenn er reden könnte.«

Der geschnitzte Krieger wurde von der Greifklaue hochgehalten und blickte aufmerksam in das Cockpit, während das U-Boot zur Wasseroberfläche aufstieg. Obwohl Herbert das Reden lieber anderen überließe, hätte die kleine Steinskulptur eine Menge kundzutun.

26

Die schwirrenden Klänge einer Steeldrum-Band auf dem Bürgersteig begrüßten Dirk und Summer Pitt, als sie aus dem Donald Sangster International Airport in Montego Bay heraustraten. Summer lauschte einige Sekunden lang, dann ließ sie einen Fünf-Dollar-Schein in die aus buntem Garn gestrickte Rastafari-Sammelmütze fallen und wurde dafür mit einem dreifachen dankbaren Kopfnicken des Trios belohnt. Sie beeilte sich, Dirk einzuholen, der soeben einen aufdringlichen Taxifahrer abwehrte, ehe er den Schalter der Mietwagengesellschaft erreichte.

»Platz B-9«, sagte er zu Summer und klimperte mit einem Satz Wagenschlüssel.

Als sie die ihnen zugewiesene Parkbucht erreichten, wartete dort ein VW Beetle Cabrio. »Ein Beetle?«, fragte Dirk mit gequälter Miene.

»Das Beste, was die Zentrale kurzfristig reservieren konnte.« Summer angelte ihrem Bruder die Schlüssel aus der Hand. »Ich finde ihn süß.«

»Süß und funktional gehen nicht immer Hand in Hand.« Er verstaute ihr Reisegepäck in dem kleinen Kofferraum. Er war zu knapp bemessen, um auch noch ihre Tauchausrüstung aufzunehmen, daher stopfte Dirk die Gerätesäcke in den Fußraum vor dem Rücksitz.

Er schüttelte den Kopf. »Auf uns warten noch unser Magnetometer und ein paar Pressluftflaschen.«

»Das können wir alles auf den Rücksitz stapeln«, sagte Summer und ließ das Verdeck herunter.

Sie rutschte hinter das Lenkrad, das sich auf der rechten Seite des Wagens befand, und reichte ihrem Bruder die Straßenkarte. »Ich fahre, und du kannst uns zum Tauchladen dirigieren.«

Während Dirk es sich auf dem engen Beifahrersitz so bequem wie möglich machte, murmelte er, dass er auch noch eine Flasche

Rum brauche. Summer lenkte den Wagen zuerst um das Flughafengebäude herum zur Luftfrachtannahme und -ausgabe, wo sie eine kleine Klappkiste übernahmen. Dann fädelten sie sich in den Spätnachmittagsverkehr in Richtung Süden ein – nach Montego Bay.

Da sie sich auf der linken Fahrspur halten musste – ein Überbleibsel aus Jamaikas englischer Kolonialzeit –, war Summer beim Lenken des Wagens sichtlich angespannt.

Sie fuhren etwa fünf Minuten, ehe Summer, die das Lenkrad so heftig umklammerte, dass die Fingerknöchel weiß hervortraten, den Beetle am Straßenrand ausrollen ließ. Auf der kurzen Strecke, die sie zurückgelegt hatten, waren sie beinahe von einem Möbelwagen abgedrängt und von einem mit frisch gebackenem Brot beladenen Bäckereitransporter auf die Hörner genommen worden. »Die fahren hier wie die Irren!«, platzte sie heraus.

»Das liegt wahrscheinlich an den vielen Schlaglöchern«, sagte Dirk, »oder daran, dass sie von der letzten Reggae-Party noch high sind.« Er schälte sich aus seinem sparsam bemessenen Sitz und ging zur Fahrertür. »Ich übernehme, wenn du möchtest.«

»Liebend gern«, sagte Summer und rutschte auf den Beifahrersitz.

Dirk startete, und ein Grinsen spielte um seine Lippen, während er den Kampf gegen die aggressiven Verkehrs-Rastas aufnahm. Wo Summer von ihnen eingeschüchtert wurde, fühlte sich Dirk eher so herausgefordert wie bei den regionalen Wettrennen in der Heimat, an denen er mit einem 1980er-Porsche regelmäßig teilnahm.

Der Tauchladen befand sich unweit eines der Luxushotels am Doctor's Beach. Dort mieteten sie vier Pressluftflaschen, die sie auf die Ausrüstung auf dem Rücksitz des VW packten. Sie fuhren den Weg zurück, den sie gekommen waren, passierten den Flughafen, ließen die Außenbezirke von Montego Bay hinter sich und folgten schließlich einer schmalen Küstenstraße nach Norden.

Sie kamen an einer Ansammlung von Ferienzentren und malerischen Plantagenbauten vorbei, die an Jamaikas Zuckerrohrindustrie erinnerte. Sie war hauptsächlich von Sklavenarbeit getragen worden und hatte im achtzehnten Jahrhundert in voller Blüte gestanden. Verkehr und Besiedlung nahmen deutlich ab, als nur noch die Straße den dichten Dschungel und die kobaltblauen Fluten der Karibischen See voneinander trennte.

Summer warf einen Blick auf die Straßenkarte. »Gleich müsste White Bay in Sicht kommen.«

Die Straße wand sich durch einen dichten Dschungelabschnitt, ehe sie sich zu einer seichten, mit weißem Sand gesäumten Bucht öffnete. Dirk bog auf eine schmale Schotterstraße ab und ließ ein Taxi zurück, das seit ihrer Abfahrt vom Tauchladen an ihrer Stoßstange geklebt hatte.

Die Schotterstraße führte an baufälligen Bruchbuden vorbei zu einer Ansammlung von Strandhäusern. Offenbar waren dies ausschließlich private Feriendomizile, denn nur wenige Häuser schienen bewohnt.

»Laut dem Vermietungsbüro ist es das dritte Haus auf der linken Seite.« Summer deutete auf einen der Bungalows. »Ich nehme an, es wird die gelbe Hütte mit den weißen Zierstreifen sein.«

Dirk nickte und lenkte den Beetle auf den Parkplatz des Bungalows. Nur wenige Meter von ihnen entfernt überspülte eine leichte Brandung den Strand. »Genau gegenüber vom Wrack«, sagte er und blickte zum Wasser hinunter. »Bequemer kann es gar nicht sein.«

»Die Schlüssel sollen unter der Fußmatte liegen, und die Speisekammer ist aufgefüllt, also können wir uns hier häuslich einrichten und arbeiten, bis die *Sargasso Sea* eintrifft.«

»Was ist mit dem Arbeitsboot?«

»Ein Boston Whaler mit zusätzlichen Benzinkanistern müsste an einem Pier in der Bucht bereitliegen.«

Sie trugen ihr Gepäck in den modernen Zweizimmer-Bungalow und rissen Fenster und Türen auf, um die nachmittägliche Meeresbrise hereinzulassen. Nachdem sie die Pressluftflaschen am Strand deponiert hatten, spazierten sie zu dem nahe gelegenen Pier.

Dort fanden sie das angebundene Arbeitsboot, das anscheinend schon seit Jahren dort geparkt lag. Der Glasfiberrumpf war von der Sonne stumpf geworden, und Rost nagte an den Verzierungen. »Sieht aus, als sei es während des Bürgerkriegs gebaut worden«, sagte Dirk.

»Das Gleiche gilt für den gesamten Hafen.«

Nacheinander betraten sie den wackligen Steg, der aus nicht mehr als einer Handvoll schmaler Bretter auf einigen Betonpfeilern bestand. Dirk lud ihre Tauchausrüstung ins Boot und zog an der Starterleine des Außenbordmotors. Er sprang beim zweiten Versuch an. »Nicht gerade die *Queen Elizabeth*, aber es wird schon ausreichen.«

»Die Bucht ist viel kleiner, als ich erwartet hätte«, sagte Summer, während sie im warmen Schein der untergehenden Sonne zum Strandhaus zurückkehrten. »Wie es aussieht, ist sie weniger als eine Meile breit.«

»Mit ein wenig Glück müssten wir die Suche innerhalb eines Tages abgeschlossen haben.« Dirk blieb stehen und blickte in die Wellen. Wie sein Vater wurde er von einem beinahe urzeitlichen Bedürfnis angetrieben, die See zu erforschen. Er glaubte, den Ruf der *Oso Malo*, die dicht vor der Küste lag, deutlich hören zu können.

Bereits im Morgengrauen legten sie bei einer kühlen Brise vom Steg ab. Dirk öffnete die Transportkiste, die sie am Flughafen abgeholt hatten, und packte ein Schlepp-Magnetometer aus. Sobald sie ihren Kurs festgelegt hatten, zogen sie einen torpedoförmigen Sensor hinter ihrem Boot her. Angeschlossen war er per Kabel an einen kleinen Rechner mit Audiomonitor, der die Existenz eisenhaltiger metallischer Objekte mit einem hochfrequenten Summen anzeigen sollte.

Indem er sich nach einem tragbaren GPS-Empfänger richtete, der ihren Kurs bestimmte, lenkte Dirk das Boot in schmalen, parallelen Bahnen durch die Bucht, während Summer das Magnetometer überwachte und die Länge der Schleppleine wenn nötig veränderte, um zu vermeiden, dass der Sensor den Meeresboden berührte. Kurz nachdem sie in die dritte Bahn eingeschwenkt waren, schrillte ein Alarmsignal. Es war ein großes Objekt. Dirk stoppte den Motor, und Summer rollte sich, ausgerüstet mit Tauchmaske und Schwimmflossen, über den Bootsrand, um sich einen ersten Eindruck von ihrem Fund zu verschaffen. Bereits eine knappe Minute später tauchte sie wieder auf und kletterte ins Boot. Sie schüttelte den Kopf.

»Jemand hat einen Anker verloren, aber er sieht zu neu aus, um von einer spanischen Galeone zu stammen.«

»Wir können ihn später bergen.« Erneut startete Dirk den Motor.

Sie setzten ihre Suche bis zur Mittagsstunde fort und unterbrachen sie nur für einen kurzen Imbiss im Strandhaus. Als sie zum Anlegesteg zurückkamen, deutete Summer auf die Bucht hinaus. »Sieht so aus, als hätten wir Konkurrenz bekommen.«

Ein verwittertes grünes Ruderboot mit einem einzigen Mann als Besatzung tanzte an der Einfahrt zur Bucht auf den Wellen. Der Mann, bekleidet mit einer Jeans mit abgeschnittenen Beinen, winkte Summer, dann setzte er eine Tauchmaske auf und hechtete mit einer Harpune in der Hand über den Bootsrand ins Wasser. Wenig später brach sein Kopf zum Luftholen durch die Wasseroberfläche, dann verschwand er wieder.

Dirk lenkte den Boston Whaler zur letzten Position in der Mitte der Bucht und gab Summer ein Zeichen. Sie ließ das Magnetometer zu Wasser, und dann setzten sie ihre Sondierungsfahrt fort, während eine Wolkenbank aufzog und die Sonnenhitze milderte. Das Magnetometer summte mehrmals, wenn sie kleinere metallene Objekte überquerten, zeigte darüber hinaus jedoch nichts an, das von Bedeutung gewesen wäre. Nach zwei Stunden gelangten sie in die Nähe des anderen Bootes. Der jamaikanische Taucher schwang sich soeben hinein, an seinem Gürtel eine Schnur mit mehreren silbern glänzenden Fischen, und trank Wasser aus einer Plastikflasche. Er betrachtete den Boston Whaler mit einem anerkennenden Lächeln. »Was suchen Sie?«

Dirk drosselte das Tempo und zwang Summer, das Magnetometer einzuholen.

»Das Wrack eines spanischen Schiffes«, antwortete er. »Angeblich soll es 1525 in dieser Bucht gesunken sein.«

Der Mann nickte. »Samuel zeigt es Ihnen.«

Ohne eine weitere Bemerkung zog der Jamaikaner den Anker hoch und startete den Hilfsmotor seines Ruderboots. Er entfernte sich vom Ufer, machte einen leichten Schwenk nach Osten, dann schaltete er den Motor aus und warf den Anker. Dirk ging längsseits und folgte seinem Beispiel.

»Hier ist es«, sagte Samuel. »Fünfzehn Meter tief.«

»Nett von Ihnen, uns die Stelle zu zeigen«, sagte Dirk, ehe er sich und seine Schwester vorstellte. »Diese Bucht ist offensichtlich ideal zum Fischen«, fügte er mit einem vielsagenden Blick auf Samuels Harpune und die reiche Beute hinzu.

Samuel lächelte. »In Jamaika ist Fischen überall gut.«

Das Wasser war seicht genug, um bis auf den Meeresboden zu blicken, und Dirk konnte den grünen Schatten eines Korallenriffs in der Nähe zu seiner Linken erkennen. Wind kam auf, und eine Böe von Nordwesten kräuselte die Wasseroberfläche und färbte sie grau.

Samuel erhob sich in seinem Boot und gab Summer mit der Hand ein Zeichen. »Schöne Lady, kommen Sie mit, ich zeige Ihnen das Wrack.«

»Gern«, sagte sie. Dann setzte sie die Tauchmaske auf, zog die Schwimmflossen an und ließ sich zuerst ins Wasser gleiten.

Samuel folgte mit einem eleganten Kopfsprung und tauchte direkt zum Meeresboden hinab. Summer holte ihn ein und schwamm hinter ihm her. Er legte nur eine kurze Strecke zurück, dann hielt er inne und deutete nach unten auf den Meeresgrund. Alles, was sie zuerst erkennen konnte, war rauer Meeresboden. Dann zeichnete sich darunter eine Wölbung ab, die sich bis zu einer Korallenformation erstreckte. Summer fächerte an einer Stelle den weichen Sand beiseite und legte zwei runde Steine frei. Ihr Pulsschlag beschleunigte sich, als sie in ihnen Flusssteine erkannte, wie sie in früheren Zeiten als Ballast von Segelschiffen benutzt wurden. Bei dem Hügel vor ihr handelte es sich offenbar um den Ballast eines Schiffes, das hier vor langer Zeit gesunken war.

Ein Pochen in den Ohren sagte ihr, dass es Zeit wurde, wieder zur Meeresoberfläche aufzusteigen. Sie schaute zu Samuel hinüber, der ohne Eile im Sand herumwühlte, und stieg dann mit kräftigen Flossenschlägen in Richtung Tageslicht. Mit ein paar Armzügen hatte sie den Boston Whaler erreicht und hielt sich an seiner Ankerkette fest, während das Boot in der zunehmenden Dünung schaukelte.

»Treffer?«, fragte Dirk, während er sich über den Bootsrand beugte.

»Es ist ein Wrack, eindeutig. Ziemlich groß und nahezu vollständig verschüttet. Direkt unter uns liegt sein Ballast.«

»Klingt, als sei es genau das, weswegen wir hier sind.«

Samuel tauchte eine Sekunde später auf. »Ist es das Wrack, das Sie suchen?«

»Ich glaube schon. Was wissen Sie darüber?«

Samuel schüttelte den Kopf. »Nicht viel. Bei uns heißt es Green Stone Wreck. Die Leute erzählen sich, dass grüne Steine von seiner Fracht vor langer Zeit viele Jahre lang an unserem Strand angeschwemmt wurden. Das ist alles, was ich weiß.«

Er warf Dirk einen kleinen Stein zu, den er aus dem Meeresboden ausgegraben hatte. Er war glatt und dunkelgrün und glänzte matt. Dirk betrachtete ihn einige Sekunden lang, ehe er ihn in die Tasche steckte und Summer half, ins Boot zu klettern. Samuel schwang sich in seine eigene Nussschale, als die ersten von der Windböe aufgewirbelten Gischtflocken auf sie herabregneten.

»Danke, Samuel. Sieht ganz so aus, als sei es tatsächlich das Wrack, das wir suchen. Genaueres finden wir morgen heraus, wenn das Wetter wieder aufklart und wir eingehender nachschauen können.«

Samuel lachte und entblößte seine blitzenden Zähne. »Ich

bringe morgen Pressluftflaschen mit. Wir arbeiten zusammen. Sie zahlen mir hundert Dollar.«

Dirk nickte. »Abgemacht. Aber nur wenn Sie uns zum Abendessen einen Ihrer Fische spendieren.«

Samuel suchte den größten Schnapper aus und warf ihn auf das Deck des Whalers.

»Dann bis morgen früh.« Er zwinkerte Summer zu, startete den Motor und entfernte sich durch den zunehmenden Regen.

Dirk nahm Kurs aufs Ufer und steuerte zügig auf ihren Anlegeplatz zu. Dabei wurden sie heftig durchgeschüttelt, als das Boot immer öfter auf die sich aufbuckelnden Wellen aufschlug. Gleichzeitig steigerte sich der Regen zu einem Wolkenbruch.

»Das Gelände, wo das Wrack liegt, sieht ziemlich alt und unberührt aus«, rief Summer, um den Motorenlärm zu übertönen. »Meinst du, dass Samuel uns zur *Oso Malo* geführt hat?«

»Ich bin mir ganz sicher.« Dirk holte den grünen Stein aus der Tasche und reichte ihn seiner Schwester.

»Das ist grüner Obsidian«, erklärte er. »Wahrscheinlich wurde er in Mexiko gewonnen. Dr. Madero hat mir eine aztekische Speerspitze gezeigt, die aus diesem Material bestand. Es galt bei den Azteken als wertvolle Handelsware. Man kann sicher davon ausgehen, dass die Spanier zu Beginn ihres Eroberungszugs einiges davon nach Spanien exportiert haben.«

Summer drehte den Stein in der Hand hin und her. »Wenn sie das Material als wertvoll einstuften, werden sie sicherlich eine Galeone damit beladen haben.«

Sie machten das Boot am Steg fest und gingen zu ihrem Strandhaus zurück, wobei der strömende Regen es nicht schaffte, das triumphierende Grinsen aus ihren Gesichtern zu spülen.

27

»Ich glaube, Samuel hat ein Faible für dich«, sagte Dirk, als sie am nächsten Morgen zum Pier hinuntergingen.

»Na ja, er ist auch ein guter Schwimmer«, sagte Summer. »Und er hat schöne Zähne.«

»Schöne Zähne? Darauf achtest du bei einem Mann?«

»Bei einigen Dingen lasse ich nicht mit mir handeln. Schlechte Zähne gehören dazu.«

»Hast du noch nie von ästhetischer Zahnheilkunde gehört?«

»Vielleicht hast du recht«, lenkte sie ein. »Schlechte Zähne lassen sich einfacher reparieren als eine schlechte Persönlichkeit.«

Sie stiegen ins Boot und liefen in die Bucht aus. Der Regenschauer war längst versiegt, und die See war jetzt nahezu spiegelglatt. Entsprechend seiner Ankündigung wartete Samuel mit einem kleinen Vorrat an Pressluftflaschen an der Fundstelle des Wracks. Dirk lenkte ihren Whaler neben sein kleines Ruderboot, während Summer einen Blick über den Bootsrand warf. Sie konnte bis auf den Grund schauen und entdeckte sofort Samuels Anker, der im Sand halb vergraben war.

»Guten Morgen«, begrüßte sie der Jamaikaner. »Hat der Fisch geschmeckt?«

»Sehr gut, obwohl mein Bruder ihn zu lange gebraten hat. Wie ich sehe, haben Sie eine Menge Luft mitgebracht.«

»Sind Sie bereit zu tauchen?«

»Ja, das sind wir«, antwortete sie. »Übrigens vielen Dank, dass Sie auch noch für besseres Wetter gesorgt haben.«

»Gern geschehen.« Samuel lächelte. »Was hoffen Sie zu finden? Gold oder Silber?«

»Wir müssen Sie leider enttäuschen, aber es gibt keinen Schatz, zumindest nicht soweit wir wissen. Wir suchen einen mit Schnitzereien versehenen runden Stein.«

Samuels Mundwinkel sackten deutlich nach unten. »Okey-dokey, natürlich helfe ich Ihnen auch dabei.«

Sie tauchten auf den Meeresgrund hinab, wo Dirk und Summer den Ballasthaufen untersuchten. Mit Hilfe eines Bandmaßes bestimmten sie seine Breite und Länge bis zu dem Punkt, wo er von einer Korallenkolonie verschluckt wurde. Dirk deutete mit dem Daumen nach oben.

»Ich hatte nicht mit hungrigen Korallen gerechnet«, sagte er, nachdem er ins Boot geklettert war.

Summer blieb neben Samuel im Wasser. »Laut St. Juliens Informationen war die *Oso Malo* dreiundzwanzig Meter lang. Fast die Hälfte davon müssen wir von den Korallen befreien.«

»Ich denke, zwölf Meter sind besser als nichts.« Dirk zog am Starterseil einer benzinbetriebenen Wasserpumpe, die er am Vortag nach einer entsprechenden Nachfrage bei einem halben Dutzend Tauchausrüster in Montego Bay gemietet hatte. Er warf einen Saugschlauch ins Wasser und reichte Summer einen zweiten Schlauch mit Düse. »Bist du bereit?«

»Gib mir ein paar Sekunden, bis ich unten bin.« Sie schob sich das Mundstück ihres Atemschlauchs zwischen die Zähne und tauchte ab. Dirk wartete, bis sie ihre Position am freien Ende des Ballasthügels eingenommen hatte, dann öffnete er das Ventil, so dass Meerwasser durch die Pumpe zirkulierte.

Das Wasser schoss unter hohem Druck aus der Düse in Summers Hand. Mit diesem Strahl blies sie den losen Sand weg, der den Ballasthügel bedeckte. Samuel sah interessiert zu, wie sie einen dreißig Zentimeter breiten Streifen glatter Flusssteine auf seiner Kuppe freilegte.

Die Ablagerungen zu entfernen war eine mühsame und anstrengende Arbeit, daher wechselten sich die drei in Halb-Stunden-Schichten an der Druckdüse ab.

Summer dokumentierte die Ausgrabung mit einer neuen Unterwasserkamera, die Dirk ebenfalls am Vortag erstanden hatte, und machte sich in einem Tagebuch entsprechende Notizen. Sie brauchten den größten Teil des Vormittags, um bis zum Korallenbewuchs zu gelangen, wo sie auf die ersten Schiffsbalken stießen.

Nach dem Mittagessen schufen sie einen zweiten Graben, und zwar ein Stück seitlich versetzt neben dem ersten. Dirk hatte auf der anderen Seite einen dritten Graben beinahe beendet, als der Druckstrahl stoppte. Er tauchte auf und stellte fest, dass der Pumpenmotor verstummt war.

»Hast du die Pumpe ausgeschaltet?«, wollte er von Summer wissen, die neben Samuel an der Pumpe saß.

»Nein. Der Sprit ist ausgegangen.« Sie schüttelte einen Kanister, in dem noch ein letzter Rest Benzin schwappte. »Wir haben kaum noch genug, um an Land zurückzukommen.«

Dirk schwang sich an Bord, legte seine Tauchausrüstung ab und ruhte sich einige Minuten aus. »Ich denke, dass wir sowieso weitgehend am Ende sind. Ich hatte den dritten Graben beinahe abgeschlossen. Dabei hätten wir den Stein eigentlich finden müssen, wenn er sich zwischen den Ballaststeinen befände. Ich fürchte, dass er irgendwo im Wrack liegt, versteckt unter Korallen.«

Summer runzelte die Stirn. »Wenn er von Korallen überwuchert wird, finden wir ihn niemals.«

»Sie haben doch immer noch interessante Fundstücke«, sagte Samuel. Er deutete auf ein Handtuch, das zum Teil die Bodenbretter des Bootes bedeckte. Zahlreiche Gegenstände, die der Wasserstrahl freigespült hatte – vorwiegend Porzellanscherben, verrostete Nägel und Schiffsbeschläge –, hatten sie darauf zum Trocknen ausgebreitet. Dazwischen funkelten mehrere Bruchstücke grünen Obsidians.

»Zumindest deutet nichts darauf hin, dass es sich bei dem Wrack um ein anderes Schiff als die *Oso Malo* handelt«, sagte Summer. »Es dürfte immerhin ein schönes Ausstellungsstück sein, für das National Museum of Historical Archaeology in Port Royal.«

»Morgen finden wir den Stein«, sagte Samuel.

»Nein, Dirk hat recht«, sagte Summer und schüttelte den Kopf. »Der Stein hätte auf dem Ballasthügel zu sehen sein müssen. Er ist ganz einfach nicht da – oder die Korallen haben ihn geschluckt. Ich fürchte, wir müssen Jamaika sowieso morgen verlassen.«

Dirk holte seine Brieftasche aus einem Gerätesack, reichte Samuel zwei Einhundert-Dollar-Scheine und bedankte sich bei ihm für seine Hilfe.

»Sie sind beide ein wenig verrückt«, sagte der Jamaikaner lächelnd. »Wenn Sie abreisen müssen, muss Samuel Ihnen vorher noch einen Drink spendieren.«

»Im Augenblick wäre mir nichts lieber«, sagte Dirk.

Sie holten die Anker ihrer Boote ein und nahmen Kurs auf den Steinpier. Unter Samuels Regie zwängten sie sich in den Volkswagen und starteten in Richtung Montego Bay. Sie waren erst ein kurzes Stück gefahren, als er sie vor einem kleinen Gebäude anhalten ließ. Laut einem verblichenen Schild auf seinem Dach lautete der Name *Green Stone Bar & Museum*.

»Green Stone«, las Summer laut vor. »So haben Sie das Wrack genannt.«

»Ja. Vielleicht findet sich dort Ihr Stein. Aber ich weiß mit Sicherheit, dass es da kaltes Bier gibt«, erwiderte Samuel grinsend. »Ich wohne im übernächsten Dorf.«

Bis auf einen schwarzen Dackel, der in einer Ecke lag und schlief, war die Bar leer. Zu Dirks und Summers Überraschung bestand die Inneneinrichtung zum großen Teil aus nautischen Fundstücken. Verrostete Anker, Kanonenkugeln und Porzellanschüsseln zierten die Wände, während verstaubte Fischernetze von der Decke hingen. Die Bretter eines hohen Regals bogen sich unter der Last Dutzender Bruchstücke grünen Obsidians, die mit denen identisch waren, die sie am Fundort des Wracks angetroffen hatten.

»Diese Artefakte müssen von der *Oso Malo* stammen«, sagte Dirk und untersuchte einen Zinnteller, der einen Stempel in Form einer Burg mit drei Türmen trug, wie sie auf der Flagge Kastiliens zu sehen war.

Flaschenklirren drang aus einem Raum im hinteren Teil des Gebäudes, und ein alter Mann erschien, der einen Bierkasten trug. Sein Haar und Bart waren zwar silbergrau meliert, und doch hatte er ein grellbuntes Hawaiihemd an und bewegte sich so flink wie jemand, der mindestens zwanzig Jahre jünger war.

»Ich hab Sie gar nicht hereinkommen hören«, sagte er. »Was kann ich Ihnen zu trinken gaben?«

»Zwei Red Stripes und einen Daiquiri für die Lady«, sagte Samuel, während er Summer zuzwinkerte.

»Ist mir recht«, sagte sie.

Sie gingen zur Bar, während der Mann Summers Drink mixte und eisgekühlte Flaschen Red-Stripes-Bier vor Dirk und Samuel auf den Tresen stellte. Amüsiert verfolgten sie, wie der alte Mann eine dritte Flasche für sich selbst öffnete.

Nach einem tiefen Schluck deutete Dirk mit einem Kopfnicken auf einen mit Seepocken überkrusteten Säbel, der über der Bar hing. »Wir waren heute am Wrack der *Oso Malo*, aber es sieht so aus, als seien Sie schneller gewesen.«

Die Augen des Barkeepers leuchteten auf. »Diesen Namen habe ich schon seit Jahren nicht mehr gehört. Hier kennen wir sie nur als Green Stone Wreck oder Smaragd-Wrack, obwohl sie natürlich keine Smaragde an Bord hatte.«

»Was wissen Sie von den grünen Steinen, die sie transportierte?«, fragte Summer.

»Ordinärer grüner Obsidian. Schönes Gestein, aber von Natur aus nicht besonders wertvoll. Natürlich mag es den Spaniern im sechzehnten Jahrhundert anders vorgekommen sein. In Mexiko war es offenbar sehr gefragt. Darum haben sie auch ein Schiff damit beladen. Aber zu unserem Pech«, meinte er mit einem Augenzwinkern, »haben sie das Gold und das Silber einen anderen Weg nehmen lassen.«

»Wir gehen davon aus«, sagte Dirk, »dass das Schiff von Veracruz nach Cadiz segelte, als es in einen Sturm geriet.«

»Richtig. Es lief vor White Bay auf Grund. Obgleich die Küste nicht weit entfernt war, ertrank fast die gesamte Mannschaft. Nur vier Männer konnten sich an Land retten und fanden in einer spanischen Ansiedlung namens Melilla Zuflucht.«

»Haben die Spanier das Wrack geborgen?«, fragte Dirk.

»Soweit allgemein bekannt ist, nein. Es dauerte drei Jahre, bis die Überlebenden nach Spanien zurückgekehrt sind. Zu diesem

Zeitpunkt hatte man das Schiff dort längst vergessen, da es weder Gold noch Silber mitgeführt hatte. Es schlummerte fast vierhundert Jahre ungestört auf dem Meeresgrund, bis es um die Jahrhundertwende von einem amerikanischen Archäologen entdeckt wurde.«

»Von einem Amerikaner?«, fragte Summer.

»Ellsworth Boyd lautete sein Name. Er hatte während seiner Ausgrabungen auf der Insel Überreste der Taino-Indianer gefunden. Während einer Ausgrabung in dieser Gegend erzählten ihm die Einheimischen von den grünen Steinen, die gelegentlich von Fischern aus dem Meer geholt wurden. Er kam zur Bucht und engagierte jamaikanische Taucher, um so viel wie möglich davon zutage zu fördern.« Er deutete auf die mit Steinen gefüllten Regale. »Jede Menge Obsidian.«

»Wissen Sie, was mit den anderen Artefakten geschehen ist, die auf dem Schiff gefunden wurden?«

»Die meisten sehen Sie hier. Boyd hat einige Stücke zum Yale Peabody Museum in New Haven schaffen lassen, aber der Löwenanteil blieb hier. Diese Stücke wären wahrscheinlich ebenfalls abgeholt worden, aber Boyd starb kurz nach den Ausgrabungen. Einige seiner Partner, darunter auch mein Großonkel, haben beschlossen, ihm zu Ehren ein Museum zu gründen. Es wurde im Laufe der Jahre ein wenig vernachlässigt, aber nachdem ich es geerbt habe, tue ich, was ich kann, um es am Leben zu erhalten.«

Dirk erläuterte ihr Interesse an dem Schiff. »Können Sie sich an einen großen halbrunden Stein mit mesoamerikanischen Schriftzeichen erinnern, der möglicherweise aus dem Wrack geholt wurde?«

Der Barkeeper blickte nachdenklich zur Decke. »Nein, da klingelt nichts. Aber vielleicht wollen Sie einen Blick in Boyds Aufzeichnungen über die Ausgrabung werfen.«

Summer bekam große Augen. »Er hat einen Bericht über seine Arbeit an der *Oso Malo* hinterlassen?«

Der Barkeeper nickte. »Er ist sogar ziemlich detailliert.«

Er verschwand im Hinterzimmer und kam keine Minute später

mit einem dünnen, in Leder gebundenen Buch zurück, das mit Staub bedeckt war. »Es liegt schon eine Weile im Regal«, sagte er, »aber Sie können es gern ausleihen.«

Summer klappte den Deckel auf und las den handschriftlichen Text auf der Titelseite laut vor: »Bericht von der Ausgrabung eines spanischen Schiffswracks in White Bay, Jamaika, November 1897 – Januar 1898, von Dr. Ellsworth Boyd.«

Sie blätterte es durch und fand ausführliche Einträge und sorgfältig ausgeführte Skizzen von jedem Tag der Ausgrabung.

Es verschlug ihr fast den Atem. »Das ist wunderbar. Wenn er den Stein gefunden hat, wird er es ganz bestimmt in diesem Tagebuch vermerkt haben.«

Samuel lehnte sich über Summers Schulter, um einen Blick in das Buch zu werfen. »Offenbar ist heute Ihr Glückstag.«

Dirk leerte seine Bierflasche und stellte sie auf den Tresen. »Lasst uns etwas zu essen bestellen und lesen, was uns der Doktor zu berichten hat.«

»Leider serviere ich keine Mahlzeiten«, sagte der Barkeeper, »aber ein Stück weiter finden Sie ein gutes Fischrestaurant, das Mabel's. Der gegrillte Red Snapper ist ein Gedicht. Sie können das Tagebuch gern mitnehmen.«

»Vielen Dank«, sagte Summer. »Das ist sehr nett von Ihnen, Mr. ... äh ...«

»Ich heiße Clive, aber die meisten Leute nennen mich Pops«, sagte er augenzwinkernd. »Behalten Sie das Buch solange Sie wollen. Ich hab nicht vor, von hier zu verschwinden.«

Samuel bezahlte die Getränke, und das Taucher-Trio trat in den verblassenden Glanz der Spätnachmittagssonne hinaus.

»Wollen Sie nicht mit uns zu Abend essen, Samuel?«, fragte Dirk.

»Nein, ich muss zurück nach Hause, sonst macht mir meine Frau die Hölle heiß.« Er schüttelte Dirk die Hand und umarmte Summer. »Auf Wiedersehen, Freunde. Ich hoffe, dass Sie finden, was Sie suchen.«

»Sollen wir Sie fahren?«, fragte Summer, während er sich entfernte.

»Nein danke. Ich geh zu Fuß. Good-bye.«

Dirk und Summer winkten ihm zum Abschied, während sie in ihren Wagen stiegen.

»Zu Mabel's?«, fragte Dirk.

Summer nickte und drückte Boyds Tagebuch schützend an ihre Brust. »Hoffen wir, dass der gegrillte Snapper auf einem heißen Stein serviert wird.«

28

Mabel's Café, nur wenig größer als ein Freiluftimbiss, war ein Freiluftimbiss, der von einem Strohdach überschattet wurde. Eine beträchtliche Anzahl früher einheimischer Gäste bevölkerte bereits das Restaurant, so dass Dirk und Summer längere Zeit suchen mussten, ehe sie einen freien Tisch mit Blick aufs Meer fanden. Eine messingblonde Serviererin mit zu Rastazöpfen geflochtenem Haar brachte ihnen unaufgefordert zwei Flaschen Red Stripes, zu denen sie die Spezialität des Hauses – gegrillten Red Snapper – bestellten. Während sie warteten, schlug Summer das Tagebuch auf, um einen ersten Blick auf die Eintragungen zu werfen.

»Boyd schreibt, dass er nach den Überresten einer frühen spanischen Ansiedlung am Martha Brae River suchte, als er zum ersten Mal von dem Green Stone Wreck hörte. Dank der Mithilfe einiger einheimischer Fischer konnte er das Wrack lokalisieren. Er schreibt, ein großer Teil des Rumpfs sei von der Wasseroberfläche aus zu sehen gewesen, seiner Meinung nach soll dies die Folge eines Hurrikans gewesen sein, der ein paar Monate zuvor über die Insel hinweggezogen war und das Wrack von der Sandschicht befreit hatte, unter der es vergraben war.«

»Wahrscheinlich hatte er recht«, sagte Dirk. »Von dem Wrack wäre in diesen warmen Gewässern nicht viel übrig geblieben, wenn es vierhundert Jahre lang ungeschützt den Elementen ausgesetzt gewesen wäre.«

»Boyd verfügte nicht über die nötigen Mittel, um Helmtaucher zu engagieren, daher musste er einheimische Freitaucher einsetzen, um das Wrack auszugraben. Sie arbeiteten den ganzen Winter hindurch und bargen und katalogisierten über eintausend Artefakte.«

Summer blätterte weiter zu einer Seite mit einer Zeichnung von dem Wrack in dem Zustand, in dem Boyd es vorgefunden hatte. Dargestellt waren der gesamte Kiel und die Querträger sowie mehrere Rumpfabschnitte.

Dirk sah ein paar Reihen Ballaststeine und bemerkte eine kleine Korallenkolonie in der Nähe des Schiffshecks. »Sieht alles völlig anders aus als heute. Damals hatten sich nur wenige Korallen auf dem Wrack angesiedelt.«

»In hundert Jahren kann sich viel verändern«, sagte Summer.

Die Serviererin erschien mit den bestellten Portionen von gegrilltem Red Snapper mit einer Beilage aus gekochten Okraschoten und sogenannten Festivals, Kroketten aus frittiertem Maisbrotteig. Summer griff nach einer Gabel, begann zu essen und blätterte mit der anderen Hand im Tagebuch.

Auf den nächsten Seiten wurden die täglichen Ergebnisse der Ausgrabung beschrieben, gelegentlich illustriert mit Zeichnungen von den interessanteren Fundstücken. Neben den schweren Eisenbeschlägen des Schiffes – darunter waren auch seine Anker, Ketten und zwei kleine Kanonen – setzte sich die Masse der geborgenen Artefakte aus geschnitzten Figuren aus mexikanischem grünem Obsidian zusammen und außerdem aus großen Bruchstücken dieses vulkanischen Gesteinsglases.

Gegen Ende des Tagebuchs schlug Summer eine Seite um und verschluckte sich beinahe an einem Happen Okraschoten, den sie sich gerade in den Mund geschoben hatte. In der Mitte der Seite befand sich eine grobe Skizze von einem großen mit Schnitzereien bedeckten Stein in Form eines Halbkreises.

»Er hat ihn gefunden!«, stieß sie atemlos hervor.

Dirk warf einen Blick auf die Zeichnung und lächelte.

»Sieht aus wie die fehlende Hälfte des Steins, den du in Zimapán entdeckt hast. Schade, die Zeichnung ist nicht sehr detailliert.«

Summer nickte. Abgesehen von dem Teil eines Vogels, hatte Boyd keine Einzelheiten des Steins skizziert. Sie blätterte bis zur letzten Seite, fand jedoch keine weiteren Illustrationen.

»Pech, mehr gibt es nicht«, sagte sie. »Er muss gewusst haben, dass der Stein aus mesoamerikanischer Zeit stammt. Ich frage mich, weshalb er ihm nicht mehr Interesse geschenkt hat.«

»Was steht dazu im Kommentar?«

Summer las den entsprechenden Text laut vor:

»Am 26. Januar entdeckte Martin, unser leitender Taucher, einen großen mit Inschriften bedeckten Stein, den wir ursprünglich dem Ballast zugerechnet hatten. Mit beträchtlicher Mühe wurde der Stein vom Meeresgrund hochgehievt und in seichtes Wasser geschafft, von wo aus er an Land gebracht wurde. Der Stein ist anscheinend die eine Hälfte eines großen runden Artefakts, das absichtlich geteilt wurde. Eine intensive Suche durch die Taucher konnte die andere Hälfte leider nicht zutage fördern.«

»Ich kann seine Enttäuschung gut verstehen«, sagte Dirk und schüttelte den Kopf.

Summer las weiter.

»Der Stein ist den Mexica zuzuordnen, da Roy Burns die Inschriften als Nahuatl-Glyphen identifiziert hat. In Form und Gestaltung ähnelt er dem Kalender-Stein, allerdings hat er nur den Bruchteil seiner Größe. Die Bedeutung der Inschriften ist bislang weitgehend unbekannt, obwohl Roy mittlerweile einige Abschnitte übersetzen konnte.«

»Verrate uns etwas, das wir noch nicht wissen«, sagte Dick.

Summer überflog die restlichen Seiten. »Die nächsten Tage wurden damit verbracht, die Ausgrabung abzuschließen und die gefundenen Artefakte zu katalogisieren«, fasste sie zusammen. »Aber auch der Stein wird noch einmal erwähnt. Am 29. Januar schreibt er:

Roy hat während der letzten Tage den Mexica-Stein studiert und detaillierte Zeichnungen angefertigt. Seine Übersetzung ist zwangsläufig unvollständig, aber er glaubt, dass der Stein den Plan einer auf einer Insel gelegenen Lagerstätte darstellt, die der Gottheit Huitzilopochtli geweiht ist. Seine Begeisterung kennt keine Grenzen, und er hat sich angewöhnt, den Fund als Boyds Kaiser-Stein zu bezeichnen. Ziemlich albern, finde ich.

Das sind seine Worte«, sagte Summer. »Kein Hinweis darauf, was auf dem Stein zu sehen ist, noch nicht einmal eine Zeichnung oder eine Karte.«

»Burns hatte recht«, sagte Dirk. »Es ist ein offensichtlicher Hinweis auf die Insellagerstätte. Zu schade, dass er uns nicht seinen Teil der Karte hinterlassen hat.«

»Dies hier ist interessant.« Summer hatte inzwischen weitergeblättert. »Der letzte Eintrag datiert vom 1. Februar.«

»Heute erschien ein unwillkommener Besucher im Lager. Er heißt Julio Rodriguez und hat offenbar auf Jamaika an einer Ausgrabung in der Nähe von Kingston teilgenommen. Er hat sich sofort nach dem Mexica-Stein erkundigt. Anscheinend gibt es unter unseren Arbeitern einen Spion. Glücklicherweise war der Stein bereits in eine Kiste verpackt und auf einen Wagen geladen worden. Roy und ich haben seine Fragen nicht beantwortet, was ihn in Rage gebracht hat, und schließlich hat er uns im Streit verlassen. Schon wieder will er sich mit fremden Federn schmücken. Glücklicherweise verlassen wir morgen Port Antonio und werden den Stein schon bald in New Haven untersuchen und übersetzen können.«

Summer klappte das Tagebuch zu. »Das war der letzte Eintrag.«

»Demnach trifft unser Verdacht zu. Der zweite Stein verstaubt höchstwahrscheinlich in irgendeinem Hinterzimmer des Yale Peabody Museums.«

Summer zog die Nase kraus. »Ich weiß nicht. Boyd hat die Bedeutung des Steins doch anscheinend erkannt. Einer von ihnen muss einen Aufsatz darüber veröffentlicht haben.«

»Das ist durchaus anzunehmen«, sagte Dirk, »aber er könnte

ebenso vergessen und in der Versenkung verschwunden sein wie der Stein selbst.«

»Wir können noch heute St. Julien und dem Museum eine E-Mail schicken«, sagte Summer, »und weiterforschen, wenn wir morgen wieder auf der *Sargasso Sea* sind. Vorausgesetzt, Dad empfängt uns nicht mit einem Berg Arbeit, die wir sofort erledigen müssen.«

Nachdem sie ihre Mahlzeit beendet hatten, bezahlten sie ihre Zeche und stiegen für die kurze Heimfahrt zum Strandhaus in den VW. Kaum waren sie auf die Küstenstraße abgebogen, holte ein ramponierter Pick-up zu ihnen auf und hängte sich an ihre Stoßstange. Dirk gab Gas, aber der Truck blieb wie eine Klette an ihnen kleben.

Summer schaute in den Rückspiegel, der von dem rostigen Kühlergrill dicht hinter ihnen vollständig ausgefüllt wurde. »Gegen den Kerl hinter uns ist ein New Yorker Cabbie der reinste Sonntagsfahrer.«

Dirk nickte und trat das Gaspedal durch. Die gewundene Straße ging in ein gerades Stück über, das frei war von jeglichem Gegenverkehr. Dirk lenkte den Käfer an den Straßenrand und trat leicht aufs Bremspedal, um den Kleinlaster überholen zu lassen. Aber der Fahrer blieb hinter ihm.

»Wer nicht will, der hat schon«, murmelte Dirk und gab wieder Gas.

»Vielleicht nimmt er sich diesen Rat zu Herzen«, sagte Summer und deutete auf eine verwitterte Warntafel mit der Aufschrift: *Totengräber lieben Raser.*

Die Straße führte einen kleinen Hügel hinab und über eine Brücke, die einen versumpften Bach überspannte. Als sie sich der Brücke näherten, reagierte der Truck, beschleunigte und setzte sich neben den Beetle.

Dirk schaute nach rechts und erblickte einen Jamaikaner auf dem Beifahrersitz, der seine Zähne in einem unfreundlichen Grinsen entblößte. Dann lehnte sich der Mann aus dem Seitenfenster, zielte mit einer Pistole auf Dirk und drückte ab.

29

Die Kugel pfiff an seiner Nase vorbei, da Dirk augenblicklich auf der Bremse stand. Der Truck schwenkte nach links, krachte gegen den Volkswagen und schob ihn auf das zerbrechliche Brückengeländer hinüber. Der linke Kotflügel des Beetle durchbrach das Geländer und zertrümmerte seine Holzpfähle wie Zahnstocher.

Dirk schaltete herunter und kämpfte darum, die Kontrolle über den Wagen zu behalten. Summer stieß einen erstickten Schrei aus, als sie über das Bankett schlingerten und die linken Räder über den Brückenrand hinweg ins Leere sackten. Der Knall der Pistole des Gangsters übertönte den Motorenlärm. Die Windschutzscheibe des Käfers zerplatzte, während Dirk und Summer in ihren Sitzen auf Tauchstation gingen.

Begleitet von einem schrillen Kreischen gepeinigten Metalls, fiel der VW zurück, ehe der Truck ihn in den Bach katapultieren konnte. Dirk riss das Lenkrad nach rechts und entging dem Absturz von der Straße um Haaresbreite. Da die Straße vor ihm vollkommen frei war, machte er einen Schlenker nach rechts auf die Gegenfahrbahn und rammte den Fuß auf das Gaspedal.

Der turboaufgeladene Vierzylindermotor des Beetle heulte auf, während der kleine Wagen an dem langsamer werdenden Kleinlaster vorbeiflitzte. Der Truckfahrer reagierte schnell und gab ebenfalls Gas. Ein perfekt abgestimmter 5,7-Liter-Mopar-Hemi-Motor unter der Haube strafte das heruntergekommene Äußere des Trucks Lügen und verlieh ihm mehr als ausreichende Reserven, um die Verfolgung aufzunehmen.

»Wie haben sie es geschafft, uns hierher zu folgen?«, rief Summer und klammerte sich an das Armaturenbrett, während Dirk den Beetle durch eine enge Kurve prügelte.

»Keine Ahnung, aber sie wollen die andere Hälfte des Steins offenbar mit allen Mitteln in ihren Besitz bringen.«

Der VW erwischte eine tiefe Bodenwelle in der Straße und hob in die Luft ab. Die hintere Stoßstange schrammte bei der Landung über den Asphalt und erzeugte einen Funkenregen. Summer drehte sich um und beobachtete, wie der Truck in die gleiche Bodenwelle sackte und der Fahrer beinahe die Kontrolle über sein Fahrzeug verlor.

In den Kurven war der Beetle schneller, aber der Truck machte das auf den geraden Strecken locker wett. Auf einem solchen geraden Abschnitt näherte sich der Truck dem kleinen Cabrio bis auf Tuchfühlung und rammte das Heck des Volkswagens. Der Beetle drohte auszubrechen, aber Dirk hielt ihn in der Spur und konnte während der nächsten Kurve wieder auf ausreichende Distanz gehen.

»Weißt du, wohin diese Straße führt?«, rief Summer.

»Sie verläuft an der Nordküste mindestens bis Port Antonio, aber das ist noch weit. Wenn wir vorher zu einer größeren Ortschaft kommen, können wir versuchen, sie abzuhängen oder die Polizei um Hilfe bitten.«

Summer entdeckte ein Straßenschild, das auf die Stadt Ocho Rios in achtzehn Kilometern Entfernung hinwies. »Vielleicht gibt es dort eine Polizeiwache.«

Der VW näherte sich einigen Fahrzeugen, die langsamer unterwegs waren, und überholte sie, wann immer eine Lücke im Gegenverkehr es ihm gestattete. Der Truck folgte seinem Beispiel, verlor dabei jedoch deutlich an Boden. Dirk musste sein Tempo drosseln, als sie St. Ann's Bay erreichten, die erste spanische Hauptstadt der Insel. Eine Handvoll prächtiger Gebäude in georgianischem Stil zierten das Stadtzentrum und verhießen Dirk und Summer baldige polizeiliche Hilfe. Aber ihre Hoffnung war nur von kurzer Dauer, als hinter ihnen abermals Pistolenschüsse fielen.

»Geh in Deckung!«, rief Dirk nach einem Blick in den Rückspiegel.

Der Pick-up hatte es irgendwie geschafft, eine Kette von Fahrzeugen zu überholen und befand sich jetzt unmittelbar hinter ihnen. Der Beifahrer lehnte sich weit aus dem Seitenfenster und feuerte auf sie. Entweder auf Grund schlechten Zielens oder in der irrigen Annahme, dass die Beetles der neuesten Bauart immer noch mit einem Heckmotor ausgestattet waren, jagte der Schütze drei wirkungslose Schüsse in den Kofferraum.

Dirk nagelte das Gaspedal aufs Bodenblech und überfuhr ein Stoppzeichen, wobei er einen Obsttransporter nur knapp verfehlte. »Offenbar haben unsere Freunde wenig Respekt vor den einheimischen Polizisten.«

»Wir müssen versuchen, Ocho Rios zu erreichen«, sagte Summer. »Ich glaube, die Stadt ist eine beliebte Anlaufstelle für Kreuzfahrtschiffe, also wird es dort sicherlich auch eine Polizeidienststelle geben.«

Dirk schlängelte sich an einem anhaltenden Bus vorbei, verließ auf schnellstem Weg die Stadt und ließ den Truck eingekeilt im Verkehr zurück. Auf der Küstenstraße herrschte nur noch spärlicher Verkehr, und Dirk scheuchte den Volkswagen auf über hundertvierzig Stundenkilometer. Bei diesem Tempo würden sie die größere Stadt nach zehn Minuten Fahrt erreichen.

»Versuch doch mal, die Polizei in Ocho Rios anzurufen«, sagte Dirk. »Lass dir die Adresse geben und kündige unsere baldige Ankunft an.«

»Neun-eins-eins?«, fragte Summer.

»Ich glaube, hier ist es umgekehrt, eins-eins-neun.«

Summer begann zu wählen, als Dirk hart auf die Bremse trat, so dass ihr das Mobiltelefon aus der Hand flog. Als er aus einer Kurve kam, hatte er vor sich auf der Straße einen Reisebus entdeckt. Der Gegenverkehr war ebenfalls zum Erliegen gekommen und gestattete einer Gruppe von Touristen, die vom Strand kamen, die Fahrbahn zu überqueren, um in den Bus einzusteigen. Weitere Busse waren im Begriff, einen Parkplatz an der Seite zu verlassen und sich in den bestimmt in Kürze wieder fließenden Verkehr einzufädeln.

»Das ist nicht gut«, sagte Dirk, als er erkannte, dass dieser Engpass nicht so bald beseitigt werden würde. Eilig suchte er die

Straße nach einer Abfahrt oder einem Versteck vor ihren Verfolgern ab.

Es ergab sich nur eine einzige Möglichkeit. Dicht vor dem Bus zweigte eine schmale Schotterstraße ab und verschwand im Dschungel. Wenn Dirk es schaffte, den VW auf diese Straße zu lenken, ehe der Pick-up hinter ihm um die Kurve kam, glaubten ihre Verfolger vielleicht, dass sie dem Verkehrsstau entgangen waren und einen zusätzlichen Vorsprung herausgeholt hatten.

Dirk ließ das Bremspedal hochschnellen und fuhr mit zunehmendem Tempo auf den geparkten Reisebus zu.

Summer stützte die Hände auf das Armaturenbrett, um sich für die Kollision zu wappnen. »Was hast du vor?«

Sie verschluckte jedes weitere Wort, als er abermals die Bremse betätigte und den Wagen nach rechts herumriss. Schreie wurden unter den erschrockenen Touristen laut, während sie in den Bus drängten, aber diese Schreie gingen in dem schrillen Quietschen der Reifen des Beetle unter, als sie in einem engen Bogen über den Asphalt radierten und das Cabrio die Schotterstraße entlangratterte. Dirk hielt den Atem an, als der Wagen die leicht abfallende Straße hinauf und in den Dschungel hineinraste. Dabei blickte er nach rechts und auf die Schnellstraße, um festzustellen, ob sie beobachtet worden waren.

Die Nase des Pick-ups schob sich soeben um die Ecke und folgte ihnen mit rasantem Tempo. Nur eine Sekunde später verschwand der Volkswagen spurlos in einem dichten Gebüsch. Der Wagen bockte und tanzte über die mit Fahrrillen zerfurchte Straße, die aussah, als ob sie seit mindestens zehn Jahren nicht mehr benutzt worden war.

»Meinst du, sie haben uns gesehen?«, fragte Summer.

»Keine Ahnung, aber ich hoffe natürlich, dass sie nichts bemerkt haben. Auf dieser Straße könnten wir sie unmöglich abhängen.«

Gut einhundert Meter hinter ihnen war dem Fahrer des Pickups entgangen, wie der Volkswagen abbog. Nicht entgangen waren ihm jedoch weder die frischen Brems- und Schleuderspuren, die zur Seitenstraße führten, noch die sich auflösende dünne Staubwolke, die darüber in der Luft hing. Mit einem Haifischgrinsen lenkte er den Kleinlaster zur Abzweigung und scheuchte ihn über die Waschbrettpiste.

Vor ihnen wand sich die Straße bergauf durch dichtes Gebüsch, das über den blauen Lack des VWs kratzte. Summer sah ein von Schlingpflanzen umranktes Hinweisschild mit einem Pfeil, der die Richtung zum *Dunn's River Lookout* anzeigte. Als sie durch eine Haarnadelkurve rollten, schaute Summer nach hinten und machte den matten Glanz von Stahl zwischen den Büschen aus. »Schlechte Nachrichten. Sie sitzen uns immer noch im Nacken.«

Dirk nickte, während er darauf achtete, dass der Beetle bei derart tiefen Spurrillen nicht mit dem Chassis aufsetzte und die Räder die Bodenhaftung verloren. Er hatte keine Idee, wo diese Straße endete, aber er wusste, dass ihre Minuten darauf gezählt waren.

»Schlimmstenfalls müssen wir anhalten und uns zu Fuß durch den Dschungel schlagen«, sagte er. »Immer bergab in Richtung Schnellstraße. Sollten wir getrennt werden, treffen wir uns in der Green Stone Bar.«

Summer versuchte zu lächeln. »Die erste Runde geht auf dich.«

Dirk kitzelte den Beetle noch einen kleinen Hügel hinauf, aber dann war Schluss. Die Straße mündete in eine Lichtung, die gerade groß genug war, dass ein Wagen auf ihr wenden konnte. Hohe Bäume säumten die Lichtung bis auf eine Lücke zu ihrer Linken, wo ein seichter Fluss sein Bett hatte. Sie saßen regelrecht in der Falle, während der Pick-up hinter ihnen mit röhrendem Motor den Hügel heraufgestürmt kam.

Dirk sah seine Schwester an.

»Es scheint«, sagte er mit bedauernder Miene, »als wäre dies für uns die Endstation.«

30

Summer warf einen Blick auf die leichten Sandalen, die sie beide trugen, und dachte mit Grausen an einen Sprint durch den Dschungel. Als sie den Motorenlärm des Pick-ups näher kommen hörte, fasste sie nach dem Türgriff. »Wir sollten uns lieber aus dem Staub machen.«

Stattdessen legte Dirk den Gang ein und fuhr los. »Warte«, sagte er, kurvte über die Lichtung zum Fluss und stoppte.

»Was hast du vor?«

»Das ist der Dunn's River.«

Dirk war das verrostete Schild am Rand der Piste im Gedächtnis haften geblieben. Er wusste, dass die *Dunn's River Falls*, ein terrassenartiger Wasserfall, den zu ersteigen sich bei Touristen besonderer Beliebtheit erfreute, zu den bedeutendsten touristischen Zielen Jamaikas gehörten. Dies erklärte auch die Reisebusflotte unten an der Schnellstraße.

»Lass uns den Fluss überqueren«, sagte er. »Wir können auf der anderen Seite ins Tal hinunterlaufen und uns von einem Reisebus mitnehmen lassen.«

Zu spät. Ein Motor heulte auf, und der Pick-up kam regelrecht über die Kuppe des Hügels geflogen. Er war viel zu schnell und auf Kollisionskurs mit dem Volkswagen. Dirk gab Gas und lenkte den Beetle vom Ufer hinab in den Fluss.

Der Truck schlingerte an dem VW vorbei, als der Fahrer eine Vollbremsung machte und dicht vor einem ausgewachsenen Mangobaum zum Stehen kam.

Dirk blieb auf dem Gaspedal stehen. Das Flussbett war relativ flach und eben, und der Wagen näherte sich zügig dem gegenüberliegenden Ufer.

»Können diese Dinger nicht schwimmen?«, fragte Summer.

»Du meinst sicher den Original-Volkswagen Typ 166, den

Schwimmwagen«, sagte Dirk. »Ob das auf diese neuen Modelle zutrifft, weiß ich nicht. Aber ich will es jetzt auch nicht herausfinden.«

Sie hatten fast zehn Meter im Fluss zurückgelegt, als sie hinter sich ein Platschen hörten. Zu Summers großem Schreck folgte ihnen der Pick-up in den Fluss. Ein weiterer trockener Knall erklang hinter ihnen, und Dirk vernahm ein hohes Pfeifen, kurz bevor sich ein Teil des Armaturenbretts vor ihm auflöste.

»Wir schaffen es nicht vor ihnen bis auf die andere Seite«, sagte Summer mit gepresster Stimme.

Dirk kam zur gleichen Schlussfolgerung. Er hatte nicht damit gerechnet, dass ihnen der Pick-up folgen würde. Mit seiner deutlich geringeren Bodenfreiheit würde sich der VW früher als der Truck festfahren. Nach einem kurzen Blick in den Rückspiegel rief er Summer eine Warnung zu, dann lenkte er den Wagen flussabwärts.

Sie waren oberhalb der Wasserfälle in den Fluss gefahren, und sie brauchten nur eine kurze Strecke bis zur ersten Felsterrasse zurücklegen – eine etwa einen Meter hohe Stufe über einem kleinen Tümpel. Dirk lenkte den Wagen in die Mitte des Flusses und wagte den Sprung über die Felskante.

Die Vorderräder trafen auf einen aufrecht stehenden Felsen, der die Nase des VW so hoch drückte, dass er nahezu perfekt aufrecht im Tümpel landete. Eine breite Wellenfront schwappte auf die nächsten Terrassen des Wasserfalls hinunter.

Obgleich die Räder nahezu vollständig vom Fluss überspült wurden, setzte der Volkswagen die Fahrt fort, und Dirk hielt ihn mit kurzen Lenkmanövern in der Flussmitte. Dirk und Summer konnten in den Rückspiegeln verfolgen, wie der Pick-up an der ersten Wasserfallstufe zögerte, sich dann aber doch in Bewegung setzte.

»Sie sind verrückt!«, rief Summer mit lauter Stimme, um das Rauschen der zu Tal stürzenden Wassermassen unter und neben ihnen zu übertönen.

Dirk schüttelte den Kopf. »Ich schätze, wir sind noch um einiges verrückter.«

Er dirigierte den VW durch den Tümpel zur nächsten Wasserfallstufe. Im Gegensatz zur ersten war es ein zusammenhängender, etwa zwanzig Meter langer steiler Abschnitt, der von einigen niedrigen Stufen unterbrochen wurde. Dirk vergewisserte sich mit einem schnellen Blick zur Seite, dass seine Schwester angeschnallt war, dann gab er Gas und lenkte den Beetle über die Stufenkante.

Der erste Absturz war der härteste, drei Meter tief auf eine schmale Terrasse. Der VW landete mit der Nase zuerst, die knirschend eingedrückt wurde, richtete sich auf und rutschte weiter. Die Airbags blähten sich mit einem Knall und begleitet von einer Wolke weißen Qualms auf, während der Wagen die nächste Stufe hinter sich brachte.

Wie ein hüpfender Frosch überwand der Beetle eine Folge von Gefälle-Abschnitten und Steilstufen. Eine Gruppe von Touristen verfolgte geschockt, wie sie von einem Auto überholt wurden. Der VW ratterte von einem aus dem Wasser ragenden Felsklotz zum nächsten. Reifen platzten, und Stoßdämpfer gaben den Geist auf, aber der Wagen hielt sich aufrecht. Der Schwung trug den VW eine gut zehn Meter lange Felsplatte hinab. Dabei schob er eine Bugwelle vor sich her.

Dirks und Summers wilder Ritt endete vor einer Reihe steiler Felsterrassen. Der ramponierte Beetle nahm auch dieses Hindernis mit Bravour und unter metallischem Kreischen, sobald das Chassis Bodenberührung hatte. Beim Aufsetzen auf der untersten Terrasse vollführte er einen langsamen Purzelbaum und tauchte in einen tiefen Tümpel. Mit durchdrehenden Antriebsrädern trieb der Wagen einige Sekunden lang auf dem Rücken an der Wasseroberfläche – dann sackte er ab und verschwand außer Sicht.

Ein jamaikanischer Reiseführer überließ seine Touristengruppe sich selbst und watete dorthin, wo aufsteigende Luftblasen die letzte Ruhestätte des VW markierten. Er erstarrte, als unter Wasser etwas sein Schienbein berührte. Dann tauchte die ranke und schlanke Gestalt Summers neben ihm auf, in der Hand ein rotes Tagebuch. Eine Sekunde später erschien in einigen Metern Entfernung Dirk an der Wasseroberfläche und schwamm zu seiner Schwester hinüber.

Der Jamaikaner traute seinen Augen nicht. »Sie sind noch am Leben? Das ist ein Wunder!«

»Das Wunder heißt Airbag«, erklärte Dirk. »Bist du okay, Schwesterlein?«

Summer brachte ein mattes Lächeln zustande. »Ich habe mir die Schulter ausgerenkt und das Knie aufgeschlagen, aber alles andere scheint in Ordnung zu sein.«

»Achtung!« Einer der Touristen deutete zum oberen Ende des Wasserfalls.

Dirk und Summer sahen den Pick-up über die Felskante kippen. Der Fahrer hatte den VW bis zum Steilabbruch der zweiten Wasserfallstufe verfolgt, dann aber den Truck gestoppt, um die weitere Talfahrt des Beetle zu beobachten. Aber jetzt hatte ein Felsklotz unter dem Kleinlaster nachgegeben, so dass er nur auf drei Rädern stand. Der Fahrer hatte versucht zurückzusetzen, aber weitere Felsbrocken hatten sich gelöst. Für einen kurzen Moment befand sich der Truck in der Schwebe, dann kippte er über die Felskante.

Aufgrund seiner durch die Position des Motors bedingten Frontlastigkeit schlug er mit der Nase auf der Terrasse auf und kippte um. Sofort rutschte er über den folgenden Steilabschnitt ab und gelangte einen Purzelbaum nach dem anderen schlagend bis ans Ende des Wasserfalls. Räder und Stoßstangen brachen ab und wirbelten durch die Luft. Der Beifahrer wurde auf halbem Weg aus dem Fenster geschleudert und kollidierte mit einem Steinklotz, wobei ihm das Rückgrat gebrochen wurde.

Der Fahrer musste den Teufelsritt des Pick-ups mitmachen, bis er mit einem kolossalen Platschen in den Tümpel am Fuß des Wasserfalls eintauchte. Das Führerhaus wurde vollständig zertrümmert. Noch während der Wagen zur Ruhe kam, war Dirk klar, dass der Fahrer den Tod gefunden haben musste.

»Das dürfte der ideale Moment sein, um von hier zu verschwinden«, sagte er, ergriff Summers Hand und zog sie mit sich zum

Flussufer. Sie stolperten an einer Gruppe Touristen vorbei, die gebannt auf die Überreste des Kleinlasters starrten, als warteten sie darauf, dass der tote Insasse auftauchte.

Nachdem sie den Wasserfall hinter sich gelassen hatten, fanden Dirk und Summer auf dem Parkplatz den Pendelbus eines Ferienhotels in Montego Bay, der mit laufendem Motor auf seine Fahrgäste wartete, und stiegen wie selbstverständlich ein. Auf der hintersten Sitzbank machten sie sich so klein wie möglich, um die neugierigen Blicke der Touristen zu vermeiden, die sich weiter aufgeregt über das eben erlebte Spektakel unterhielten.

Als der Bus zu seiner Rückfahrt startete, bemerkte Summer das breite Grinsen im Gesicht ihres Bruders. »Was findest du so amüsant? Wir haben uns doch gerade fast das Genick gebrochen.«

»Ich dachte nur an den Gesichtsausdruck dieses Typen.«

»Welches Typen?«

»Des Typen am Mietwagenschalter, wenn wir ihm erklären, wo er den Volkswagen abholen kann.«

31

Als der Eindringling gegen zwei Uhr morgens über die Veranda schlich, war der Bungalow dunkel. Er blieb stehen und lauschte auf Geräusche aus dem Innern des Hauses. Bis auf das leise Plätschern der Wellen am nahe gelegenen Strand war alles still. Er umfasste behutsam den Türknauf und versuchte eine Drehbewegung. Der Türknauf gab nach und ließ sich ungehindert bewegen. Der nächtliche Besucher drückte die Tür einige Zentimeter weit auf und schob den Kopf durch den Spalt.

Der Raum hinter der Tür war nahezu pechschwarz. Ein offenes Fenster im hinteren Teil ließ genug Licht herein, um erkennen zu können, dass die Türen der beiden Schlafzimmer geschlossen waren. Das war besser, als er gehofft hatte. Der Eindringling schlüpfte ins Haus und schloss hinter sich die Tür. Er machte einen vorsichtigen Schritt vorwärts – und eine helle Stehlampe flammte auf. Er wirbelte herum und schaute blinzelnd in das grelle Licht. Zwischen den schwarzen Flecken, die vor seiner geblendeten Netzhaut tanzten, sah er Dirk in einem Sessel sitzen, eine Harpune schussbereit auf dem Schoß. Eine Reihe leerer Bierflaschen auf einem Couchtisch neben dem Sessel zeugten von der Geduld, mit der er seinem ungebetenen Gast aufgelauert hatte.

»Hübsche Waffe«, sagte Dirk. Er zielte mit der gespannten Harpune auf den Mann. »Eine KOAH. Diese Dinger kosten in den Staaten an die sechshundert Dollar. Nicht unbedingt ein Werkzeug, das ich im Besitz eines einfachen Fischers aus der Provinz Trelawny geschweige denn unbewacht in seinem Boot liegend vermuten würde.«

»Sie bezahlen mich sehr gut, Mr. Dirk.« So wütend biss Samuel seine strahlend weißen Zähne zusammen, dass sie knirschten.

»Wie wäre es, wenn Sie Ihre Waffe fallen ließen«, sagte Dirk. Es war ein Befehl, keine Bitte.

Samuel nickte, zog einen Smith & Wesson-Revolver aus dem Hosenbund und legte ihn auf den Fußboden.

»Ich mag Sie und Ihre Schwester«, sagte der Jamaikaner und richtete sich langsam auf. »Ich wollte Ihnen nichts zuleide tun.«

»Aber für die richtige Bezahlung schon.«

»Nein.« Samuel schüttelte den Kopf.

»Ich glaube nicht, dass Ihre beiden Freunde diese Überzeugung teilten. Sind sie tot?«

Samuel nickte ernst.

Dirk deutete mit der Harpune auf den Couchtisch. Teilweise von den Bierflaschen verdeckt, lag dort das rote Tagebuch von Ellsworth Boyd. Dirk drückte mit der Spitze der Harpune auf das Buch und schob es in Samuels Richtung über die Tischplatte. »Hier ist das, hinter dem Sie her sind. Nur zu, nehmen Sie es sich.«

Samuel zögerte.

Dirk sah ihn vorwurfsvoll an. »Wenn Sie ein paar weitere Fragen gestellt hätten, als wir in der Green Stone Bar saßen, wäre uns beiden eine Menge Ärger erspart geblieben.« Die Strapazen des Tages sowie der Bierkonsum zeigten sich in seinen geröteten Augen.

Unsicher streckte Samuel eine Hand nach dem Tagebuch aus.

Als seine Finger den Buchdeckel berührten, legte Dirk mit einem Ruck die Harpunenspitze auf das Buch. »Eines möchte ich vorher noch erfahren. Wer bezahlt Sie?«

»Ein Mann in Mo Bay, für den ich manchmal arbeite.«

»Wie lautet sein Name?«

Samuel schüttelte den Kopf. »Er ist mein Cousin. Nur ein Mittelsmann, für Sie nicht von Bedeutung.«

»Und wer bezahlt ihn?«

Samuel zuckte die Achseln. »Der Oberboss? Das ist ein Kubaner. Er ist scharf auf Antiquitäten und Artefakte aus Schiffswracks, genauso wie Sie. Das ist alles, was ich weiß.«

»Ein Kubaner, sagten Sie?«

»Ja. Er kam mit einem Militärflugzeug hierher, ist nicht lange geblieben.«

Dirk nickte und gab das Tagebuch frei.

Samuel nahm es an sich und klemmte es sich unter den Arm. »Eines muss ich noch wissen«, sagte er. »Wo ist der Stein, den alle haben wollen?«

»Höchstwahrscheinlich in einem amerikanischen Museum. Wo Ihr kubanischer Freund nicht an ihn herankommt.«

Samuel zuckte wieder die Achseln. »Ich hoffe, Sie finden ihn zuerst und nicht er. Mein Cousin meint, er ist verrückt.«

Der Jamaikaner ging rückwärts zur Tür und griff nach dem Knauf. »Good-bye«, sagte er und senkte vor Scham den Blick.

»Good-bye, Samuel.« Dirk sicherte die Harpune und legte sie auf den Tisch.

Samuel zog die Tür hinter sich ins Schloss.

Wenig später tauchte Summer aus ihrem Schlafzimmer auf, bekleidet mit einem weiten T-Shirt mit dem Emblem des Scripps Oceanographic Institute auf der Brust. Sie unterdrückte ein Gähnen. »Ich dachte, ich hätte Stimmen gehört.«

»Ich habe Samuel gerade das Tagebuch überlassen.«

»Du hast *was?*«

»Díaz ist scharf darauf. Jetzt braucht er uns nicht im Schlaf umzubringen.«

»Du meinst Juan Díaz, den Kubaner, den wir in Mexiko kennengelernt haben?«

»Der ist es und kein anderer. Er hat Samuel angeheuert, um uns zu überwachen, und er hat auch die Kerle im Pick-up bezahlt. Kein Zweifel, dass er hinter dem Diebstahl des Steins in Zimapán steckt.«

»Díaz ...« Ein Ausdruck tiefer Enttäuschung erschien auf ihrem Gesicht. »Also war er der Anführer der Diebe, die den Stein eingesackt haben? Wie konnte ich nur so blind sein.«

»Wir haben ihn nur kurz gesehen. Du hast erzählt, sie seien maskiert gewesen und dass der Anführer kaum geredet habe.«

»Trotzdem, ich hätte ihn erkennen müssen.« Sie ließ sich sichtlich geschockt auf die Couch fallen. »Er ist für den Tod von Dr. Torres verantwortlich. Aber weshalb sollte ein kubanischer

Archäologe wegen eines Artefakts der Azteken einen Mord begehen?«

»Vielleicht ist er kein Archäologe. Es könnte auch sein, dass er eine Organisation leitet, die auf den Schmuggel von Altertümern spezialisiert ist. Beide Teile des Steins könnten für einen Sammler von erheblichem Wert sein ... Oder es steckt noch etwas anderes dahinter.«

»Und was?«

Nachdenklich betrachtete Dirk die Harpune. »Vielleicht, nur vielleicht, weiß Díaz ganz genau, was die Azteken im Gepäck hatten, als sie zu ihrer Reise nach Aztlán aufbrachen.«

TEIL III

Cuba libre

32

Kaum hatten Dirk und Summer Pitt das Deck der *Sargasso Sea* betreten, als die Maschinen auch schon rumpelnd zum Leben erwachten und das Forschungsschiff den idyllischen Hafen von Montego Bay verließ.

»Kein Landurlaub für die Mannschaft, um für ein paar Stunden die Sonne Jamaikas zu genießen?«, fragte Summer ihren Vater, nachdem sie ihn mit einer herzlichen Umarmung begrüßt hatte.

Pitt schüttelte den Kopf. »Wir sind zur nördlichen Seite Kubas unterwegs, und ich möchte so bald wie möglich dort sein.«

»Er ist der reinste Kapitän Bligh«, sagte Al Giordino.

Pitt richtete einen strengen Blick auf seinen Freund. »Gewisse Mitglieder der Mannschaft darf man auf einer Insel wie Jamaika, wo Rum produziert wird, nun mal nicht aus den Augen lassen.«

Giordino schüttelte den Kopf. »O du Kleingläubiger.«

»Wir haben deine E-Mail mit der Beschreibung der toten Zonen erhalten«, sagte Dirk. »Konntet ihr mehr darüber in Erfahrung bringen?«

Pitt führte sie in die Offiziersmesse, wo Fotos an einer Wand befestigt waren – auf Posterformat vergrößert. »Dies sind Bilder vom Meeresgrund im Bereich der drei toten Zonen, die wir untersucht haben. Genau genommen sind es Montagen, die aus mehreren vom AUV aufgenommenen Bildern zusammengesetzt wurden. Wie ihr erkennen könnt, befindet sich im Zentrum jeder Zone eine symmetrische Vertiefung. Wir konnten die Quelle der Giftkonzentration nicht identifizieren, bis Al und ich mit der *Starfish* getaucht sind, um eine dieser Erscheinungen genauer in Augenschein zu nehmen. Dabei haben wir im Zentrum einen hydrothermalen Schlot gefunden.«

»Die hydrothermalen Schlote, die wir im Pazifik untersucht haben, sind reich an Mineralien und haben einen hohen Säuregehalt«, fügte Dirk hinzu. »Aber sie sind nicht unbedingt giftig.«

»Diese schon. Sie befinden sich in relativ seichten Gewässern, weniger als dreihundertfünfzig Meter tief, was möglicherweise die schädlichen Auswirkungen verstärkt. Wir fanden bis zu zehn Meilen lange Zonen, mit Methylquecksilber angereichert.«

»Quecksilber?«, fragte Summer.

Pitt nickte. »Überraschend, aber eigentlich auch wieder nicht. In der Natur sind die ergiebigsten Quellen für Quecksilber Vulkanausbrüche. Vor zweihundertfünfzig Millionen Jahren plus minus ein paar Wochen waren die Ozeane vollständig mit Quecksilber verseucht, hervorgerufen durch Vulkanismus, so dass praktisch sämtliche marinen Lebensformen abstarben. Hydrothermale Schlote sind, wie wir wissen, nicht mehr als die Folgeerscheinungen einer unterseeischen vulkanischen Aktivität. Aus welchem Grund auch immer, aber man findet auf den Hügeln und Tälern in diesem Teil des Ozeans jede Menge Quecksilber.«

»Da du es gerade erwähnst«, sagte Dirk, »ich erinnere mich, von einem unterseeischen Vulkan vor der Südspitze Japans gelesen zu haben, der Quecksilber in hoher Konzentration ausstößt.«

»Das gleiche Prinzip ist hier wirksam«, sagte Pitt.

Summer deutete auf eins der Fotos. »Seltsam, dass wir bei jedem der Schlote die gleiche Vertiefung sehen können.«

»Das ist kein Zufall«, sagte Pitt. »Wir sind uns ziemlich sicher, dass diese Krater durch gezielt ausgelöste Explosionen entstanden sind.«

»Weshalb sollte jemand Interesse daran haben, einen thermalen Schlot zu sprengen?«, fragte Summer.

»Irgendjemand«, sagte Giordino, »hat den Meeresboden auf der Suche nach Bodenschätzen umgepflügt.«

»Natürlich.« Summer nickte zustimmend. »In der Umgebung von hydrothermalen Schloten findet man gewöhnlich reichhaltige Vorkommen von Erzsulfiden.«

»Es sieht so aus, als habe jemand in großem Stil nach Gold geschürft«, sagte Dirk.

»Das ist unsere Vermutung«, bestätigte Pitt. »Sie haben den Schlot gesprengt und danach Bergbautechnik eingesetzt, um alles herauszuholen.«

»Das Gold haben sie mitgenommen«, sagte Summer, »und eine zerstörte Umwelt hinterlassen.«

»Wer ist nun dafür verantwortlich?«, fragte Dirk.

»Das wissen wir noch nicht«, meinte Pitt und schüttelte den Kopf. »Hiram hat sämtliche bekannten Tiefseebergbauunternehmen und deren Abbaulizenzen überprüft, aber niemanden gefunden, der in dieser Region aktiv ist. Zumindest im Rahmen der gesetzlichen Bestimmungen.«

»Könnten die Kubaner dahinterstecken?«, fragte Summer.

»Möglich wäre es«, sagte Pitt, »aber wir glauben nicht, dass sie über die notwendige Technologie verfügen. Sie müssten die entsprechenden Anlagen und Geräte mieten, und ein solches Geschäft würde schnell an die Öffentlichkeit dringen. Aber wir haben einen Hinweis.«

»Und?«, fragte Summer.

»Diese Rillen.« Pitt deutete auf ein Gewirr paralleler Linien, die die Vertiefung kreuz und quer durchschnitten. »Al und ich haben ähnliche Rillen nicht weit von dem Bohrlochkopf gesehen, in dessen Nähe die *Alta* gesunken ist.«

»Und diese Spuren sahen frisch aus«, fügte Giordino hinzu.

»War es die Firma, die nach Erdöl gebohrt hat?«, fragte Dirk.

»Ich habe mich an den Kapitän des Bohrschiffs gewandt, aber er meinte, sie besäßen keinerlei Ausrüstung, die solche Spuren hinterlässt.«

»Demnach nimmst du an, dass derjenige, der möglicherweise diese drei Schlote gesprengt hat, auf der anderen Seite Kubas aktiv ist?«

»Es ist die beste Spur, die wir haben«, sagte Pitt. »Aus diesem Grund kehren wir in die Floridastraße zurück, etwa zwanzig Meilen von Havanna entfernt.«

»Das wäre ein heikler Punkt für eine mögliche Quecksilberverseuchung«, sagte Dirk, »direkt im Anfangsbereich des Golfstroms.«

»Genau das macht uns so große Sorgen. Eine größere Quecksilberwolke an dieser Stelle würde die Ostküste von Florida und weitere Gebiete nordöstlich in Mitleidenschaft ziehen.«

Ein Mitglied der Mannschaft betrat die Offiziersmesse und kam zu Summer herüber. »Miss Pitt, Ihre Telefonkonferenzschaltung steht jetzt. Ein Mr. Perlmutter wartet auf dem Bildschirm.«

Summer zwinkerte ihrem Bruder zu, als sie aus ihrem Sessel aufsprang. »Vielleicht hat er den Stein gefunden«, sagte sie, ehe sie dem Mann zu einem angrenzenden Videoraum folgte.

»Den Stein?«, fragte Giordino. »Was habt ihr beiden in Jamaika getrieben?«

Dirk schilderte ihre abenteuerliche Suche nach den beiden Azteken-Steinen nach der Entzifferung des Codex und handelte sich einen sorgenvollen Blick seines Vaters ein.

»Es muss etwas sehr Wertvolles sein, das auf den wartet, der die beiden Hälften zusammenfügt«, sagte Giordino. Er massierte einige Sekunden lang sein Kinn. »Du sagtest Azteken-Stein? Dann solltest du mal unseren Freund Herbert kennenlernen.«

Giordino trat zu einem Ecktisch, wo die kleine Statue, die sie vom Meeresgrund mitgebracht hatten, als Briefbeschwerer für einige Sonarausdrucke diente. Er griff nach der Statue und raffte einige Fotos zusammen.

»Sag hallo zu Herbert.« Er stellte die Statue vor Dirk auf den Tisch. »Wir haben ihn in einem großen Kanu in der Nähe eines der Schlote gefunden. Unser Schiffsarchäologe meint, er könnte aztekischen Ursprungs sein.«

Dirk studierte die kleine Figur mit einem Gefühl des Wiedererkennens. Das markante Profil des Kriegers und seine Kleidung kamen ihm vertraut vor.

»Dr. Madero hat uns eine ähnliche Skulptur im Museum seiner Universität gezeigt. Sie sieht einer der aztekischen Gottheiten frappierend ähnlich.« Er musterte Giordino neugierig. »Du sagst, du hättest sie in einem Kanu gefunden?«

Giordino nickte und schob die Fotos über den Tisch. »Das sind

Bilder, die wir aus der *Starfish* aufgenommen haben, und zwar in zwölfhundert Fuß Tiefe.«

»Auf dem Stein wird die Reise mehrerer großer Boote ins Ursprungsland der Azteken dargestellt«, sagte Dirk. »Dr. Madero erzählte, die Maya hätten zwar Seehandel betrieben, von den Azteken sei aber nichts dergleichen bekannt.«

»Dann ist das Kanu entweder ein Relikt der Maya, oder jemand hält es für nötig, die Geschichtsschreibung zu verändern.«

»Habt ihr bei dem Kanu auch noch andere Artefakte gefunden?«, wollte Dirk wissen.

»Nein«, antwortete sein Vater. »Aber diese Fahrspuren eines Bergwerksfahrzeugs führten geradewegs dorthin. Also könnte jemand anders es bereits durchsucht haben.«

Summer kehrte mit niedergeschlagener Miene in die Offiziersmesse zurück.

»Kein Glück mit dem Stein?«, fragte Dirk.

»Überhaupt nicht. Er befindet sich nicht in Yale und auch an keinem anderen Ort in den Vereinigten Staaten, soweit St. Julien es in Erfahrung bringen kann. Es scheint, als sei dieser Ellsworth Boyd, der Archäologe, der den Stein gefunden hat, nie mehr nach Hause zurückgekehrt. Kurz nachdem er Jamaika verließ, fand er in Kuba den Tod. Ob ihr es glaubt oder nicht, aber er starb bei der Explosion, bei der die USS *Maine* versenkt wurde.«

»Was hatte er denn an Bord der *Maine* zu suchen?«, fragte Giordino.

Summer schüttelte den Kopf. »Das weiß niemand. St. Julien will aber weitergraben. Er nimmt offenbar an, dass sich der Stein ebenfalls an Bord der *Maine* befunden habe.«

Schweigen senkte sich auf die Offiziersmesse herab, als die Versammelten an das gesunkene Kriegsschiff dachten, das den Spanisch-Amerikanischen Krieg ausgelöst hatte.

Schließlich sah Dirk seinen Vater an und grinste hinterhältig. »Sagtest du nicht, dass wir zu einem Punkt zwanzig Meilen vor Havanna unterwegs seien?«

»Das ist richtig.«

»Damit wären wir genau am richtigen Ort.«

»Ort für was?«

»Wenn meine Geschichtskenntnisse korrekt sind«, sagte Dirk, »wären wir dann an dem Ort, an dem die *Maine* zur letzten Ruhe gebettet wurde.«

33

Als der Panzerkreuzer *Maine* am 15. Februar 1898 im Hafen von Havanna explodierte und zweihundertsechsundsechzig Mann Besatzung den Tod fanden, wurde sofort ein vielstimmiger Ruf nach Krieg laut. Auch wenn seinerzeit die Ursache für den Funken, der die Explosion ihrer Munitionskammern auslöste, vollkommen im Dunkeln lag, wurde Spanien als schuldige Nation an den Pranger gestellt. Blinder Hurrapatriotismus, angefacht durch eine kräftige Prise Sensationsjournalismus, führte schnell zu einer Kriegserklärung.

Der daraus resultierende Spanisch-Amerikanische Krieg war nur von kurzer Dauer. Innerhalb weniger Monate hatte die amerikanische Navy die spanische Flotte in den Seeschlachten in der Bucht von Manila und vor Santiago de Cuba zerschlagen. Am 1. Juli 1898 sicherten Teddy Roosevelts *Rough Riders* den Amerikanern den Sieg in der Schlacht von San Juan Hill, und im August wurde zwischen den gegnerischen Parteien ein Friedensabkommen geschlossen.

Nach Ende des Krieges geriet die Ursache für diesen Konflikt seltsamerweise in Vergessenheit. Die geschundenen Überreste der *Maine* lagen für mehr als ein Jahrzehnt im Schlick des Hafens von Havanna vergraben, ihre Ruhestätte wurde durch den einsam aus den Wellen ragenden rostzerfressenen Hauptmast markiert. Gesteigertes Interesse, das Andenken an das tragische Unglück wachzuhalten, und das Bestreben, ein Hafenhindernis zu entfernen, veranlassten den Kongress, der Bereitstellung von ausreichenden Geldmitteln zum Heben des Schiffes zuzustimmen.

In einer Demonstration höchster Ingenieurskunst, die, wie vielfach prophezeit wurde, fehlschlagen würde, errichtete das Army Corps of Engineers einen Kofferdamm um das Wrack und pumpte das Wasser ab. Das mit Schlamm bedeckte Schiff, das zum Vorschein kam, stellte eine wüste Masse zerfetzten Stahls dar. Die Techniker entfernten mit Schweißbrennern die Beschädigungen und verschlossen das riesige Leck. Im März 1912 wurde das Schiff wieder flottgemacht und aufs offene Meer hinausgeschleppt, wo es mit Glanz und Gloria versenkt wurde.

Pitt saß auf der Kommandobrücke der *Sargasso Sea* und studierte die Koordinaten der Untergangsstelle, die auf einer digitalen Landkarte der kubanischen Küste markiert war.

»Sie haben die *Maine* etwa vier Meilen von der Küste entfernt auf Grund gesetzt. 1912 dürfte dies als >auf hoher See< gegolten haben, aber heute liegt die Grenze der Hoheitsgewässer bei zwölf Meilen. Wenn wir im Bereich der Untergangsstelle herumschleichen, laufen wir Gefahr, in Zukunft Dauergäste der kubanischen Revolutionsstreitkräfte zu sein.«

Genussvoll zog Giordino an einer Zigarre und blies eine dicke blaue Rauchwolke aus. »Ich frage mich, ob man in ihren Gefängnissen rauchen darf.«

Summer stand mit ihrem Bruder neben dem Rudergänger und blickte auf die azurblaue Wasserfläche hinaus. »Wir könnten die Untersuchung des Wracks per Fernsteuerung durchführen«, sagte sie.

Giordino nickte. »Niemand dürfte sich in seinen Gefühlen verletzt fühlen, wenn wir ein AUV einsetzen, um das Wrack zu suchen. Je nachdem wie das Schiff auf dem Meeresgrund gelandet ist, können wir uns vielleicht einen genauen Überblick verschaffen.«

»Okay«, sagte Pitt. »Aber im Augenblick haben wir Wichtigeres zu tun. Ich gebe euch zwölf Stunden, dann nehmen wir Kurs auf die Untergangsstelle der *Alta*. Und lasst es ja nicht dazu kommen, dass mein AUV den Kubanern in die Hände fällt.«

Dirk hatte noch eine andere Idee. »Al, was ist mit deinem Creepy Crawler? Wenn wir das Wrack mit dem AUV lokalisiert haben, können wir dann nicht eine deiner Krabben zwecks eingehenderer Inspektion runterschicken?«

»Mit einem Transponder im Wasser können wir die Sonde vom

Schiff aus in Realzeit steuern. Es wäre eine gute Gelegenheit, ihre Fähigkeiten zu testen.« Giordino richtete sich auf und legte seine Zigarre in einem Aschenbecher ab. »Ich könnte sogar eine Absetzvorrichtung basteln, damit das AUV den Crawler direkt über dem Wrack ausklinken kann. Damit würden wir eine Menge Zeit sparen.«

Pitt wusste, dass ein unter amerikanischer Flagge operierendes Schiff in nächster Nähe der kubanischen Gewässer – vor allem dicht vor Havanna – so gut wie sicher unerwünschte Aufmerksamkeit erregen würde. Daher ließ er, sobald Giordino eine Stunde später sein AUV zu Wasser gelassen hatte, die *Sargasso Sea* eine Position einige Meilen außerhalb der kubanischen Hoheitsgewässer aufsuchen.

Von Giordino programmiert, begab sich das gelbe AUV zur letzten bekannten Position der *Maine*, sank zum Meeresboden hinab und begann mit der Suche entlang der Linien eines imaginären Gitternetzes. Die Sensoren hatte es für die Echoimpulse eines großen magnetischen Objekts empfangsbereit.

Nach sechs Stunden beendete das AUV seine Suchfahrt und kehrte zum NUMA-Forschungsschiff zurück. Das Vehikel wurde an Bord gehievt und sein Datenspeicher entnommen. Umringt von den drei Pitts, begutachtete Giordino die Ergebnisse. Ein quadratisches Diagramm, ausgefüllt mit mehreren vertikalen Linien und mit amöbenförmigen Blasen gesprenkelt, erschien auf dem Monitorschirm des Computers.

»Wir haben eine Handvoll kleinerer magnetischer Anomalien. Und eine größere auf Bahn 14.« Giordino deutete auf einen großen roten Fleck.

»Werfen wir mal einen Blick auf die Sonarbilder«, entschied Pitt.

Giordino rief die Sonaraufzeichnungen auf und blätterte sie durch, bis in einer Tabelle die Werte von Bahn Nummer 14 erschienen. »Das magnetische Objekt befand sich im oberen Bereich der Linie«, sagte er und bremste die Videowiedergabe auf die reguläre Aufnahmegeschwindigkeit herunter.

Eine goldgelb schimmernde Darstellung des Meeresbodens erschien auf dem Bildschirm. Das Sonarsystem erschuf dunkle, schattenartige Bilder von Steinen, Hügeln und anderen Strukturen, die vom Meeresboden aufragten. Als dunkle trapezförmige Konturen auf der einen Seite des Bildschirms erschienen, verschob sich der Bildausschnitt ein kurzes Stück. Giordino hielt die Darstellung an. Das Bild erstarrte. »Da ist sie.«

Summer und Dirk beugten sich vor. Das elegante, sich zum Kiel hin verjüngende Heck des alten Kriegsschiffs war unverwechselbar. Das gegenüberliegende Ende wirkte seltsam stumpf. Dort hatten die Techniker der Army eine Stahlwand aufgesetzt, um das Schiff flottmachen zu können. Ansonsten stand die *Maine* nur mit geringer Seitenneigung auf ihrem Kiel.

Bei dem Anblick lief es Summer kalt über den Rücken. »Sie sieht weitgehend intakt und begehbar aus. Al, meinst du, du könntest einen Creepy Crawler zu ihr hinunterschicken?«

»Längst in die Wege geleitet.« Giordino grinste fröhlich. »Während das AUV seinen Suchzyklus absolvierte, habe ich in der Werkstatt einen Tragrahmen mit zeituhrgesteuertem Ausklink-Mechanismus herstellen lassen. Das AUV kann den Crawler zum Liegeplatz transportieren und dort einige Runden drehen, bis der Timer aktiv wird. Sobald der Crawler sein Ziel erreicht hat, setzt er einen Transponder ab, der uns gestattet, ihn durch die *Maine* streifen zu lassen. Wenn sich euer Stein irgendwo im oder auf dem Schiff befindet, müssten wir – beziehungsweise der Crawler – über ihn stolpern.«

»Woher wollt ihr wissen«, fragte Pitt, »dass er bei der Explosion nicht pulverisiert wurde oder im Hafen gelandet ist?«

»Tatsache ist, dass wir natürlich gar nicht wissen *können*, ob er bei der Explosion zerstört wurde«, sagte Summer. »Was die Möglichkeit betrifft, dass er im Hafen liegen könnte, so erfuhren wir von St. Julien, dass die Bergung der *Maine* in allen Phasen erschöpfend dokumentiert wurde. Sie haben sogar rund um die Untergangsstelle einen tiefen Graben gezogen. Es gibt aber keinen Hinweis, dass der Stein gefunden wurde.«

»Und wie kommt ihr zu der Annahme, dass er sich noch auf dem Schiff befindet?«, fragte Giordino.

»Dafür gibt es zwei Gründe. Der erste ist, dass das Bergungsteam ausschließlich das Ziel hatte, das Schiff irgendwie flottzumachen. Die Munitionskammern der *Maine* befanden sich im vorderen Teil des Schiffes, daher wurde der Bugabschnitt am schwersten in Mitleidenschaft gezogen. Die Techniker haben sich auf diesen Bereich konzentriert, die Schäden beseitigt und zum Abdichten eine Stahlwand angeschweißt. Im Heck haben die Arbeitstrupps lediglich nach sterblichen Überresten der Besatzungsmitglieder gesucht. Ich gehe davon aus, dass sie einem größeren Stein wohl kaum Beachtung geschenkt hätten.«

»Und angenommen«, sagte Pitt, »der Stein war im Heckbereich des Schiffes deponiert?«

»Der zweite Grund für unsere Annahme ist der Archäologe, Ellsworth Boyd«, sagte Summer. »Obwohl er bei der Explosion ums Leben kam, wurde seine Leiche nahezu unversehrt geborgen, was darauf schließen lässt, dass er sich nicht in der Nähe des Epizentrums befunden hat. Als Gast bewohnte er sicherlich eine Kabine im Schiffsheck. Wenn er sich aber nicht in der Nähe des Explosionsherdes aufhielt, besteht die berechtigte Hoffnung, dass dies auch auf den Stein zutrifft.«

»Ich denke, da sind meine Chancen auf einen Jackpot in Las Vegas deutlich höher«, sagte Pitt und schüttelte den Kopf. »Na schön, versucht euer Glück.«

Giordino lachte glucksend. »Keine Sorge, Boss. Ich habe das gute Gefühl, dass uns Herbert nicht im Stich lassen wird.«

34

Giordinos Abwurfsystem funktionierte wie angekündigt. Zwei Stunden später verfolgten sie gespannt, wie sich der Creepy Crawler einen Sandhügel hinaufarbeitete und auf das Geschützdeck der *Maine* kletterte. Die Videokamera des Crawlers zeigte einen kahlen stählernen Rumpf, der lediglich mit einer dünnen Muschelschicht überkrustet war.

Giordino führte die mechanische Krabbe über die stählernen Stützen der mittlerweile verrotteten Decksplanken aus Teakholz, die ursprünglich eine besondere Zierde des Kriegsschiffs gewesen waren. Er kämpfte mit der schwachen Suchlampe des Crawlers sowie einer lästigen zeitlichen Verzögerung zwischen seinen Joystickbewegungen und der Reaktion der Sonde. Aber schon bald konnte er die Krabbe durch das Wrack dirigieren.

Die Überreste der *Maine* waren ein gespenstischer Sarg aus rostendem Stahl, dessen Decks einen völlig kahlen Eindruck machten. Der Roboter kroch in den achtern gelegenen Deckaufbau mit den Quartieren der Offiziere und des Kapitäns. Wo Holztäfelung und Teppich einst das Innere bedeckt hatten, waren nur noch graue Stahlwände zu sehen. Die meisten Lukentüren waren geöffnet worden und erlaubten einen ungehinderten Blick in die Kabinen, früher einmal von Seeleuten bewohnt, die vor langer Zeit verstorben waren.

Giordino manövrierte den Crawler einen Niedergang hinab auf das Schlafdeck und in eine leere Messe hinein. Dort war außer einigen kleinen gläsernen Lampenschirmen, die noch an ihren Befestigungen an der Decke hingen, wenig zu sehen. Da er nichts fand, was einem großen Stein ähnelte, lenkte Giordino die mechanische Krabbe aus dem Achteraufbau zurück auf das Geschützdeck. Er passierte den Maschinenraum und einige Kohlebunker, die, wie sie sich unausgesprochen einig waren, wohl kaum als Lagerplatz für den Stein in Frage kamen.

»Ich denke, wir haben alles gesehen, was es zu sehen gibt.« Giordino reckte und streckte die müden Finger, die den Joystick bedienten.

»Nichts, was auch nur entfernt einem Stein ähnelt«, stellte Dirk fest. »Wahrscheinlich hat er die Explosion nicht überlebt.«

Summer nickte zustimmend. »Ich befürchte, wir werden den vollständigen Bericht der Azteken niemals kennenlernen.« Sie wandte sich zu Giordino um. »Danke für deine Mühe, Al. Wenn es auch nicht viel anderes zu sehen gab, so hast du wenigstens ein paar interessante Ansichten von dem alten Schlachtross eingefangen.«

»Das war nichts Besonderes«, sagte er nicht weniger enttäuscht als die Zwillinge.

»Wie holst du deinen kleinen Freund wieder an Bord?«, fragte Dirk.

»Ich schicke ihn nach Key West. Wenn wir in ein paar Tagen immer noch in der Gegend sind, können wir ihn unterwegs auffischen.«

Während Giordino Dirks Frage beantwortete, blieb der Crawler mit einem Bein an einem verbogenen Ventilatorflügel hängen, der gegen den Heckaufbau gedrückt worden war. Giordino musste auf Rückwärtskurs gehen, um den Roboter zu befreien.

»Moment mal.« Das kam jetzt von Pitt, der schweigend hinter den anderen gestanden und das Video betrachtet hatte.

»Geh mal dorthin zurück, wo du eben hängen geblieben bist.«

Giordino ließ den Crawler einige Schritte rückwärtsgehen. »Ist dir irgendwas aufgefallen?«

»Dort, vor der Wand. Kannst du es mit der Kamera heranholen?«

Giordino nickte und drückte auf eine Taste seines Keyboards. Das Videobild wurde vergrößert, und nun war ein metallenes Objekt zu erkennen, das zwischen der Wand und dem verbogenen Ventilatorflügel eingeklemmt war.

»Das ist eine Pistole«, sagte Giordino.

Er spielte behutsam mit den Kontrollen der Kamera, um eine möglichst scharfe Darstellung der Waffe zu erzeugen. Pitt beugte sich zum Monitorschirm vor, der ein gestochen scharfes Bild lieferte. Es war ein Revolver mit offenem Rahmen. Lauf und Griff wiesen nur geringe Rostspuren auf, allerdings hatten sich die hölzernen Griffschalen vollständig aufgelöst.

»Sieht nach einem Lefaucheux aus«, sagte Pitt, »einem französischen Metallpatronenrevolver. Er war als Seitenwaffe bei der Kavallerie der Union allgemein gebräuchlich.«

»Offenbar sitzt er unter dem verbogenen Ventilatorflügel ziemlich fest«, sagte Giordino. »Sie müssen ihn während der Arbeiten, das Schiff wieder flottzumachen, übersehen haben.« Er lenkte den Crawler näher an ihren Fund heran, um ein noch größeres Bild zu erhalten.

»Was hat ein alter französischer Revolver auf der *Maine* zu suchen?«, fragte Summer.

Darauf wusste niemand eine Antwort, bis Giordino die Scharfeinstellung der Kamera veränderte. Die verschwommenen Buchstaben einer auf dem Lauf eingravierten Inschrift wurden sichtbar.

»F. de Orbea Hermanos, Eibar 1890«, las Pitt laut vor. »Das dürfte der Name des Herstellers sein.«

Mit gerunzelter Stirn wandte er sich zu Summer um. »Du warst dicht dran. Die richtige Frage hätte lauten müssen: Was hat ein alter spanischer Revolver auf der *Maine* zu suchen?«

35

»Haben Sie sich schon bis auf den Grund des Stapels vorarbeiten können?«

St. Julien Perlmutter blickte von seinem Tisch im zentralen Lesesaal des Nationalarchivs hoch und sah das lächelnde Gesicht der leitenden Archivarin der militärischen Abteilung.

»Fast, Martha, fast. Ich entschuldige mich für diese Schwerstarbeit. Die Aufzeichnungen über die *Maine* sind erheblich umfangreicher, als ich erwartet hätte.«

»Mir kann dieses körperliche Training weiß Gott nur guttun.« Martha stützte eine Hand auf die eine ihrer breiten Hüften. »Geben Sie Laut, wenn Sie noch irgendetwas brauchen, das ich für Sie heraussuchen soll.«

»Martha, mein Liebe, Sie sind ein wahres Geschenk des Himmels«, erwiderte Perlmutter mit strahlendem Lächeln.

Es war der dritte Tag in Folge, den er im Lesesaal mit der Lektüre hundert Jahre alter Dokumente verbrachte. Wenn er mit dem Untergang der *Maine* auch schon hinreichend vertraut war, so interessierte er sich brennend für die amtliche Untersuchung der Katastrophe und die dazugehörigen Dokumente, unter denen sich auch die Schilderungen der Überlebenden sowie die von den Helmtauchern der Navy erstellten Berichte über die Beschädigungen des Schiffes befanden. Mögliche Ursachen der Explosion, die von einem schwelenden Kohlebunker bis hin zu einem geplatzten Dampfkessel reichten, wurden vom Untersuchungsausschuss zugunsten des Verdachts einer externen Treibmine verworfen.

Zuerst fand Perlmutter keinerlei Hinweise auf den Archäologen Ellsworth Boyd, daher machte er einen Zeitsprung zu den Berichten über die Bergung und das Flottmachen des Kriegsschiffes im Jahr 1912. Detaillierte technische Protokolle, angereichert mit zahlreichen Schwarzweißfotografien, dokumentierten den Bau des Kofferdamms um das Wrack herum, die Bergung sterblicher Überreste und die vorübergehende Wiederherstellung der Schwimmfähigkeit des Schiffes sowie sein abermaliges Versenken.

Auch in diesen Dokumenten fand Perlmutter keinerlei Hinweis auf Boyds Artefakte.

Er schlug einen letzten Ordner mit Marine-Kommuniqués auf, die in einem Bezug zu den unmittelbar auf die Explosion erfolgten Reaktionen in Havanna standen. Als er sich dem Ende des Aktenordners näherte, fand er einen Brief des leitenden Kriminaltechnikers im Brooklyn Naval Hospital. Adressiert war er an General Fitzhugh Lee, Generalkonsul von Kuba. Die Nachricht war nur kurz:

18. März 1898

Lieber General Lee,

in versiegelter Anlage finden Sie die von Ihnen gewünschte Kopie des Autopsieberichts von Dr. Ellsworth Boyd.

Mit ergebenem Gruß
Dr. Ralph Bennett
U.S. Naval Hospital, Brooklyn

Perlmutter studierte den Brief und fragte sich, weshalb wohl bei Boyd eine Autopsie hatte durchgeführt werden sollen. Sein Instinkt als erfahrener Rechercheur sagte ihm, dass hinter dieser Angelegenheit mehr stecken musste. Er klappte den Aktenordner zu und rief Martha herein.

»Sind Sie fertig?«, fragte sie.

»Dieses Material habe ich durchforstet, aber ich fürchte, die Suche geht weiter. Können Sie mal nachschauen, was Uncle Sam an diplomatischer Korrespondenz aus dem neunzehnten Jahrhundert gesammelt hat und für den geneigten Leser bereithält?«

»Gerne. An was denken Sie?«

»An die Akte eines gewissen General Fitzhugh Lee, und zwar während seiner Dienstzeit als Generalkonsul von Kuba im Jahr 1898.«

»Das lässt sich leicht überprüfen. Die Korrespondenz müsste in der Kongressbibliothek aufbewahrt werden.«

Nach wenigen Minuten kehrte die Archivarin mit einem triumphierenden Lächeln zurück. »Sie haben Glück, Julien. Im Archiv gibt es einen Ordner mit seinem Namen aus den Jahren 1896 bis 1898. Ich habe einen Eilauftrag erteilt, den Ordner beizubringen, aber es wird trotzdem ein oder zwei Stunden dauern.«

»Martha, Sie sind ein Schatz. Zwei Stunden müssten für ein gemütliches Mittagessen im Old Ebitt Grill voll und ganz ausreichen. Leisten Sie mir Gesellschaft?«

»Nur wenn wir es in einer Stunde schaffen«, erwiderte sie errötend. »Ich bin Bundesbedienstete, müssen Sie wissen.«

»Das nenne ich Arbeitsmoral. Es wäre ein Segen, wenn jeder Angehörige des Öffentlichen Dienstes dieses Pflichtbewusstsein an den Tag legte«, sagte Perlmutter anerkennend, erhob und verbeugte sich. »Nach Ihnen, meine Liebe.«

Als sie anderthalb Stunden später zurückkamen, warteten die Aktenordner bereits im Eingangskorb der Archivarin. Gesättigt nach einer Mahlzeit aus Austern-Stew und Krabbenpastete, vertiefte sich Perlmutter in die Dokumente.

Die Korrespondenz von Fitzhugh Lee, Bürgerkriegsveteran und Neffe von Robert E. Lee, war umfangreich. Die Aufzeichnungen begannen mit seiner Berufung auf den Posten in Havanna durch Präsident Grover Cleveland bis zu seiner Evakuierung kurz vor Ausbruch des Krieges mit Spanien im April 1898.

Perlmutter überflog stapelweise Briefe, in denen die zunehmenden Spannungen mit der spanischen Regierungsmacht und dem wachsenden Widerstand der kubanischen Rebellen beschrieben wurden.

Als er ein Bündel von amtlichen Mitteilungen im Zusammenhang mit der Zerstörung der *Maine* durcharbeitete, fand er zu seiner Überraschung eine Kopie von Boyds Autopsiebericht. Das einseitige Dokument, ein simples Protokoll der Untersuchung, lieferte eine erstaunliche Feststellung. Boyd war nicht durch die Explosion der *Maine* ums Leben gekommen. Stattdessen wurde sein Tod einer Schusswunde im Brustbereich zugeschrieben, verbunden mit eindeutigen Anzeichen des Ertrinkens.

Perlmutter suchte nach weiteren Hinweisen und fand sie eine Stunde später in Gestalt eines Briefes, den der Kapitän der *Maine*, Charles Sigsbee, an Lee geschrieben hatte. Der handschriftliche Text lautet:

> *Mir liegt der Bericht über Dr. Boyd vor. Er bestätigt offenbar Lieutenant Holmans Meldung von einem Handgemenge auf dem Achterdeck unmittelbar nach der Explosion. Holman vermutet einen Streit wegen Boyds Kiste. Er erkannte nicht, dass Boyd tödlich verwundet war, sondern hatte angenommen, dass er das Schiff verlassen wolle, um auf den Dampfer umzusteigen. Ich wüsste nicht, wie ich Ihrem Verdacht hinsichtlich der Verantwortlichen nachgehen könnte, aber vielleicht findet sich eine Bestätigung im Zuge einer Identifizierung des Dampfers. Möglicherweise liefert das Ergebnis einer solchen Recherche auch die Bestätigung, dass die* Maine *wegen Dr. Boyds antikem Fundstück zerstört wurde. Es wäre eine traurige Ironie, würde sich herausstellen, dass in Wirklichkeit der Schatz eines Reichs, das vor langer Zeit untergegangen ist, den Krieg ausgelöst hat. C. D. Sigsbee.*

»Schatz?«, murmelte Perlmutter vor sich hin. »Es geht immer nur um irgendeinen Schatz.«

Er blätterte Lees restliche Unterlagen durch und stieß dabei noch auf einen weiteren Hinweis: ein Kommuniqué des Verteidigungsministeriums an Lee, datiert nach dem Untergang der *Maine*. Lee wurde darin darüber informiert, dass die USS *Indiana* den Dampfer *San Antonio* im Old Bahamas Channel vor der Nordostküste Kubas angegriffen habe.

Der Kapitän der *Indiana* meldete mit einem Ausdruck des Bedauerns, dass das Schiff im Verlauf eines Angriffsversuchs in tiefen

Gewässern versenkt wurde. Während das Schmuggelgut verloren ging, äußerte ein Überlebender, Dr. Julio Rodriguez, seine Vermutung hinsichtlich der angenommenen Lagerstätte des antiken Artefakts, ehe er an den Verwundungen starb, die er während des Gefechts erlitten hatte. Die Ortsangabe wurde als geheim eingestuft und dem Verteidigungsministerium zwecks strategischer Bewertung übermittelt.

Perlmutter ließ den Brief sinken, bestürzt über die Verwicklungen, die sich daraus ergaben. Er hatte jetzt mehr Fragen als Antworten. Aber er wusste, dass Pitts Suche nach dem Azteken-Stein eine erhebliche Bedeutung zukam.

Er ging die restlichen Dokumente im Aktenordner durch und übersah beinahe einen einseitigen Brief auf dem Briefpapier des Weißen Hauses, der aus dem Jahr 1908 datierte. Als er die schwungvolle Unterschrift des Präsidenten unter dem Text erkannte, nahm er an, dass er offenbar falsch abgeheftet worden war. Aber als er dann die knapp formulierte Anordnung des Präsidenten las, hatte er das Gefühl, ihm werde die Kehle abgeschnürt.

Eine Stunde später legte er die Lee-Dokumente zusammen und trug sie zu dem Rückgabetisch, wo Martha soeben einen anderen Besucher abfertigte.

»Ich möchte mich für Ihre Hilfe von ganzem Herzen bedanken, Martha«, sagte er. »Damit sind meine Recherchen für heute abgeschlossen.«

»Haben Sie irgendetwas Unerwartetes gefunden, das Sie möglicherweise morgen wieder hierherführt?«

»Das habe ich in der Tat.« Perlmutters Augen leuchteten. »Einen vollkommen neuen Auslöser des Spanisch-Amerikanischen Krieges.«

36

»Möglicherweise ist es nicht von Bedeutung, aber ich dachte, ich sollte es weitergeben.«

Rudi Gunns blaue Augen funkelten gespannt auf dem Videokonferenzschirm des Schiffes, als er tausend Meilen weit entfernt auf eine Reaktion wartete.

»Jede Information ist hilfreich«, sagte Pitt, »wenn man einem Phantom hinterherjagt.«

»Als du mir von den Vertiefungen im Zentrum der giftigen Zonen erzähltest«, sagte Gunn, »habe ich Dr. McCammon in der geologischen Abteilung gebeten, die Region auf seismische Ereignisse zu überprüfen. Während der vergangenen sechs Wochen haben die Erdbebensonden in dieser Region jeweils im Zentrum der drei Zonen eine stärkere Explosion aufgezeichnet. Keine dieser Explosionen hatte auch nur annähernd Erdbebenstärke, darum wurde den Messungen weiterhin keine Beachtung geschenkt.«

»Ich finde, das klingt signifikant«, sagte Giordino, während er vor dem Bildschirm auf und ab ging.

»Auf dem Planeten werden täglich etwa eintausend seismische Ereignisse aufgezeichnet, aber in diesem Fall gibt es gewisse Übereinstimmungen.«

»Ich nehme an, aus den gemessenen Daten geht hervor, dass es sich um Unterwasserexplosionen handelte«, sagte Pitt.

»Genau. Der Stärke der Explosionen nach zu urteilen wurden jeweils sechs- bis achthundert Pfund TNT gezündet. Dr. McCammon hat mir ähnliche Werte von Sprengungen auf dem Festland gezeigt.«

»Dann wäre dies ein weiterer Beweis dafür, dass jemand die thermalen Schlote aufsprengt«, stellte Pitt fest.

»Es gibt eine überschaubare Anzahl von Unterwasserbergbauprojekten, an denen zurzeit gearbeitet wird«, sagte Gunn, »aber in der Karibik konnten wir bis jetzt nichts Derartiges lokalisieren. Die meisten dieser Unternehmen sind in Indonesien tätig.«

»Angesichts der Umweltschäden, die sie verursachen«, sagte Pitt, »verwundert es kaum, dass sie um jeden Preis versuchen, unbemerkt zu bleiben.«

»Eine weitere Sache noch«, sagte Gunn. »Du hast erwähnt, ihr wäret dorthin unterwegs, wo das gesunkene Bohrschiff liegt.«

»Das ist richtig. Und außerdem habe ich einige Spuren auf dem Meeresboden gefunden, die denen ähnlich sind, die wir in der Umgebung der Schlote entdeckt haben.«

»Unsere Nachfrage bei der Erdbebenzentrale ergab, dass in der Gegend vor vier Tagen eine stärkere Explosion stattgefunden hat«, sagte Gunn. »Also möglich, dass du mit deinem Tipp ins Schwarze getroffen hast.«

»Wir sind fast am Ziel, daher werden wir es in Kürze wissen. Danke, Rudi.«

Gunn nickte, und sein Bild verschwand vom Monitor. Pitt sah Giordino, der neben ihm saß, fragend an. »Ist die *Starfish* einsatzbereit? Ich würde mir diese Spuren, die wir nicht weit von der *Alta* gefunden haben, gerne noch einmal ansehen.«

»Jederzeit. Sie ist gesattelt und gezäumt.«

Die Dämmerung lag bereits über dem Ozean, als die *Sargasso Sea* am Schauplatz der *Alta*-Katastrophe eintraf. Auf der Meeresoberfläche herrschte überraschend viel Betrieb. Weniger als eine halbe Meile entfernt waren die Positionslichter eines anderen Schiffes zu sehen, das dort Position bezogen hatte. Ein zweites Schiff lag offenbar östlich davon.

Pitt wandte sich an den Kapitän des Forschungsschiffs. »Wissen wir etwas über die Schiffe?«

Der Kapitän schaute in ein großes Radarsichtgerät, das normalerweise den Namen eines in der Nähe kreuzenden Schiffes sowie dessen Position und Kurs mit Hilfe eines satellitengesteuerten Ortungssystems namens AIS lieferte. Er sah zu Pitt hoch und schüttelte den Kopf. »Keinerlei Identifikation zu registrieren. Sie müssen ihr AIS abgeschaltet haben.«

Pitt nickte. »Rufen Sie sie per Funk und teilen Sie ihnen mit, dass wir in der Nähe des Wracks ein Tauchfahrzeug absetzen.«

Der Kapitän rief die beiden in der Nähe liegenden Schiffe, erhielt als Antwort jedoch nichts als Funkstille. »Wollen Sie nicht warten und erst morgen früh ins Wasser gehen?«

»Nein, wir tauchen, sobald Sie in Position sind. Schließlich ist es auf dem Meeresgrund immer dunkel.«

Eine halbe Stunde später ging Pitt nach achtern zum Tragegestell der *Starfish*, um dort nach dem Rechten zu sehen. Doch er wurde aufgehalten.

»Mr. Pitt?«

Pitt wandte sich um und sah Kamala Bhatt, die mit einem Schnellhefter in der Hand aus dem Decklabor kam. »Eben, als dass Schiff anhielt, haben wir eine Wasserprobe gezogen und auf Methylquecksilber getestet.«

»Und was haben Sie festgestellt?«

Pitt hätte nicht zu fragen brauchen. Die Antwort war in ihren Augen zu lesen.

»Die gemessenen Werte spielen verrückt.«

37

Bekleidet mit einem blauen Overall, kroch Pitt durch die Einstiegsluke des Tiefseetauchboots. Während er sich auf den Pilotensitz schlängelte, sah er zu seiner Überraschung seine Tochter im Sessel des Kopiloten. »Hast du Al von seinem Stammplatz verdrängt?«, fragte er.

»Warum soll immer nur er den ganzen Spaß haben?«, erwiderte sie. »Natürlich kostet es mich eine Kiste Zigarren, sobald wir den nächsten Hafen anlaufen. Damit er mir nicht dazwischenfunkt, musste ich meinem lieben Bruder weismachen, dass du frühestens in einer Stunde starten würdest.«

»Was habe ich bei der Erziehung meiner Tochter nur falsch gemacht?«

Sie grinste. »Du hast ihr beigebracht, das Wasser zu lieben.«

Sie gingen die vor jeder Tauchfahrt obligatorische Checkliste durch, dann meldeten sie per Funk der Kommandobrücke, dass sie startklar waren. Giordino setzte einen Kran in Gang, der die *Starfish* ins Meer hinunterließ. Mit voller Festbeleuchtung tauchte das U-Boot langsam in die nachtdunklen Fluten.

Pitt beobachtete seine Tochter von der Seite, während sie die Anzeigen auf ihrem Armaturenbrett kontrollierte und dem Schiff ankündigte, dass sie mit dem Abstieg begännen.

»Ich glaube, wir haben keine gemeinsame Tour mit einem Fahrzeug unternommen«, sagte er, »seit ich dir in meinem 1933er Packard erklärte habe, wie man beim Schalten Zwischengas gibt.«

»Gott sei Dank haben U-Boote keine Kupplung.« Sie schüttelte den Kopf, als die Erinnerung sie einholte. »Vor lauter Muskelkater konnte ich mein linkes Bein eine Woche lang nicht benutzen.«

Als der Meeresgrund in Sicht kam, justierte Pitt den Ballast und schaltete die Schubdüsen ein.

»Liegt das Wrack südlich?«, fragte Summer.

»Es sei denn, es wurde abgetrieben oder hat sich einen anderen Ruheplatz gesucht. Vielleicht können wir es mit dem Sonar lokalisieren. Al meinte, er habe der *Starfish* ein neues System spendiert.«

Summer kam ihrem Vater zuvor, fasste nach oben zu einem Instrumentenbrett über ihrem Kopf und betätigte einige Schalter. »Es ist ein vorwärtsgerichtetes Multistrahl-System mit dreihundert Metern Reichweite«, sagte sie. »Dirk und ich haben es im vergangenen Monat im Mittelmeer getestet, und es funktioniert ganz passabel.«

Auf einem kleinen Monitor baute sich ein mehrfarbiges Bild des Meeresbodens auf, der sich vor ihnen ausbreitete. Summer veränderte die Frequenz des Sonars, um seine Reichweite zu erhöhen.

Pitt schüttelte den Kopf. »Ich wusste, dass ich zu viel Zeit in Washington verbracht habe.«

Er betätigte die Strahlruder und lenkte das U-Boot in mäßigem Tempo über den Meeresboden hinweg. Während sie sich auf direktem Kurs nach Süden befanden, erschien am Rand des Monitors ein dunkler Fleck. Danach dauerte es höchstens eine Minute, bis die *Alta* vor ihnen aufragte. Ihr Bug war beim Aufsetzen auf dem Meeresboden eingedrückt worden, während das restliche Schiff oberhalb des Rumpfs teilweise rußgeschwärzt und von Feuer gezeichnet war.

»Al und ich haben die Spuren im Schlick auf der gegenüberliegenden Seite gesehen«, erklärte Pitt, während er das Tauchboot am Wrack entlanglenkte.

»War das Feuer dafür verantwortlich, dass sie sank?«, wollte Summer wissen.

»Eine Explosion im vorderen Treibstoffbunker hat sie zu den Fischen geschickt. Es ist jedoch ein bisher ungelöstes Rätsel, weshalb es geschah und wer die Sprengladung gezündet hat.«

Er verlangsamte die Fahrt der *Starfish*, als sie sich dem Loch im unteren Abschnitt des Rumpfs näherte, ein kurzes Stück hinter dem Bug.

»Das muss ein ziemlich heftiger Knall gewesen sein«, sagte Summer. »Intern oder extern?«

»Interessante Frage. Ich bin sicher, die Versicherung wird sie ebenfalls stellen.«

Er manövrierte das Tauchboot um den Bug herum und über eine hügelige Sandfläche. Die Scheinwerfer der *Starfish* holten schon bald die Spurstreifen aus dem Dunkel, die Pitt während seiner vorangegangenen Tauchfahrt gefunden hatte.

»Sehen diese Spuren genauso aus wie die bei den Schloten?«, fragte Summer.

»Das tun sie. Schauen wir mal nach, wohin sie führen.«

Pitt steigerte das Tempo und schwebte über die Furchen im Schlick hinweg, wobei er gelegentlich einen Tiefseefisch aufscheuchte.

Summer behielt den Sonarschirm im Auge. »Zahlreiche verschiedene Objekte direkt voraus.«

»Ich sehe sie«, sagte Pitt. Er schaute nicht auf das Sonar, sondern konzentrierte sich auf eine Ansammlung von Lichtern, die die Dunkelheit vor ihnen aufhellte.

Der Meeresgrund fiel leicht ab, und Pitt konnte erkennen, dass sich die Lichter am Fuß eines schüsselförmigen Kraters konzentrierten. Zwei große Fahrzeuge kamen in Sicht, beide üppig illuminiert. Jedes dieser Fahrzeuge kroch über den Meeresboden und stieß am hinteren Ende dichte Sedimentwolken aus. Es waren Spezialfahrzeuge für den Tiefseebergbau, die mittels dicker, schwarzer Kabel von der Wasseroberfläche aus gesteuert wurden.

»Diese Ungetüme sind riesig«, stellte Summer fest, »so groß wie Greyhound-Autobusse.«

»Wenigstens haben wir sie auf frischer Tat ertappt«, sagte Pitt. »Jetzt können wir feststellen, wer für die Schäden verantwortlich ist.«

Pitt löschte die Scheinwerfer der *Starfish* und tastete sich näher an die Fahrzeuge heran, von denen das erste, das er näher in Augenschein nehmen konnte, eine sogenannte Gesteinsfräse war.

Es sah wie eine zu groß geratene Zugmaschine auf Gleisketten aus, mit einer mächtigen Rolle als Schnauze.

Die Rolle war eine rotierende Schneidwalze, gespickt mit Meißeln aus Wolframkarbid, die Gestein und hartes Sediment zerkleinern konnten. Das zweite Fahrzeug, annähernd genauso groß wie das erste, aber ohne Rolle am vorderen Ende, war ein Abraumkollektor. Er folgte der Gesteinsfräse, saugte das lose Geröll auf und pumpte es durch einen dicken Kevlarschlauch zur Wasseroberfläche.

Staunend verfolgte Pitt, mit welcher Effizienz sich der Arbeitsroboter mit der Frontwalze Zentimeter für Zentimeter über den Meeresboden tastete. Summer nahm das schiefergrau lackierte Vehikel mit der Bordvideokamera auf. Sie war überzeugt, dass seine Herkunft zu ermitteln nicht allzu schwierig sein würde, da es nur wenige Hersteller gab, die eine derartige Maschine produzieren konnten.

Pitt veränderte gerade die Position der *Starfish*, um sich einen besseren Überblick verschaffen zu können, als am Heck des Tauchboots ein dröhnender Laut erklang. Die *Starfish* ruckte vorwärts und prallte seitlich gegen die Fräse. Pitt schaltete die Strahlruder des Mini-U-Bootes auf Rückwärtsfahrt, was ein zweites lautes Dröhnen an seinem hinteren Ende zur Folge hatte.

Summer drehte sich zu einem kleinen Bullauge um, das die Sicht nach hinten gestattete. »Es ist ein ROV. Es hat uns gerammt.«

»Dabei wurde offenbar unser Hauptruder lahmgelegt.« Pitt aktivierte zwei Seitenruder, um auszuweichen.

Das Tauchboot drehte sich, als es von einem weiteren Stoß durchgeschüttelt und abermals gegen die Gesteinsfräse gerammt wurde.

»Es schiebt uns absichtlich gegen die Maschine«, stieß Summer entgeistert hervor.

Pitt spürte die Auswirkungen beim Bedienen des Steuerknüppels. Das ROV hatte diesmal eins der noch intakten Seitenruder zerstört. Ehe es abermals auf Kollisionskurs gehen konnte, wendete Pitt die *Starfish* und ging auf Distanz zur Gesteinsfräse. Die Scheinwerferstrahlen des ROV drangen durch die Cockpitkuppel des Tauchboots. Pitt konnte erkennen, dass ihr Gegner ein großes Tiefsee-ROV war, kastenförmig und mehr als zweimal so groß wie das NUMA-U-Boot. Jetzt kam es erneut mit eindeutiger Absicht auf sie zu.

Es attackierte den Bug der *Starfish*, drängte das geschwächte Tauchboot zur Seite und schob es gegen die Gesteinsfräse, mit der es dicht hinter der Schneidwalze zusammenprallte.

Pitt fasste nach unten zwischen ihre Sitze und betätigte einen Drehgriff, der ein Ballastgewicht ausklinkte. Das Tauchboot stieg sofort auf und wurde gleich wieder abrupt gestoppt.

Dicht unterhalb der Oberkante der Gesteinsfräse ragte ein wuchtiger Greifarm hervor. Als die *Starfish* damit kollidierte, ruckte der Roboterarm nach unten und presste das Tauchboot gegen die Seitenwand der Fräse.

Pitt bewegte das verbliebene Seitenruder hin und her und schaltete den Strahldruck auf volle Leistung. Die *Starfish* schlüpfte unter dem Greifarm hindurch, doch dann kam das ROV von der Seite hoch und rammte das U-Boot dicht unterhalb der Cockpitkuppel. Die Kontrolllampen im Armaturenbrett flackerten hektisch, während sich das Tauchboot auf den Rücken legte.

Gleichzeitig sank der Greifarm herab und schob sich in das Untergestell der *Starfish*. Seine Greifklaue fand an einem Teil des Gestänges Halt und schloss sich.

Pitt betätigte hektisch die Ruderkontrollen, aber seine Versuche entpuppten sich als wirkungslos. Die Gesteinsfräse hatte sie so fest im Griff, dass sie nichts dagegen tun konnten.

»Das Ding will uns rammen!«, rief Summer warnend.

Das ROV war direkt vor der *Starfish* in Position gegangen und nahm Kollisionskurs auf die Acrylglaskuppel. Im letzten Moment stieg es auf und schrammte über die Kuppel. Dann schwenkte es ab, verziert mit einem gelben Lackstreifen und einigen losen Kabeln.

Pitt wusste sofort Bescheid. »Das ist unser Not-Transponder. Damit ist die Verbindung zur Wasseroberfläche unterbrochen.«

»Lassen Sie uns hier etwa hilflos zurück?«, flüsterte Summer entsetzt.

»Die Antwort auf diese Frage wissen nur die da draußen«, sagte Pitt und blickte durch die Hecksichtscheibe.

Wie eine alles sehende Geistererscheinung schwebte das ROV vor ihnen, das grelle Licht seiner Scheinwerfer, das die *Starfish* ausfüllte, wirkte wie ein höhnischer letzter Gruß des Todes.

38

»Wir haben den Kontakt zur *Starfish* verloren.«

»Wir kommen gleich«, erwiderte Giordino.

Er legte den Hörer eines Telefons in der Offiziersmesse auf und sagte Dirk Bescheid, der die Zeit, die sich das U-Boot auf Tauchfahrt befand, nutzte, um die zusätzlich gezogenen Wasserproben zu untersuchen. Die beiden eilten zu einem kleinen Aufbau auf dem Achterdeck, der Tauchzentrale, von dem aus die Tauchfahrten der ROVs und der *Starfish* überwacht wurden.

Ein Kommunikationstechniker begrüßte sie mit ernster Miene. »Datenfluss und Kommunikation sind vor etwa fünf Minuten abgebrochen. Ich habe mehrmals die Frequenz gewechselt und verschiedene Verbindungen ausprobiert, jedoch keine Antwort erhalten.«

»Hat es vorher irgendwelche Probleme gegeben?«, fragte Giordino.

»Negativ. Die letzten Rückmeldungen waren völlig okay. Summer hat vor ein paar Minuten durchgegeben, sie hätten die *Alta* gefunden und würden nun einige Spuren nach Süden verfolgen.«

»Rufen Sie ihre letzten Telemetriedaten auf.« Giordino ging zu einem Monitor, der eine Karte von der Region zeigte. Der Techniker gab auf seiner Tastatur einige Befehle ein und fragte die letzten Koordinaten des Tauchboots ab, die mit einem kleinen roten Dreieck auf der Karte markiert wurden.

»Das ist etwa eintausend Meter südlich von unserer Position.« Giordino deutete durch ein Seitenfenster in Richtung der Lichter des Schiffes in ihrer Nähe. »Bei unseren Freunden dort drüben.«

»Ich rufe sie von der Kommandobrücke und frage nach, was sie treiben und ob sie irgendwelches Gerät im Wasser haben«, sagte Dirk und verließ die Tauchzentrale.

»Der Kapitän soll uns zur letzten Position der *Starfish* bringen«, sagte Giordino. »Ich habe in fünf Minuten ein ROV einsatzbereit.«

Zehn Minuten dauerte es, bis das Schiff seine neue Position eingenommen hatte. Dirk rief das fremde Schiff in seiner Nähe, erhielt jedoch eine unfreundliche Abfuhr. Ohne sich zu identifizieren, antwortete das Schiff, es führe zurzeit Untersuchungen des Meeresbodens durch, habe die *Starfish* nicht gesehen, und forderte das NUMA-Schiff auf, einen Abstand von mindestens einer halben Meile zu halten.

Der Kapitän der *Sargasso Sea* ignorierte prompt die Aufforderung und manövrierte sein Schiff bis auf eine Viertelmeile an die Position des anderen Schiffes heran – in der Hoffung, den Kontakt mit dem Tauchboot wiederherstellen zu können.

Giordino ließ sein ROV zu Wasser und das Tragseil so schnell ablaufen, wie die Winde es zuließ. Dirk saß in der Tauchzentrale und verfolgte die Videoübertragung. Auf halbem Weg zum Meeresgrund fing die Kamera des ROV für einen kurzen Moment einige Lichtquellen in größerer Entfernung ein, dann wanderten sie wieder aus dem Bild.

Bei sechshundert Fuß aktivierte Giordino einen Joystick und lenkte das ROV in eine enge Kreisbahn, als der Meeresboden in Sicht kam.

Eine Minute später betrat Giordino die Tauchzentrale. »Ist was zu sehen?«

»Ein paar Lichtblitze bei etwa zweihundert Fuß. Sie waren allerdings zu weit verstreut, um zur *Starfish* zu gehören.«

»Das Schiff führt nichts Gutes im Schilde. Sieh dir mal diese Bodenrillen an.«

Das ROV schwebte über einem Gewirr von Kettenspuren, die kreuz und quer verlaufend den Boden bedeckten. Dirk dirigierte das ROV dorthin, wo die Konzentration der Linien am größten war.

»Irgendetwas befindet sich rechts von uns«, sagte Giordino.

Dirk drehte das ROV, dessen Kamera nur einige flackernde Lichter in größerem Abstand einfing. »Sehen wir uns das einmal an.«

Während Giordino mehr Tragseil von der Winde abwickeln ließ, lenkte Dirk das ROV in Richtung der Lichter. Es dauerte nicht lange, bis zu erkennen war, dass sie nicht zur *Starfish* gehörten.

Die Lampen blinkten an der großen Kollektormaschine, die das zerkleinerte Gestein aufsaugte. Das Fahrzeug befand sich in Parkposition, sein Partner, die Gesteinsfräse, war nirgendwo zu sehen. Das kastenförmige ROV schwebte in der Nähe einige Meter über dem Meeresgrund und hielt Wache.

Während sich die NUMA-Sonde näherte, stieg der Abraumkollektor in einer Sedimentwolke vom Meeresgrund auf. Zwei massive Kabel hievten die Maschine langsam zur Wasseroberfläche. Dirk folgte ihrem Aufstieg ein kurzes Stück, dann schwenkte er ab, als das andere ROV erschien.

Die beiden ROVs musterten einander einige Sekunden lang wachsam. Dann machte das größere Vehikel kehrt und folgte der anderen Maschine zur Meeresoberfläche.

»Meeresbodenforschung, von wegen!«, sagte Giordino. »Sie sammeln heimlich den Boden ein und wollen damit verschwinden.«

»Dad und Summer müssen sie bei ihrer Operation überrascht haben.«

»Es kommt mir ziemlich seltsam vor, dass sie plötzlich alles zusammenpacken und den Rückzug antreten. Wir können einstweilen nichts anderes tun als weiterzusuchen.«

Sie kreisten zwei Stunden lang über den Meeresgrund und ließen die *Sargasso Sea* mehrmals die Position wechseln, um das Suchgebiet zu erweitern. Von dem vermissten Tauchboot fanden sie keine Spur.

Giordino runzelte die Stirn und schüttelte ratlos den Kopf. »Ich kann nicht glauben, dass ihr Not-Transponder keinen Pieps von sich gibt.«

»Befindet er sich außerhalb?«

»Auf dem Dach des U-Bootes.«

Dirk wandte sich an den Kommunikationstechniker. »Haben Sie die Videoaufnahmen des ROV gespeichert?«

»Ja, das tun wir routinemäßig.«

»Spielen Sie mal die Sequenz ab, in der wir dem anderen ROV in die Augen geschaut haben.«

Der Techniker spulte bis zu der entsprechenden Stelle zurück.

»Stoppen Sie hier bitte«, verlangte Dirk. Er und Giordino beugten sich zum Monitorschirm vor.

»Dort«, sagte Dirk, »an der Unterseite des ROV. Da hängen ein paar Drähte, die offenbar nicht dorthin gehören, und darunter hat sich ein Stück Plastik verkeilt, im Untergestell.«

Giordino berührte fast mit der Nase den Monitor. »Sieht aus wie ein Stück vom Transpondergehäuse. Und direkt daneben ist eine gelbe Lackspur.«

Mühsam unterdrückte Wut verdunkelte Giordinos Miene. Dann richtete er sich ruckartig auf und ging zur Tür. »Sehen wir zu, dass wir das ROV schnellstens an Bord holen! Ich glaube, es ist an der Zeit, unseren Nachbarn einen Besuch abzustatten!«

39

Die knirschend rotierende Walze der Gesteinsfräse, die Saugpumpen und Förderbänder und die durch den Schlick kriechenden stählernen Laufketten blieben abrupt stehen. Das große Abraumfahrzeug spuckte noch einen letzten Mundvoll zertrümmerter Felsen aus, dann rührte es sich nicht mehr.

Als sie durch das Aussichtsfenster der *Starfish* blickte, war Summer vollkommen entmutigt. Nachdem sie ihre triste Umgebung eine Minute lang betrachtet hatte, wandte sie sich zu ihrem Vater um. »Meinst du, sie halten uns hier unten fest, bis uns die Luft ausgeht?«

Pitt schüttelte den Kopf, während er damit beschäftigt war, sämtliche nicht lebensnotwendigen Systeme abzuschalten. »So weit wird es nicht kommen. Vorher wird uns die *Sargasso Sea* finden. Dirk und Al schicken sicher ein ROV zu uns herunter, ehe wir piep sagen können.«

»Dieses Monster-ROV könnte vorher versuchen, es ebenfalls auszuschalten.«

»Uns bleibt nur zu hoffen, dass sie uns rechtzeitig finden.«

Diese Chance ergab sich nicht. Im selben Moment, in dem Giordinos ROV ins Wasser eintauchte, wurde die Gesteinsfräse mitsamt der *Starfish* im Klammergriff an ihrer Seite vom Meeresgrund hochgehoben. Zwillingskabel einer schweren Seilwinde auf dem Überwasserschiff zogen das Spezialfahrzeug in die Höhe und vermittelten Dirk und Summer das Gefühl, in einem Expresslift zu sitzen.

Auf halbem Weg zur Meeresoberfläche gewahrten sie die Lichter des NUMA-ROV, das in der Gegenrichtung unterwegs war. Pitt schnappte sich eine Stablampe und blinkte vor dem Sichtfenster ein SOS-Signal, aber das ROV geriet schnell außer Sicht.

Kurz darauf brach die Gesteinsfräse neben dem Bergbauschiff

durch die Wasseroberfläche. Das große Schiff hatte sein DPS ausgeschaltet, sobald beide Unterwasserfahrzeuge ihre Aktivitäten auf dem Meeresboden abgebrochen hatten, und war über eine Meile von der *Sargasso Sea* abgetrieben. Dabei hatte es sich gedreht, so dass für das NUMA-Schiff die Sicht auf die Steuerbordseite verdeckt war.

Ein wuchtiger mittschiffs aufgebauter Bockkran hievte die Gesteinsfräse aus dem Wasser. Auf der gegenüberliegenden Seite des Decks wartete ein ebensolcher Kran, um den Abraumkollektor an Bord zu holen.

Pitt und Summer blickten aus dem Tauchboot in den nahezu taghellen Schein Dutzender Arbeitslampen, die auf dem Deck verteilt waren. Ihre Ankunft erfolgte unter den neugierigen Blicken einer Handvoll Mannschaftsmitglieder mit Schutzhelmen auf den Köpfen, die die Gesteinsfräse über das Deck in einen halboffenen Hangar hineinmanövrierten. Sofort umringte eine Gruppe Soldaten in olivgrünen Tarnanzügen und mit AK-47-Sturmgewehren im Anschlag das Tauchboot.

»Nicht das Empfangskomitee, das ich mir gewünscht hätte«, stellte Pitt fest.

»Kubanische Soldaten?«, fragte Summer.

»Ich glaube ja«, sagte er, als er auf einer der Uniformen ein Emblem entdeckte, das aus einem weißen Stern über einem roten rautenförmigen Rangabzeichen bestand.

Ein Soldat leuchtete ihnen mit einer Stablampe in die Gesichter und forderte sie auf, das Tauchboot zu verlassen. Pitt folgte Summer zum Ausstieg, öffnete unterwegs ein Werkzeugfach, holte ein kleines Taschenmesser heraus und ließ es in einer Overalltasche verschwinden, ehe er hinauskletterte.

Die Soldaten erwarteten sie schweigend.

Pitt reagierte mit einem künstlichen Zornesausbruch. »Was fällt Ihnen ein!«, schimpfte er lauthals, ging zum Heck des U-Bootes und deutete auf die demolierten Druckstrahlruder. »Sehen Sie sich den Schaden an. Ich verlange, dass auf der Stelle mein Schiff benachrichtigt wird.«

Die abwartende Haltung der Soldaten änderte sich, als ein Offizier erschien, dessen Gesicht Ähnlichkeit mit einem Schäferhund hatte. Dieses optische Manko machte er mit einem betont herrischen Auftreten wett. »Bringt sie runter und sperrt sie ein!«, bellte er. Sich an einen Angehörigen der Schiffsbesatzung wendend, fügte er hinzu: »Verstecken Sie das Tauchboot.«

Mit den Läufen ihrer Kalaschnikows dirigierten vier Soldaten Pitt und Summer von der *Starfish* weg. Während sie an der Gesteinsfräse vorbeigingen, gewahrte Pitt auf ihrer Außenseite ein kleines rotes Logo. Es bestand aus der stilisierten Darstellung eines Grizzlybären, der eine Axt zwischen den Zähnen hielt.

Sie wurden durch einen Niedergang in einen unter Deck gelegenen garagenähnlichen Raum geführt, der das mittlerweile an Bord geholte ROV beherbergte. Ein Techniker hielt ein paar Kabelbinder bereit, mit denen die Soldaten den Gefangenen die Hände auf dem Rücken fesselten. Dann wurden Pitt und Summer zu Boden gestoßen, von wo aus sie an eine Wand gelehnt das weitere Geschehen beobachteten.

Wenig später erschien der Armeeoffizier, ein Mann namens Calzado, in Begleitung eines Schiffsoffiziers. Die beiden Männer diskutierten laut und heftig miteinander, während sie abwechselnd auf die Gefangenen deuteten. Dann verließen sie den Raum.

»Was hatte das zu bedeuten?«, fragte Pitt im Flüsterton. Er hatte den spanischen Dialog verstanden, aber ihm war die Sicht auf die beiden Streithähne durch einen ihrer Wächter versperrt worden.

»Ich glaube, der Kapitän des Schiffes ist nicht allzu glücklich darüber, dass wir an Bord geholt wurden. Ich habe irgendetwas über die Verletzung der Geheimhaltung des Projekts aufgeschnappt. Ich glaube, sie wollen uns von hier wegbringen.«

Summers Worte sollten sich schon bald bewahrheiten. Eine halbe Stunde später wurden sie zurück an Deck gebracht. Ein betagtes Schleppschiff hatte an der Seite des Bergbauschiffs festgemacht, vor seinem Bug befand sich ein Leichter aus Holz, der mit dem vom Meeresboden aufgesammelten Erz hochbeladen war.

Pitt und seine Tochter mussten an Bord des Schleppschiffs eine enge Kabine aufsuchen, vor deren offener Tür ein Wächter Posten bezog.

»Hast du die *Sargasso Sea* gesehen, während wir aus dem Bach gefischt wurden?«, fragte Summer leise.

»Nein. Sie müssen dafür gesorgt haben, dass man dort von dieser Aktion nichts mitbekommen konnte. Ich bin sicher, dass sie längst nach uns suchen.«

»Aber sie wissen nicht wo und in welcher Richtung«, meinte Summer niedergeschlagen.

Sie hörten, wie der Motor des Schleppschiffs mit einem dumpfen Dröhnen ansprang. Kurz darauf setzte sich das gedrungene Schiff in Bewegung und schob den Leichter durch die bewegte See. Sie tauchten in die Nacht ein und ließen das NUMA-Schiff und die Freiheit hinter sich zurück.

40

Das große Arbeitsschiff schaltete die Maschinen aus und trieb unter einem bewölkten Nachthimmel langsam weiter. Matte Lichtpunkte flackerten am südlichen Horizont, doch der Ozean rund um das einsame Schiff war verlassen. Der Kapitän des Schiffes kontrollierte das Radar, um sich zu vergewissern, dass sich keine fremden Schiffe in der Nähe befanden. Nachdem er sicher sein konnte, dass sie allein waren, ergriff er ein tragbares Sprechfunkgerät.

»Hallo Brücke. Wir sind im Zielgebiet. Sie können den Abwurf durchführen.«

James Maguire, der auf dem offenen Achterdeck stand, antwortete sofort. »Roger. Bereiten Abwurf vor.«

Der Söldner wandte sich an einen hochgewachsenen, muskulösen Mann, der eine Zigarette rauchend an der Seitenreling stand. »Okay, Gomez. Wir können.«

Die beiden gingen zu einem großen verhüllten Objekt, das auf dem Deck festgezurrt war. Sie lösten die Haltegurte und schlugen eine Plane zurück. Darunter kam ein heruntergekommenes Küstenfischerboot mit einem verrosteten kleinen Außenbordmotor zum Vorschein. Zumindest sah es so aus.

Das Boot war in Wirklichkeit aus einem Kevlarkomposit erbaut, wodurch es praktisch unsinkbar war. Sein Äußeres war entsprechend modelliert und farblich gestaltet, um den Eindruck von verwittertem, faulendem Holz zu erwecken.

»Sind wir vollständig aufgetankt?«, fragte Maguire.

Gomez überprüfte zwei versteckte Treibstofftanks am Bug und nickte. Die Tanks speisten zwei horizontale 150-PS-Motoren, die unter den Sitzbänken verborgen waren und Zwillingsdüsen am Rumpf des Bootes mit dem nötigen Wasserdruck versorgten.

Maguire klappte einige zu Tarnzwecken verlegte Bodenbretter auf und nahm mit Hilfe einer Stablampe eine kurze Überprüfung vor. Ein Aufbewahrungsfach enthielt ein kleines Arsenal, bestehend aus Pistolen und Sturmgewehren sowie einem RPG-Werfer plus Munition. In einem zweiten Fach befanden sich mehrere Tauchgeräte mit Zubehör. In ein drittes Fach lud Maguire ein schweres Kunststofffass, das er aus seiner Kabine geholt hatte.

Nachdem er die Bodenbretter wieder zugeklappt hatte, gab er Gomez ein Zeichen und sagte: »Ins Wasser mit dem Eimer.«

Gomez ging zu einem kleinen Kran und hievte das Boot an Haltegurten über den Bootsrand und ins Wasser.

Maguire warf einen kurzen Blick auf seinen Namen, *Surprise*, der in gelben Lettern das Heck zierte, ehe er hineinkletterte. Er löste die Haltegurte, reichte sie Gomez, der sie an Bord des Schiffes verstaute und dann zu Maguire umstieg.

Maguire startete die Inboardmotoren und rief per Sprechfunk die Kommandobrücke des Arbeitsschiffes. »*Surprise* hat abgelegt. Wir sehen uns in achtundvierzig Stunden.«

»Verstanden«, erwiderte der Skipper. »Wir warten hier und tanken ein wenig Sonne.«

Maguire schob die Gashebel nach vorn, und das falsche Fischerboot schoss in die Nacht. Der Söldner richtete seinen Bug auf die fernen Lichter der Grand-Cayman-Insel aus und lenkte das Boot zu einer tödlichen Mission durch die kabbelige See.

41

Das Zodiac der *Sargasso Sea* tastete sich nahezu lautlos heran. Lediglich das Plätschern der Wellen gegen seinen Gummiwulst verriet seine Anwesenheit. Giordino war froh, an Bord des Forschungsschiffes einen Elektromotor gefunden zu haben, der gewöhnlich von den Wissenschaftlern des Schiffes benutzt wurde, wenn sie in ökologisch sensiblen Regionen ihrer Arbeit nachgingen. Weniger glücklich war er über die Tatsache, dass er ein hellorangefarbenes Boot über den mondhellen Ozean lenkte. Um für ein Mindestmaß an Tarnung zu sorgen, hatte die Wartungs-Crew des Schiffes das Schlauchboot mit einem schwarzen Farbanstrich versehen, der jedoch mittlerweile zum größten Teil vom Salzwasser abgewaschen worden war.

Giordino lenkte das Zodiac zum Bergbauschiff, das eine Meile von der *Sargasso Sea* entfernt Position bezogen hatte. Das Schiff war vom Bug bis zum Heck mit hellen Scheinwerfern bestückt. Sie beleuchteten ein beeindruckendes modernes Schiff mit hydraulischen Kränen, Pumpen und Förderbändern, die sämtliche Anforderungen des Tiefseebergbaus erfüllten. Hinter dem Bergbauschiff konnte Giordino die Lichter eines zweiten Schiffes erkennen, die sich nach Osten entfernten.

Er näherte sich dem Schiff von achtern, um von der Besatzung auf der Kommandobrücke nicht entdeckt zu werden, während er nach einem Zugang suchte. Das Glück blieb ihm treu, als er eine Leiter fand, die an der Steuerbordseite herabhing. Dabei konnte er auch den Namen des Schiffes lesen, der in großen Lettern auf dem Heckspiegel prangte – *Sea Raker*.

Dirk saß am Bug. Er trug schwarze Kleidung und hielt ein aufgerolltes Seilende in der Hand. Da er der Überzeugung war, dass die Gefahr, entdeckt zu werden, bei einer schnellen Aktion am geringsten war, behielt Giordino mäßige Fahrt und steuerte direkt auf die Leiter zu. Das Schlauchboot prallte gegen den Schiffsrumpf. Dirk streckte sich, bekam die Leiter zu fassen, band das Schlauchboot daran fest und turnte die Sprossen hinauf. Er überwand die Schiffsreling, duckte sich hinter einem Kran und wartete auf Giordino.

Dieser tauchte Sekunden später neben Dirk auf. »Wie sieht es aus?«

»Nicht gut. Wir wären beinahe zwei Wächtern bei ihrem Patrouillengang über den Weg gelaufen. Sie sind jetzt auf der Backbordseite. Soweit ich erkennen konnte, tragen sie Uniform und sind mit Sturmgewehren bewaffnet.«

»Sturmgewehre auf einem Bergbauschiff. Reizend«, sagte Giordino und ärgerte sich, dass sie darauf verzichtet hatten, Waffen mitzunehmen.

»Wir sollten uns vorerst lieber bedeckt halten. Offenbar sind hier auch noch einige Arbeitsteams tätig.«

»Das muss nicht unbedingt von Nachteil sein, wenn wir uns unauffällig unter sie mischen können.«

Dirk entdeckte das Steuerhaus des Krans, hinter dem sie kauerten. »Ich glaube, ich sehe etwas, das uns helfen kann.«

Er schlich zur Tür der Kabine, kletterte hinein und fand auf dem Sitz des Kranführers einen Arbeitskittel sowie einen Schutzhelm, der in halber Höhe neben den Kontrollen an einem Haken hing. Er angelte sich beides und kehrte zu Giordino zurück.

»Zu kurz für mich«, entschied er, während er die Jacke vor seiner Brust hochhielt. »Damit bist du zu einem neuen Mitglied der Mannschaft gewählt worden.«

Giordino zwängte seinen Oberkörper in die Jacke und zog den Helm tief ins Gesicht. »So sollte ich einer flüchtigen Überprüfung standhalten. Sehen wir mal, was wir in Erfahrung bringen können.«

Er trat aufs Deck hinaus und ging an der Steuerbordreling entlang, als arbeitete er schon seit Jahren auf dem Schiff. Dirk folgte ihm mit einigen Schritten Abstand und hielt sich so gut es ging im Schatten. Sie gingen unter einer ausladenden Förderbandkonstruktion hindurch, mit deren Hilfe das Erz entladen wurde, dann näherten sie sich dem Hangar der Gesteinsfräse.

Mehrere Mannschaftsangehörige arbeiteten dort. Einige trugen Schutzanzüge und Atemgeräte. Giordino hielt sich ein wenig abseits von den Aktivitäten, bis ein einzelner Mann mit einem Schreibbrett in der Hand in seine Richtung kam. Giordino winkte ihm, als wolle er ihn auf ein technisches Problem aufmerksam machen. Als er ihn erreicht hatte, legte Giordino ihm eine Hand auf die Schulter. »Wo sind der Mann und die Frau aus dem Mini-U-Boot?«, fragte er.

Der Mannschaftsangehörige starrte ihn für einen kurzen Moment wortlos an, dann antwortete er mit einer eigenen Litanei von Fragen. Dirk tauchte hinter ihm auf, packte seinen Arm und ermöglichte Giordino einen wuchtigen Aufwärtshaken gegen das Kinn des Mannes. Voll auf den Punkt getroffen, sackte der Mann sofort zusammen.

»Das war nicht gerade fair«, flüsterte Giordino und massierte seine Fingerknöchel.

»Ganz klar die Folge einer falschen Antwort.« Dirk zog den Mann hinter eine massive Seilwinde, befreite ihn aus seinem Overall und nahm ihm das Schreibbrett ab. Dann kam er zu Giordino zurück und setzte mit ihm den Weg über das Deck fort. Sie blieben stehen und drückten sich an die Außenwand des Hangars, als sie zwei bewaffnete Wächter bemerkten, die ihnen entgegenkamen.

Dirk und Giordino gingen um die Gesteinsfräse herum und taten so, als inspizierten sie ihre Fahrketten. Die Wächter schenkten ihnen keine Beachtung und schlenderten an ihnen vorbei. Sobald sie außer Sicht waren, machte Giordino Anstalten, den Hangar zu verlassen. Aber Dirk hielt ihn am Arm zurück.

»Al, hier drüben.«

Dirk zog ihn zur Seite, um einen Mechaniker in einem ölverschmierten Overall passieren zu lassen. Er wartete einen Moment, dann schob er Giordino zum anderen Ende der Gesteinsfräse. Im hinteren Teil des Hangars lag ein längliches Objekt, das mit einer

Plane bedeckt war. Dirk zog einen Zipfel der Plane zurück und gewahrte darunter eine vertraute gelbe Hülle. »Das ist die *Starfish*«, stellte er fest. »Sie haben sie tatsächlich an Bord geholt.«

Demnach waren Pitt und Summer nicht auf dem Meeresboden gestrandet. Aller Wahrscheinlichkeit nach waren sie noch am Leben und befanden sich irgendwo auf dem Schiff.

»Weshalb haben sie die beiden an Bord geholt und machen ein Geheimnis daraus?«, fragte er.

»Wer weiß? Vielleicht fördern sie hier ohne Erlaubnis.«

Sie verließen den Hangar und schauten prüfend zum vorderen Teil des Schiffes.

»Wahrscheinlich wurden sie in eine Kabine gesperrt«, sagte Giordino. »Vielleicht gelingt es uns, sie zu finden.«

Sie arbeiteten sich zu dem sechsstöckigen Aufbau unweit des Bugs vor. Durch eine offene Seitentür gelangten sie hinein und durchsuchten die ersten beiden Etagen, eine Küche, eine Mannschaftsmesse und mehrere Abstellräume. Um diese späte Uhrzeit waren dort nur wenige schläfrige Mannschaftsmitglieder anzutreffen, die darauf warteten, dass ihre Arbeitsschichten endeten. In der dritten Etage trafen sie auf einen Salon, der zu den Mannschaftskabinen gehörte. Drei dienstfreie Soldaten saßen dort und waren in ein Kartenspiel vertieft. Giordino warf einen Blick in die angrenzenden Flure zu den Kabinen. Sie waren leer, daher lächelte er die Soldaten möglichst unschuldig an und ging mit Dirk zum Niedergang.

Einer der Kartenspieler blickte eisig zu den beiden Fremden in den schlecht sitzenden Overalls hinüber, während seine Partner sich ausschließlich auf das Spiel konzentrierten.

»Zu unserem Glück«, sagte Giordino, während sie in die vierte Etage gelangten, »sieht es so aus, als meide die Mannschaft des Schiffes den Kontakt mit dem Militär.«

»Unser Glück hat Grenzen, denn uns gehen die Quartiere aus.«

In der vierten Etage sah es genauso aus wie in der dritten, außer dass sie dort keine Kartenspieler antrafen. Von Besuchern, die unter Bewachung standen, war ebenfalls nichts zu sehen.

Während sie zur fünften Etage hinaufstiegen, erklang eine Alarmsirene. Nach etwa einer halben Minute verstummte sie wieder, und aus den Lautsprechern der Bordsprechanlage drang eine schneidende Stimme, die auf Spanisch eine Reihe von Befehlen bellte.

»Ich glaube, da ist grad jemand aufgewacht und schreit nach seinen Klamotten«, sagte Giordino.

»Sag mir nicht, dass deine Dampfhammer-Rechte so viel von ihrem Wumms verloren hat.«

Giordino zuckte die Achseln. »Wir alle haben mal einen schlechten Tag. Sehen wir uns lieber schnell in der fünften Etage um, ehe wir uns aus dem Staub machen.«

Sie eilten die Treppe zum nächsten Stockwerk hinauf, in dem sich die Kabinen der Offiziere auf der einen und die Quartiere der Stammbesatzung auf der anderen Seite befanden. Ein paar verschlafene Angehörige des Schiffspersonals kamen aus ihren Kabinen gestolpert. Nirgendwo waren Wächter zu sehen, daher wandten sie sich zur Treppe. Dort erschien ein Soldat. Er warf einen Blick auf Dirk und Giordino und rief: *»Alto, alto!«*

Giordino erkannte in ihm den Kartenspieler, der sich von ihrer Stippvisite hatte ablenken lassen. Giordino sah auch, dass er unbewaffnet war. Er ging auf den Mann zu, packte ihn und schleuderte ihn durch den Raum. Der Soldat hob fast vom Boden ab, ehe er gegen eine Seitenwand krachte und zu Boden sank.

»Nichts wie weg«, knurrte Giordino, wirbelte herum und tauchte in den Niedergang. Dirk folgte ihm auf den Fersen.

Die Stufen waren frei, also rannten sie bis zum untersten Absatz hinunter und durch die Tür hinaus. Giordino verließ den Deckaufbau zuerst und prallte mit einem bewaffneten Soldaten zusammen, der ihm mindestens genauso eilig entgegenkam. Nach dem Zusammenprall gingen beide Männer zu Boden.

Auch wenn der Soldat härter zu Fall kam, reagierte er schneller. In einer fließenden Bewegung kam er auf die Füße und rammte die Mündung seines Sturmgewehrs gegen Giordinos Brust. »Keine Bewegung!«

Vor ohnmächtiger Wut konnte Giordino nur mit den Zähnen knirschen und seine Kapitulation besiegeln, indem er die Hände hob.

42

Im selben Moment, als die beiden Männer unsanft auf Tuchfühlung gingen, verließ Dirk das Treppenhaus. Er zog sich sofort mit einem Satz in seine Deckung zurück, während der Soldat aufstand, ohne auch nur zu bemerken, dass Giordino einen Partner hatte. Trommelnde Schritte und ein hektisches Stimmengewirr über seinem Kopf verkündeten ihm, dass Verstärkung die Treppe herunterkam. Er verlor keine Zeit, holte tief Luft und wartete darauf, dass Giordino ihn wirkungsvoll ins Spiel brachte.

Während er die Hände hob, spielte Giordino den Unschuldigen und begann in einem fort zu reden, um den Soldaten abzulenken. »Was tun Sie?«, jammerte er. »Ich muss die Hydraulik überprüfen. Nehmen Sie das Gewehr runter. Ich bin kein Eindringling.«

Er simulierte ein – von dem Zusammenprall – verletztes Bein und humpelte zur Reling, um sich daran abzustützen. Der Soldat drehte sich, um ihn nicht aus den Augen zu lassen, und forderte ihn mehrmals auf, stehen zu bleiben. Er entspannte sich ein wenig, als Giordino schließlich anhielt und abermals die Arme zum Himmel streckte.

Giordino hatte nur ein paar Sekunden gebraucht, um den Soldaten dazu zu bringen, sich umzudrehen und damit der Treppe den Rücken zuzuwenden. Dirk reagierte sofort. Er sprintete durch die Tür des Deckaufbaus und stürmte wie ein wütender Stier auf den Soldaten zu. Er machte nicht einmal den Versuch, dem Mann seine Waffe zu entwenden, sondern zog den Kopf zwischen die Schultern und rammte ihn mit voller Wucht.

Der Soldat bekam die Attacke aus den Augenwinkeln mit und drehte sich mit dem Gewehr halb herum, ehe Dirk ihn erwischte.

Der Soldat taumelte auf Giordino zu, der ihn mit einer rechten Geraden in die Magengrube empfing.

Der Soldat betätigte den Abzug seines AK-47, ehe er stürzte, und jagte ein halbes Dutzend Schüsse auf die Decksplanken, wo sie keinen Schaden anrichteten.

Diese doppelte Attacke hatte ihm die Luft aus der Lunge getrieben, und er stürzte auf sein Gewehr und konnte nur noch stoßartig atmen, während er die Hände auf seinen Leib presste.

»Die Firma dankt«, sagte Giordino zu Dirk. »Und jetzt nichts wie weg von hier.«

Sie sprinteten über die Steuerbordseite des Decks, aber die Schüsse hatten das Schiff aufgeweckt. Bewaffnete Soldaten und Mannschaftsmitglieder quollen aus dem Deckaufbau.

Dirk und Giordino hatten nur eine kurze Strecke zurückgelegt, als ihnen die ersten Kugeln um die Ohren flogen. Auf der Suche nach Deckung entschieden sie sich für die Garage der Gesteinsfräse.

Bis auf einen einsamen Techniker, der auf einer erhöhten Plattform stand und die Elektronik einer Steuereinheit überprüfte, war die Halle jetzt verwaist. Giordino betrachtete die Plattform, dann deutete er nach achtern.

»Steig schon mal ins Boot«, sagte er zu Dirk. »Ich halte sie auf.«

»Das schaffst du niemals.«

»Warte neben dem Schiff auf mich.«

Dirk wusste, dass es keinen Sinn hatte zu widersprechen, daher durchquerte er im Laufschritt den Hangar, verließ ihn durch den Hinterausgang und erreichte so das Schiffsheck.

Giordino näherte sich der Treppe der Plattform. Aufgeschreckt von den Gewehrschüssen, fuhr der Techniker mit einem panischen Flackern in den Augen herum, während Giordino die Stufen heraufstürmte. »Das dürfen Sie nicht!«, rief der Techniker.

Giordino erkannte, dass der Mann ein einziges Bündel Angst war. Er deutete mit einem Daumen über die Schulter und sagte: »Mach die Fliege!«

Der Techniker nickte heftig. Er drängte sich an Giordino vorbei, rannte die Treppe hinunter und verließ fluchtartig den Hangar.

Giordino nahm die Kontrolltafel in Augenschein, mit der gleichzeitig das Testprogramm für die Gesteinsfräse gesteuert wurde. Grün leuchtende Kontrolllampen zeigten an, dass die Tafel mit der Abraummaschine verbunden war. Er probierte einige Einstellknöpfe und Schalter aus, bis er zwei Kontrollinstrumente fand, die die Bewegungen des Fahrzeugs steuerten. Er schob die Hebel nach vorn, und die Fräse setzte sich auf ihren schweren Laufketten in Bewegung.

Behutsam bediente Giordino die Kontrollen, verlangsamte das Tempo der linken Kette der Fräse und drehte die Maschine, bis sie in Richtung Schiffsbug vorwärtskroch. Zufrieden mit der Fahrtrichtung, aktivierte er die Fräswalze.

Zwei Soldaten warfen vorsichtige Blicke in den Hangar, als die Fräswalze auf die Seitenwand traf. Die Wand wurde aus ihrer Verankerung gesprengt und kippte auf die Männer, gefolgt von der Fräse. Ein Mann konnte sich zur Seite und unter der Wand hervorrollen. Er ergriff den Arm seines Kameraden, um ihn in Freiheit zu ziehen, aber die Wand nagelte ihn regelrecht auf das Deck. Der Mann stieß einen erstickten Schrei aus, während ihn die Walze erreichte und sowohl ihn als auch die Wand und die Decksplanken darunter in ein bluttriefendes Trümmerfeld verwandelte.

Die Fräse kroch über das Steuerborddeck und versperrte den Soldaten, die mittschiffs herankamen, den Weg. Giordino verließ die Plattform und rannte nach achtern. Er konnte die Heckreling schon winken sehen, als vor ihm zwei Soldaten auftauchten. Sie gingen auf die Knie herunter und machten Anstalten, das Feuer auf ihn zu eröffnen.

Giordino wartete nicht, bis sie ihn anvisierten. Ohne auch nur einen Schritt langsamer zu werden, schwenkte er zur Seitenreling ab, packte sie und schwang sich elegant hinüber.

Nur Sekundenbruchteile später zerfetzte ein Kugelregen die Reling an dieser Stelle, während Giordino unversehrt ins Meer eintauchte. Er strebte mit kraftvollen Zügen in die Tiefe und vom Schiff weg. Mindestens zwanzig Meter legte er zurück, ehe er auftauchte, um Luft zu holen und sich zu orientieren.

Dirks Stimme drang an seine Ohren. »Pack die Leine und halt dich fest!«

Ein großes dunkles, mit gelben Flecken gesprenkeltes Objekt rauschte an Giordinos Kopf vorbei. Er spürte ein Seil, das seinen Körper streifte, und ergriff es mit beiden Händen.

Augenblicklich wurde er so weit vorwärtsgerissen, dass er über die Wasseroberfläche pflügte und ihm die Gischt, die der Bootsmotor aufwirbelte, ins Gesicht peitschte. Seine Arme fühlten sich an, als würden sie jeden Moment aus den Schultergelenken springen, aber er hielt sich fast eine Minute lang fest. Immer wenn sein Kopf für Sekunden aus dem Wasser auftauchte, hörte er fernes Gewehrfeuer. Er hustete, würgte und rang verzweifelt nach Luft, als das Seil in seinen Händen endlich schlaff wurde.

Er trat für einige Sekunden Wasser, während sich sein Atem Zug für Zug beruhigte. Das Schlauchboot schob sich an ihn heran, und Dirk beugte sich über den Randwulst und reichte ihm eine Hand. In der Ferne fielen noch vereinzelt Schüsse.

Giordino hievte sich an Bord und spuckte einen Mundvoll Salzwasser aus. »Danke fürs Kielholen«, brachte er keuchend über die Lippen.

»Tut mir leid. Ich dachte, es sei der schnellste Weg in die Sicherheit. Sie haben unser Schlauchboot einige Male erwischt, aber wir sind jetzt weit außer Sicht.«

Giordino sah, das zwei der Luftkammern des Zodiac schlaff durchhingen. »Sie sind verdammt schießwütig.«

»Schätze, sie waren mit dem Leistungstest der Gesteinsfräse, den du an Bord durchgeführt hast, nicht sehr glücklich.«

Giordino blickte zur *Sea Raker* zurück, die mehrere hundert Meter entfernt im Ozean trieb. Jemand hatte der Gesteinsfräse inzwischen den Strom abgedreht, aber erst nachdem sie zehn Meter Hauptdeck zerkleinert hatte. Er konnte Scharen von bewaffneten Männern erkennen, die wie aufgeregte Ameisen auf dem Schiff herumrannten.

Dirk schob den Gashebel nach vorn und ging auf Heimatkurs.

Während sie durch zunehmenden Wellengang pflügten, dachte Giordino mit gemischten Gefühlen an das chaotische Geschehen auf dem Schiff. Ihr Unternehmen war ein vollständiger Fehlschlag gewesen. Irgendwo an Bord des Bergbauschiffs wurden Pitt und Summer gefangen gehalten, und sie jetzt zu retten würde zu einem Himmelfahrtskommando werden.

43

Noch erhellte ein bleicher Halbmond den nächtlichen Himmel, als das Schleppschiff mit Pitt und Summer an Bord die Maschine drosselte. Pitt weckte seine Tochter, als das Boot gegen den Kai stieß und das Dröhnen seiner Maschine erstarb.

Sie gähnte. »Wie lange war ich weggetreten?«

»Etwa eine Stunde.«

»Super. Dann müssen wir jetzt in Key West sein.«

Der Wächter hatte während der gesamten Fahrt mit steinerner Miene an der Kabinentür gestanden. Seine Haltung änderte sich kaum, als er die Gefangenen für eine weitere Stunde in der Kabine festhielt. Schließlich erschien ein anderer Soldat, und gemeinsam eskortierten sie Pitt und Summer von Bord und auf einen langen Kai.

Summer betrachtete die Gegend um sie herum. »Seltsam, wie in Florida sieht das hier nicht aus.«

Sie befanden sich an einem zerklüfteten Abschnitt eines vorwiegend grünen Küstenstreifens. Auf den Hügeln im Hinterland blinkten vereinzelte Lichter, aber die Landschaft in der unmittelbaren Küstennähe machte einen verlassenen Eindruck. Zwei hell erleuchtete Gebäude, die in einem felsigen Einschnitt standen, säumten den Kai.

Der Kai selbst war wuchtig und fast einhundertfünfzig Meter lang. Pitt fiel auf, dass die Stahlkonstruktion einen blaugrünen Farbanstrich trug, so dass sie aus der Luft kaum zu erkennen war. Das Schleppboot hatte dicht hinter dem großen seetüchtigen Leichter festgemacht, den es an den Kai manövriert hatte. Beladen war der Leichter mit Erz, und zwar in Form eines Hügels aus getrocknetem Schlamm, den die *Sea Raker* aus dem Ozean gefördert hatte.

Während Pitt und Summer über den Kai geführt wurden, näherte sich ihnen vom Ufer her ein Arbeitskommando. Die meisten Männer trugen militärische Tarnanzüge wie die Soldaten auf der *Sea Raker*. Andere waren in Schutzanzüge gehüllt, die über Atemvorrichtungen verfügten. Diese Männer schoben ein Förderbandsystem in Position, mit dem die Fracht des Leichters gelöscht werden sollte.

Am Ende des Kais blieb Pitt für einen Moment stehen, um mehrere hohe Erzberge zu betrachten, die bereits an Land lagerten und darauf warteten, zu einem Hüttenwerk transportiert zu werden. Der Lauf eines Sturmgewehrs wurde ihm in den Rücken gestoßen, um ihn daran zu erinnern, dass er sich nicht auf einer Besichtigungstour befand.

Sie passierten einen Hubschrauberlandeplatz und einen zweistöckigen Kasernenbau und blieben vor der Tür eines kleinen Gebäudes mit Flachdach stehen. Das Innere war komplett mit Teppichboden und holzgetäfelten Wänden eingerichtet, etwa so wie ein modernes Direktionsbüro.

Summers Augen leuchteten beim Anblick einiger mesoamerikanischer Artefakte, die in einer Glasvitrine aufgestellt waren, interessiert auf. Sie konnte sie zu ihrem Bedauern nur flüchtig betrachten, ehe sie in ein kleines Büro mit einem leeren Schreibtisch und zwei Polstersesseln geschoben wurden. Die Tür blieb offen, und ein bewaffneter Wachtposten sicherte den Eingang.

»Wenigstens gönnen Sie uns ein Minimum an Komfort, ehe sie uns die Augen verbinden«, stellte Pitt trocken fest. Er rutschte seitlich auf einen der Sessel, da seine Hände immer noch auf dem Rücken gefesselt waren.

»Das ist nicht lustig.« Summer ließ sich auf den anderen Sessel sinken und beugte sich zu ihrem Vater vor. Mit gesenkter Stimme fragte sie: »Was meinst du, weshalb sie uns hierhergebracht haben?«

»Ich nehme an, sie wollten nicht, dass wir zu viel von ihrem Bergbaubetrieb mitbekommen. Vielleicht wollten sie uns aber auch nur aus dem Weg haben, bis sie ihre Arbeiten in der Umgebung der *Alta* abgeschlossen haben.«

»Die *Sargasso Sea* wird sicher nicht untätig bleiben.«

»Möglicherweise hat sie gar keine andere Wahl, wenn die kubanische Marine sich dort blicken lässt.«

»Darüber dürfte Al nicht gerade erfreut sein.«

»Viel kann er nicht dagegen tun. Wenn das Militär hier die Regie führt, werden wir wahrscheinlich auf so etwas wie eine politische Lösung warten müssen.« Er lehnte sich in seinem Sessel zurück. »Wir werden uns so lange gedulden müssen, bis sich ihnen eine Gelegenheit bietet, mit uns als Pfand einen Tauschhandel abzuschließen.«

Summer schüttelte den Kopf. »Die Schäden, die durch das Freisetzen des Quecksilbers entstanden sind, können sie kaum vor der Öffentlichkeit verbergen.«

»Das stimmt wohl. Aber da ist noch etwas anderes, das mir Kopfzerbrechen bereitet. Hast du die Arbeiter mit den Schutzanzügen und den Atemgeräten gesehen?«

»Sie wissen offenbar über die Quecksilbervorkommen Bescheid.«

»Vielleicht, aber da ist mir noch etwas anderes aufgefallen. An ihren Anzügen waren kleine Messgeräte befestigt – ähnlich wie die Taschendosimeter, die von Matrosen in atomgetriebenen U-Booten benutzt werden.«

Summer überlegte einige Sekunden lang, dann schüttelte sie den Kopf. »Hm, du könntest recht haben. Ich erinnere mich, den geologischen Aufbau eines hydrothermalen Schlotes im ostpazifischen Rücken gesehen zu haben. Im Basaltgestein wurden konzentrierte Vorkommen von Uran und seltenen Erden gefunden.« Sie sah ihren Vater an. »Könnte es sein, dass sie Uran aus den Schloten herausholen?«

Pitt nickte. »Das würde immerhin die umfangreichen Sicherheitsmaßnahmen erklären. Und vielleicht auch, weshalb die *Alta* gesunken ist.«

»Meinst du, die Kubaner sind für dieses Loch verantwortlich, das wir in ihrem Rumpf gefunden haben?«

»Einer der Männer in der Taucherglocke meinte, er habe ein unbekanntes U-Boot gesichtet, kurz bevor das Bohrschiff unterging.«

»Aber weshalb sollten Kubaner an der Förderung von Uran interessiert sein? Sie verfügen doch gar nicht über die Technologie, Kernwaffen zu bauen.«

»Frag mich was Leichteres«, sagte Pitt.

Sie verfielen in Schweigen und konnten sich eines unguten Gefühls nicht erwehren, dass sie offenbar auf etwas weitaus Bedrohlicheres gestoßen waren, als sie in diesem Moment ahnten.

44

Irritiert schüttelte Giordino den Kopf. »Werden wir vom Meeresboden aus festgehalten?«

Auch wenn die Lichter der *Sargasso Sea* in kurzer Entfernung durch die Nacht leuchteten, schien es, als kämen sie dem NUMA-Schiff keinen Deut näher. Der kleine Motor des Schlauchboots war überfordert, einerseits wegen der schlaffen Luftkammern und andererseits durch eine steife Brise, die seit ihrem Start zu der misslungenen Rettungsaktion aufgekommen war. Ihre Fahrt zur *Sea Raker* hatte weniger als fünfzehn Minuten gedauert, aber nun befanden sie sich schon seit fast einer Stunde auf dem Rückweg.

»Der Motor läuft mit voller Kraft.« Dirk drehte zur Sicherheit den Handgriff des Motors hin und her. »Der Gegenwind ist auch keine Hilfe.«

Auf der Kommandobrücke der *Sargasso Sea* stand Kapitän Malcomb Smith und suchte mit einem Fernglas das Meer zwischen den beiden Schiffen ab. »Da, ich sehe sie!«, rief er dem Steuermann am Ruder zu, der soeben seine Friedhofsschicht absolvierte.

»Sind Summer und Mr. Pitt bei ihnen?«

»Das kann ich nicht erkennen. Dafür ist es zu dunkel. Ich gehe runter zum Kran, um sie in Empfang zu nehmen.«

Der Kapitän begab sich zur Seitenreling, wo zwei Matrosen neben einem Kran darauf warteten, das Schlauchboot an Bord zu hieven. Smith erblickte für einen kurzen Moment das Boot, als es um das Heck herumkurvte. Es hielt sich dicht am Rumpf des Schiffes und wurde von seinem Schatten verschluckt, während es sich bis in Höhe des Krans vorarbeitete.

Smith beugte sich über die Seitenreling, um sich zu vergewissern, ob Pitt und Summer mit an Bord waren. Stattdessen sah er ein Boot, besetzt mit schwarz gekleideten Kommandosoldaten, dem in kurzem Abstand ein zweites Boot folgte. Das erste

Schlauchboot stoppte, während gleichzeitig zwei Haken, an denen Strickleitern hingen, über die Schiffsreling flogen. Zwei Kommandosoldaten hangelten sich an der Leiter hinauf und schwangen sich über die Reling.

Der NUMA-Kapitän reagierte mit einem lauten Ruf und stieß den ersten Eindringling über die Reling zurück ins Boot. Der zweite Kommandosoldat – er war der Anführer des Teams – wartete nicht auf eine Wiederholung dieser Abwehraktion. Er richtete eine Pistole auf Smith und drückte ab.

Hundert Meter entfernt hörten Dirk und Giordino den Schuss. Obwohl sie das andere Schlauchboot mit dem Prisenkommando nicht gesehen hatten, konnten sie sich denken, was dort geschah.

Ein paar Meter vom Schiff entfernt lenkte Dirk das Schlauchboot um seinen Bug herum. Im Licht der Schiffslampen konnte er die beiden Piratenboote erkennen. Sie hatten mittschiffs festgemacht und wurden von einem einzelnen Mann bewacht.

Giordino deutete auf den Wächter, und Dirk nickte. Er lenkte das Boot von dem Schiff weg, beschrieb mit ihm einen weiten Bogen, bis sie auf den Rücken des Wachtpostens blickten. Dann ging er auf direkten Kurs zur *Sargasso Sea*. Dank ihres Elektromotors konnten sie sich lautlos heranschleichen.

Der Wachtposten konzentrierte sich auf das Geschehen, das über ihm auf dem Schiffsdeck stattfand, als Dirks Schlauchboot wie aus dem Nichts erschien und das Piratenboot breitseits rammte. Giordino hechtete sich vom Bug hinüber und war bei dem Mann, ehe dieser wusste, wie ihm geschah. Giordino hob ihn wie eine Puppe in die Luft und schmetterte ihn auf den Boden des Piratenboots. Sein Kopf krachte auf das Gehäuse des Außenbordmotors, und er verlor das Bewusstsein. Giordino vergeudete keine Sekunde, entriss den Händen des Wächters das Gewehr und kletterte am Schiffsrumpf empor.

Als Dirk das Schlauchboot dicht an den Schiffsrumpf herangelenkt hatte und ebenfalls über die Reling kletterte, war Giordino schon nicht mehr zu sehen. Auf seinem Weg zum Bug schreckte er zurück, als er über den blutüberströmten Körper eines Mannschaftsangehörigen stolperte, der bäuchlings auf dem Deck lag.

Auf dem Schiff herrschte eine seltsame Ruhe, das Hauptdeck war verlassen. Wo waren die anderen Kommandosoldaten – und wo war Giordino?

Er konnte sich vorstellen, dass Giordino sofort die Brücke aufgesucht hatte, daher folgte er seinem Beispiel und eilte über das Deck zur Backbordtreppe – und blickte in die Mündung einer Pistole.

Zu spät erkannte er, dass in dem Niedergang dichtes Gedränge herrschte. Kapitän Smith saß neben einem halb weggetretenen Matrosen auf der Treppe und versuchte, die Blutung einer Schulter- und einer Beinwunde zu stoppen. Giordino, eine klaffende Platzwunde am Kopf, stand neben zwei Wissenschaftlern. Sie wurden von zwei Eindringlingen in Schach gehalten.

Dann war da noch Calzado, der Anführer der Truppe, der die Mündung seiner Pistole jetzt gegen Dirks Wange drückte. »Nett von Ihnen, dass Sie uns Gesellschaft leisten. Leider habe ich es nicht geschafft, mich bereits an Bord der *Sea Raker* mit Ihnen bekannt zu machen.«

Dazu fiel Dirk keine passende Antwort ein. Außerdem polterte in diesem Moment ein anderer Pirat die Treppe herunter und nahm vor Calzado Haltung an.

»Die Brücke ist gesichert, Sir«, meldete er. »Wir haben das Schiff unter Kontrolle.«

45

Dirk und Giordino zogen Smith hoch. Halb trugen, halb schleiften sie den verwundeten Kapitän nach draußen und hinterließen eine Blutspur auf den Decksplanken, als Calzado sie mit vorgehaltener Pistole zum Schiffsheck dirigierte. Dort, in zwei Schiffslaboren, fanden sie die restlichen Wissenschaftler und Mannschaftsangehörigen. Calzado schickte sie zu der Gruppe, die im ersten Labor zusammengepfercht war. Dirk fand den Schiffsarzt und übergab den Kapitän in dessen Obhut.

»Gab es Tote?«, fragte Smith mit schwacher Stimme, während der Arzt die Schulterwunde untersuchte. Der Kapitän war totenbleich und sah aus, als werde er jeden Moment ohnmächtig.

Der Erste Offizier des Schiffes, ein schlaksiger Mann namens Barnes, antwortete als Erster. Er war nur mit Unterwäsche bekleidet, da er mit vorgehaltener Waffe aus seiner Koje geholt wurden war. »Der zweite Ingenieur, Dyer, wurde an Deck getötet. Vier andere sind schwer verletzt, aber nicht lebensgefährlich.«

»Hat die Brücke es geschafft, einen Notruf abzusetzen oder einen Peilsender zu aktivieren?«

Barnes schüttelte den Kopf. »Nein, Sir, sie haben die Brücke gestürmt, ehe überhaupt jemand wusste, was geschah. Der Rudergänger meldete, dass sie keinerlei Notsignal senden konnten. Ross wird noch immer auf der Kommandobrücke festgehalten.«

Kapitän Smith wandte sich an Giordino. »Haben Sie irgendeine Spur von Summer oder Pitt gefunden?«

»Wir haben die *Starfish* auf ihrem Schiff gefunden, direkt neben den Geräten für den Tiefseebergbau. Sie müssten noch an Bord sein.« Er weigerte sich, eine schlimmere Möglichkeit auch nur in Erwägung zu ziehen.

Der Kapitän atmete keuchend. »Wer zum Teufel sind diese Leute?«

»Das Schiff heißt *Sea Raker*«, berichtete Giordino. »Mannschaftsmäßig ist es bestückt wie ein Zerstörer und nicht wie ein Bergbauschiff. Es wimmelt nur so von bewaffneten Soldaten. Ich finde, sie sehen wie reguläres kubanisches Militär aus.«

Die Bestätigung erfolgte nur Sekunden später, als die Labortür aufsprang. Calzado trat über die Schwelle und musterte das Gedränge in dem Raum mit mürrischem Blick.

»Die *Sargasso Sea* wurde aufgrund der Verletzung der Hoheitsgrenzen Kubas aufgebracht«, sagte er in stockendem Englisch. »Sie sind jetzt Staatsgefangene.«

»Wir sind nicht in kubanische Gewässer eingedrungen«, widersprach Barnes.

Calzado musterte den Ersten Offizier und lächelte eisig. »Es ist meine Pflicht, Sie zu warnen, dass jeder Versuch, zu fliehen oder die Operationen dieses Schiffes zu stören, ernste Folgen haben wird. Sie bleiben hier und verhalten sich ruhig.«

Er machte auf dem Absatz kehrt und marschierte hinaus. Zwei Soldaten schlugen die Tür hinter ihm zu und verriegelten sie.

»Das ist eine Ladung gequirlter Mist«, sagte Barnes. »Wir sind fünf Meilen von den kubanischen Hoheitsgrenzen entfernt.«

Die Maschinen des Schiffes meldeten sich mit einem lauten Rumpeln, und sie spürten, wie sich das Schiff in Bewegung setzte.

»Wenn wir uns nicht in diesem Moment innerhalb der kubanischen Gewässer befinden«, sagte Dirk, »werden wir es in Kürze.«

Smith schloss die Augen, als wollte er schlafen. Aber seine Stimme klang fest, während er sagte: »Wir sollten das Schicksal nicht herausfordern. Die Zentrale kann uns sicherlich aufspüren und wird in Alarmbereitschaft versetzt, wenn wir uns nicht melden. Es ist nur eine Frage der Zeit, bis Hilfe in Marsch gesetzt wird. Bis dahin sollten wir abwarten und die Forderungen des Mannes erfüllen.«

Bei Giordino trafen diese Worte auf taube Ohren. Er kam sich in dem Labor schon jetzt wie ein gefangener Tiger vor und dachte über eine Möglichkeit nach, seinen Fängern ein Schnippchen zu schlagen.

46

Pitt und Summer hatten einen halben Tag eingesperrt im Büro verbracht, als sie hörten, wie mehrere Männer den Bürokomplex betraten. Dank der dünnen Wände und der offenen Türen konnten die beiden Gefangenen jedes Wort verstehen.

»Na schön, Molina, welchem schlimmen Notfall ist es zu verdanken, dass ich heute hierher kommen musste?«

Juan Díaz legte die Füße auf den großen Mahagonischreibtisch und blickte an seiner Nase entlang zu dem Offizier hinüber, der die Bergbaumaßnahmen leitete und ihm gegenüber saß. Trotz seiner eigenen Dienstzeit in der Revolutionsarmee hatte Díaz eine ausgeprägte Abneigung gegen das Militär.

»Commandante, Sie haben stets gefordert, dass die Bergbaumaßnahmen unter absoluter Geheimhaltung durchgeführt werden sollen«, sagte Leutnant Silvio Molina. Obgleich Díaz keinen militärischen Rang mehr bekleidete, redete ihn das Militär auf Grund der einflussreichen Beziehungen seiner Familie stets mit einem entsprechenden hochrangigen Titel an.

»Ja natürlich«, sagte Díaz. »Sie und Ihre Männer wurden wegen Ihrer Loyalität gegenüber dem General sorgfältig für die Durchführung der Operation ausgesucht.«

»Während unserer Grabungen hatten wir in der letzten Nacht eine Störung auf Domingo 1 zu verzeichnen.«

Díaz warf einen Blick auf eine überdimensionale Karte der Floridastraße, die an einer Wand befestigt war. Ein unregelmäßiger Kreis in grüner Farbe und mit der Bezeichnung Domingo 1 markierte eine Zone nordöstlich von Havanna. »Fahren Sie fort.«

»Ein amerikanisches Forschungsschiff namens *Sargasso Sea* traf dort am frühen Abend ein und ging in der Nähe des Bohrlochkopfs vor Anker ...«

»Die *Sargasso Sea?*«, fragte Díaz. »War das nicht dieses Schiff, das plötzlich auftauchte und herumschnüffelte, nachdem das Bohrschiff versenkt wurde?«

»Ja, sie ist ein Schiff der National Underwater and Marine Agency. Sie hatten auch die Überlebenden der *Alta* aufgefischt.«

»Und was haben sie schon wieder dort zu suchen?«

»Das weiß ich nicht.« Molina zuckte die Achseln. »Vielleicht führen sie im Auftrag des norwegischen Schiffseigners eine Inspektion durch. Oder vielleicht wurden sie von der CIA geschickt.«

»Die Zerstörung des Bohrschiffs sollte als Unfall getarnt werden«, sagte Díaz. »So lautete der eindeutige und unmissverständliche Befehl.«

»Und so wurde er auch durchgeführt. Aber ich hatte Sie gewarnt, dass damit unerwünschte Aufmerksamkeit erregt werden könnte.«

»Wir unterliegen einem Terminplan, und wir brauchten mehr Zeit, um die Probegrabungen abzuschließen. Hätte ihnen der – leider verstorbene – Minister Ortiz nicht den Zugang zu ausgerechnet diesem Sektor gestattet und eine Bohrerlaubnis erteilt, wäre es niemals zu einem solchen Problem gekommen. Wir hatten keine andere Wahl, als sie schnellstens aus diesem Gebiet zu entfernen.« Díaz verzog ungehalten das Gesicht. »Wie ich sehe, wird soeben eine neue Lieferung entladen. Wie hoch ist unser aktueller Lagerbestand?«

»Diese Ladung inklusive haben wir einen einsatzfähigen Vorrat von etwa zweihundertachtzig Tonnen. Das Transportschiff des Kunden trifft am Morgen ein, um die erste Hälfte das Auftrags von zweihundertfünfzig Tonnen zu übernehmen.«

Díaz erhob sich und trat an die Wandkarte. Neben dem grünen Kreis waren auf der Karte zwei rote Kreise zwanzig und dreißig Meilen weiter nördlich in der Floridastraße zu sehen. Er deutete auf die Markierungen. »Die hydrothermalen Schlote bei Domingo 2 und Domingo 3 sind jeweils zehnmal so groß wie Domingo 1. Dort lässt sich die geforderte Menge sicherlich auffüllen, wenn Ihre Ergiebigkeitsberechnungen korrekt sind.«

»Domingo 1 hat sich als gehaltvoller erwiesen, als wir erwartet hätten«, sagte Molina. »Wir haben einen Gehalt an Uranoxid von über fünfzig Prozent gemessen, was weitaus mehr ist, als in anderen Festlandvorkommen gefunden wird, sogar mehr als in Atabasca in Kanada.«

»Das ist auch der Grund, weshalb wir dieses kostenintensive Tiefseebergbau-Projekt in Angriff genommen haben. Wann wird die *Sea Raker* ihre Arbeiten auf dem aktuellen Feld abschließen?«

Molina blickte verlegen zu Boden. »Das ist ungewiss. Fünfundachtzig Prozent der Aktivitäten wurden bereits ausgeführt, aber zurzeit herrscht Stillstand, weil erst erhebliche Schäden am Schiff repariert werden müssen.«

»Welche Schäden?«

»Sie wurden durch das amerikanische Forschungsschiff verschuldet. Während der Erzförderung hatten sie ein Tauchboot hinuntergeschickt, das sich unserer Gesteinsfräse näherte. Wir konnten das Tauchboot lahmlegen und auf unser Schiff holen.«

»Sie konnten *was?*«, fragte Díaz. Er schoss aus seinem Sessel hoch.

»Es hat unsere Operation aufgezeichnet. Calzado, auf der *Sea Raker*, meldete, dass seine Männer das Tauchboot auf dem Schiff versteckt und seine beiden Piloten heute Morgen mit dem Leichter an Land geschickt haben. Kurz darauf enterten zwei Männer des NUMA-Schiffes die *Sea Raker*, offenbar um ihre Kameraden zu suchen. Sie wurden zwar entdeckt, konnten jedoch entkommen. Und dabei haben sie mit der Gesteinsfräse erheblichen Schaden angerichtet.«

Díaz' Gesicht war mittlerweile rot angelaufen. »Demnach hat man auf dem NUMA-Schiff Kenntnis von unserer Operation und weiß außerdem, dass wir ihr Tauchboot gekapert haben.«

»Calzado meldet, dass er und ein Kommandotrupp das amerikanische Schiff inzwischen unter ihre Kontrolle gebracht haben. Er glaubt nicht, dass sie es geschafft haben, einen Hilferuf abzusetzen.«

Díaz starrte ihn an. »Sie haben all das ohne meine ausdrückliche Genehmigung getan?«

»Es war eine dringende militärische Operation, und es war schon spät. Ich habe den General geweckt und den Einsatz von ihm genehmigen lassen.«

Mit glühenden Augen starrte Díaz den Leutnant an. »Glauben Sie nicht, dass die Amerikaner ihr Forschungsschiff vermissen werden?«

»Das Schiff wurde näher zur Küste gebracht. Wenn sie Ärger machen, können wir sie beschuldigen, in unsere Hoheitsgewässer eingedrungen zu sein, um zu spionieren.«

»Dies hat die gesamte Operation, die kurz vor dem Abschluss steht, auf unzumutbare Art und Weise gefährdet.« Er sah Molina mit einem Ausdruck eisiger Entschlossenheit an. »Wir müssen die Förderung bei Domingo 2 und Domingo 3 sofort beschleunigen. Ich werde mich erkundigen, ob unser Kunde bereit ist, die zweite Lieferung früher als vereinbart in Empfang zu nehmen.«

»Die *Sea Raker* kann die nächsten beiden Felder aufsuchen und die Sprengungen vorbereiten, während die Gesteinsfräse repariert wird.«

»Wann kann mit der Förderung begonnen werden?«

»Innerhalb von vierundzwanzig Stunden, vielleicht auch früher.«

»Sofort«, sagte Díaz. »Fangen Sie sofort an! Vielleicht bleibt uns nicht einmal diese kurze Zeitspanne, ehe das amerikanische Schiff den Blick der Öffentlichkeit auf sich zieht. Ich kehre nach Havanna zurück, um mich mit dem General zu beraten. Veranlassen Sie, dass die *Sea Raker* das Feld Domingo 2 sofort aufsucht.«

Während er sich erhob, um das Büro zu verlassen, hielt ihn Molina noch für einen kurzen Moment auf. »Was soll mit den Tauchboot-Piloten geschehen, die wir gefangen genommen haben?«

»Befinden sie sich noch auf dem Schlepper?«

»Nein, sie sind gleich nebenan.«

Díaz ließ sich mit einem verärgerten Knurren in den Sessel sinken. »Na schön, bringen Sie sie herein.«

47

Pitt und Summer hatten jedes Wort mitgehört. Sie waren von der Neuigkeit geschockt, dass die *Sargasso Sea* gekapert worden war. Weniger überrascht war Pitt allerdings über den ungebetenen Besuch und die Beschädigungen an Bord der *Sea Raker*. Er hatte nicht die geringsten Zweifel, dass beides auf Als und Dirks Konto ging.

Das Risiko steigerte sich schlagartig. Ein neugieriges Mini-U-Boot aus dem Verkehr zu ziehen und sich damit aus dem Staub zu machen war eine Sache, aber ein NUMA-Schiff zu entern und darauf das Kommando zu übernehmen war etwas vollkommen anderes. Die Heimlichtuerei und die Paranoia wiesen darauf hin, dass das Bergbauprojekt ein Hochrisiko-Unternehmen war – mit möglicherweise weitaus schlimmeren Folgen für die Umwelt, nämlich durch die bislang noch nicht angezapften hydrothermalen Schlote.

»Wenn diese anderen beiden Schlote zehnmal größer sind als der Schlot am Lageplatz der *Alta*«, sagte Summer, »was geschieht, wenn sie diese Schlote aufsprengen? Rudi sagte, sie hätten bereits eine Meldung über einen erhöhten Quecksilbergehalt nicht weit von Andros Island in den Bahamas erhalten.«

»Wenn man die bereits vorhandene Verseuchung mit dem Faktor zwanzig multipliziert, kann man getrost von einer ausgewachsenen Umweltkatastrophe sprechen«, sagte Pitt. »Wie Rudi bereits angedeutet hat, ist die gesamte Meeresfauna und -flora durch Spezies gefährdet, die durch diese Quecksilberwolken wandern.«

»Während der BP-Ölkatastrophe wurde befürchtet, dass die Ölpest die Floridastraße erreicht und sich an der Ostküste ausbreitet«, sagte Summer. »Die Gefahr ist in diesem Fall aber viel größer. Wenn die Giftstoffe mitten in der Floridastraße freigesetzt werden, könnte das Methylquecksilber in die Nahrungskette gelangen und Fischbestände von Texas bis nach New England verseuchen.«

Zwei bewaffnete Soldaten scheuchten sie aus ihren Sesseln hoch und eskortierten sie in den benachbarten Raum.

»Dies sind die beiden Personen, die unseren Bergbaubetrieb ausspioniert haben«, sagte Molina, als sie in sein Büro geführt wurden.

Díaz rutschte bei Summers Anblick beinahe aus dem Sessel. Sie war genauso geschockt, feststellen zu müssen, dass sie sich in Juan Díaz' Gewalt befand, aber sie erholte sich als Erste von dem Schreck.

»*Professor* Díaz«, sagte sie mit sarkastischer Betonung auf dem Titel. »Ich wusste gar nicht, dass Ihre anthropologischen Aktivitäten auch Mord und Menschenraub einschließen?«

»Bei mir gibt es vieles, das Sie nicht wissen, Summer Pitt«, erwiderte er.

Sie setzte zu einer Entgegnung an, dann schaute sie an Díaz vorbei. Auf einem besonders stabilen Tisch in der Ecke des Büros lag der Azteken-Stein, den sie in Zimapán gefunden hatte. Die schrecklichen Ereignisse danach kamen ihr wieder in den Sinn. »Sie haben Dr. Torres kaltblütig ermordet«

Díaz reagierte mit einem eisigen Lächeln.

»Kennen Sie diese Frau?«, fragte Molina.

»Ja. Wir teilen eine Leidenschaft für die Geschichte der Azteken.« Er ging zu dem Stein hinüber und strich mit einer Fingerspitze über seine Oberfläche. »Ein Jammer, dass die andere Hälfte nicht im Wrack der *Oso Malo* in Jamaika geblieben ist.«

»Ja«, sagte Summer und sammelte sich wieder. »Eine Ironie, wirklich. Die andere Hälfte ist in Havanna gelandet, zerstört mit der *Maine*. Sie lag die ganze Zeit vor Ihrer Nase.«

»Ja, ich habe ebenfalls herausbekommen, dass sich Dr. Boyd zusammen mit der Steinhälfte an Bord der *Maine* befand, als das Schiff explodierte. Dennoch, Sie waren sehr hilfreich, als Sie die entsprechenden Daten lieferten, wo der Schatz immer noch liegen könnte.«

»Welcher Schatz?«

Díaz starrte sie verblüfft an. »Soll das heißen, Sie haben keine Ahnung von der Bedeutung des Steins?«

Er lachte bellend, während er zu einem Bücherschrank ging, der mit kleinen Steinschnitzereien und Artefakten gefüllt war. Er griff nach einer winzigen Figur und stellte sie vor Summer auf den Tisch. »Nur ein Narr würde sein Leben im Namen der Wissenschaft aufs Spiel setzen.«

Es war die Figur eines Hundes, die aus reinem Gold bestand. Die Formgebung wirkte altertümlich, was, wie Summer vermutete, auf eine aztekische Herkunft schließen ließ. »Wo haben Sie das gestohlen? Im Anthropologischen Museum der Universität von Veracruz?«

»Dieses Stück wurde während einer unserer mineralogischen Untersuchungen auf dem Meeresgrund gefunden.«

»In einem langen Kanu«, meldete sich nun auch Pitt zu Wort, »etwa dreißig Meilen nordwestlich von Montego Bay.« Er hatte die ganze Zeit geschwiegen, während die beiden anderen redeten, und versucht, sich näher an die Wandkarte heranzuschieben. Ein heftiger Stoß mit dem Gewehr eines Wächters verhinderte, dass er die Markierungen erkennen konnte.

Díaz reagierte gereizt auf den Kommentar. Er nahm die Figur vom Tisch und stellte sie an ihren Platz zurück. Dann kam er zu Summer herüber. Er griff in ihr rotes Haar und zog ihren Kopf mit einem Ruck nach vorn. »Sagen Sie mir – jetzt! –, warum sind Sie hier?«

Pitt durchquerte den Raum mit einem Satz, die Hände nach wie vor auf dem Rücken gefesselt, und rammte Díaz mit der Schulter.

Díaz landete rücklings auf seinem Schreibtisch, während sich zwei Wächter auf Pitt stürzten und ihn zurückhielten. Molina zog eine Makarov-Pistole aus dem Halfter und richtete sie auf Pitt.

Díaz kam taumelnd auf die Füße und starrte Pitt wütend an, dann sah er zu Summer hinüber. »Eine deutliche Ähnlichkeit, wie es scheint. Das ist Ihre Tochter?«

Pitt sagte nichts und starrte ihn hasserfüllt an.

»Vielleicht kann sie meine Männer während Ihres Aufenthalts ein wenig unterhalten.« Díaz wandte sich zu den Soldaten um. »Schaffen Sie ihn mir aus den Augen – auf der Stelle!«

Die Soldaten zerrten Pitt aus dem Büro und ließen Summer allein mit Díaz und Molina zurück. Díaz zog eine Schreibtischschublade auf und holte daraus ein Messer mit einer handgeschnitzten Obsidianklinge hervor. Er zeigte es Summer, dann drückte er mit der Klinge leicht gegen ihre Wange. »Und nun, wo waren wir stehen geblieben?«

Summer biss die Zähne zusammen. »Wir verfolgen den Ausbruch einer Quecksilberverseuchung.«

Díaz nickte, ließ das Messer sinken und hinterließ eine dünne Blutspur.

»Ihre Bergbauaktivitäten haben toxische Wolken freigesetzt, die Scharen von Meereslebewesen töten«, sagte sie. »Diese Wolken wurden von Satelliten gesichtet. Die jüngste haben wir hier gefunden und sind hergekommen, um sie zu untersuchen. Das Quecksilber stellt eine große Gefahr für die Umwelt dar.«

Díaz nickte. Er war sich bewusst, dass bei seinen Unterwassersprengungen Methylquecksilber freigesetzt wurde, verschwendete an die Folgen jedoch keinen Gedanken. »Mag sein, dass das Quecksilber problematisch ist, aber im Laufe der Zeit wird es sich schon wieder verflüchtigen.«

»Der Meeresfauna und -flora wurde bereits irreparabler Schaden zugefügt. Und Ihr Unterwasserbergbau hier, in der Floridastraße, könnte im gesamten Golf von Mexiko und an der Atlantikküste katastrophale Folgen haben.«

»Schädliche Folgen für die USA, nicht wahr? Das interessiert mich nicht.« Díaz lachte. »Ich fürchte, Sie kommen um einiges zu spät.«

Er ging zum Azteken-Stein und betrachtete ihn einige Sekunden lang bewundernd, ehe er mit dem Obsidianmesser darauf tippte. »Ja, zu spät. Aber vielleicht ...« Er tippte abermals auf den Stein. »Vielleicht sind Sie auch hier, wenn ich den zweiten Stein berge und die Botschaft der Azteken vollständig vorliegt.«

48

Der Bootsführer schaltete den qualmenden Außenbordmotor aus und ließ das Boot mit der Strömung treiben. Der Mann am Bug warf ein Ringwadennetz ins Wasser, so dass durch die Bewegung des Bootes die Schwimmkörper auseinanderwichen und das Netz öffneten. Der Mann wechselte auf die vordere Sitzbank und hantierte übertrieben umständlich an den Netzleinen herum. Einen Moment lang zögerte er und wedelte mit einer Hand vor seiner Nase herum, während er den Fang auf dem Boden des Bootes betrachtete. »Mann, diese Fische sind alles andere als frisch.«

James Maguire, der am Außenbordmotor saß, lachte. »Hoffentlich halten sie jeden davon ab, das Boot zu durchsuchen.«

Bekleidet mit teilweise zerrissenen T-Shirts und schmuddeligen Baseballmützen sahen die beiden wie einheimische Fischer aus, die von einer der Kaimann-Inseln stammten. Auf keinen Fall hätte man fürstlich entlohnte Söldner in ihnen vermutet. Maguire war ein ehemaliger Scharfschütze des Marine Corps und CIA-Agent. Marty Gomez hatte früher als Navy SEAL gedient. Nur einem aufmerksamen Beobachter wäre der dürftige Fang aufgefallen, den sie während der vergangenen sechs Stunden eingeholt hatten, zu einem nicht geringen Teil auf Grund der Tatsache, dass Maguire ein großes Loch ins Netz geschnitten hatte.

Während Gomez möglichst publikumswirksam so tat, als zerre er an einem Netz, das sich irgendwo verhakt hatte, kauerte Maguire am Bootsheck und hielt mit einem Fernglas Ausschau. Er konzentrierte sich auf eine kleine weiße Motoryacht, die in etwa hundert Metern Entfernung an einer Boje festgemacht hatte. Außer einer kubanischen Flagge, die über der Flybridge flatterte, war nichts Auffälliges an dem Boot.

Maguires suchender Blick wanderte weiter zu zwei Patrouillenbooten der Revolutionsarmee, die die Yacht in langsamer Fahrt unermüdlich umkreisten.

»Das Tageslicht nimmt ab«, stellte Gomez fest. »Gehst du rein?«

Sie hatten den größten Teil des Tages damit verbracht, sich näher an die Yacht heranzutasten. Ein paar Stunden zuvor war eins der Wachboote zwecks einer kurzen Kontrolle vorbeigekommen, hatte sich für das baufällige Boot jedoch nicht besonders interessiert.

Maguire schaute von einem Patrouillenboot zum anderen, und dann nahm er das Fernglas herunter. »Die Jungs sehen aus, als seien sie im Halbschlaf. Wahrscheinlich könnte meine Großmutter mit einem rosa Tretboot den Job erledigen. Wirf Anker, und ich mach mich auf den Weg.«

Gomez ließ den Anker unter dem Fischernetz ins Wasser gleiten.

Maguire holte unter dem Haufen faulender Fische einen Kunststoffbehälter hervor, in dem sich ein kleiner Tauchcomputer befand. Er schaltete einen Digitalkompass ein, visierte die Yacht an und programmierte einen Kurs zu ihrer geschätzten Position, dann schnallte er sich das Gerät um den Arm.

»Ich bin bereit.« Er nahm seine Mütze ab und schlüpfte aus den Sandalen. »Gib mir ein wenig Deckung.«

»Okay.« Gomez erhob sich, das zu einem Ballen zusammengeraffte Netz auf den Armen, und schirmte Maguire vor neugierigen Blicken von den Patrouillenbooten ab. »Ich lasse das Licht brennen.«

Maguire warf einen letzten prüfenden Blick auf die Yacht und rollte sich über den Bootsrand ins Wasser. Er schwamm unter das Boot, dessen Rumpf keinerlei Ähnlichkeit mit dem schäbigen Aussehen des über Wasser gelegenen Teils hatte. Er zog sich zwischen Flügelrädern und einem Satz ausladender Tragflügel hoch, die die *Surprise* mit über vierzig Knoten in der vorangegangenen Nacht vom Arbeitsschiff bis zu ihrer augenblicklichen Position transportiert hatten.

Der glatte Rumpf des Bootes glich nun dem Warenregal in einem Sportartikelladen. Maguire schnappte sich eine Atemflasche und eine Tarierweste von einem Haken und schob sich den Atemregulator in den Mund. Als Nächstes kamen Maske und Schwimmflossen und dann ein Bleigürtel. Sobald er die Ausrüstung angelegt hatte, schwamm er unter dem Boot zu zwei weiteren Objekten, die unter dem Rumpf versteckt waren. Das erste war eine Box aus Hartplastik, die mit einem großen Saugnapf an der glatten Außenhülle des Bootes klebte. Er drehte an einem Griff, so dass die Box sich abnehmen ließ und er sie an seine Tarierweste hängen konnte. Dann löste er einen kleinen Tauchscooter von einem Halteseil. Nachdem er sich mit Hilfe seines Tauchcomputers orientiert hatte, brachte er den Scooter vor sich in Position und schaltete ihn ein.

Er glitt zügig durch das Wasser, richtete den Scooter leicht abwärts, bis er eine Tauchtiefe von zehn Metern erreicht hatte und von der Wasseroberfläche aus nicht mehr zu sehen war. Die Sicht war gut und gestattete ihm einen weiten Blick voraus, während kleine Fischschwärme seinen Weg kreuzten und ihm eilig Platz machten. Da er auf dem Tauchcomputer verfolgen konnte, wie schnell er vorankam, drosselte er das Tempo des Scooters, sobald er das Ziel seiner Unterwasserreise erreichte. Der Meeresboden war vollständig kahl und leer, daher schwamm er fünfzehn Meter weiter, bis er das Objekt seiner Begierde entdeckte, einen schweren Mooring Block aus Beton. Der von ihm festgelegte Kurs war genau richtig, er hatte lediglich die Distanz zu kurz geschätzt.

Er schaltete den Scooter aus, legte ihn auf den Mooring Block und stieg an einer Kette hoch, die an einem stählernen Schwimmkörper befestigt war und diesen in Position hielt. Als er nach oben schaute, konnte er über sich die Umrisse der Yacht erkennen. Er orientierte sich, dann suchte er sich einen mittschiffs gelegenen Punkt dicht neben dem Kiel und entfernte auf einer kleinen Fläche den Algenbewuchs des Rumpfs. Dort platzierte er den Saugnapf mitsamt dem Plastikbehälter, der fünf Pfund hochexplosiven Sprengstoffs und einen elektrischen Zünder enthielt.

Er wickelte einen dünnen Draht, der an den Zünder angeschlossen war, von einer schlanken Spule ab und tauchte damit bis zum Mooring Block hinab. Mit einigen Kabelbindern sicherte er ihn an der Bojenkette und stieg wieder auf. Dicht unter der Wasseroberfläche befestigte er einen kleinen Funkempfänger an der Unterseite des Schwimmkörpers und klebte einen flachen Antennendraht mit Knetgummi an den Schwimmkörper. Prüfend zog er an dem Draht und tauchte an der Kette zu seinem Unterwasserscooter hinab.

Zehn Minuten später saß er wieder neben Gomez und lenkte das Boot durch den rotgoldenen Lichtschein der untergehenden Sonne an der Küste entlang. Allem Anschein nach war er nicht mehr als ein müder Kaimann-Fischer, der mit seinem mageren Fang nach Hause zurückkehrt.

49

Tausend Dinge gingen Pitt durch den Kopf, aber das Wichtigste war die Sorge um das Wohlergehen seiner Tochter. Pitts Kinder waren von ihrer inzwischen verstorbenen Mutter aufgezogen worden, daher hatte er ihre ganze Kindheit versäumt. Als Dirk und Summer als junge Erwachsene in sein Leben traten, war sofort eine enge Verbindung zwischen ihnen entstanden. Ihre gemeinsame Arbeit für die NUMA hatte eine vertrauensvolle Beziehung geschaffen. Ihre gemeinsame Liebe zum Meer hatte sie noch weiter zusammengeschmiedet. Obgleich Pitt wusste, dass seine Tochter eine taffe und clevere junge Frau war, machte er sich trotzdem Gedanken um ihre Sicherheit.

Umständehalber konzentrierte er sich allerdings auf das nächstliegende Problem. Er war in einen leerstehenden Lagerraum in der Nähe von Díaz' Büro mit einer massiven Tür und einem Riegelschloss eingesperrt worden. Bis auf eine Lampe an der Gipsdecke war der winzige Raum vollkommen kahl.

Seine Hände waren noch immer mit einem Kabelbinder auf dem Rücken gefesselt. Aber das war kein Hindernis, da die Kubaner ihn bisher nicht durchsucht hatten. Er streckte sich auf dem Fußboden aus, rollte sich auf die Seite und verrenkte die Arme, bis er eine Hand in die vordere Hosentasche schieben konnte. Dort wartete das kleine Taschenmesser, das er in der *Starfish* eingesteckt hatte. Er bekam es zu fassen und zog es heraus. Sich auf seinen Tastsinn verlassend, klappte er die Klinge auf und durchtrennte die Fessel.

Sobald seine Hände frei waren, erhob er sich und massierte die Handgelenke, während er die Tür untersuchte. Abermals blieb ihm das Glück treu. Zwar war die Tür von außen verschlossen, öffnete sich jedoch nach innen und wurde durch drei längliche Scharniere fixiert. Pitt machte sich abermals mit seinem Messer an die Arbeit, hebelte zwei Stifte aus den Scharnieren und lockerte den dritten. Dann bereitete er sich auf eine längere Wartezeit vor.

Immer noch konnte er Stimmen im Büro hören, und er setzte sich auf den Fußboden und wartete darauf, dass Stille einkehrte. Sobald er hörte, wie der Riegel verschoben wurde, zog er sich von der Tür zurück, ließ die Scharnierstifte in der Hosentasche verschwinden und verbarg die Handgelenke auf dem Rücken. Ein Wächter steckte den Kopf herein, schob eine Wasserflasche und einen leeren Eimer zu Pitt hinüber, dann zog er sich zurück.

Als sich eine Stunde lang nichts gerührt hatte, hebelte Pitt den letzten Zapfen aus dem Scharnier. Er zwängte die Messerklinge in den Spalt zwischen Tür und Türrahmen und äugte durch den Spalt. Niemand war zu sehen. Er packte die Tür an der Scharnierseite, zog sie in den wandschrankähnlichen Raum hinein und öffnete den Riegel. Dann setzte er die Tür wieder in den Rahmen und sicherte ein Scharnier mit einem Zapfen. Schließlich verließ er den Wandschrank und verriegelte hinter sich die Tür.

Aber der Bürokomplex war nicht leer. Vom Ende des Korridors drangen die Stimmen zweier Männer an seine Ohren, daher schlug er die andere Richtung ein. Er sah in dem Büro nach, in dem er und Summer zuerst eingesperrt worden waren, aber der Raum war leer. Summer, so vermutete er, befand sich gar nicht mehr in dem Gebäude.

Die Stimmen wurden lauter, daher tauchte Pitt in Díaz' offenes Büro und zog die Tür hinter sich zu. Er ging zur Wandkarte der Floridastraße. Auf der Karte befanden sich drei Markierungskreise, rot und grün. Den kleinsten erkannte er als Markierung der Position, an der die *Alta* gesunken war. Voller Sorge stellte er fest, dass die beiden roten Kreise vom Festland weiter entfernt waren und fast in der Mitte der Floridastraße lagen. Ihm fiel keine andere Erklärung ein, als dass sie die nächsten Schlote markieren mussten, die zerstört werden sollten. Außerdem war ihre Position die denkbar schlechteste.

In der Mitte der Floridastraße machte der Floridastrom volle Fahrt und sorgte für eine Nordostdrift von mehr als drei Knoten.

Pitt wusste, dass im Uhrzeigersinn verlaufende Strudel von dem Strom abzweigten, die die Ostküste von Florida berührten. Er folgte dem Verlauf des Floridastroms an der Küste entlang bis zu dem Punkt, an dem er sich mit dem Golfstrom vereinigte. Von diesem Punkt lag Miami Beach kaum einhundert Meilen entfernt. Die Bergbauleute hätten sich keine ungünstigere Position aussuchen können, wenn sie die Absicht hatten, Umweltsabotage im größtmöglichen Umfang zu betreiben.

Sein Magen krampfte sich zusammen, als sich Pitt die Auswirkungen der unsichtbaren tödlichen Flut vorstellte. Falls die hydrothermalen Schlote gesprengt wurden und Quecksilber in der vorausberechneten Menge freigesetzt würde, wäre die Verwüstung total. Verseuchtes Wasser, tote Meereslebewesen aller Art und vernichtete Fischbestände würden aus der Ostküste eine einzige Todeszone machen. Dagegen wäre die BP-Ölpest nur eine geringfügige Störung.

Kurz inspizierte er den Schreibtisch und fand einen Terminkalender mit mehreren handschriftlichen Notizen. Ein Eintrag bezog sich auf die unmittelbar bevorstehende Ankunft eines Schiffes namens *Algonquin*. Unter dem Schiffsnamen befand sich die Angabe »250 Tonnen mit 45% Gehalt«.

Pitt durchsuchte die Schubladen und fand lediglich Routinekorrespondenz und ein primitives Obsidianmesser. Er ließ das Messer in seiner Handfläche verschwinden, als er vor der Tür Stimmen hörte.

Die Stimmen entfernten sich, und er ging zu dem Regal voller Artefakte hinüber. Die Kollektion von Tongefäßen, Steinschnitzereien und Goldschmuck war umfangreich. Auf dem obersten Regalbrett lag ein Paddel aus Mahagoniholz – wie Pitt vermutete, war es die Nachbildung eines Paddels, wie es im aztekischen Kanu verwendet wurde. Am Ende des Regalbretts entdeckte er die gerahmte Zeichnung einer Seite aus einem mesoamerikanischen Codex.

Als er sie aus dem Regal nahm, konnte Pitt erkennen, dass sie eine männliche Gestalt mit grünem Federkopfschmuck zeigte, die mit dem Gesicht nach unten auf dem Boden lag. Im Hintergrund waren Männer mit Adlerköpfen als Kopfschmuck damit beschäftigt, eine Kiste in ein kleines Kanu einzuladen. Lange betrachtete Pitt das Bild, dann wandte er seine Aufmerksamkeit dem halbrunden Stein zu, der daneben lag.

»Ich fasse es nicht …«, murmelte er und tätschelte den Stein, während ihm offenbar ein Licht aufging. »Deshalb also der ganze Wirbel.«

Er verdrängte den Stein aus seinem Bewusstsein und konzentrierte sich nun darauf, Summer zu suchen und eine Möglichkeit zu finden, die Sprengung der hydrothermalen Schlote zu verhindern. Aber zuerst musste er irgendwie aus dem Gebäude herausfinden. Soweit er bisher hatte feststellen können, gab es nur einen einzigen Zugang. Und der wurde so gut wie sicher bewacht.

Pitt öffnete die Tür von Díaz' Büro und lauschte. Im Korridor herrschte Ruhe. Die Männer aus dem hinteren Büro hatten das Gebäude offenbar verlassen.

Um sich zu vergewissern, trat er auf den Flur hinaus und schlich in Richtung Eingang. Er erstarrte, als er einen bewaffneten Wächter vor dem Empfangspult stehen und aus dem Fenster blicken sah. Die Distanz war zu groß, um sich dem Mann unbemerkt nähern zu können, daher zog sich Pitt in den Korridor zurück – und hatte eine Idee.

Er kehrte in Díaz' Büro zurück und betrachtete prüfend das Telefon. Es war ein älteres Model mit Schaltknöpfen für mehrere Leitungen. Pitt nahm den Hörer ab und drückte der Reihe nach auf die Knöpfe, bis am Empfang ein Klingeln ertönte. Er legte den Hörer auf den Schreibtisch und nahm das Mahagonipaddel vom Regal.

Dann trat er in den Flur und schlich zum Foyer. Das Telefon klingelte auf dem Empfangspult, während der Wächter offenbar genervt in der Halle auf und ab ging. Nach zwei Minuten hatte er von der Störung genug und nahm den Hörer ab. *»Hola? Hola?«*

Als er keine Antwort erhielt, knallte er den Hörer auf die Gabel. Gleichzeitig nahm er hinter sich eine Bewegung wahr, wirbelte herum und erblickte Pitt, der im Sturmlauf, das Paddel schwingend, auf ihn zukam. Es traf ihn seitlich am Kopf und warf ihn auf das Empfangspult. Er machte einen benommenen Satz vorwärts, nur um einen zweiten Treffer einzufangen – diesmal auf der anderen Seite des Kopfes. Damit war er vorübergehend ausgeschaltet.

Pitt fing den schlaffen Körper auf und schleifte ihn zu seinem Wandschrank. Er zerrte ihn hinein, befreite den Mann von seinem Tarnanzug und zog Jacke und Hose über seine eigene Kleidung. Er schnappte sich die Kalaschnikow des Soldaten, schloss den Mann im Schrank ein und kehrte in die Eingangshalle zurück.

Prüfend schaute er hinaus und stellte fest, dass in der Umgebung alles ruhig war. Nach allen Seiten sichernd, verließ Pitt das Gebäude, um sich auf die Suche nach seiner Tochter zu machen.

50

Admiral Raphael Semmes schreckte aus dem Schlaf hoch. Seine Ohren spitzten sich, als sie ein fernes Geräusch wahrnahmen, und er knurrte leise.

Der zwanzig Pfund schwere getigerte Kater erhob sich von seinem Bodenkissen, streckte sich und sprang auf das große Doppelbett. Er tappte zum Kopf seines Herrn, streichelte mit den Schnurrhaaren seine Wangen und miaute.

St. Julien Perlmutter erwachte aus einem Traum und schob die Katze von seinem Gesicht weg. »Was ist los, Admiral?«

Der Kater antwortete mit einem lauten Maunzen, dann sprang er vom Bett herunter und wartete an der Tür. Perlmutter bemerkte es und wälzte sich aus dem Bett. Sein Kater neigte nicht zum Betteln. Stattdessen hatte er sich als zuverlässiger Hauswächter bewährt. Einmal hatte er Perlmutter auf einen vergessenen Strudel aufmerksam gemacht, der im Backofen in Brand geraten war. Bei einer anderen Gelegenheit hatte er seinen Herrn rechtzeitig gewarnt, als Nachbarskinder versuchten, mit seinem alten Rolls-Royce eine Spritztour zu unternehmen.

Nachdem er in einen Morgenmantel und Pantoffeln geschlüpft war, ging Perlmutter zur Tür und hielt inne, als er im Parterre Geräusche hörte. Von einem Regalbrett über seiner Kommode nahm er einen Marlspieker. Fast so lang wie ein Schlagstock, hatte der auf Hochglanz polierte stählerne Dorn Seeleuten in der Ära der Segelschiffe zum Spleißen dicker Taue gedient. Mit dieser Behelfswaffe in der Hand stieg Perlmutter die Treppe so leise hinunter, wie seine Körperfülle es ihm gestattete.

Am Fuß der Treppe angelangt, gewahrte er den Lichtschein einer Kugelschreiberlampe, der aus seinem Arbeitszimmer drang. Er trat in die Türöffnung und streckte die Hand nach dem Lichtschalter aus, als Admiral Semmes laut miaute. Die

Lampe schwang zur Türöffnung herum und leuchtete in Perlmutters Gesicht.

Er schirmte seine Augen vor dem grellen Lichtstrahl ab. »Was geht hier vor?«, fragte der Historiker mit dröhnender Stimme.

Er hörte das Rascheln von Papier, während er abermals eine Hand nach dem Lichtschalter ausstreckte.

Ehe er den Schalter betätigen konnte, flog ein schweres Buch durch die Luft und streifte sein Gesicht.

Perlmutter schüttelte den Kopf und stürmte in den Raum. »Verdammt!«

Das Licht erlosch, aber Perlmutter machte einen Schritt in Richtung seiner Quelle und schwang den Marlspieker wie einen Säbel hin und her. Er spürte keinen Widerstand, erhielt jedoch einen wuchtigen Schlag gegen den Brustkorb.

Seine freie Hand stieß nach vorn und krallte sich in die Jacke des schwarz gekleideten Einbrechers. Perlmutter zog mit einem heftigen Ruck, und der Mann flog ihm entgegen. Er war höchstens halb so groß wie Perlmutter und wand sich wie eine Schlange.

Perlmutter schwang den Marlspieker herum, rammte das stumpfe Ende zwischen die Rippen des Mannes und wurde mit einem Schmerzensschrei belohnt. Er versuchte, sein Gewicht einzusetzen, indem er den Mann mit den Armen umschlang, aber der Eindringling entzog sich seinem Griff und revanchierte sich mit einem Fußtritt gegen Perlmutters Knie.

Perlmutter knickte ein, taumelte rückwärts und trat auf den Schwanz seiner Katze. Admiral Semmes schrie auf und grub die Klauen in den Teppichboden, während Perlmutter versuchte, auf Distanz zu gehen. Seine Füße blieben hängen, und er stolperte zur Seite. Sein Kopf schlug auf die Kante seines Schreibtisches, und krachend landete er auf dem Fußboden, während der Eindringling durch die Haustür nach draußen flüchtete.

Das Nächste, was Perlmutter spürte, war die raue Zunge seines Katers, die über sein Gesicht leckte. Er richtete sich auf und massierte die Beule an seinem Kopf. Nach ein paar Minuten ließ der

Schmerz nach, so dass er aufstehen konnte. Er knipste das Licht an, um sich im Zimmer umzuschauen.

Das Fenster war aufgehebelt worden. Aber im Arbeitszimmer war nur wenig in Unordnung geraten. Wertvolle Antiquitäten und Schiffsartefakte waren ebenso unangetastet geblieben wie seine Sammlung wertvoller Bücher. Alles befand sich an seinem Platz – bis auf die in Leder gebundene Ausgabe von *Moby Dick*, die der Eindringling als Wurfgeschoss missbraucht hatte.

Er inspizierte die Schreibtischschubladen, aber auch sie waren unberührt. Als er dann aber einen Blick auf die Schreibtischplatte warf, stellte er fest, dass etwas fehlte – der Aktenordner über Ellsworth Boyd und den Untergang der *Maine*.

Er ließ sich in den Schreibtischsessel sinken und machte Anstalten, die Polizei anzurufen, als Admiral Semmes auf seinen Schoß sprang.

»Nun, Admiral, es sieht so aus, als ob die Pitts mit der *Maine* und dem Azteken-Artefakt ein wenig Staub aufgewirbelt haben. Gut, dass ich die gesamte Akte längst gründlich durchgearbeitet habe.«

Der Kater schob seinen Kopf in Perlmutters Hand, und er kam der Aufforderung nach und kraulte dem Kater den Rücken.

»Leider muss ich eingestehen, dass unsere Teamkampftechnik einiges zu wünschen übrig lässt. Aber dein Frühwarnsystem hat hervorragend funktioniert. Damit hast du dir eine zusätzliche Milchration zum Frühstück verdient, mein Freund.«

Admiral Semmes sah ihn aufmerksam an und schnurrte.

51

Pitt konnte erkennen, dass hektische Aktivität auf dem Kai ausgebrochen war. Der Erzfrachtkahn war geleert worden und wurde nun mit kleinen Holzkisten und großen, mit schweren Leinensäcken gefüllten Tonnen beladen.

Er hielt sich im Schatten und beobachtete einen Trupp Männer in einem bewachten Lagerschuppen beim Verladen der Säcke, die aussahen, als enthielten sie Zement. Rote Warnschilder mit der Aufschrift *Explosivos!* hingen an mehreren Stellen. In den Säcken befand sich sehr wahrscheinlich ANC – die Abkürzung für Ammoniumnitrat und C für Kohlenstoff in Form von Mineral- oder Dieselöl –, einen häufig verwendeten Industriesprengstoff, während die kleinen Kisten mit TNT gefüllt waren. Die Sprengstoffe wären sicherlich schon bald unterwegs zur *Sea Raker*, von wo aus die Sprengung der hydrothermalen Schlote vorbereitet würde.

Pitt ging betont lässig an dem Schuppen vorbei und weiter zu dem zweistöckigen Gebäude. Er sah, dass die untere Etage für die Aufrechterhaltung des laufenden Betriebs genutzt wurde. Auf der ihm zugewandten Seite erkannte er ein zum Wasser hin offenes Gerätelager mit angrenzender Werkstatt. Am anderen Ende befand sich eine offene Garage, vor der ein Versorgungsfahrzeug parkte. Die obere Etage beherbergte offenbar die Quartiere der Soldaten – und sehr wahrscheinlich auch die Räumlichkeit, in der Summer gefangen gehalten wurde.

Er entdeckte eine Seitentreppe, schaffte es, sie unbemerkt zu erreichen, und riskierte den Aufstieg.

Auf halbem Weg sprang die Tür zur zweiten Etage auf, und ein Soldat, der eine Werkzeugkiste trug, trat heraus. Es gab nicht viel, was Pitt zu diesem Zeitpunkt hätte tun können, daher senkte er den Kopf und behielt sein Tempo bei. Der Soldat eilte ohne einen Seitenblick an ihm vorbei.

Auf dem oberen Absatz holte Pitt tief Luft und trat ein. Ein spärlich erhellter Korridor mit mehreren Räumen auf beiden Seiten erstreckte sich vor ihm. Alle Türen – bis auf eine einzige, ganz am Ende – standen offen. Vor diesem Raum lehnten zwei Soldaten an der Wand und rauchten Zigaretten.

Pitt ging auf sie zu, bemühte sich, dabei so lässig wie möglich zu erscheinen, und legte vorsichtshalber eine Hand um das Sturmgewehr, dessen Riemen er über die Schulter gehängt hatte.

Als er ihn näher kommen sah, stieß der eine Soldat eine Warnung für seinen Kameraden aus und verschwand aus Furcht, beim Bummeln erwischt zu werden, blitzartig durch einen Nebenausgang. Der andere Soldat trat auf dem Fußboden eilig seine Zigarette aus und nahm eine stramme Haltung an.

Pitt beschleunigte seine Schritte und fragte von weitem: *»Cigarillo?«*

Der Soldat griff in die Tasche, ehe ihm auffiel, dass etwas nicht stimmte. Der Mann, der sich näherte, war größer als jeder andere Soldat auf dem Stützpunkt, seine Uniform war an Armen und Beinen deutlich zu kurz, und sein Gesicht war für seinen Dienstrang viel zu alt.

Anstatt die Hand nach der Zigarette auszustrecken, stieß der Fremde die Mündung seines Gewehrs gegen die Brust des Soldaten. »Waffe weg«, befahl Pitt.

Der Soldat nickte und ließ sein Gewehr auf den Boden fallen. Pitt dirigierte ihn zur gegenüberliegenden Tür und gab ihm zu verstehen, dass er sie öffnen solle. Die Tür war nicht abgeschlossen. Der Wächter drehte den Knauf, und sie sprang auf. Summer saß auf einer Pritsche und kämpfte mit ihren Handfesseln. Sie erstarrte, dann verzog sich ihr Gesicht ungläubig, als sie Pitt mit dem Wächter eintreten sah.

Sie lächelte ihn müde an. »Bist du der Revolutionsarmee beigetreten?«

»Die Boy Scouts wollten mich nicht.«

Während Pitt den Wächter weiterhin in Schach hielt, reichte er Summer sein Taschenmesser. »Bist du okay?« Er entdeckte den kleinen Schnitt in ihrer Wange.

Sie nickte. »Unser Gastgeber hat ein paar leere Drohungen ausgestoßen, ansonsten aber habe ich hier den ganzen Tag herumgesessen und Däumchen gedreht.«

»Ich glaube, du brauchst seine Mütze und seine Jacke.« Pitt deutete auf den Wächter.

Summer nahm ihm seine Kluft ab. »Was geschieht jetzt mit ihm?«

»Wir fesseln ihn. Du kannst diese Bettlaken benutzen, aber nimm zuerst dies.« Pitt reichte ihr den Schulterriemen der Kalaschnikow.

Sie band die Hände des Mannes auf seinem Rücken zusammen, dann zog sie die Laken von der Pritsche. Eins wickelte sie um seine Ellbogen, dann stieß sie ihn auf die Matratze und fesselte mit dem anderen Laken seine Füße. Zu guter Letzt knebelte sie ihn mit dem Kissenbezug.

»Du machst das sehr gut«, lobte Pitt.

»Als Leidtragende habe ich in letzter Zeit einige Erfahrung sammeln können.«

Summer schlüpfte in die Jacke des Wächters und setzte seine Mütze auf. Ehe sie den Raum verließen, hob Pitt die Waffe des Mannes vom Fußboden auf und drückte sie seiner Tochter in die Hand.

»Ich habe noch nie mit so etwas geschossen.«

»Das brauchst du auch nicht. Tu einfach so, als würdest du dich damit auskennen.«

Sie benutzten die hintere Treppe und gingen hinter einem Müllcontainer in Deckung, um zu erkunden, was sich auf dem Kai tat.

»Wie kommen wir von hier weg?«, fragte sie.

»Mit dem Schlepper.«

Summer sah ihren Vater an und schüttelte den Kopf. »Warum schleichen wir nicht zur Küste hinunter und suchen uns ein anderes Boot? Hier sitzt uns der gesamte Verein sofort im Nacken.«

»Wegen der Schlote. In diesem Moment beladen sie den Frachtkahn mit Sprengstoff, um die nächsten beiden Schlote zu sprengen. Das dürfen wir nicht zulassen.«

Summer hatte diesen ernsten und entschlossenen Unterton in der Stimme ihres Vaters schon früher gehört. Sie wusste, dass es unmöglich war, ihn umzustimmen. Und er hatte, rational betrachtet, recht. Wenn die Kubaner die hydrothermalen Schlote zerstörten, lösten sie damit eine Umweltkatastrophe ungeahnten Ausmaßes aus. Um sie daran zu hindern, was unbedingt versucht werden musste, war jede Minute kostbar.

Ihr wäre es allerdings lieber gewesen, wenn jemand anders diese Aufgabe hätte übernehmen können. »Was schwebt dir vor?«, fragte sie.

»Ich will versuchen, den Sprengstoff bereits auf dem Kai oder auf dem Leichter zu zünden. Wenn wir Glück haben, versenken wir den Kahn gleich mit. Und bei dem Durcheinander, das dann herrschen wird, schleichen wir uns auf den Schlepper.«

»Und wenn wir kein Glück haben, fliegen wir dabei in die Luft?«

Pitt lächelte und schüttelte den Kopf. »Der Sprengstoff, den sie einladen, ANC, hat einen hohen Verpuffungspunkt. Um ihn zur Explosion zu bringen, ist eine sekundäre Explosion erforderlich. Das Beste, was wir hoffen können, ist, dass wir in die Lage kommen, ihn anzuzünden – und dass er brennt wie verrückt.«

»›Verrückt‹ ist der Begriff, der deine Idee am treffendsten beschreibt.« Sie sah die gelassene Reaktion ihres Vaters, und ihre Angst verflüchtigte sich. »Okay, was kann ich tun?«

Pitt klopfte mit den Fingerknöcheln gegen den Abfallcontainer. »Du musst dich als Mülltaucherin bewähren, während ich irgendein Transportmittel auftreibe. Wir brauchen ein oder zwei leere Flaschen und vielleicht auch noch irgendeinen kleinen offenen Behälter. Ich bin gleich wieder da.«

Ehe sie etwas darauf erwidern konnte, eilte er zurück zum Barackengebäude und ging zur Vorderseite. Die Garage stand nach wie vor offen, und davor wartete der benzinbetriebene Versorgungswagen. Pitt drückte sich für einen Moment im Schatten des Gebäudes herum, während ein mit Sprengstoff beladener Lastwagen auf seinem Weg zum Leichter vorbeirumpelte. Sobald er zum Kai abgebogen war, schlich Pitt zur offenen Garage. Stimmen erklangen im Innern, wo zwei Mechaniker soeben einen Lastwagenmotor überholten.

Pitt ignorierte die Männer und ging auf den Versorgungswagen zu. Er löste seine Handbremse und schob ihn an der offenen Garage vorbei. Der Wagen erreichte Schritttempo, und die Mechaniker überhörten offenbar das leise Knirschen von Geröll unter den Reifen. Pitt ließ das Gebäude hinter sich und schob den Wagen bis zum Müllcontainer.

Summers Kopf tauchte in seiner Öffnung auf, einen erleichterten Ausdruck in den Augen, als sie ihren Vater sah.

»Hattest du Erfolg?«, erkundigte er sich.

Summer nickte. »Drei leere Rumflaschen, eine Kaffeedose und zwei Ratten, die mir beinahe zu einem Herzinfarkt verholfen hätten.« Sie reichte Pitt ihre Fundstücke, dann schwang sie sich in olympiareifer Manier aus dem Container.

Pitt hielt die leeren Rumflaschen hoch. »Sie haben uns noch nicht mal einen letzten Schluck übrig gelassen.«

»Ich gäbe jetzt einen ganzen Kasten Rum für eine heiße Dusche.« Summer wischte ihre Hände an der ausgeborgten Tarnjacke ab.

Summer hielt Wache, während sich Pitt an die Arbeit machte. Er öffnete die Motorhaube des Wagens und fand den Gummischlauch der Benzinleitung. Er zog ihn vom Ansaugstutzen des Vergasers ab und ließ das Benzin in die Kaffeedose rinnen, dann schüttete er es von dort in die drei Rumflaschen und füllte jede zur Hälfte. Er steckte die Benzinleitung wieder auf, dann schnitt er mehrere Stoffstreifen von seiner Tarnjacke ab, stopfte sie in die Flaschenhälse und vervollständigte sein Trio Molotowcocktails.

»Ein Lastwagen kommt«, warnte Summer.

Sie duckten sich hinter den Wagen, während der Laster zum Schuppen rollte, um die nächste Ladung Sprengstoff aufzunehmen. Sobald er sich entfernt hatte, richtete Pitt sich auf und stellte die Flaschen auf den Rücksitz des Versorgungswagens.

»Das Kai ist frei«, sagte er. »Lass uns starten, ehe der Truck zurückkommt.«

»Wie sollen wir die Flaschen anzünden?«

»Setz dich hinters Lenkrad und dreh für eine Sekunde den Zündschlüssel, wenn ich dir ein Zeichen gebe.«

Während Summer auf den Fahrersitz rutschte, sammelte Pitt eine Handvoll trockenes Laub und dünne Zweige vom Boden auf und gab alles in die Kaffeedose. Eine geringe Menge Benzin schwappte in der Dose und würde das Feuer in Gang halten. Pitt ging mit ihr zum Motor des Wagens, zog den Stecker einer Zündkerze ab und tauchte ihn in die Kaffeedose. Dann gab er Summer das vereinbarte Zeichen, den Anlasser zu betätigen.

Ein blauer Funken blitzte am Ende des Kabels auf und entzündete das Benzin in der Dose. Pitt stülpte die Steckbuchse wieder auf die Zündkerze und schwang sich mitsamt seinem eingedosten Lagerfeuer auf den Beifahrersitz. Summer startete den Motor und lenkte den Wagen über einen Berghang hinunter zum Kai.

Der Leichter war noch immer am Kai vertäut, mit dem Schubschlepper am Heck. Summer manövrierte den Wagen auf den Kai. Dabei dankte sie ihrem gemeinsamen Schutzengel, dass nirgendwo ein Soldat zu sehen war. Mehrere Männer arbeiteten in der Nähe des Krans, der die Sprengstoffkisten vom Kai auf den Leichter hievte. Andere waren an Bord des Frachtkahns und sicherten die Kisten gegen ein Verrutschen.

»Sieh zu, dass wir an dem Kran vorbeikommen, ohne anhalten zu müssen.« Pitt hatte die Kaffeedose und die mit Benzin gefüllten Flaschen vor sich im Fußraum deponiert.

Den Kopf so tief wie möglich gesenkt haltend, bugsierte Summer den Wagen an den aufgestapelten Kisten vorbei und um den Kran herum. Die Männer waren zu sehr damit beschäftigt, den Leichter zu beladen, um darauf zu achten, was auf dem Kai geschah. Nur der Kranführer schaute irritiert hinter dem Wagen her, dessen plötzliches Erscheinen er sich nicht erklären konnte. Als

Summer zwei Stapel Sprengstoffkisten passiert hatte, ließ Pitt sie anhalten.

Teilweise durch die Kistenstapel vor neugierigen Blicken geschützt, ergriff er eine der Flaschen und zündete den Stoffstreifen mit Hilfe seines Dosenfeuers an. Dann ging er zur Kante des Kais und schleuderte die Flasche auf den Frachtkahn.

Sie zerschellte am Rand einer offenen Tonne, und ein Gemisch aus Benzin und loderndem Feuer ergoss sich auf den obersten Sack ANC.

Pitt saß kaum wieder im Wagen, als er eine laute Stimme hörte. »Hey!« Direkt vor ihnen waren zwei Soldaten aufgetaucht.

»Fahr los«, knurrte Pitt.

Summer trat das Gaspedal durch und steuerte mit dem Wagen direkt auf die beiden Männer zu. Der erste brachte sich mit einem Sprung in Sicherheit, aber der zweite zögerte ein wenig zu lange. Summer erwischte ihn am Oberschenkel und schleuderte ihn zur Seite.

Pitt drehte sich um und sah, wie der erste Soldat das Gleichgewicht wiederfand und sein Gewehr in Anschlag brachte. Schnell zündete er die zweite Rumflasche an und zielte sorgfältig. Sie landete genau vor den Füßen des Möchtegernscharfschützen. Das Glas explodierte, ein Feuerball schoss hoch und hüllte die Beine des Mannes ein. Ein kurzer Feuerstoß prasselte gegen die Rückwand des Wagens, ehe der Soldat sein Gewehr fallen ließ und sich über den Erdboden wälzte, um die Flammen zu ersticken, die über seine Hosenbeine züngelten.

»Woher kamen die denn?«, fragte Pitt.

»Ich glaube, sie haben auf der anderen Seite des Krans rumgelungert. Das Schleppschiff liegt genau vor uns.«

Pitt zündete die dritte Flasche an und warf sie auf den letzten Kistenstapel auf dem Kai, der augenblicklich in einem Flammenmeer verschwand.

Summer brachte den Wagen vor dem Schleppschiff schlingernd zum Stehen, und sie sprangen hinaus.

»Mach die Heckleine los«, sagte Pitt, »dann geh ins Ruderhaus und sieh zu, ob du die Maschine starten kannst.«

»Was ist, wenn jemand an Bord ist?«

»Dann wird er wahrscheinlich nicht bewaffnet sein.« Pitt tätschelte das AK-47, das unter seinem Arm klemmte.

Er rannte los, um die Bugleine sowie Achterspring und Bugspring zu lösen, dann sprang er auf das schmale Deck des Schleppers. Er sprintete zum Bug, wo mehrere Leinen des Leichters um drei Poller geschlungen waren. Die Leinen waren straff gespannt, und Pitt arbeitete fieberhaft, um sie zu lösen.

Vor ihm auf dem Frachtkahn hörte er die entsetzten Rufe der Männer, die versuchten, die Flammen zu ersticken, während andere zum Kai rannten, um das dortige Feuer zu löschen. Es würde nicht lange dauern, bis die beiden verletzten Soldaten die anderen auf ihr Schicksal aufmerksam machten. Zu seiner großen Erleichterung hörte er in diesem Moment, dass hinter ihm der Dieselmotor des Schleppschiffs ansprang.

Nachdem er die letzte Leine des Leichters gelöst hatte, stürmte er über das schmale Deck und ins Ruderhaus, das AK-47 in der Hand. Er platzte durch eine Seitentür und blieb wie angewurzelt stehen.

Das Ruderhaus war eng und düster, aber Molina war deutlich zu erkennen. Er hatte einen Arm um Summers Hals geschlungen und drückte eine Pistolenmündung gegen ihre Schläfe.

»Runter mit der Waffe«, befahl er. »Noch ist es nicht so weit, dass wir ablegen können.«

Hinter sich hörte er die Rufe weiterer Männer, die über den Kai rannten und den Schlepper enterten. Pitt konnte seine Tochter nur mit einem Ausdruck hilfloser Verzweiflung ansehen, während er langsam das Gewehr aufs Deck legte.

52

»Rudi, Sie sind aber schon früh hier.«

Vizepräsident James Sandecker stürmte wie eine wütende Hyäne in den Empfangsraum seiner Bürosuite im Eisenhower Executive Office Building. Als eingefleischter Fitness-Fanatiker trug er einen schwarzen Jogginganzug und wurde von zwei mühsam nach Luft schnappenden Agenten des Secret Service in ähnlicher Aufmachung begleitet.

»Ich wollte heute der Erste bei Ihnen sein.« Rudi Gunn saß auf einem Sofa in der Wartezone. »Wie war Ihr Morgenlauf?«

Das am schlechtesten gehütete Geheimnis von Washington war, dass der Vizepräsident sehr zum Leidwesen seiner Leibwache jeden Morgen um halb sechs einen Drei-Meilen-Lauf um die Mall unternahm.

»Ein D. C.-Taxi hätte einen meiner Jungs beinahe auf die Hörner genommen, aber sonst ist es ein wunderbarer Morgen, um das Pflaster unter die Füße zu nehmen.«

Sandecker öffnete die Tür seines Büros und winkte Gunn herein, während die beiden Agenten draußen warteten, um von ihren Kollegen in Zivil abgelöst zu werden. Der Vizepräsident nahm seinen Platz hinter einem mächtigen Schreibtisch ein, der aus den Planken eines Blockadebrechers der Konföderierten Armee gezimmert worden war. Seines Zeichens pensionierter General, hatte Sandecker die NUMA gegründet und als ihr erster Direktor geleitet. Und Gunn war einer der Ersten gewesen, die er eingestellt hatte. Er betrachtete die NUMA noch immer als sein Baby und hielt eine enge Verbindung zu Gunn und Pitt. »Was führt Sie zu so früher Stunde hierher?«

»Es geht um die *Sargasso Sea.* Sie operiert in der Floridastraße, etwa dreißig Meilen nordöstlich von Havanna. Allerdings – sämtliche Audio- und Datenverbindungen sind seit mehr als vierundzwanzig Stunden tot.«

»Irgendwelche Notrufe oder Peilsignale?«

»Nein, Sir.«

»Malcomb Smith ist ihr Kapitän, nicht wahr?«

»Das ist richtig.«

»Ein guter Mann.«

»Pitt und Giordino sind ebenfalls an Bord.«

Sandecker nahm als Denkhilfe eine dicke Zigarre aus einem Humidor, sein einziges Laster, und zündete sie an. »Was hatten sie vor Kuba zu suchen? Sie waren doch nicht etwa wieder der CIA behilflich?«

»Nein, nichts in dieser Richtung. Sie untersuchten eine Reihe giftiger Quecksilberwolken, die in letzter Zeit gehäuft in der Karibik beobachtet wurden.« Gunn nannte die betreffenden Positionen vor der Südküste Kubas. »Pitt ist überzeugt, dass sie eine Folge bergbaulicher Aktivitäten sind, deren Ziel die Ausbeutung hydrothermaler Schlote ist. Seismische Ereignisse in jeder dieser Regionen trugen die Merkmale von bergbaubedingten Sprengungen, wie sie zu Land üblich sind.«

»Wie beim Tiefseebergbau?«

»Das nehmen wir an. Pitt wollte gerade entsprechenden Beobachtungen an einem dieser Fundorte in der Floridastraße auf den Grund gehen, als wir den Kontakt verloren.«

»Wer ist für diese Aktivitäten verantwortlich?«, fragte Sandecker.

»Das wissen wir noch nicht, aber wir vermuten eine kubanische Beteiligung.«

»Haben Sie die Suche nach dem Schiff gestartet?«

Gunn nickte und holte ein Foto aus seinem Aktenkoffer. »Satellitenbeobachtungen von vor sechs Stunden deuten daraufhin, dass sie noch schwimmfähig ist.«

Sandecker betrachtete das dunkle Bild mit zwei hellen Flecken in der Mitte, »Viel ist bei Nacht nicht zu erkennen«, stellte er fest.

Gunn holte ein Infrarotbild hervor, auf dem zwei ovale rote Streifen in einem Meer von Blau zu sehen waren. »Wir sind uns ziemlich sicher, dass dies die *Sargasso Sea* ist und neben ihr ein

Schiff liegt, das nach unseren Informationen den Namen *Sea Raker* trägt. Wir haben Satellitenbilder aus der vergangenen Woche zu Rate gezogen und konnten so die Bewegungen der *Sargasso Sea* zurückverfolgen.«

»Wem gehört die *Sea Raker?*«

»Einer kanadischen Firma namens Bruin Mining and Exploration«, sagte Gunn. »Das Schiff operiert im Auftrag eines panamesischen Unternehmens, über das so gut wie nichts bekannt ist. Ein Bruin-Vertreter war der Meinung, das Schiff sei an einem Bergbau-Projekt vor der Westküste von Nicaragua beteiligt, konnte jedoch mit keinerlei Informationen über seinen derzeitigen Standort dienen.«

»Hat man versucht, zu *Sea Raker* Kontakt aufzunehmen?«

Gunn nickte. »Ja. Der Kutter *Knight Island* der Küstenwache wurde von Key West in das Gebiet geschickt. Sie haben die *Sea Raker* angefunkt, jedoch keine Antwort erhalten.«

»Demnach glauben Sie, dass Leute von der *Sea Raker* die *Sargasso Sea* geentert haben?«

»Das ist meine Vermutung.«

»Weshalb ist die Küstenwache nicht längsseits gegangen und hat nachgeschaut?«

»Laut einer letzten Überprüfung befanden sich beide Schiffe innerhalb der kubanischen Hoheitsgewässer. Die *Knight Island* hat es darauf ankommen lassen und die Grenze im Sichtbereich beider Schiffe überquert, wurde jedoch dann von einer Korvette der kubanischen Marine zum Umkehren aufgefordert.«

Sandecker blies einen Rauchkringel zur Decke seines Büros. »Demnach müssen wir der kubanischen Regierung zeigen, wo der Hammer hängt.«

»Offensichtlich handelt es sich um einen Akt der Piraterie.«

»Wenn man davon ausgehen kann, dass die *Sea Raker* im Auftrag der Kubaner operiert. Und wenn man davon ausgehen kann, dass Pitt nicht in ihre Hoheitsgewässer eingedrungen ist.« Sie kannten beide Pitts Neigung, Vorschriften zu umgehen oder wenigstens großzügig auszulegen, sofern die Lage es erforderte.

»Unseren Daten zufolge befanden sie sich außerhalb der Hoheitsgrenzen, als der Kontakt unterbrochen wurde. Das ist jedoch jetzt nicht von Bedeutung. Wir müssen sie holen.«

Sandecker drehte die Zigarre zwischen den Fingern hin und her, dann legte er sie in einen Aschenbecher und sah Gunn mit einem kummervollen Gesichtsausdruck an. »Tut mir leid, Rudi, aber da können wir nichts tun.«

Gunn schoss regelrecht aus seinem Sessel hoch. Er wusste, dass Sandecker Pitt wie einen Sohn betrachtete. »Was meinen Sie damit, dass wir nichts tun können?«

Sandecker schüttelte den Kopf. »Es sind noch andere Dinge im Gange, die den Präsidenten unmittelbar betreffen. Zurzeit können wir es uns nicht leisten, mit den Kubanern aneinanderzugeraten. Das bedeutet, keine Navy, keine Küstenwache und kein Außenministerium. Und keine verwegenen Rettungsaktionen von Seiten der NUMA. Melden Sie sich in achtundvierzig Stunden noch einmal bei mir, und ich sehe, was ich in die Wege leiten kann.«

»Vielleicht bleiben ihnen diese achtundvierzig Stunden nicht mehr.«

»Mir sind die Hände gebunden.« Sandecker erhob sich aus seinem Sessel. »Wenn Sie mich jetzt entschuldigen würden, ich muss duschen und mich für eine Kabinettssitzung in vierzig Minuten umziehen.«

Gunn konnte nur stumm nicken. Mit einer Mischung aus Wut und hilfloser Verzweiflung verließ er das Büro. Als er auf die Straße hinaustrat, hatte sich seine Verzweiflung in Entschlossenheit verwandelt. Er wählte auf seinem Mobiltelefon eine Nummer und wartete, bis sich eine barsche Stimme meldete.

»Jack, hier ist Rudi. Wie schnell können wir uns in Miami treffen?«

53

Die Wärme der Morgensonne ließ Maguire erst recht spüren, wie erschöpft er war. Der Söldner zog den Hut tiefer ins Gesicht und schickte seine Gedanken auf eine kleine Traumreise. Nachdem sie die ganze Nacht hindurch die weiße Yacht beobachtet hatten, tränten ihm und Gomez die Augen. In Kürze hätten sie ihr Honorar verdient, dachte er und stellte sich die Riesenportion Crawfish Étouffée vor, die er sich nach seiner Heimkehr nach Baton Rouge genussvoll zu Gemüte führen würde.

»Ich sehe ein kleines Boot, das Kurs auf unser Zielobjekt hält.«

Maguire öffnete ein müdes Auge. Gomez kauerte hinter dem Dollbord am anderen Ende des Bootes und blickte durch ein Fernglas.

»Wie viele sind an Bord?«, fragte Maguire.

»Drei, plus Steuermann. Einer sieht aus wie unser Mann.«

Maguire blickte zur Küste. Das Boot lag zweihundert Meter von der Yacht entfernt weiter draußen auf dem Meer, wo sie wieder den Anschein erweckten, als gingen sie ihrer Tätigkeit als Fischer nach. Der ehemalige Scharfschütze griff nach seinem eigenen Fernglas und richtete es auf ein Schnellboot, das sich von Land näherte. Eines der Patrouillenboote der Yacht schwenkte auf einen Rendezvouskurs ab. Aber anstatt das Schnellboot zu stoppen, ging das Patrouillenboot längsseits und eskortierte es zur Yacht.

»Starte lieber die Videoaufnahme«, riet Maguire. »Mal sehen, ob wir ihn eindeutig identifizieren können.«

Während Gomez sein Fernglas gegen einen Camcorder tauschte, holte Maguire eine wasserdichte Tasche unter einer Sitzbank hervor und entnahm ihr einige Fotos. Auf allen war dieselbe Person zu sehen: ein kleiner, körperlich fit wirkender älterer Mann mit grauem Haar, Brille und schmalem Schnurrbart. Die meisten

Bilder waren aus großer Entfernung aufgenommen worden und nicht besonders scharf, aber das war nun einmal alles, was man ihnen zur Verfügung gestellt hatte. Maguire reichte Gomez das beste Foto. »Was meinst du?«

Gomez hatte die Fotos bereits eingehend studiert. Er warf einen kurzen Blick auf das Bild, dann betrachtete er den Displayschirm der Videokamera, deren Optik das Geschehen mit dem höchsten Zoomfaktor wiedergab. »Der Typ im grauen Anzug sieht aus wie unser Freund.« Er warf noch einen zweiten Blick auf das Foto. »Weißt du, irgendetwas an ihm kommt mir vertraut vor.«

Maguire nickte, während er abermals zum Schnellboot hinüberblickte – und zu dem Mann in Grau. Das Haar, die Brille, sogar die Kleidung, alles glich den Einzelheiten auf dem Foto. Aber dies allein hätte für die Präzision, mit der er seine Aufträge ausführte, nicht ausgereicht. Doch sein Auftraggeber hatte ihm außerdem mitgeteilt, dass er damit rechnen könne, dass die Zielperson der Yacht am Morgen einen Besuch abstatten werde – und da war er nun. Maguire griff in die wasserdichte Tasche und holte einen kleinen Sender heraus.

Das Schnellboot drosselte die Fahrt und legte am Heck der Yacht an. Die beiden Begleiter des Mannes im grauen Anzug stiegen zuerst eine Leiter hinauf und halfen dann dem älteren Mann an Bord. An ihren Kurzhaarfrisuren, dem stämmigen Körperbau und den schlecht sitzenden Anzügen erkannte Maguire, dass sie eine Leibwache waren. Sie begleiteten den älteren Mann in den Hauptsalon, dann kehrten sie ins Schnellboot zurück. Mit dem Patrouillenboot als Begleitung raste das Schnellboot zur Küste zurück.

»Seltsam, dass seine Leibwächter ihn allein an Bord zurückgelassen haben«, sagte Gomez.

»Wahrscheinlich ist eine Freundin zu ihm unterwegs, oder sie erwartet ihn bereits in der Hauptkabine.«

»In diesem Fall muss sie aber unsichtbar sein. Ich habe während der letzten vierundzwanzig Stunden kein Zeichen von Leben an Bord feststellen können.« Er sah seinen Partner an. »Der Camcorder läuft noch.«

Maguire nickte, dann drückte er so lässig, als würde er eine Taschenlampe einschalten, auf den roten Knopf des Senders.

Dieser schickte ein Funksignal zu der Antenne, die Maguire am Vortag um die Anlegeboje gewickelt hatte. Der aufgefangene und übertragene Impuls löste einen von einer Batterie erzeugten Stromstoß aus, der die Sprengkapseln in der Plastikbox traf, die mit einem Saugnapf am Rumpf der Yacht klebte. Deren Explosion zündete die fünf Pfund Plastiksprengstoff.

Ein dumpfes Bellen hallte über das Meer, als die Yacht in einer Fontäne aus Rauch, Flammen und Trümmern aus dem Wasser hochstieg. Als die ersten Bruchstücke der Yacht in einem weiten Kreis herabregneten, hatte Gomez den Außenbordmotor des Bootes längst gestartet. Sämtliche Überreste der Yacht, die nicht während der Explosion pulverisiert worden waren, versanken schnell in den Wellen.

Während Gomez das Boot zur Küste lenkte, betrachtete Maguire die Szene mit einer morbiden Genugtuung. Niemand konnte diese Explosion überlebt haben, dachte er. Dann ertönte ein zweites Rumpeln, diesmal in seinem Magen. Das Einzige, woran er in diesem Moment denken konnte, war Crawfish Étouffée.

54

General Alberto Gutiers großes Eckbüro im Gebäude des Innenministeriums war ein Tempel der Eitelkeit. Die Wände der mit großen Panoramafenstern ausgestatteten Suite mit einmaligem Blick auf Havannas Plaza de la Revolución waren vollgepflastert mit Bildern von ihm selbst. Auf einigen war Gutier als gut aussehender junger Offizier während seines Dienstes in Angola zu sehen. Einige zeigten ihn im Gespräch mit einem der Castro-Brüder oder sogar beiden. Ein paar zeigten ihn zusammen mit seinem eigenen Bruder. Doch die meisten waren Einzelporträts des Mannes, wie er in vielfältigen Posen der Aufgeblasenheit in die Kamera blickte.

Im Fleisch-und-Blut-Gesicht Gutiers erschien ein verärgerter Ausdruck, als sein jüngerer Bruder ins Büro spazierte. Juan Díaz, der als Junge den Nachnamen seines verstorbenen Stiefvaters erhalten hatte, ließ sich unaufgefordert in einem Sessel vor Gutiers imposantem Schreibtisch nieder.

»Du bist für eine Woche außer Landes, und wenn du zurückkehrst, herrscht totales Chaos«, sagte Gutier. »Du weißt, dass ich mir mit der Bergbaufirma kein Aufsehen erlauben kann – vor allem jetzt nicht. Was ist da oben los?«

»Ein amerikanisches Forschungsschiff, die *Sargasso Sea*, hat bei Domingo 1 herumgeschnüffelt, während wir dabei waren, die Förderung abzuschließen.«

»Ist das nicht dasselbe Schiff, das da war, als ihr das Bohrschiff versenkt habt?«

»Die *Alta*. Ja, das war Zufall. Aber es war kein Zufall, als sie zur Förderstelle zurückgekehrt ist. Wenn man ihnen glauben kann, untersuchten sie Quecksilberwolken, die im Meer freigesetzt werden, wenn die Schlote gesprengt werden.«

»Ich habe dir gesagt, dass es ein Fehler war, das Bohrschiff zu versenken.« Gutier blickte seinen Bruder düster an.

»Wäre diese Störung nicht beseitigt worden, hätten wir die Förderung nicht abschließen können. Und wenn wir die Förderung nicht hätten abschließen können, wären wir mit unserer zugesagten Lieferung in Verzug geraten.«

»Du bist naiv oder vollkommen blind«, stellte Gutier fest. »Das Schiff kommt von der CIA, und sie haben Wind von unserem Geschäft mit den Nordkoreanern bekommen.«

»Ich glaube nicht. Ich habe mich vergewissert, dass es tatsächlich zu den Quecksilberverseuchungen gekommen ist. Durch Domingo 1 wurde erheblicher Schaden verursacht.«

»Wird Kuba davon in Mitleidenschaft gezogen?«

»Nein, die Meeresströmung trägt das Gift nach Nordosten.«

»Das ist gut, aber kein Beweis für die Absichten der Amerikaner.«

»Das Schiff war bisher ausschließlich mit der Durchführung ozeanografischer Projekte befasst«, sagte Díaz. »Und wir haben keinerlei Waffen oder geheime Ausrüstungsgegenstände an Bord gefunden. Wie du weißt, wurde eins seiner Tauchboote dabei ertappt, wie es unsere Förderstätte inspiziert hat. Zwei Männer, die zu dem amerikanischen Schiff gehören, haben sich danach an Bord der *Sea Raker* geschlichen und dort einiges demoliert. Kommandant Calzado hielt es für erforderlich, einen Gegenschlag zu führen, den du genehmigt hast. Er verlief erfolgreich, und das Forschungsschiff wurde in unsere Hoheitsgewässer gebracht.«

»Es gab keine andere Wahl«, sagte Gutier, »aber jetzt spielen wir mit dem Feuer.«

»Das finde ich auch, aber das ist nun mal geschehen. Bisher kam kein Protest von den Amerikanern, also haben wir noch Zeit, Spuren zu verwischen und Beweise verschwinden zu lassen.«

Gutier entspannte sich ein wenig. »Diese Angelegenheit hat immer noch das Potential, unser gesamtes Projekt auffliegen zu lassen.«

»Ich habe einige Berechnungen angestellt«, sagte Díaz. »Wir haben etwa zwanzig Tonnen mehr Material, als unsere erste Lieferung umfasst, die übrigens morgen fällig ist. Ich war so frei, unsere letzte Lieferung auf einen Termin heute in drei Wochen vorzuverlegen. Unser Kunde hat bereits entsprechende Vorkehrungen für den Transport getroffen.«

»Das wäre also zwei Monate früher, als wir vereinbart haben.«

»Ja, aber das Erz bei Domingo 1 hat sich als ergiebiger erwiesen als bei den vorherigen Fundorten. Der Kunde wird mit einer zweiten Lieferung in geringerer Menge einverstanden sein, wenn das Erz einen Gehalt an Uranoxid von mehr als dreißig Prozent aufweist. Wir können sogar von einem Gehalt von mehr als fünfzig Prozent ausgehen, und ich erwarte, dass die Ergiebigkeit bei Domingo 2 genauso hoch ist. Ich habe Sprengstofflieferungen zu den Fundorten in Marsch gesetzt, um die Schlote so bald wie möglich zu öffnen. Wenn wir die Sprengungen durchführen und sofort mit der Förderung beginnen, können wir den Frachttermin einhalten. Wir müssen nur dafür sorgen, dass uns die Amerikaner bis dahin nicht in die Quere kommen.«

»Du verlangst eine ganze Menge, aber ich glaube, wir haben kaum eine andere Wahl«, sagte Gutier. »Was ist mit der Quecksilberverseuchung? Ich nehme an, dass die Schlote bei Domingo 2 und 3 viel größer sind.«

»Ja, das alles könnte sich für die Amerikaner zu einer Umweltkatastrophe auswachsen.« Díaz betrachtete ein Foto, auf dem sein Bruder in seiner elegantesten Paradeuniform auf einem schwarzen Hengst saß.

»Alberto, ich bin es gewesen, der während unserer Erdölsuche mit den Mexikanern auf das Uranvorkommen gestoßen ist. Ich habe lediglich die Möglichkeit untersucht, Gold und Silber aus den Schloten zu gewinnen. Die Existenz von Uran – und noch dazu in derart hoher Konzentration – war eine große Überraschung. Dennoch bist du es gewesen, der darin eine Möglichkeit erkannte, die Stellung Kubas in der Welt zu stärken. Unsere eigenen Führer haben nicht die geringste Ahnung, welche Perspektiven du unserer Nation damit eröffnet hast.«

»Weshalb eine vorzeitige Enthüllung unserer Aktivitäten ein absolutes Desaster wäre.«

»Dir war das Risiko bewusst, als du dich mit den Nordkoreanern eingelassen hast. Tausend Tonnen hochwertiges Uranerz gegen zwei taktische Atomraketen einzutauschen war ein kühner Schritt – und das ist es immer noch.«

»Kühn, aber riskant«, sagte Gutier. »Ich muss leider zugeben, dass es nicht einmal meine Idee war. Die Koreaner möchten ihr Arsenal an Atomwaffen vergrößern und verfügen nicht über das dafür notwendige Rohmaterial. Dieses Thema kam eher zufällig zur Sprache, als wir über ein Geschäft mit konventionellen Waffen verhandelten. Dennoch ist es ein brillantes Angebot.«

»Ein mit Atomwaffen ausgerüstetes Kuba wird für die Amerikaner nicht länger ein leichter Gegner sein«, sagte Díaz.

»Wir werden damit einen rechtmäßigen Platz im Kreis der Weltmächte einnehmen.« Gutier ballte die Fäuste, als er an seinen Vater dachte, der während der Schweinebucht-Invasion gefallen war. »Unglücklicherweise kann das Geschäft immer noch sehr schnell scheitern.«

»Nicht wenn die Hälfte der Lieferung morgen auf die Reise geht. Aber wie sieht es denn mit unserem eigenen Status aus? Ich dachte, du würdest in dieser Hinsicht mit einem baldigen Ergebnis rechnen.«

Gutier deutete auf sein Telefon. »Ich warte auf eine entsprechende Nachricht.«

»Die Menschen haben großen Respekt vor Macht«, sagte Díaz. »Diese Waffen nach Kuba geholt zu haben, wird dich zum mächtigsten Mann im ganzen Land machen. Damit wirst du etwas erreicht haben, was nicht einmal Fidel geschafft hat.«

Die Worte schmeichelten Gutiers Ego, und sein Zorn verrauchte. »Ich mache mir trotzdem immer noch Sorgen wegen des amerikanischen Schiffes und den möglichen Folgen.«

»Wir können immer noch behaupten, dass sie zu uns übergelaufen sind.« Díaz grinste. »Lass das Schiff für unsere Zwecke umbauen, und steck die Mannschaft in aller Stille in ein politisches Gefängnis.«

Gutier blickte aus dem Fenster. Er suchte nach einer besseren

Idee. Sein Mobiltelefon piepte, und er fand eine anonyme E-Mail mit einer Videodatei als Anhang. Er spielte die zwanzig Sekunden lange Sequenz ab, und ein Lächeln huschte über sein Gesicht.

»Das ändert alles.« Er hielt das Telefon hoch und spielte die Aufnahme noch einmal ab.

Díaz verfolgte, wie ein Mann an Bord einer Yacht ging, die Sekunden später in einem riesigen Feuerball explodierte. Díaz sah seinen Bruder geschockt an. »Dieser Mann auf dem Boot – er sah aus wie Raúl.«

»Es ist Raúl. Er ist anlässlich einer Konferenz der Gemeinschaft lateinamerikanischer und karibischer Staaten auf den Kaimann-Inseln gewesen. Ich hatte die vertrauliche Information erhalten, dass er auf einer Yacht wohnen würde, die dem Vize-Gouverneur der Kaimanns gehört.« Gutier strahlte. »Scheint so, als habe es ein Unglück gegeben.«

Díaz schüttelte ungläubig den Kopf. »Mein Bruder, *das* ist eine riskante Operation.«

»Sie wurde von externen Spezialisten durchgeführt. Profis, die kein Interesse haben, darüber zu reden, selbst wenn sie glauben, dass sie jemand anders getötet haben.« Gutier lachte spöttisch. »Ich bedaure nur, dass Außenminister Ruiz nicht ebenfalls an Bord war. Er sollte Raúl eigentlich begleiten, hat jedoch im letzten Moment abgesagt.«

»Nichtsdestoweniger eine drastische Aktion. So kurz nach Fidels Hinscheiden ist es ein großer Schock für unser Land. Vielleicht ist es das Beste, dass Ruiz nicht dort war, sonst wäre der Verdacht sofort auf dich gefallen. Andererseits befindest du dich auch jetzt noch in einer heiklen Lage. Der Außenminister steht als Nachfolger Raúls fest, sobald unser schwacher Präsident das Zeitliche segnet. Du wirst deine mächtige Position kaum halten können, wenn das geschieht.«

Gutier schien sich deswegen keine Sorgen zu machen. »Vielleicht hast du uns das entscheidende Mittel verschafft, um eine solche Entwicklung zu verhindern.«

»Was meinst du?«

»Die Amerikaner. Sie haben uns direkt in die Karten gespielt. Ruiz hat nie ein Geheimnis aus seinem Wunsch gemacht, mit den Vereinigten Staaten Frieden zu schließen und Handel und Tourismus auszuweiten. Seine Sympathien für Amerika waren stets seine schwache Seite. Diese machen wir uns zunutze, indem wir das NUMA-Schiff mit Raúls Tod in Verbindung bringen.«

Díaz' Gesicht leuchtete auf. »Natürlich. Die Öffentlichkeit wird sich überschlagen, wenn herauskommt, dass die Amerikaner für Raúls Tod verantwortlich sind. Wir können es aussehen lassen wie von langer Hand vorbereitet, wie einen Versuch, den Außenminister auf den Platz des Präsidenten zu hieven.«

»Auch nur die Andeutung einer möglichen Verbindung würde dem Staatsrat schon ausreichen, um Ruiz die kalte Schulter zu zeigen«, sagte Gutier. »Wenn nicht, dann kann ich genug Kameraden aus dem Militär zusammentrommeln, die mich bei einer vorübergehenden Machtübernahme für die Dauer der Untersuchung der Anschuldigungen unterstützen würden.«

»Noch besser wäre es, du könntest das Verdienst, den Attentäter gefangen zu haben, für dich in Anspruch nehmen«, sagte Díaz mit funkelnden Augen. »Vergiss das Forschungsschiff, wir haben etwas Besseres. Ich gebe dir den zuständigen Amerikaner, einen Mann namens Pitt, der sich an Bord des Tauchboots befindet. Ihm können wir das Attentat anhängen.«

Gutier ließ sich diese Möglichkeit durch den Kopf gehen. »Ja«, sagte er, »wir könnten sicherlich entsprechende Beweise frisieren, um ihn mit der Explosion in Verbindung zu bringen. Wir veranstalten einen Schauprozess, der die antiamerikanische Stimmung weiter anheizt ... und sorgen gleichzeitig dafür, dass Ruiz öffentlich blamiert wird.«

»Gleichzeitig können wir unser Geschäft mit den Nordkoreanern unbehelligt zum Abschluss bringen. Aber was machen wir mit dem NUMA-Schiff?«

»Bisher habe ich noch nichts von heimlichen Ermittlungen der amerikanischen Regierung gehört«, sagte Gutier.

»Es war auch noch keine öffentliche Reaktion festzustellen.«

»Dann versenk das Schiff mit Mann und Maus«, sagte Gutier. »Es wäre besser, wenn es keinen Chor von Dementis gibt. Wir können behaupten, es sei bei einem Unfall untergegangen. Oder wenn den Amerikanern diese Begründung nicht ausreicht, behaupten wir, es sei ein CIA-Schiff gewesen, das an Raúls Ermordung und dem versuchten Umsturz beteiligt war. In der Zwischenzeit fliegst du mit einem Militärhubschrauber zur Verladestation, um den Gefangenen abzuholen, und ich sorge dafür, dass es so aussieht, als ob er auf den Kaimann-Inseln gefasst worden wäre.«

Während Díaz zustimmend nickte, klopfte es an der Tür. Eine korpulente Sekretärin betrat das Büro mit besorgter Miene. »Entschuldigen Sie, dass ich störe, Sir, aber wir haben soeben eine Nachricht von den Kaimann-Inseln erhalten. Es scheint, als sei ein Schiff, dem der Präsident einen Besuch abgestattet hat, in Brand geraten und schwer beschädigt worden. Man nimmt an, dass der Präsident möglicherweise verletzt wurde.«

Gutier nickte, während sein Bruder sich erhob. »Das ist eine schlimme Neuigkeit«, sagte er und geleitete die Sekretärin aus dem Büro. »Wir müssen sofort in Erfahrung bringen, was da wirklich geschehen ist.«

55

Der in Russland gebaute Mil-Mi-8-Hubschrauber kam in hohem Tempo über die Berge und drosselte das Tempo, als er sich dem versteckten Erzhafen näherte. Der Pilot steuerte den zementierten Landeplatz an und setzte den Helikopter genau im Zentrum auf. Er ließ die Maschinen eingeschaltet, während Díaz seinen Sicherheitsgurt löste und durch die offene Seitentür ausstieg.

Molina, einen bewaffneten Wächter an seiner Seite, erwartete seinen Boss bereits und begrüßte ihn. Díaz drehte sich um und ließ den Blick über den Kai schweifen, während er den Landeplatz des Hubschraubers verließ. Der Leichter mitsamt Schubschiff war verschwunden und wurde durch einen unter liberianischer Flagge fahrenden Schüttgutfrachter namens *Algonquin* ersetzt. Die Hafenmannschaft hatte das Fließband auf dem Kai in Stellung gebracht und lud Uranerz in die Laderäume des Schiffes.

»Zu meiner Freude sehe ich, dass die *Algonquin* planmäßig eingetroffen ist«, sagte Díaz. »Konnte der Frachtkahn unversehrt ablegen?«

Molina nickte. »Die Brände wurden gelöscht, ehe sie größeren Schaden anrichten konnten. Der Schubkonvoi ist bereits bei der *Sea Raker* eingetroffen. In ein paar Stunden müssten sie damit anfangen, den Sprengstoff bei Domingo 2 auszuladen und den Schlot damit zu präparieren.«

»Gut. Wo sind die Amerikaner?«

»Folgen Sie mir.« Molina ging voraus zu der offenen Garage im Parterre der Baracke. Pitt und Summer saßen auf einer Bank in einer freien Ecke, bewacht von zwei Soldaten, die ihre Gewehre schussbereit über die Schultern gehängt hatten.

Díaz näherte sich ihnen mit amüsierter Miene. »Wie ich hörte, haben Sie meine Abwesenheit für einige außerplanmäßige Aktivitäten genutzt. Ich kann Ihnen jedoch zu meiner Freude mitteilen, dass Ihr Versuch, den Frachtkahn und den Kai nachhaltig zu beschädigen, auf der ganzen Linie gescheitert ist. Unsere Erzförderung kann uneingeschränkt fortgesetzt werden.«

»Durch die Sprengung dieser hydrothermalen Schlote wird der Ozean tausend Meilen weit verseucht«, sagte Pitt. »Die Gewässer und die Küste Kubas werden davon nicht verschont bleiben.«

»Da irren Sie sich, Mr. Pitt. Der Floridastrom wird alles an die amerikanischen Strände tragen. Es wird ein Problem Ihrer Nation sein, nicht meiner.«

Pitt musterte ihn eisig. »Es wird Ihr Problem sein, wenn die Welt erfährt, dass Sie die Katastrophe im Zuge Ihres Uranabbaus absichtlich ausgelöst haben.«

Díaz lachte. »Dazu wird es nicht kommen, mein Freund. Und jetzt hoch auf die Füße.«

Die Wächter stießen Pitt die Gewehrläufe in die Rippen. Er stand auf, und Summer folgte seinem Beispiel.

Díaz sah sie an und schüttelte den Kopf. »Ich fürchte, diesmal werden Sie ihn nicht begleiten.« Er wandte sich an die Wächter. »Ihr werdet ihn nach Havanna bringen. Der Hubschrauber wartet schon.«

Summer sah den Kubaner fragend an. »Weshalb soll er nach Havanna gebracht werden?«

»Ach, wussten Sie das nicht?« Díaz grinste wie ein Krokodil. »Präsident Castro ist tot, und Ihr Vater war an dem Attentat beteiligt. Also wird er in Havanna vor Gericht gestellt.«

»Das ist absurd!«

»Ganz und gar nicht. Zahlreiche Zeugen haben ihn am Tatort gesehen.«

Díaz gab den Wächtern mit dem Kopf ein Zeichen, und sie stießen Pitt vor sich her.

Summer trat ihnen in den Weg und umarmte ihren Vater.

Er sah sie mit einem beruhigenden Blick an und flüsterte ihr ins Ohr, sie solle sich keine Sorgen machen. Aber in seinem Innern herrschte ein einziger Aufruhr. Sein eigenes Schicksal bereitete ihm keine großen Sorgen, aber das Letzte, was er sich wünschte, war, seine Tochter allein bei Díaz zurückzulassen. Die Wächter ließen ihm jedoch keine andere Wahl, und so wurde er zum Hubschrauberlandeplatz eskortiert.

Nachdem man ihn mit einem unsanften Stoß in den Helikopter befördert hatte, wurde er auf einer Sitzbank neben der offenen Tür des Frachtabteils angeschnallt. Die Wächter nahmen ihm gegenüber ihre Plätze ein. Einer beugte sich vor und gab dem Piloten mit dem Daumen das Startzeichen. Der Pilot ließ den Rotor hochlaufen, und ein paar Sekunden später stieg der Transporthubschrauber senkrecht in den Himmel. Hilflos musste Pitt von seinem Platz aus verfolgen, wie tief unter ihm seine Tochter mit Díaz und Molina in dem Bürogebäude verschwand. Dann sackte die Erzverladestation hinter ihm weg und wurde durch die leere Weite des blauen Ozeans ersetzt.

Die Kubaner begaben sich wieder in Díaz' Büro, wo er einen Moment lang den Azteken-Stein betrachtete. »Ich habe von einem Kontaktmann in den Vereinigten Staaten eine interessante Information erhalten«, sagte er zu Summer. »Ihr Freund, Perlmutter, muss ein sehr ergiebiger Historiker sein.«

Sie starrte Díaz entsetzt an. »Was haben Sie mit ihm gemacht?«, fragte sie und rechnete mit dem Schlimmsten.

»Ihm geht es ausgezeichnet, wenngleich ihm einige Dokumente fehlen dürften. Dokumente, aus denen hervorgeht, dass die zweite Hälfte des Steins nicht zusammen mit der *Maine* zerstört wurde.«

»Ist der Schatz demnach immer noch im Spiel?«, fragte Molina.

»Natürlich.«

Summer hielt sich zurück. Ihr Vater hatte angedeutet, er habe in dem Büro eine Verbindung zwischen dem Stein und einem verschollenen Schatz entdeckt. Aber die Wachen hatten ihn mit ihrem Erscheinen zum Schweigen gebracht.

»Und wo ist der andere Stein?«, fragte Molina.

»Wenn Perlmutters Informationen zutreffen«, sagte Díaz, »wurde der Stein von der *Maine* entwendet, während sie sank. Vermutlich gelangte er auf die *San Antonio*, ein Dampfschiff, das

Havanna unmittelbar danach verließ. Die amerikanische Navy sichtete es vor der Ostküste, aber dann sank es, ehe der Stein geborgen werden konnte.«

Díaz lächelte. »Laut dem internationalen Schifffahrtsverzeichnis liegt die *San Antonio* in vierzig Faden Tiefe etwa vierzehn Meilen östlich von Punta Maisí.«

»Man kann das Wrack mit dem Ölsuchschiff *Kelowna* suchen«, sagte Molina. »Sie ist noch einen Monat lang gemietet.«

»So etwas Ähnliches hatte ich im Sinn. Ich schicke Sie los, Silvio, um die Suche nach dem Wrack in die Wege zu leiten, sobald die *Algonquin* ablegt.« Er sah Summer vielsagend an. »Ich werde die Erzförderung persönlich überwachen, um sicherzugehen, dass es nicht zu weiteren Verzögerungen kommt.«

»Ich werde die Mannschaft der *Kelowna* sofort entsprechend informieren.«

Díaz reichte Molina einen Notizzettel. »Hier sind die Koordinaten der San Antonio. Lassen Sie die *Kelowna* auf der Stelle mit der Suche beginnen und sie so lange fortsetzen, bis das Wrack gefunden wird. Ich komme so bald wie möglich nach.«

»Falls wir die *San Antonio* vorher finden sollten, werden wir bis zu Ihrer Ankunft nichts weiter unternehmen.« Molina deutete mit einem Kopfnicken auf Summer. »Was geschieht mit ihr?«

Díaz musterte Summer eingehend. »Sie kommt mit mir.«

56

Der Armeehubschrauber flog niedrig über dem Wasser und folgte der nördlichen Küstenlinie Kubas in einem Abstand von nur einhundert Metern. Sein flappender Rotor erregte allgemeine Aufmerksamkeit und erntete sowohl neugierige Blicke als auch ein freundliches Winken von vereinzelten Fischern in ihren kleinen Booten, aber auch von der Kinderschar, die in der Brandung herumtollte oder am Strand spielte.

Pitt blickte durch die Türöffnung des Frachtabteils hinaus und berechnete im Stillen seine Fluchtchancen. Die Hubschrauberbesatzung bestand aus drei Mann und zwei Wächtern. Er würde es wohl kaum schaffen, alle fünf zu überwältigen. Die offene Tür bot ihm weitere Möglichkeiten, jedoch war ein Sturz in den Tod nicht das, was er im Sinn hatte. Er studierte das Innere des Hubschraubers ein wenig genauer.

Der betagte Mi-8 war ein klassischer Armeetransporthubschrauber, dessen lange Kabine bis zu vierundzwanzig Soldaten Platz bot. Pitt stellte fest, dass speziell diese Maschine für Such- und Rettungsoperationen modifiziert worden war. Ein Rettungskorb sowie mehrere Stapel Schwimmwesten lagen im hinteren Teil der Kabine bereit, und über der offenen Frachtraumtür befand sich eine Seilwinde. Pitt blickte möglichst unauffällig auf die spanisch beschrifteten Bedienungselemente der Winde und identifizierte einen Hebel, mit dem sich der Haken herauf- und herunterfahren ließ.

Die restliche Einrichtung war klassisches Militär: minimalistisch, mit kahlen Wänden, in diesem Fall das Innere einer Hubschrauberkabine. Als ehemaliger Air-Force-Pilot mit ausgeprägtem technischem Verständnis analysierte Pitt zahllose Kabel und Hydraulikleitungen, die sich kreuz und quer über die Kabinenwand spannten. Als sein Fuß gegen einen kleinen Feuerlöscher stieß, der sich unter seinem Sitz befand, nahm ein grober Plan in seinen Gedanken Gestalt an. Nicht unbedingt narrensicher, aber immer noch besser, als in Havanna vor ein Erschießungskommando gestellt zu werden.

Es käme nur auf das Timing an – und auf die Männer, die ihm gegenübersaßen. Die Wächter waren Berufssoldaten, aber sie befanden sich bereits seit anderthalb Tagen ununterbrochen im Dienst. Einer war schon eingedöst, während der andere Pitt mit müden Augen beobachtete.

Pitt zeigte dem Soldaten seine desinteressierteste Miene und schloss die Augen. Er legte eine Hand in den Schoß und tat so, als ob er schliefe. Diese Haltung behielt er mehrere Minuten lang bei, ehe er einen vorsichtigen Blick riskierte. Der zweite Soldat war noch wach, aber er hatte sich halb zur Seite gedreht, um durch das vordere Cockpitfenster hinauszuschauen.

Mit winzigen, kaum wahrnehmbaren Bewegungen öffnete Pitt mit einer Hand seinen Sitzgurt und deckte seine Aktivitäten mit der anderen Hand ab. Er bewegte sich auf seinem Sitz, als suchte er eine bequemere Position, und ließ eine Hand zu seinem Bein hinunterrutschen, bis sie den Feuerlöscher streifte. Der Wächter blickte für einen kurzen Moment in seine Richtung, und Pitt erstarrte. Doch dann schaute er wieder nach vorn auf die Wasserfläche, die unter ihnen vorbeihuschte.

Pitt schmiegte die Hand um den Feuerlöscher, holte tief Luft und sprang von seinem Sitz auf. Er holte mit dem Stahlzylinder aus und schwang ihn in einem weiten Bogen herum. Aber anstatt die Wächter anzugreifen, schmetterte er den Boden des Feuerlöschers gegen die Seitenwand der Kabine. Doch dies war kein wahlloser Schlag. Er hatte zwei glänzende stählerne Leitungen anvisiert, die sich unter dem kraftvollen Schlag verbogen.

»Hey!« Der noch wache Soldat sah Pitt an, als sei er verrückt geworden. Er griff nach dem Gewehr, das quer auf seinem Schoß lag, aber Pitt war schneller. Er drehte den Feuerlöscher um, zog den Sicherungsstift aus der Ventilsperre, drückte auf den Auslöser und blies eine Wolke Monoammoniumphosphat in die Gesichter beider Wächter. Während der erste Soldat geblendet sein Gewehr hochriss, schleuderte ihm Pitt den Feuerlöscher entgegen.

»*Adiós*«, sagte er, während er das Windenseil nach unten zog. Pitt ergriff einen kleinen Rundhaken, der von der Seilwinde ablief, machte einen schnellen Schritt und schwang sich durch die offene Frachtraumtür.

Es dauerte einige Sekunden, bis sich der Wächter den Löschschaum aus den Augen gewischt hatte und das Gewehr auf den Gefangenen richten konnte. Aber Pitt war längst verschwunden.

»Sofort landen!«, rief der Soldat den Piloten zu.

Sie ignorierten ihn, als eine ganze Kette roter Warnlampen auf dem Armaturenbrett im Cockpit aufflammte und der Helikopter mitten im Flug zu bocken begann wie ein störrisches Pferd.

»Er kriegt keinen Sprit mehr«, stellte der Kopilot fest. »Beide Motoren.«

Der Pilot starrte auf die Anzeigeinstrumente. »Aber die äußeren Tanks sind voll.« Er legte den Schalter für die Treibstoffversorgung von einem Außentank auf den anderen um, aber nichts tat sich. Die beiden Motoren des Hubschraubers husteten.

Pitt hatte sein Ziel gut ausgewählt und die beiden Leitungen, die zu den Motoren führten und mit *Combustible de aviación* beschriftet waren, mit dem Feuerlöscher zusammengequetscht. Zum Leidwesen des Piloten versorgten sie die Motoren mit Benzin aus den äußeren Tanks. Pitt hatte richtig vermutet, dass die inneren Tanks während des Flugs zur Erzverladestelle geleert worden waren, auch wenn der Reservetank genug Treibstoff enthielt, um die Motoren noch für ein paar Minuten in Gang zu halten. Da ihm für eine Reaktion nur noch wenige Sekunden blieben, klammerte sich der Pilot an sein Wissen, dass die äußeren Tanks noch mit Benzin gefüllt waren.

Die Motoren des Helikopters husteten und spuckten, dann verstummten sie im Abstand von Sekundenbruchteilen. Nur das Schrillen des Cockpitalarms und das ersterbende Jaulen der Motoren war noch zu hören.

Der Pilot drückte die Nase nach unten und versuchte so etwas wie einen Gleitflug, aber das schwer gepanzerte Fluggerät reagierte nicht darauf. Der Helikopter legte noch einen Meter in horizontaler Richtung zurück, dann sackte er ab wie ein Sack Zement.

Mit der Nase zuerst schlug er auf dem Wasser auf, wobei das Cockpit sofort zerschellte, während der Hauptrotor abbrach und ein kurzes Stück über die Wellen tanzte. Die offene Kabine schaukelte sekundenlang in der Dünung, dann sank sie mitsamt ihren Insassen in die Tiefe.

57

Als Pitt kurz zuvor durch die Frachtraumtür hinausgesprungen war, war ihm das Rettungsseil beinahe durch die Hand gerutscht. Der Kugelhaken grub sich jedoch in seinen Handrücken und bewahrte ihn vor dem Absturz. Die Arme über dem Kopf hochgereckt, baumelte er unter den Landekufen, als der Helikopter zu zucken und zu schwanken begann.

Die Winde wickelte nach und nach mehr Seil ab, aber für seine Zwecke kam es viel zu langsam. Er hatte gehofft, schnell bis zu einem Punkt hinabzugleiten, von wo aus er abspringen konnte, aber er hing immer noch zu hoch über der Meeresoberfläche. Er hatte keine andere Wahl, als sich zu gedulden, bis die Winde genug Seil abgespult hatte – während der Helikopter über ihm zu einem tödlichen Tanz ansetzte. Glücklicherweise waren die Wächter zu sehr mit sich selbst beschäftigt, um die Winde zu stoppen und ihn mitten in der Luft hängen zu lassen.

Das Seil ruckte heftig, als der Hubschrauber hin und her schwankte und langsamer wurde. Pitt konnte nichts anderes tun, als sich an den Stahlhaken und das Seil zu klammern, während er unter dem Rumpf des Helikopters wild auf und ab schaukelte. Obgleich er und der Helikopter deutlich an Höhe verloren hatten, konnte er den freien Fall in Richtung Ozean noch nicht riskieren. Einen Absturz aus dieser Höhe bezahlte er möglicherweise mit seinem Leben.

Er blickte hoch und sah, wie der Hauptrotor des Helikopters langsamer wurde, während der Motor heftig stotterte – und dann vollends stehen blieb. Als der Pilot den Versuch unternahm, in einen leichten Sinkflug zu gehen, verlor das Rettungsseil seine Spannung und wurde schlaff. Pitt stürzte fast fünf Meter auf einmal, ehe ihn das Seil mit einem brutalen Ruck auffing, der ihm fast die Arme aus den Schultergelenken gerissen hätte.

Er wurde schräg vorwärtsgezerrt, als der Helikopter in seinem Sturzflug kurzzeitig beschleunigte, ehe er jeden Schwung einbüßte. Durch diesen abrupten Stopp schwang Pitt nach vorn und überholte den Hubschrauber. Aus Furcht, unter ihm zerquetscht zu werden, ließ er das Seil los und rollte sich so eng wie möglich zusammen.

Wenn auch nur noch zehn Meter über dem Wasser, flog er doch mit hohem Tempo vorwärts durch die Luft. Er schlug hart auf der Wasseroberfläche auf, tauchte ein und pflügte durch die Wellen, ehe er sich an die Oberfläche kämpfen konnte.

Pitt rang mühsam nach Luft. Der Aufprall hatte seine Lunge bis auf den letzten Rest geleert. Er versuchte, sich zu strecken und zu schwimmen, aber ein Schmerz, der von seiner Schulter durch den ganzen Körper schoss, hinderte ihn daran, den linken Arm über den Kopf zu strecken. Mit dem rechten Arm paddelte er heftig und strampelte mit den Beinen, um über Wasser zu bleiben.

Er schaute rechtzeitig hoch, um zu sehen, wie der Helikopter über ihn hinwegwirbelte und nur wenige Meter vor ihm ins Wasser eintauchte. Er ignorierte das Zischen, als die Überreste der Maschine versanken. Stattdessen konzentrierte er sich auf einen leeren Strandabschnitt in einiger Entfernung. Er legte sich auf die Seite und machte ein paar Schwimmzüge, ehe er vor Schmerzen innehielt.

Dann paddelte er langsam mit den Beinen und spürte, wie er in eine Querströmung geriet, die ihn mehr und mehr an einen Teil der Küste drängte, der von einer heftigen Brandung gepeitscht wurde. Tief durchatmend, wandte Pitt sich in Richtung Sandstrand und begann, gegen diese Strömung anzukämpfen. Der Schmerz in seiner Schulter drohte ihn zu verschlingen wie loderndes Feuer, aber er setzte seine Bemühungen fort, bis ihm ein Streifen weißer Gischt, der die Brandungslinie markierte, verheißungsvoll winkte. Seine Füße berührten festen Untergrund, und er stolperte auf eine dicht belaubte Baumgruppe am oberen Rand des Strandes zu. Etwas Warmes sickerte an seinem Hals und seiner linken Schulter herab, und er begriff, dass der Haken ihn bei seinem Verzweiflungssprung verletzt haben musste.

Pitt taumelte in die Büsche. Kurz vor einem hohen Banyan-Baum erreichten die Erschöpfung, die Schmerzen und der Blutverlust schließlich ihr Maximum. Er sank auf die Knie, kippte zur Seite und blieb reglos im Sand liegen.

58

»Kapitän auf die Brücke, bitte! Kapitän auf die Brücke!«

Bill Stenseth hielt das Sprechfunkgerät, aus dessen Lautsprecher die Aufforderung gedrungen war, an die Lippen. »Aye, bin schon unterwegs.«

Der altgediente Schiffskapitän unterbrach seine morgendliche Inspektion des Maschinenraums und stieg zur Kommandobrücke der *Caroline* hinauf. Als eins der neuen Forschungsschiffe der NUMA verfügte die *Caroline* serienmäßig über einen zentralen Moon Pool und einen massiven Bockkran am Heck, der zum Absetzen der verschiedensten Unterwasserfahrzeuge diente. Wie alle Schiffe der NUMA hatte auch die *Caroline* einen türkisblauen Rumpf.

Ein junger Schiffsoffizier in einer gestärkten weißen Uniform kaum auf Stenseth zu, kaum dass er die Kommandobrücke betreten hatte. »Tut mir leid, Sie stören zu müssen, Käpt'n, aber wir haben eine seltsame Nachricht über Funk erhalten.«

»Wie lautet sie, Roberts?«

»Ein im Anflug befindliches Flugzeug hat darum gebeten, dass wir drei Taucher voraus an Backbord aus dem Wasser auffischen.«

Stenseth schaute aus dem Brückenfenster. Die *Caroline* ankerte bei leichter Dünung weniger als eine Viertelmeile vor einer kleinen Bimini-Insel namens South Cat Cay.

»Bisher ist weit und breit niemand im Meer zu sehen«, sagte Roberts.

»Wer hat uns gerufen?«

»Das wissen wir nicht. Sie wollten sich nicht identifizieren.«

Ein Matrose auf der anderen Seite der Kommandobrücke deutete zum Bug. »Ein Helikopter, Sir.«

Stenseth trat hinaus auf die Brückennock und verfolgte, wie sich ein weißer Hubschrauber in geringer Höhe näherte. Es war ein ziviler kommerzieller Bell 407, der gewöhnlich von den Justizbehören und für Transportflüge im nahen Küstenbereich verwendet wurde.

Der Chopper kreiste einmal über der *Caroline*, ging an Backbord in Höhe des Bugs in den Schwebeflug über und sank dann fast bis auf Meeresniveau. Eine Seitentür wurde geöffnet, drei Männer in Tauchausrüstung erschienen in der Öffnung und sprangen ins Wasser hinunter. Danach wurde ein großer Container durch die Öffnung geschoben. Der Helikopter stieg auf, wackelte mit dem Hauptrotor und entfernte sich in die Richtung, aus der er gekommen war.

Stenseth sah, wie die Männer unweit des Schiffes auftauchten. »Lassen Sie ein Zodiac zu Wasser – sofort!«

Ehe die Mannschaft der *Caroline* das Schlauchboot ins Wasser setzen konnte, schwammen die Taucher mit ihrem Container im Schlepptau zum Schiffsheck. Eine Tauchplattform wurde heruntergelassen, und die Männer kamen mit ihrer Ausrüstung an Bord.

Stenseth wartete an der Reling, während die Plattform auf Deckniveau hochgefahren wurde. Der kleinste der drei Männer trat vor und streckte dem Kapitän die rechte Hand entgegen, während er mit der Linken seine Tauchmaske abnahm. »Hi, Bill. Schön, Sie zu sehen.«

Stenseth' Kinn sackte nach unten, als er den Mann erblickte, den man allgemein nur mit seiner Hornbrille kannte. »Rudi, sind Sie das?«

Gunn grinste und deutete auf die anderen Taucher. »Ich muss mich für meinen überfallartigen Besuch entschuldigen. Ich glaube, Sie kennen Jack Dahlgren und Pierce Russell.«

»Ja.« Stenseth begrüßte die Männer mit einem Kopfnicken. »Aber weshalb der Absprung aus der Luft? Wir hätten Sie an Land abholen können.«

»Die Zeit drängt. Wenn man außerdem den ausdrücklichen Anordnungen des Vizepräsidenten der Vereinigten Staaten zuwiderhandelt, möchte man, dass so wenige Leute wie möglich etwas davon mitbekommen.«

»Um was geht es?«, fragte Stenseth.

»Um die *Sargasso Sea*. Wir haben Grund zu der Annahme, dass sie in der Nähe von Havanna gekapert und entführt wurde. Aus Gründen, für deren Verständnis ich wahrscheinlich die falsche Gehaltsstufe habe, hat Vizepräsident Sandecker jede Hilfe und Unterstützung abgelehnt – und mir darüber hinaus sogar verboten, eigene Maßnahmen zu ergreifen.« Gunn schüttelte den Kopf. »Aber ich kann nicht untätig bleiben. Vielleicht ist die gesamte Mannschaft in Gefahr, daher müssen wir in Erfahrung bringen, was dort im Gange ist.«

»Sind Pitt und Giordino nicht auf dem Schiff?«

»Das sind sie, und das macht das Ganze umso beunruhigender. Das Schiff ist vor zwei Tagen verstummt. Sie hatten zu diesem Zeitpunkt eine Quecksilberwolke untersucht und sind möglicherweise unerwartet auf ihre Quelle oder die Verursacher gestoßen.«

»Die Kubaner?«

»Das wissen wir nicht.«

»Immerhin erklärt das den anonymen Flug mit einem Miethubschrauber.«

»Der Pilot glaubt, dass wir an einer geheimen Mission beteiligt sind und nach Delfinen suchen. Er war nicht gerade erfreut über einen Rundflug von Miami hierher und darüber, uns direkt im Meer auszusetzen. Aber er wurde für seine Dienste fürstlich belohnt.«

»Sie riskieren wirklich Ihren Kopf, Rudi, trotzdem helfe ich Ihnen natürlich«, sagte Stenseth. »Pitt hat meinen Hintern mehr als einmal gerettet.«

»Ich wusste, dass ich mich auf Sie verlassen kann.«

»Was können wir tun?«

Gunn deutete auf das offene Deck des Schiffes. Ein schlankes Unterwasserfahrzeug mit Glasfaserrumpf parkte dort auf einem Gestell aus Holzbalken.

»Eigentlich brauche ich nur zwei Informationen von Ihnen«, sagte Gunn. »Erstens, dass die *Bullet* dort drüben einsatzbereit ist.

Und zweitens, dass die *Caroline* innerhalb einer Stunde Anker lichten kann.«

Stenseth lächelte. »Die *Bullet* braucht nur noch aufgetankt zu werden und kann sofort starten. Und was die *Caroline* betrifft: Wenn wir nicht innerhalb von höchstens zwanzig Minuten mit voller Kraft nach Kuba unterwegs sind, können Sie meinen Job haben.«

»Danke, Bill. Jede Sekunde zählt.«

»Wir geben uns alle Mühe.« Stenseth wandte sich zur Kommandobrücke, dann hielt er inne. »Übrigens, was befindet sich in dieser orangefarbenen Kiste?« Gunns Augenbrauen zuckten leicht, während er die Frage des Kapitäns mit unbewegter Miene beantwortete.

»Unsere Rückversicherung.«

59

Summer saß seit über einer Stunde auf dem Kai in der Morgensonne, ein bewaffneter Wächter nur wenige Schritte von ihr entfernt. Ihre Gedanken kreisten um ihren Vater und um sein augenblickliches Schicksal.

Während ein Schweißtropfen an ihrer Stirn herabfloss, erschien ein blauer Punkt am Horizont, der kontinuierlich größer wurde. Er entwickelte sich zu einem schnittigen Versorgungsboot, das, angetrieben von zwei turboaufgeladenen Dieselmotoren, den Kai ansteuerte. Summer wurde in eine klimatisierte Passagierkabine geführt, von wo aus sie verfolgen konnte, wie mehrere kleine Kisten Hochleistungssprengstoff auf dem Achterdeck aufgestapelt wurden.

Kurz darauf erschienen Díaz und Molina auf dem Kai. Sie verabschiedeten sich mit einem Händedruck voneinander, dann sprang Díaz an Bord, und das Schiff legte vom Kai ab. Summer unterdrückte ein Frösteln, als er die Kabine betrat und sich in den Sessel neben ihr sinken ließ.

»Eine kleine Planänderung«, sagte er. »Wir schauen kurz bei Ihrem alten Schiff, der *Sargasso Sea*, vorbei.«

»Kann ich wieder dorthin zurück?«

Díaz lachte. »Nein, meine Liebe. Ich glaube kaum, dass Sie das wollen. Sie begleiten mich stattdessen zur *Sea Raker*.«

»Sie ahnen nicht, welchen Schaden Sie dadurch anrichten, dass Sie diese hydrothermalen Schlote zerstören.«

»Sie ahnen nicht, wie viel Geld und Macht ich einbüße, wenn ich es nicht tue.« Er lächelte. »Natürlich könnte es verglichen mit dem, was in den Schriftzeichen und Illustrationen auf unseren Azteken-Steinen verborgen ist, nur ein Almosen sein.«

»Was macht Sie so sicher?«

»Aus diesem Grund bin ich nach Mexiko gekommen. Unser Explorationsschiff hat in der Nähe von Jamaika das Kanu entdeckt, in dem die kleine goldene Figur gefunden wurde. Aus Ihrem Codex wissen wir, dass dieses Kanu zu einer Flotte gehörte, die das aztekische Reich auf dem Wasserweg verließ. Dr. Torres war so nett, uns zu bestätigen, dass die Figur aztekischen Ursprungs ist. Auf den anderen Kanus müsste noch viel mehr von diesen Artefakten zu finden sein.«

»Von einer einzigen Figur auf einen umfangreichen Schatz zu schließen erscheint mir ziemlich gewagt«, sagte Summer.

»Sie war der einzige Artefakt, der im Kanu zurückgeblieben war. Ich glaube, das Kanu sank so langsam, dass seine Mannschaft mitsamt dem größten Teil der Fracht auf die anderen Kanus flüchten konnte.«

»Vielleicht. Aber jetzt wissen Sie, wo die andere Hälfte des Steins geblieben ist. Warum verzichten Sie nicht auf diese unsinnige Sprengung der Schlote und holen sich stattdessen den Schatz?«

»Und lasse Sie und Ihren Vater frei?«

Summer blickte in die dunklen, sadistisch glühenden Augen des Kubaners und fand dort alles andere als Zustimmung zu ihrem Vorschlag.

»Nein, ich glaube nicht«, sagte Díaz, als hätte er ernsthaft über diese Lösung nachgedacht. Dann erhob er sich. »Sehen Sie, mein Bruder und ich, wir haben wichtigere Dinge zu erledigen.«

Als vor ihnen die *Sargasso Sea* auftauchte, ging er zur Kommandobrücke und ließ Summer zurück, die sich fragte, wer Díaz' Bruder sein mochte.

Die beiden Schlauchboote der Kommandotruppe waren noch immer mit dem NUMA-Schiff verbunden, als das Versorgungsschiff neben einem Fallreep festmachte. Die Sprengstoffkisten wurden zuerst an Bord geschafft, dann stieg Díaz zum Hauptdeck der *Sargasso Sea* hinauf. Calzado, der Anführer des Enter-Kommandos, erwartete ihn an der Reling.

»Gab es Probleme mit dem Schiff?«, fragte Díaz.

»Nein, Sir. Die Gefangenen sind sicher in Gewahrsam, und auf dem Schiff ist alles ruhig. Wir warten auf weitere Befehle.«

»Molina berichtete mir, dass während des Überfalls keine Funksprüche vom Schiff abgesetzt wurden.«

»Wir haben die Brücken-Crew überrumpelt, daher nehmen wir an, dass diese Einschätzung zutrifft. Ein Schiff der U. S. Coast Guard hat uns mit Funksprüchen bombardiert, während wir das Schiff in seine neue Position brachten. Aber es zog sich zurück, als wir ein Patrouillenboot der kubanischen Marine alarmierten.«

»Sehr gut.«

»Sir, wir haben soeben einen Funkspruch von unserem Posten an der Küste empfangen. Sie erhielten eine Meldung, dass heute am frühen Morgen ein Hubschrauber, der die Verladestation mit Ziel Havanna verlassen hatte, nicht weit von Puerto Escondido abgestürzt ist.«

»Gibt es Überlebende?«

»Unbekannt. Militär und ein Tauchrettungsteam wurden angefordert und sofort in Marsch gesetzt. Sobald sie sich einen Überblick verschafft haben, werden wir informiert.«

Unwillkürlich runzelte Díaz die Stirn. Könnte Pitt bei dem Absturz die Hand im Spiel gehabt haben? Aber noch war nicht alles verloren. Falls Pitt den Tod gefunden hatte, könnte er vielleicht noch Pitts Tochter als Verdächtige mit dem Tod Raúls in Verbindung bringen.

Er wandte sich um und deutete auf die Sprengstoffkisten auf dem Achterdeck. »Der General hat Befehl gegeben, das Schiff zu vernichten. Wo ist die amerikanische Mannschaft?«

»Sie wurde in zwei Labors im Achterschiff eingesperrt.«

»Sie bleibt dort. Sie haben den Befehl, das Schiff mit allen Insassen nach Einbruch der Nacht zu versenken. Es darf keine Überlebenden geben. Haben Sie verstanden?«

Der Truppführer nickte. »Jawohl. Keine Überlebenden.«

60

Als die Tür aufgerissen wurde, schreckte die Mannschaft, die im Nasslabor der *Sargasso Sea* gefangen gehalten wurde, aus ihrer Lethargie auf. Einer der Steuerleute des Schiffes, ein schmächtiger Mann namens Ross, wurde durch die Tür geschoben. Auf den Armen trug er einen großen Pappkarton. Zwei bewaffnete Soldaten folgten ihm und hielten die im Raum Anwesenden mit ihren Sturmgewehren in Schach. Mit einem unsanften Stoß in den Rücken forderten sie den Steuermann auf, den Inhalt des Kartons zu verteilen.

»Ross, sind Sie das?«, fragte Kapitän Smith aus dem hinteren Teil des Raums. Er saß in einem Schreibtischsessel, hatte die Füße auf einen Hocker gelegt und trug einen breiten Brustverband. Er war noch immer stark geschwächt, aber seine Augen blickten wach und aufmerksam.

Ross drängte sich zum Kapitän durch und verteilte Wasserflaschen nach rechts und links. Er bewegte sich ein wenig schwerfällig. Ein Auge war blaugrün verfärbt, und eine Wange war von einem leichten Bluterguss gerötet.

»Sir, das Schiff wurde in eine Position neun Meilen vor der Küste gebracht. Vor kurzem kam ein Versorgungsschiff längsseits. Mein Spanisch ist ein wenig lückenhaft, aber ich glaube verstanden zu haben, wie einer der Soldaten auf der Kommandobrücke davon sprach, dass Sprengstoff an Bord gebracht worden sei und sie die Absicht hätten, das Schiff heute Nacht mit allen, die noch an Bord sind, zu versenken.«

Smith' fahles Gesicht wurde für einen Moment aschgrau, dann sorgte auflodernde Wut dafür, dass sich seine Wangen röteten. »Behalten Sie das einstweilen für sich, Ross.«

»Ja, Sir.«

»Was wissen Sie von den Leuten, die im anderen Labor gefangen gehalten werden?«, wollte Giordino wissen.

»Sie halten sich ganz gut – bis auf Tyler, der viel Blut verloren hat. Ich durfte ihnen vorhin einen Karton mit Proviant bringen.«

»Ist das der Inhalt des Kartons?«, fragte Smith.

»Ja, eine ziemlich bizarre Kollektion aus den Speisekammern. Ich durfte für zehn Sekunden in die Küche, daher habe ich zusammengerafft, was sich in Reichweite befand.«

»Du da!« Einer der Soldaten gab Ross ein Zeichen. »Beeil dich. Und keine Unterhaltung!«

»Verteilen Sie das an die restliche Mannschaft«, sagte Smith.

Ross nickte und holte Äpfel und Wasserflaschen aus dem Karton, während er zur Tür ging. Die Wächter nahmen ihn wieder in die Mitte und schlossen die Tür hinter sich ab.

Der Kapitän sah Dirk und Giordino besorgt an. »Wir sitzen ziemlich in der Klemme«, sagte er mit leiser Stimme. »Haben Sie irgendeine Idee?«

»Ich denke, wir können mit einiger Sicherheit davon ausgehen, dass wir mit dem Schiff auf dem Grund des Ozeans enden sollen«, sagte Dirk. »Unglücklicherweise sind unsere Möglichkeiten extrem begrenzt.«

»Aus eigener Kraft kommen wir nicht von hier weg.« Giordino deutete mit einer ausholenden Geste auf das Innere des Labors. Sofort nachdem die Tür abgeschlossen worden war, hatte er den Raum nach irgendeiner Fluchtmöglichkeit abgesucht. Aber da sie keinen Schweißbrenner zur Verfügung hatten, gab es keine Chance auszubrechen. Das Labor war im Grunde eine stählerne Box mit einer einzigen Öffnung, durch die man hinein- oder herauskam. »Unsere einzige Chance wird darin bestehen, die Wächter zu überrumpeln, wenn sie das nächste Mal die Tür öffnen.«

Dirk nickte. »Mehr können wir nicht tun.«

Smith schüttelte den Kopf. »An der Tür stehen immer mindestens zwei bewaffnete Männer. Bei einem Versuch, sie zu überwältigen, würden Sie und Giordino getötet werden.«

Während er sprach, suchte der Kapitän in seinem Sessel eine bequemere Position, was zur Folge hatte, dass seine Beine vom Hocker herabrutschten und mit einem dumpfen Laut auf dem

Deck landeten. Ein brennender Schmerz zuckte durch seine Schulter, und er stieß einen halblauten Fluch aus.

Dirk, der gleich neben ihm stand, half ihm, im Sessel wieder eine entspannte Haltung einzunehmen. Als er sich bückte, um die Beine hochzuheben und erneut auf den Hocker zu betten, entdeckte er im untersten Regalfach des Labortisches eine große Flasche Jod und mehrere andere Chemikalien, die von den Wissenschaftlern bei ihrer täglichen Arbeit benutzt wurden. Während er die Flaschen inspizierte, nahm in seinem Kopf eine Idee Gestalt an.

»Käpt'n, was Al Giordinos Vorschlag betrifft ...« Er richtete sich auf und hielt die Flaschen hoch. »Wie wäre es, wenn ich unsere Chancen ein wenig verbessern könnte?«

61

Bei lautem Stimmengewirr kam Pitt zu sich. Er rieb sich die Augen und schüttelte die Benommenheit ab, die ihn hatte vergessen lassen, wo er sich befand. Er wälzte sich auf die Ellbogen herum, und der scharfe Schmerz in seiner linken Schulter frischte seine Erinnerung an den Hubschrauberabsturz sofort auf. Er lugte durch eine niedrige Buschreihe, um die Quelle der lauten Rufe zu lokalisieren.

Die Stimmen gehörten zu einigen Tauchern auf einem militärischen Tauchboot, das in kurzer Distanz vom Land auf den Wellen schaukelte. Ein kleines Schlauchboot kreuzte vor der Strandlinie hin und her, offenbar auf der Suche nach Überlebenden. Pitt war über ihr unmittelbares Erscheinen verblüfft, dann warf er einen Blick auf seine Doxa-Armbanduhr und stellte fest, dass er fast zwei Stunden weggetreten gewesen war. Er tastete mit einer Hand nach der Wunde an seinem Hals und seiner Schulter und spürte, dass der gesamte Bereich blutverschmiert war. Kein Wunder, dass er das Bewusstsein verloren hatte.

Der Hektik auf dem Tauchboot nach zu urteilen hatte das Rettungsteam anscheinend die Reste des Helikopters geortet. Pitt konnte beobachten, wie fünf Leichensäcke über die Bootsreling zu einigen Tauchern ins Wasser hinuntergeworfen wurden. Es würde sicher nicht mehr allzu lange dauern, bis jemandem auffiele, dass noch eine sechste Person an Bord des Hubschraubers gewesen war.

Pitt sah sich die Umgebung an. Er war, nachdem er ans Ufer gespült worden war, in eine kleine Gruppe von Bay-Cedar-Büschen gestolpert, die sich um einen Banyan-Baum gruppierte. Es war die einzige annehmbare Deckung im Umkreis von dreißig Metern. Der Strand erstreckte sich zu seiner Linken etwa achthundert Meter weit, während ein mit teilweise mächtigen Gesteinsbrocken durchsetztes Gelände vor einer Felswand zu seiner Rechten jedes Weiterkommen unmöglich machte. Hinter ihm stieg ein offener, felsiger Abhang zu dem nahen Inlanddschungel auf.

Pitt dachte daran, sich auf diesen Abhang hinaufzuarbeiten, als er über sich das Geräusch von quietschenden Bremsen hörte. Er entdeckte den oberen Rand eines geschlossenen Armeemannschaftswagens, der unweit des Dschungelrandes anhielt. Demnach verlief eine Straße über den Hügel, die sich für ihn jedoch einstweilen noch außer Reichweite befand. Ein Trupp Soldaten der Revolutionsarmee sprang vom Lastwagen und begann, den Abhang in Richtung Strand durchzukämmen.

Pitt zog sich zu einem Ausläufer des Dickichts zurück und kroch unter ein weitläufigeres Bay-Cedar-Gebüsch, während zwei Soldaten näher kamen. Sie blieben nicht stehen, sondern suchten sich einen Weg durch das Dickicht bis hinunter zum Strand. Aber irgendetwas fesselte die Aufmerksamkeit eines der Soldaten. Er hielt an, blickte nach unten und untersuchte den Sand vor seinen Füßen.

Dort waren offenbar Pitts Fußabdrücke zu sehen. Sie führten von der Brandungslinie den Strand hinauf und in das Dickicht hinein. Pitt beobachtete, wie der Soldat den Abdrücken bis zu dem Banyan-Baum folgte. Rund um die Basis des Baums war der Untergrund fester, so dass die Fußspuren gewiss an Deutlichkeit einbüßten. Der Soldat sah sich um und suchte das Gelände ab. Pitt würde eine Entdeckung unmöglich verhindern können, daher ging er in die Offensive. Nachdem er abgewartet hatte, bis ihm der Soldat den Rücken zuwandte, brach er aus dem Gebüsch hervor.

Er brauchte nur zwei Schritte, um sich ihm unbemerkt zu nähern. Dann holte er mit der Faust aus und traf den Soldaten mit seinem Schwinger dicht über der Gürtellinie und brachte ihn ins Stolpern. Der Soldat drehte sich mit dem Sturmgewehr im Anschlag herum, aber darauf war Pitt vorbereitet. Er packte den Gewehrlauf und rammte dem Soldaten den Gewehrkolben gegen die

Brust, dann landete er mit der freien Hand einen Treffer in seinem Gesicht.

Der Soldat sackte auf die Knie und ließ sein Gewehr los. Pitt riss die Waffe an sich und richtete sie auf den Soldaten, der, wie er nun erkennen konnte, noch ein Junge von höchstens neunzehn Jahren war – wahrscheinlich ein unerfahrener Wehrpflichtiger und sicher nicht mit Díaz' Elitesoldaten zu vergleichen. Der unglückliche Soldat starrte Pitt mit vor Angst flackernden Augen an.

»Verschwinde!«, befahl Pitt mit leiser Stimme.

Der Soldat kämpfte sich auf die Füße hoch und stolperte zum Strand. Pitt schlug die andere Richtung ein und rannte – so schnell seine geschwächten Beine und weichen Knie ihn trugen – den Abhang hinauf. Er drehte sich nicht um, als er hörte, wie der junge Soldat seine Kameraden mit lauten Rufen alarmierte, zog jedoch unwillkürlich den Kopf ein, als eine Gewehrsalve neben ihm auf ein paar Steine prasselte.

Bewaffnet mit der Kalaschnikow des Soldaten, revanchierte sich Pitt mit einem kurzen Feuerstoß in Richtung Strand und setzte danach seinen Aufstieg fort. Sein Gegenfeuer verschaffte ihm ein paar weitere Sekunden, in denen er den Abhang vollends erklomm, ehe von unten wieder geschossen wurde, diesmal aus mehreren Richtungen. Er vertraute darauf, dass die anderen Soldaten genauso jung und als Scharfschützen unerfahren waren, und ließ sich nicht aufhalten. Ein Bleigewitter trieb ihn die letzten Schritte vor sich her, aber schließlich schaffte er es, sich über die Kante und außer Sicht zu schwingen.

Er rollte sich in einen flachen Graben, der eine schmale asphaltierte Straße säumte. Der leere Mannschaftswagen stand in kurzer Entfernung auf der Fahrbahn. Der Gedanke, den Truck zu requirieren, verflüchtigte sich augenblicklich, als er erkannte, dass zwei Soldaten im Begriff waren, eine Straßensperre hinter dem Wagen zu errichten. Sie ließen die Stützpfosten fallen und blickten in seine Richtung, aus der sie die Schüsse gehört hatten.

Pitt erhob sich und sprintete über die Straße. Er schaffte es beinahe unbemerkt, jedoch bekam einer der Soldaten die Bewegung mit und stieß einen Warnruf aus. Pitt konterte mit einem kurzen Feuerstoß in ihre Richtung, dann zersiebte er die Motorhaube des Trucks, während er die andere Straßenseite erreichte. Das Magazin des Gewehrs war leer geschossen, und er befreite sich von dem unnützen Ballast, während er ins Unterholz des Dschungels eintauchte.

Viel Zeit, um sich zu orientieren, blieb ihm nicht. Soldaten kamen vom Strand herauf und verteilten sich auf der Straße. Die Wächter an der Straßensperre deuteten in die Richtung, in die er sich abgesetzt hatte, dann nahmen ihre Kollegen die Verfolgung auf.

Pitt sprintete ein Dutzend Meter in den Urwald hinein, danach wandte er sich scharf nach rechts und eilte parallel zur Straße weiter. Für einen kurzen Moment blieb er stehen und hob einen Stein auf, den er in die entgegengesetzte Richtung schleuderte. Das polternde Geräusch, als er gegen einen Baumstamm prallte, löste eine Gewehrsalve aus und, wie Pitt hoffte, eine Verfolgung in die falsche Richtung.

Nach ein paar hundert Metern schwenkte er leicht nach rechts, bis er zwischen den Bäumen die Straße erkennen konnte. Er näherte sich dem Rand des Urwalds und konnte von hier aus die Straße überblicken.

Eine altersschwache Limousine, die sich aus der anderen Richtung genähert hatte, war an der Straßensperre angehalten worden. Gleichzeitig beobachtete er zwei Soldaten auf der Straße, die eilig in seine Richtung kamen und gelegentlich innehielten, um einen Blick in den Urwald zu werfen. Außerdem glaubte er, hinter sich eine Bewegung wahrzunehmen, und wusste, dass er sich jetzt keine Pause erlauben durfte.

Im Schutz des Dschungels folgte er weiter dem Straßenverlauf. Wenig später stolperte er und stürzte, als seine Beine an einem toten Ast hängen blieben. Während er sich mühsam aufraffte, hörte er die Limousine auf der Straße näher kommen.

In einer plötzlichen Eingebung ergriff er den Ast und schleifte ihn zur Straße. Er befand sich am Ende einer Kurve, die ihm die

Sicht zur Straßensperre und zum Auto versperrte. Er zog den Ast quer über die Fahrbahn und ging auf der gegenüberliegenden Straßenseite hinter einem Gebüsch in Deckung, während der Wagen aus der Kurve kam und abrupt bremste.

Pitt identifizierte das Fahrzeug als einen 1957er-Plymouth Fury. Es war einer der alten amerikanischen Straßenkreuzer, die von den Kubanern in Folge des jahrzehntelangen Handelsembargos zu Tausenden in Schuss gehalten wurden. Obgleich die Karosserie ziemlich ramponiert aussah und keine der serienmäßigen Radkappen mehr vorhanden war, funkelten seine verchromten Stoßstangen nach Jahren des sorgfältigen Polierens im hellen Sonnenschein.

Das zweitürige Modell wurde von einem älteren Paar gelenkt. Die beiden Insassen stiegen aus und räumten den Ast von der Straße. Während sie zu ihrem Wagen zurückkehrten, tauchte Pitt aus dem Gebüsch auf, hob beide Hände und ging auf den Wagen zu. Die beiden Reisenden, ein älteres, elegant gekleidetes kubanisches Ehepaar, musterten ihn misstrauisch.

»*Hola!*«, sagte der Mann und wich einen Schritt zurück.

»Hallo«, sagte Pitt mit einem entwaffnenden Lächeln. »Entschuldigen Sie meine dreiste Methode, auf mich aufmerksam zu machen, aber ich brauche dringend eine Mitfahrgelegenheit.«

Die Frau betrachtete Pitt aufmerksam, registrierte die Verletzung an seiner Schulter, die blutbesudelte Kleidung und das von Erschöpfung gezeichnete, aber dennoch sympathische Gesicht. »Sind Sie verletzt?«

Ehe er antworten konnte, kam sie mit schnellen Schritten zu ihm und geleitete ihn zum Wagen. Sie winkte ihrem Ehemann. »Salvador, beeil dich, hilf diesem Fremden in den Wagen. Wir müssen ihn mitnehmen.«

Während sich der Plymouth wieder in Bewegung setzte, sah Pitt im Rückspiegel, wie zwei Soldaten aus dem Dschungel auftauchten und hilflos zusehen mussten, wie der Wagen seine Fahrt fortsetzte.

62

Der Plymouth verließ die mit Schlaglöchern übersäte Asphaltpiste und bog auf eine nicht weniger zerfurchte Schotterstraße ab. Pitts Schulter reagierte mit einer Schmerzwoge auf jedes Schlagloch, das die ausgeleierte Federung des Wagens ungedämpft an die Insassen weitergab. Etwas, das auf dem Rücksitz lag, kratzte mit jedem Stoß heftig an seinem Oberschenkel.

Nach einigen weiteren Sekunden dieser Holperfahrt hielt der Wagen schließlich an, und der Motor verstummte.

Trotz ihrer zierlichen Erscheinung ging von der Frau etwas Dominantes aus, das keinen Widerspruch duldete. Ihre vollen Wangen und großen Augen ließen erahnen, dass sie in ihrer Jugend eine Schönheit gewesen sein musste.

»Wir sind da, Señor.« Dann wandte sie sich an ihren Ehemann. »Salvador, bring den Mann ins Haus und zeig ihm, wo er sich waschen kann. Er wird mit uns zu Abend essen. Ich hoffe nur, dass er die Hühner nicht zerquetscht hat.«

Nachdem sie Pitt beim Aussteigen geholfen hatte, fasste sie auf den Rücksitz und holte ein Paar geschlachteter ganzer Hühner heraus. Deren Klauen waren das gewesen, was Pitt an seinem Oberschenkel gespürt hatte. Zufrieden über ihren unversehrten Zustand marschierte die Frau mit ihnen in ein kleines Haus, das an der halbrunden Auffahrt stand.

Pitt sah den Mann an und grinste. »Sie haben eine wirklich starke Frau.«

»Maria? Sie ist in jeder Hinsicht so unbesiegbar wie ein Stier. Wenn sie sich zu irgendetwas entschlossen hat, gibt es nichts, das sie davon abbringen kann. Ich habe schon vor langer Zeit gelernt, ihren spitzen Hörnern aus dem Weg zu gehen.«

Pitt lachte. »Das klingt wie ein wohlgemeinter Rat. Mit anderen Worten, ich soll mich ebenfalls vorsehen.«

Der Mann lächelte verschwörerisch. »Ich heiße Salvador Fariñas«, stellte er sich vor und streckte Pitt eine Hand entgegen.

»Ich bin Dirk Pitt.«

»Kommen Sie hier entlang, Mr. Pitt, damit Sie sich frisch machen können.«

Fariñas ging mit Pitt zu dem Haus mit Satteldach und verblichener Fassade, dem man die langen Jahre wirtschaftlicher Notlage ansah, unter der Kuba seit Fidel Castros Machtübernahme zu leiden hatte. Dafür bot seine Lage auf einer steilen Anhöhe einen atemberaubenden Blick auf den Ozean. Gleichzeitig konnte Pitt die Asphaltstraße knapp einen Kilometer unterhalb des Hügels und den Strand in größerer Entfernung dahinter erkennen.

Das Innere des Hauses war zu Pitts Überraschung ausgesprochen elegant eingerichtet. Dunkle Saltillo-Kacheln bedeckten den Fußboden und bildeten einen geschmackvollen Kontrast zu einem stilvollen Mix moderner Möbel. Ein großes Panoramafenster, das auf den Ozean hinausging, lenkte das Tageslicht auf weiß gekalkte Wände, die, was ungewöhnlich anmutete, völlig kahl waren. Ein einzelnes, von kräftigen Farben bestimmtes Gemälde zierte eine leere Wand neben einem offenen Kamin. Pitt bewunderte die ausdrucksstarke Darstellung eine Fischers, der voller Stolz seinen Fang präsentierte. Stilistisch erinnerte das Gemälde an die Südseebilder Paul Gauguins. »Das ist sehr gut.«

»Maria hat es gemalt. Vor vielen Jahren war sie eine berühmte Künstlerin in Havanna. Leider ist dies das einzige ihrer Werke, das wir noch besitzen.«

»Sie hat großes Talent.«

Fariñas geleitete Pitt zu einem engen Badezimmer mit Dusche und überließ ihn, ausgestattet mit Handtuch und Seife, sich selbst. Fast zwanzig Minuten brauchte er, um das getrocknete Blut seiner Verletzungen abzuschrubben. Nachdem er sich Verbandszeug und ein frisches Hemd von Fariñas hatte geben lassen, sah er aus und fühlte sich wie neugeboren, als er den Wohnraum betrat.

Maria hatte die Hühner bereits gerupft und abgewaschen und mit der Zubereitung der Mahlzeit begonnen. Fariñas bot Pitt ein

Glas *aguardiente* – einen scharfen einheimischen selbstgebrannten Rum – an, das er dankbar entgegennahm und leerte.

»Auf Ihre Gastfreundschaft gegenüber Fremden«, sagte Pitt, während sein Retter die Gläser abermals füllte.

»Von Herzen gern geschehen.«

»Salvador, eine unverschämte Frage – haben Sie ein Telefon?«

Fariñas schüttelte den Kopf. »Wir können uns glücklich schätzen, über zuverlässige Sanitärinstallationen und einen Stromanschluss zu verfügen, aber die Telefonleitungen sind noch nicht bis hierher vorgedrungen. Und ein Mobiltelefon kommt für Maria nicht in Frage.«

»Ich muss dringend ein Auslandsgespräch führen.«

»Ich kann Sie nach dem Abendessen nach Santa Cruz del Norte bringen. Dort gibt es sicherlich die Möglichkeit, ein Telefongespräch zu führen.«

Maria kam mit ihrem Gericht, *arroz con pollo*, aus der Küche. Es ähnelte einer klassischen Paella.

»Bitte, nehmt Platz. Und du, Salvador, sei so nett und öffne eine Flasche Soroa für unseren Gast.« Sie wandte sich an Pitt. »Das ist ein einheimischer Weißwein, der Ihnen sicher schmecken wird.«

Sie setzten sich an den Tisch und speisten. Da er seit zwei Tagen keine richtige Mahlzeit mehr zu sich genommen hatte, genehmigte sich Pitt zwei Nachschläge von dem Hühnerfleisch mit Reis. »Sie können genauso gut kochen, wie Sie malen, Maria.«

»Sehr nett, dass Sie das sagen. Wissen Sie, Mr. Pitt, es gibt Gerüchte, die besagen, dass Präsident Castro ermordet wurde.«

»Ja, das habe ich auch gehört.«

»Einer der Wächter an der Straßensperre meinte, ein Amerikaner sei in den Mord verwickelt und in dieser Gegend hier aus dem Gewahrsam geflüchtet.«

Pitt blickte ihr in die Augen. »Mit diesem Amerikaner dürfte ich gemeint sein. Und ich versichere Ihnen, dass ich mit Castros Tod nichts zu tun habe. Aber ich weiß vielleicht, wer es getan hat.«

Maria sah ihn mit einem Anflug von Enttäuschung an.

Ihr Mann lachte. »Sie brauchen sich keine Sorgen zu machen, Mr. Pitt, dass Maria Sie an die Armee verrät. Vor vielen Jahren hat sie drei Jahre lang wegen eines Gemäldes im Gefängnis gesessen, das als Staatsbeleidigung betrachtet wurde.«

»Es ist wahr«, bestätigte Maria, in deren Augen heiße Wut loderte. »Ein schwachsinniger Armeeoberst, der das Kultusministerium leitete, fühlte sich durch eins meiner Gemälde von einem mit Blumen überwucherten Geschützstand beleidigt. Sie zerstörten mein Studio und konfiszierten meine sämtlichen Bilder und schlossen sie im Ministerium ein.« Sie deutete auf das einsame Bild. »Das ist das einzige, das ich vor ihnen verstecken konnte.«

»Warum malen Sie nicht wieder?«, wollte Pitt wissen.

Ein verschlossener Ausdruck huschte über Marias Gesicht. »Als sie meine Werke beschlagnahmten, haben sie einen Teil von mir gestohlen, einen Teil dessen, was ich bin. An diesem Tag habe ich den Pinsel weggelegt und geschworen, nicht mehr zu malen, solange dieser Staat die Veröffentlichung meiner Werke verhindert.«

Sie sah Pitt neiderfüllt an. »Kuba hat schon viel zu lange gegen die Unterdrückung seiner geistigen Werte angekämpft. Vielleicht liegt in diesem Moment eine Veränderung in der Luft. Ich bete, dass es eine Veränderung zum Guten ist.«

»Wenn um die Macht gekämpft wird«, sagte Pitt, »ist die Freiheit oft das erste Opfer.«

»Es sind immer dunkle Mächte im Spiel, wie es scheint. Sagen Sie mal, Mr. Pitt, was haben Sie eigentlich in Kuba zu suchen?«

Pitt schilderte seine Suche nach dem Ursprung der Quecksilberverseuchung und die Gefangennahme durch die *Sea Raker*. Er erklärte, wie wichtig es war, die Zerstörung der Tiefseeschlote zu verhindern. Und als er erwähnte, dass seine Tochter noch immer gefangen gehalten wurde, war ihm seine Angst deutlich anzumerken.

»Wir werden Ihnen helfen, zu Ihrem Schiff zurückzukehren«, sagte Maria. »Salvador, hilf mir, das Geschirr zu spülen, und danach bringen wir Mr. Pitt nach Santa Cruz.«

Pitt beteiligte sich daran, den Tisch abzuräumen, dann trat er auf das Panoramafenster zu, vor dem ein starkes Marinefernglas auf einem Stativ aufgestellt war. Die Sonne stand bereits tief über dem Horizont, als er hinausschaute und eine große Luxusyacht bemerkte, die in kurzer Distanz vor der Küste ankerte. Als er das Fernglas zu Hilfe nahm und sie genauer betrachtete, entdeckte er eine seltsame Flagge über der Flybridge. Beim Scharfstellen der Optik erkannte er das Emblem auf der Flagge. Es bestand aus einem roten Bären, der eine Axt zwischen den Zähnen hielt.

»Können wir aufbrechen?« Fariñas kam herein und klimperte mit den Autoschlüsseln.

»Es gibt eine kleine Planänderung.« Pitt deutete aus dem Fenster. »Können Sie mich irgendwie zu der Yacht hinausbringen, die in der Bucht vor Anker liegt?«

Fariñas warf einen Blick auf das Schiff und nickte. »Ich habe einen Cousin, der ein Boot besitzt und Sie sicherlich dorthin bringen kann. Sind Sie sicher, dass man Sie an Bord lässt?«

Pitt lächelte. »Ich wette um einen Bentley, dass ich mit offenen Armen empfangen werde.«

63

Genau dreißig Meilen südlich von Key West näherten sich zwei Boote einander zu einem spätnachmittäglichen Rendezvous. Beide waren unauffällige Kabinenkreuzer, von denen es an den Wochenenden vor den Küsten Floridas wimmelte. Aber anstatt von halb betrunkenen Ärzten mit Sonnenbrand gelenkt zu werden, gehörten zu den Mannschaften beider Boote professionelle Sicherheitsexperten, die versteckte Waffen bei sich trugen. Aus drei Meilen Entfernung verfolgten zwei Apache-Kampfhubschrauber unbemerkt das Geschehen mit wachsamen Augen.

Wie zwei erfahrene Boxer, die sich das erste Mal im Ring gegenüberstehen, kamen die Boote langsam aufeinander zu. Eine leichte Brise spielte mit den Flaggen über jedem Ruderhaus, von denen die eine kubanisch und die andere amerikanisch war.

Während Matrosen die Leinen tauschten und die Boote längsseits aneinander festmachten, trat Vizepräsident Sandecker aus der Kabine des amerikanischen Bootes und ging zur Seitenreling. Er streckte einem grauhaarigen Mann auf dem anderen Boot eine Hand entgegen.

»Ich wünsche Ihnen einen schönen Nachmittag, Mr. President«, sagte Sandecker.

Raúl Castro schüttelte Sandeckers Hand mit festem Griff. »Es ist mir eine Ehre, Mr. Vice President.«

»Bitte nennen Sie mich James. Darf ich an Bord kommen?«

»Natürlich.« Castro hielt Sandeckers Hand fest, während der Vizepräsident auf das andere Boot sprang. Der kubanische Präsident musterte Sandecker prüfend und stellte fest, dass er kleiner war, als er im Fernsehen erschien. Aber in den blauen Augen des Mannes glomm so etwas wie ein revolutionäres Feuer, das ihm auf Anhieb gefiel.

»Dann nennen Sie mich Raúl«, revanchierte er sich. »Kommen Sie, setzen wir uns aufs Achterdeck und reden wir.«

Sandecker schickte sein Secret-Service-Kommando mit einer Handbewegung weg, und Castro tat das Gleiche mit seinen Männern. Die beiden Staatsoberhäupter gingen nach achtern und nahmen unter einer Markise Platz, die Schatten spendete.

»Bringen Sie uns etwas zu trinken«, rief Castro einem Helfer zu, ehe er sich an Sandecker wandte.

»James, vielen Dank, dass Sie einverstanden waren, mit mir zusammenzutreffen. Ich hätte niemals erwartet, dass mich ausgerechnet die Regierung der Vereinigten Staaten vor einer Morddrohung warnen würde. Ihretwegen bin ich noch am Leben. Ich möchte Ihnen und Ihrem Präsidenten danken, dass Sie mich vor dem Tod bewahrt haben.«

»Der Präsident war zutiefst beunruhigt, als unseren Geheimdienstleuten die Details des Attentatsversuchs zu Ohren kamen, vor allem da die Pläne in Ihrem eigenen Land geschmiedet wurden. Der Präsident und ich sind erleichtert und froh, dass Sie heil und gesund sind.« Sandecker räusperte sich. »Der Präsident findet, dies sei eine gute Gelegenheit, die Beziehung unserer Nationen von den düsteren Schatten des Kalten Krieges zu befreien.«

Castro nickte und blickte gedankenverloren auf den Ozean hinaus. »Auch dies hat mir das Herz schwer gemacht, seit mein Bruder starb. Es gab Zeiten, da brauchte mein Land Fidel genauso dringend, wie er das Volk nötig hatte. Doch diese Zeiten sind lange vorbei. Bei allem, was Fidel für Kuba erreicht hat, ließ er trotzdem nicht zu, dass Kuba sich entwickeln konnte. Es ist höchste Zeit, dass unser Volk endlich zu Wohlstand gelangt.«

Er sah Sandecker an. »Wie Sie wissen, James, habe ich bekannt geben lassen, dass ich mich 2018 nicht zur Wiederwahl stellen werde. Ich habe die Absicht, Außenminister Ruiz zu meinem Nachfolger zu benennen. Er macht sich für die Einführung der Marktwirtschaft und die Verbesserung der Beziehung zu Ihrer Nation stark.«

Er atmete tief durch. »Ich habe mich entschlossen, die Zeit, die ich noch im Amt bin, dafür zu nutzen, den Weg für seine Initiativen zu ebnen.«

»Wir blicken auf zweieinhalb Jahrhunderte Demokratie und freie Marktwirtschaft zurück und könnten Ihnen helfen, den richtigen Weg zu beschreiten.«

Dem ergrauten Marxisten schien eine Last von den Schultern genommen zu werden. »Es ist nicht leicht, die alten Wege aufzugeben, aber es kann auch sehr befreiend sein.«

Ein Helfer erschien mit einem Tablett, auf dem zwei Gläser mit Rum standen, und die beiden Staatsmänner stießen auf die Zukunft ihrer schon jetzt verbesserten Beziehungen an.

»Raúl, ich habe eine Frage«, sagte Sandecker. »Inoffiziellen Berichten zufolge haben Sie auf den Kaimann-Inseln den Tod gefunden. Weshalb sind Sie nicht an die Öffentlichkeit gegangen und haben diese Gerüchte zum Schweigen gebracht?«

Castros Augen verdunkelten sich vor mühsam unterdrücktem Zorn. »Wir wissen noch immer nicht, wer die Söldner angeheuert hat, die dieses Attentat durchgeführt haben. Wenn die dafür Verantwortlichen glauben, dass ich tot bin, werden sie schon in Kürze auf eine Art und Weise aktiv werden, die sie als die Schuldigen entlarvt.«

»Clevere Taktik«, sagte Sandecker, »aber ich glaube, ich kann Ihnen einen Tipp geben, der Sie in die richtige Richtung führt.« Er griff in seine Hemdtasche und holte einen zusammengefalteten Zettel heraus, den er Castro reichte. »Wir waren ebenfalls neugierig und haben uns die Bewegungen der Gelder angesehen, von denen wir annehmen, dass sie den Söldnern als Honorar gezahlt wurden, die von uns als mutmaßliche Täter identifiziert wurden. Indem wir die Bezahlung vom Scheinkonto zurückverfolgten, fanden wir heraus, dass das Geld über nicht weniger als drei Konten auf den Kaimanns, jedes bei einer anderen Bank, geleitet wurde. Dann führte die Spur zu einer Bank in Venezuela und schließlich zu einem Regierungskonto in Havanna. Weiter sind wir nicht gekommen. Sie werden feststellen, dass dies ein Konto des Innenministeriums ist.«

Castro studierte den Zettel mit großen Augen. »Gutier. Natürlich. Er neigte schon immer zu extremen Maßnahmen, und sein Ehrgeiz ist Legende. Wenn ich nicht mehr im Amt bin, könnte er mit Unterstützung der Armee die Präsidentschaft für sich beanspruchen. Es ist kein Geheimnis, dass er auf meinen Job scharf ist. Ich vermute, er konnte nicht warten ... oder nicht ertragen, dass Ruiz meinen Platz einnehmen wird.«

»Es tut mir leid«, sagte Sandecker. »Verrat in den eigenen Reihen ist wie ein Schlag in die Magengrube.«

»Nein, ich bin Ihnen dankbar, dass Sie diesen tollwütigen Hund entlarvt haben. Ich habe bei diesem Mann schon immer meine Vorbehalte gehabt, aber er ist ein fähiger Führer und hat dem Staat über Jahre treu gedient.«

»Könnte seine Position beim Militär irgendwelche Komplikationen zur Folge haben?«

»Absolut nicht. Mein für die Revolutionsstreitkräfte zuständiger Minister steht seit vierzig Jahren treu an meiner Seite.« Mit trauriger Miene schüttelte er den Kopf. »Tut mir leid, James, aber erfahren zu müssen, dass einem die eigenen Leute in den Rücken fallen, ist schwer zu verdauen.«

»Das verstehe ich. Darüber muss man erst einmal hinwegkommen und die richtigen Schritte einleiten.«

»Das Positive an der ganzen Angelegenheit ist, dass damit ein stabiles Fundament für unsere Freundschaft geschaffen wurde.« Castro leerte sein Glas.

»Das stimmt«, sagte Sandecker. »Es gibt auf unserer Seite noch zwei Punkte, die sich als hinderlich für die weitere Entwicklung erweisen könnten.«

»Und die wären?«

»Der erste Punkt betrifft Asien. Wir haben von unseren Freunden beim südkoreanischen National Intelligence Service Besorgnis erregende Nachrichten erhalten. Sie haben Gerüchte von einem Geschäft zwischen Pjöngjang und Ihrem Land aufgeschnappt. Eine Quelle behauptet, dass Kuba die Nordkoreaner mit hochwertigem Uranoxid für ihre Anreichungsanlagen beliefert. Als Gegenleistung soll Ihnen Nordkorea die Lieferung einer kleinen Anzahl taktischer Kernwaffen zugesagt haben.«

»Wie bitte?« Castro schoss aus seinem Sessel hoch. »Das ist völlig absurd. Ihre Informationen sind falsch.«

»Sie haben immerhin in der Vergangenheit Handfeuerwaffen von den Nordkoreanern gekauft.«

»Das ist richtig, aber nur in geringen Mengen. Wir unterhalten keine nennenswerten wirtschaftlichen Beziehungen zu Nordkorea. Ich versichere Ihnen, James, ich habe keine Ahnung von einer solchen Vereinbarung. Zunächst einmal betreiben wir auf unserer Insel keinen Uranabbau. Und dann haben wir ganz sicher keine Verwendung für Kernwaffen oder den Wunsch, welche zu besitzen.«

»Freut mich zu hören. Auch Geheimdienste können sich irren, und Nachrichten, die uns aus Nordkorea erreichen, sind gewöhnlich mit Vorsicht zu genießen.«

Castro nickte. »Das muss auch hier der Fall sein. Die Behauptung entbehrt jeder Grundlage. Aber Sie haben noch einen weiteren Punkt erwähnt, der Ihnen Sorge bereitet.«

»Es ist eher eine zweitrangige Angelegenheit, die jedoch für mich persönlich von größter Bedeutung ist. Es geht um die *Sargasso Sea*, unser NUMA-Forschungsschiff. Sie halten sie in Ihren Gewässern fest.«

Ein verständnisloser Ausdruck breitete sich auf Castros Gesicht aus. »Was meinen Sie?«

Sandecker schilderte den plötzlichen Abbruch der Funkverbindung und erwähnte die Satellitenfotos, die das Schiff innerhalb der kubanischen Hoheitsgewässer zeigten.

Castro schüttelte den Kopf. »Es tut mir leid, James, auch davon weiß ich nichts. Sind Sie sicher, dass Ihr Schiff nicht mit technischen Problemen zu kämpfen hatte?«

»Die Satellitenfotos liefern keinerlei Hinweise auf ein Feuer oder irgendwelche anderen Beschädigungen. Zudem verfügt das Schiff über vielfältige Kommunikationsmöglichkeiten. Wir haben ein Schiff der Küstenwache in Marsch gesetzt, um sich einen

Überblick zu verschaffen, aber es wurde von einem Schiff der kubanischen Marine abgedrängt. Wir glauben, dass die *Sargasso Sea* von feindlichen Kräften in Besitz genommen wurde.«

»Möglich, dass eine regionale Marineeinheit darin verwickelt ist, aber bisher wurde dieser Zwischenfall nicht nach Havanna gemeldet.«

»An Bord befinden sich fünfzig Personen, einige davon sind gute Freunde. Ich würde es als persönlichen Gefallen betrachten, wenn Sie mich wissen lassen könnten, was da im Gange ist.«

»Natürlich. Ich verstehe Ihre Sorge. Nach meiner Rückkehr in die Hauptstadt werde ich mich sofort um die Angelegenheit kümmern. Versprochen.«

Nicht weit vom Heck entfernt schnellte plötzlich ein großer Fisch aus dem Wasser und lenkte die Männer ab.

»Angeln Sie, James?«, fragte Castro.

»Es ist schon einige Jahre her, seit ich mich mit den dicken Brocken angelegt habe«, erwiderte Sandecker.

»Dann müssen wir bei unserem nächsten Treffen auf Angeltour gehen. Der Blaue Marlin in der Floridastraße ist der beste der Welt.«

»Grund genug, möglichst bald wieder zusammenzukommen«, sagte Sandecker, erhob sich und schüttelte seinem Gesprächspartner die Hand. »Ich wüsste nicht, was ich lieber täte.«

64

Diesmal saß Pitt, als er das ältere Ehepaar auf der Fahrt hinunter zur Küste im Plymouth begleitete, auf dem Beifahrersitz. Er hatte sich mit einem geliehenen Strohhut und einer Sonnenbrille geringfügig verkleidet. Sie trafen unterwegs auf keine Straßensperre, sichteten jedoch, als sie der Asphaltstraße folgten, einen Militärtransporter, der es offensichtlich sehr eilig hatte.

Fariñas lenkte den Wagen durch eine Wohngegend mit heruntergekommenen bunten Holzhäusern, ehe er vor einem pinkfarbenen Bau anhielt. Ein überschwänglich winkender Mann mit auffällig großen Ohren kam heraus, und Fariñas stellte ihn als seinen Cousin vor.

»Kommen Sie mit zu meinem Boot«, sagte der Mann. »Ich kann Sie sofort hinbringen.«

Pitt verabschiedete sich mit einem Händedruck von Fariñas und umarmte Maria. »Ich werde nie vergessen, was Sie für mich getan haben.«

»Geben Sie den Kampf nicht auf, Mr. Pitt«, sagte sie. »Und viel Glück für Sie und Ihre Tochter.«

Der Cousin führte ihn zu einem kleinen Fischerboot, das am Strand lag. Sie zogen es ins Wasser und stiegen ein. Ein altersschwacher Außenbordmotor wurde gestartet, und ein paar Minuten später gingen sie am Heck von Mark Ramseys Yacht *Gold Digger* längsseits. Ein muskelbepackter Matrose erschien und wollte sie mit einer Handbewegung verscheuchen.

»Ist Mark an Bord?«, rief Pitt.

»Wer will das wissen?«

»Ein Bentley-Fahrer namens Pitt.«

Der Matrose musterte Pitt feindselig, dann sprach er in ein tragbares Sprechfunkgerät. Seine Miene entspannte sich, als wenig später eine quäkende Stimme aus dem Lautsprecher des Funkgeräts drang, und er winkte das Fischerboot heran. Pitt bedankte sich bei Fariñas' Cousin und kletterte an Bord.

»Mr. Ramsey erwartet Sie im Salon.« Der Matrose geleitete Pitt über das offene Achterdeck und durch eine Glastür.

Ramsey, bekleidet mit Polohemd und leichter Sommerhose, saß an einem Tisch und ging gerade einen Stapel seismischer Diagramme durch. Er erhob sich und begrüßte Pitt lächelnd. »Sie sind weit entfernt von Ihrer Rennstrecke, Mr. Pitt. Wie um alles in der Welt haben Sie mich hier draußen gefunden?«

»Ihr rotes Bären-Logo. Es ist mir in Washington an Ihrem Werkstattwagen aufgefallen. Und ich habe es hier an einem Schiff gesehen – an einem Bergbauschiff namens *Sea Raker*.«

»Ja, das ist unser Tiefseebergbau-Flaggschiff. Aber Sie müssen sich irren. Die *Sea Raker* wurde gechartert und operiert zurzeit im Pazifik vor Nicaragua.«

Er deutete einladend auf einen Sessel und bemerkte gleichzeitig Pitts unordentliche Erscheinung und den Verband an seinem Hals. »Was genau hat Sie hierher verschlagen?«

»Mit einem Wort – Quecksilber. Ich bin einigen giftigen Quecksilberwolken auf der Spur, die im Karibischen Meer gesichtet wurden. Sie sind durch die Zerstörung hydrothermaler Schlote auf dem Meeresgrund entstanden. Und für diese Schäden ist Ihr Schiff, die *Sea Raker*, verantwortlich.«

Ramsey schüttelte den Kopf. »Nein, wie gesagt, die *Sea Raker* befindet sich im Pazifik.«

»Ich war vor zwei Tagen keine dreißig Meilen von hier entfernt auf genau dem Schiff. Wir führten mit einem Tauchboot Untersuchungen auf dem Meeresboden durch und wurden von einer der Bergbaumaschinen des Schiffes gestört und ziemlich drastisch an unserer weiteren Arbeit gehindert. Wir wurden auf die *Sea Raker* verfrachtet und wenig später an Land gebracht. Ich konnte fliehen, aber meine Tochter wird noch immer gefangen gehalten.«

»Warum sollte die *Sea Raker* sie entführen?«

»Weil deren Mannschaft die Schlote sprengt, um dort vorhandene Uranvorkommen abzubauen.«

Ramsey starrte Pitt an, als ob er soeben mit einer Fliegenden Untertasse gelandet sei. »Uran? Sie sind verrückt geworden? Das Schiff wurde gechartert, um vor Nicaragua Gold zu suchen.«

Pitt schüttelte den Kopf. »Vielleicht haben sie mit der Goldsuche angefangen, aber dann haben sie mit Uran aus dem Karibischen Meer weitergemacht. Sie haben unten an der Küste die Ausbeute gelagert, heute auf einen Frachter verladen und auf die Reise geschickt.«

»Das kann nicht sein. Ich weiß zwar, dass Uran oft in der Nähe anderer Mineralien vorkommt, aber ich habe noch nie gehört, dass es im Tiefseebergbau gefördert wird. Warum sollte so etwas gemacht werden?«

»Das müssen Sie einen Kubaner namens Juan Díaz fragen.«

»Díaz? Er hat das Schiff im Auftrag einer in Panama ansässigen Firma übernommen. Kennen Sie ihn?«

»Er leitet anscheinend das gesamte Unternehmen. Und er hält meine Tochter fest.«

Ramsey erkannte an dem ernsthaften Ausdruck in Pitts Augen, dass er nicht fantasierte. »Das tut mir leid«, sagte er mit schwankender Stimme.

»Aber das ist noch nicht das Schlimmste. Offenbar kommt hochwertiges Uranerz in beträchtlichen Mengen in den Tiefseeschloten dieser Region vor. Irgendwo in den Sedimentschichten existieren außerdem umfangreiche Quecksilbervorkommen, die wahrscheinlich während der Trias dort entstanden sind. Díaz und seine Genossen beim kubanischen Militär haben in der Karibik mehrere Schlote gesprengt – sogar einen ganz in der Nähe – und dabei große Mengen Quecksilber freigesetzt, das sich in riesigen Wolken im Ozean ausgebreitet hat«, sagte Pitt. »Augenblicklich treffen sie Vorbereitungen, um zwei ungewöhnlich große hydrothermale Schlote mitten in der Floridastraße zu öffnen. Sollte es ihnen gelingen, werden sich die Quecksilberwolken bis in den Golfstrom ausbreiten. Das dürfte dann die größte Umweltkatastrophe des Jahrhunderts zur Folge haben.«

In seinem Sessel sackte Ramsey zu einem Häuflein Elend zusammen. »Ich habe regelmäßig darauf geachtet, schonenden Bergbau zu betreiben und Techniken zur Anwendung zu bringen, die möglichst geringe Umweltschäden verursachen. Niemals hätte ich meine Anlagen und Erfahrung zur Verfügung gestellt, wenn ich von diesem Vorhaben gewusst hätte.«

Er schüttelte langsam den Kopf. »Ich hätte ahnen müssen, dass irgendetwas nicht stimmte. Sie waren, was ihr geplantes Bergbauprojekt betraf, äußerst verschwiegen, was nicht ungewöhnlich ist, wenn es um Gold geht. Aber das Ganze war wie eine militärische Operation organisiert. Mir wäre trotzdem nicht in den Sinn gekommen, dass sie in den wenigen Monaten, die sie die *Sea Raker* gemietet haben, einen derartigen Schaden anrichten würden.«

»Es besteht die hohe Wahrscheinlichkeit, dass sie auch für den Untergang des Bohrschiffs *Alta* verantwortlich sind.«

Ramsey starrte auf den Teppich im Salon seiner Yacht. Er war von dem, was er soeben gehört hatte, vollkommen überwältigt. »Sie sagen, die wollen weitere Schlote sprengen? Was können wir tun, um sie daran zu hindern?«

»Zwei Dinge«, sagte Pitt. »Nehmen Sie mit Ihrer Yacht so schnell wie möglich Kurs auf die *Sea Raker* und versuchen Sie, mich unbemerkt an Bord zu schmuggeln. Lassen Sie mich in der Zwischenzeit Ihr Funkgerät benutzen. Ich muss unbedingt mit meinem Schiff Verbindung aufnehmen.«

65

Der hydrothermale Schlot mit der Bezeichnung Domingo 2 ragte wie ein geborstenes Kaleidoskop aus einer öden Wüste. In vierhundert Metern Tiefe war der Meeresgrund ringsum eine schlammgraue Ebene bar jeder Lebensform und Farbe.

Die Reservefräse der *Sea Raker* hatte einen Graben zum Zentrum des Schlotes angelegt, in dem der Sprengstoff deponiert werden sollte. Im Epizentrum des Grabens befand sich ein schmaler, tieferer Einschnitt, der für die Aufnahme des Hochleistungssprengstoffs vorgesehen war.

Eine Plattform, die mit den in Kisten verpackten Säcken voller ANC-Sprengstoff gefüllt war, wurde in der Nähe abgesenkt. Die Gesteinsfräse packte mit ihrem schweren Greifarm eine der Kisten und brachte sie zu dem Graben. In wenigen Stunden lägen mehr als fünftausend Pfund Sprengstoff im Zentrum des Tiefseeschlots.

Gut vierhundert Meter darüber, auf der Meeresoberfläche, näherte sich Díaz' Versorgungsschiff dem ameisenhaften Treiben auf der *Sea Raker*. Von ihrem Platz aus konnte Summer schon von weitem sehen, wie die Decklampen vom Wasser reflektiert wurden, während sich die Abenddämmerung auf die ruhige See herabsenkte. Der Frachtkahn, beladen mit dem Sprengstoff für den zweiten hydrothermalen Schlot, war längsseits an der Backbordseite des Bergbauschiffs vertäut. Während sie sich dem Leichter näherten, konnten sie verfolgen, wie die Reservefräse nach abgeschlossener Arbeit auf dem Meeresgrund wieder zurück an Bord gehievt wurde.

Das Versorgungsschiff legte am Heck des Leichters an, und Díaz stieg über eine Leiter, die für ihn heruntergelassen wurde, zum Deck des Frachtkahns hinauf. Summer blieb im Passagierbereich sitzen, während zwei Soldaten an Bord kamen. Einer bezog im Ruderhaus Posten, während der andere ihren Ellbogen ergriff und sie auf die *Sea Raker* begleitete.

Ein Bergbauingenieur begrüßte Díaz und ging mit ihm zu einem großen Gerüst aus Fertigbauteilen in der Mitte des Hauptdecks. Summer kam sich darin vor wie in einer Miniversion des legendären NASA-Kontrollzentrums in Houston. Mehrere Reihen bemannter Computer Workstations füllten den Raum, alle mit Blick auf eine riesige Videowand. Jede Workstation überwachte einen Bereich des Tiefseebergbaubetriebs, während Kollektor, Gesteinsfräsen und ROVs mittels Schalttafeln und Joysticks gesteuert wurden. Videoaufnahmen von den Unterwasseraktivitäten wurden auf die zahlreichen Bildschirme der Videowand übertragen.

Summer verfolgte die zeitgleich aufgezeichneten Bilder von zwei ROVs, während die zahlreichen Kameras der beiden an Bord gehievten Reservefräsen Ansichten vom Hauptdeck der *Sea Raker* ins Kontrollzentrum sendeten.

Díaz ließ sich in einen Ledersessel vor der Videowand sinken, während Summer auf einer Bank in der Nähe Platz nehmen musste.

Der Bergbauingenieur stand in Habachthaltung vor Díaz und erstattete Bericht. »Wir haben die Anlage des Sprenggrabens und die Einbringung des Initialsprengstoffs abgeschlossen. Wir befinden uns in einer günstigen Position zum Schlot, daher wurden wir mit den Arbeiten früher als erwartet fertig. Wie Sie wahrscheinlich beobachten konnten, sind die Gesteinsfräse und die Reservefräse bereits wieder an Bord geholt worden.«

Díaz deutete auf die Videowand. »Aber der Hochleistungssprengstoff befindet sich nicht an Ort und Stelle, oder?«

Eine der Kameras der Gesteinsfräse zeigte mehrere Mannschaftsangehörige, die eine lange, röhrenförmige Sprengladung über das Deck schleiften.

»Die Fräse muss die TNT-Ladung und den Zünder noch auf den Grund des thermalen Kamins absenken. Dann können wir die Sprengung durchführen. In etwa zehn Minuten müssten wir so weit sein, die Ladung und die Fräse zu Wasser zu lassen.«

»Sehr gut. Ich werde das Geschehen von hier aus verfolgen.«

Der Ingenieur nickte, während ein Telefon in der Nähe klingelte. Er nahm den Hörer ab, meldete sich kurz und gab den Hörer an Díaz weiter. »Der Kapitän auf der Kommandobrücke hat eine Frage.«

Während Díaz sich meldete, trat der Ingenieur an eine der Computerkonsolen und beriet sich mit dem Techniker, der sie bediente.

Aufmerksam verfolgte Summer sämtliche Aktivitäten. Seit Betreten des Kontrollzentrums hatte sie beobachten können, dass alle Techniker an ihren Stationen zu sehr in ihre jeweilige Tätigkeit vertieft waren, um auf sie zu achten. Da Díaz und der Ingenieur vorübergehend beschäftigt waren, drehte sie sich zu ihrem Wächter um. Er lehnte an der Längsseite des Kontrollraums an der Wand und betrachtete die Bilder der verschiedenen Unterwasserkameras.

Summer erhob sich langsam, bewegte sich Schritt für Schritt zu einer Tür auf der gegenüberliegenden Seite und schlüpfte hinaus – und sah sich einem weiteren Wächter gegenüber, der sein Gewehr schussbereit auf sie richtete. Er dirigierte sie in den Kontrollraum zurück, wobei er ihr den Lauf seines Gewehrs in die Magengrube bohrte.

Díaz beobachtete das kleine Intermezzo und trat kopfschüttelnd zu seiner Gefangenen.

»Ein mutiger, wenn auch ganz sinnloser Versuch«, sagte er.

»Warum lassen Sie mich nicht einfach frei? Ich kann Ihr Zerstörungswerk sowieso nicht mehr aufhalten.«

»Haben Sie für unsere Gastfreundschaft so wenig übrig? Wie Sie wollen. Tatsächlich werden Sie schon in Kürze die *Sea Raker* verlassen können.« Er grinste hinterhältig. »Nur werden Sie das nicht an Bord meines Versorgungsschiffs tun.«

66

Mit fast dreißig Knoten durch die Wellen pflügend, spürte Ramseys *Gold Digger* die *Sea Raker* in weniger als zwei Stunden mit ihrem Radar auf. Währenddessen versuchte Pitt, die *Sargasso Sea* zu rufen, erhielt als Antwort jedoch nur atmosphärische Störungen. Sogar ein letzter Versuch, Rudi Gunn in der NUMA-Zentrale zu erreichen, hatte keinen Erfolg.

Die letzten Reste Tageslicht verblassten am westlichen Horizont, als die *Sea Raker* vor ihnen auftauchte. Ramsey rief per Sprechfunk das Bergbauschiff und wandte sich anschließend an Pitt.

»Sie waren ziemlich überrascht und nicht sehr glücklich, von mir zu hören. Sie haben versucht, einen Besuch zu verhindern, da sie gerade mit einem wichtigen Projekt befasst seien. Aber an was sie arbeiten, wollten sie mir nicht verraten.« Er massierte sein Kinn. »Ich habe erwidert, ich sei mindestens genauso überrascht, sie hier in der Karibik anzutreffen, und dass es sich nur um einen kurzen Freundschaftsbesuch handele und ich ganz gewiss nicht erschienen sei, um sie zu kontrollieren. Also waren sie einverstanden. Sie werden sicherlich ziemlich geschockt sein, wenn Sie Teil des Enterkommandos sind.«

»Zu viele Leute könnten mich wiedererkennen, wenn ich durch die Vordertür hereinkomme«, sagte Pitt und betrachtete das Bergbauschiff und den Frachtkahn an seiner Seite. »Ich muss es durch die Hintertür versuchen. Können Sie mit der *Gold Digger* eine Position auf der Backbordseite in Höhe des Bugs der *Sea Raker* einnehmen und Ihr Beiboot vor dem Schiff abschirmen, während Sie es zu Wasser lassen?«

»Kein Problem.« Ramsey gab dem Kapitän der Yacht entsprechende Anweisungen, dann reichte er Pitt ein Seefunkgerät. »Jetzt sind Sie auf sich allein gestellt, fürchte ich. Wir lungern noch eine

Weile in der näheren Umgebung herum, bis wir ein Lebenszeichen von Ihnen auffangen.«

»Danke, Mark!« Pitt schüttelte die Hand des Kanadiers. »Passen Sie auf sich auf. Und viel Glück.«

Die *Gold Digger* drehte sich von der *Sea Raker* weg, als ihr Beiboot am Heck auf die Wellen gesetzt wurde. Ramsey und sein stämmiger Leibwächter nahmen auf der vorderen Sitzbank Platz, während der Steuermann den Außenbordmotor startete und Kurs auf das Bergbauschiff nahm.

Auf der gegenüberliegenden Deckseite der *Sea Raker* waren Díaz und seine Mannschaft gerade mit einem ähnlichen Manöver beschäftigt, das darin bestand, die Gesteinsfräse auszusetzen. Wie ein bizarrer Christbaumschmuck baumelte die *Starfish* an ihrer Seite, gehalten vom Greifarm der Fräse. Beide Maschinen wurden schnell von der See verschluckt, als die Winde des Schiffes das Tragseil zügig abspulte. Díaz verfolgte, wie das ungewöhnliche Gespann im schwarzen Wasser versank, dann ging er auf die gegenüberliegende Schiffsseite, um Ramsey zu begrüßen.

Das Beiboot der *Gold Digger* schob sich an der Backbordseite des Schiffes entlang bis zu der heruntergelassenen Leiter. Ramsey und sein Leibwächter schwangen sich auf die Leiter und kletterten zum Deck der *Sea Raker* empor. Díaz erwartete sie dort in Gesellschaft mehrerer bewaffneter Soldaten, die betont zwanglos in seiner Nähe herumstanden.

»Mr. Ramsey, was für eine freudige Überraschung.« Díaz' Tonfall war alles andere als freudig.

»Hallo Juan, ich war auf dem Weg nach New Orleans, als mein Kapitän Sie auf dem Radar entdeckte.«

»Schön, dass Sie mich besuchen. Kommen Sie, wir trinken etwas.«

Díaz ging mit ihm nach vorn in die Schiffsmesse, wo ein Küchenhelfer Drinks für sie mixte.

»Was führt Sie denn nach Kuba?«, fragte Ramsey. »Eigentlich sollten Sie doch vor der Küste von Nicaragua tätig sein.«

»Die Suchergebnisse dort waren enttäuschend. Wir haben uns

entschlossen, zwecks einiger Probebohrungen, die auf Grund früherer seismischer Untersuchungen einigen Erfolg versprechen, lieber hierherzukommen.«

»Dürfen Sie hier überhaupt solche Bohrungen durchführen?«

»Die Genehmigungen wurden auf die übliche Art und Weise beantragt und erteilt.«

»Ihre Umsicht und Effizienz sind bewundernswert. Wie macht sich das Schiff?«

»Hervorragend. Wir mussten erst lernen, mit den Geräten umzugehen, aber jetzt arbeiten wir mit Hochdruck.«

»Nun, deshalb hätte ich es lieber gesehen, Sie hätten meine Mannschaft eingesetzt.«

Díaz überging die unverblümt kritische Bemerkung. »Es tut mir leid, dass Sie sich keinen günstigeren Moment für Ihren Besuch ausgesucht haben. Wir sind soeben im Begriff, mit einer Gesteinsfräse einen Testlauf durchzuführen.«

»Darf ich mir mal die Ergebnisse der seismischen Messungen ansehen? Ich habe in letzter Zeit auf diesem Gebiet eigene Untersuchungen angestellt. Vielleicht könnte ich Ihnen eine Hilfe sein.«

»Ich fürchte, die Daten befinden sich gar nicht an Bord des Schiffes.«

Ramsey durchschaute die Lüge auf Anhieb. »Haben Sie eine Bewertung möglicher Umweltschäden für diese Region vorgenommen?«

»Unsere Wissenschaftler sind zu dem Ergebnis gekommen, dass mit keinerlei schädlichen Folgen gerechnet werden muss.«

»Auch wenn Sprengungen durchgeführt werden?«

»Sprengungen?«, erwiderte Díaz mit einem wachsamen Unterton. »Wir führen keine Sprengungen durch.«

»Unsere Satzung schreibt eine umfassende ökologische Wirkungsanalyse sowie minimal-invasive Methoden im Zuge bergbaulicher Aktivitäten vor. Meinen guten Ruf habe ich mir mühsam durch den ständigen Einsatz sicherer und umweltverträglicher bergbaulicher Technologien erarbeitet. Ich muss darauf bestehen, dass unsere vertraglichen Vereinbarungen buchstabengetreu befolgt werden.«

»Natürlich. In der nächsten Woche lasse ich Ihnen die entsprechenden Berichte zukommen.«

Díaz leerte sein Glas und erhob sich. »Es war sehr nett von Ihnen vorbeizuschauen, Mr. Ramsey. Ich hoffe, Sie haben eine angenehme Weiterreise nach New Orleans.«

Ramsey leerte ebenfalls sein Glas. Mit einem unguten Gefühl erkannte er, dass alles, was Pitt ihm über Díaz berichtet hatte, in vollem Umfang zutraf. Er hatte sein Schiff an Söldner vermietet, die unter dem Schutz der kubanischen Regierung standen – und im Begriff waren, eine Umweltkatastrophe ungeahnten Ausmaßes auszulösen. Und er hatte so gut wie keine Möglichkeit, seine Entscheidung rückgängig zu machen.

»Es ist schon später, als ich dachte«, sagte Ramsey. »Danke für den Drink, Juan. Ich denke, ich sollte mich verabschieden.«

Dann verließ er die Messe und kehrte an Deck zurück. Als er den Hangar der Gesteinsfräse passierte, bemerkte er einen Mannschaftsangehörigen in einem Schutzanzug, der Sedimentreste zusammenkehrte, die vom Meeresboden stammten. Er erinnerte sich an das, was Pitt erzählt hatte, und warf einen Blick über die Reling auf den Leichter, der an dem Schiff vertäut war.

Noch einmal winkte er Díaz zu, stieg hinunter in sein Beiboot und ließ sich zu seiner Yacht zurückbringen. Während die hell erleuchteten Umrisse der *Sea Raker* hinter ihm kleiner wurden, stieß Ramsey mit dem Fuß gegen eine lose Plane auf dem Boden des Bootes und murmelte halblaut: »Viel Glück, Dirk Pitt. Sie werden es brauchen.«

67

Auf dem Frachtkahn hinter einer Palette Sprengstoff kauernd, beobachtete Pitt, wie sich Ramseys Beiboot entfernte, während seine Gedanken wieder zu seiner Tochter zurückkehrten. Die Feststellung, dass Díaz sich auf der *Sea Raker* aufhielt, änderte alles. Es weckte die Hoffnung in ihm, dass Summer vielleicht ebenfalls an Bord war, aber es führte auch dazu, dass er eine neue Strategie wählte. Er hatte geplant, sich auf das Schiff zu schleichen und irgendwie die Bergbaumaschinen lahmzulegen. Aber wenn Summer auf dem Schiff war, müsste er zuerst sie finden.

Mit Ramseys Hilfe hatte er es immerhin bis zu diesem Punkt geschafft. Bedeckt mit einer Plane, hatte er sich auf dem Boden des Beiboots versteckt, als Ramsey der *Sea Raker* seinen Besuch abstattete. Während der Kanadier von Díaz empfangen wurde, ging der Steuermann des Beiboots zum Rumpf des Bergbauschiffs auf Distanz und ließ es langsam nach achtern treiben. Als ein paar neugierige Schiffshelfer an der Reling von Langeweile übermannt wurden und sich entfernten, lenkte der Steuermann das Boot am Frachtkahn entlang und gab Pitt ein Zeichen. Mit einem schnellen Sprung gelangte er ungesehen an Bord.

Er überquerte den Frachtkahn und huschte leise von Kiste zu Kiste. Ein grobes weißes Pulver war auf den Decksplanken verstreut. Er tippte auf ANC-Sprengstoff, der aus einigen Säcken stammte, die beim Transport aufgerissen waren. Der Leichter war nur zur Hälfte mit in Kisten verpacktem Sprengstoff beladen, was darauf hindeutete, dass eine große Menge bereits zu einem der hydrothermalen Schlote geschafft worden war. Der Transportmechanismus in Form einer dunkelgrauen Plattform, die an einem dicken Kranseil hing, war ein paar Meter vor dem Kahn in Betrieb. Pitt beobachtete, wie mehrere Mannschaftsmitglieder ein langes spiralförmiges Rohr auf die Plattform luden und diese an der Seite des Schiffes ins Wasser hinunterließen.

Er schlich zum Ende des Frachtkahns und kletterte an Bord der *Sea Raker*, als er niemanden in seiner näheren Umgebung sehen konnte. Ansonsten herrschte auf dem Schiff hektische Geschäftigkeit. Er konnte nur annehmen, dass die Mannschaft im Begriff war, die Sprengung des Tiefseeschlots vorzubereiten. Ein Gefühl des Unbehagens breitete sich in ihm aus. Möglicherweise kam er zu spät, um es zu verhindern.

Er schob seine Zweifel beiseite und konzentrierte sich stattdessen auf sein vordringliches Ziel, nämlich Summer zu suchen und zu finden.

Er schlich weiter, hielt sich im Schatten, kam jedoch nur ein kurzes Stück voran, als hinter ihm ein Arbeitstrupp erschien, der einen Ersatzbohrkopf für die Hilfsgesteinsfräse schleppte. Einer der Männer schwankte unter der Last, stolperte, verstauchte sich den Fußknöchel und ließ sein Ende der Last schließlich fallen. Ein Vorarbeiter, der sich am anderen Ende mit der schweren Last abmühte, bemerkte Pitt, der in der Nähe stand.

»Du da drüben. Komm mal her und hilf uns.«

Pitt steckte in der Klemme. Wenn er den Männern half, würde die helle Deckbeleuchtung enthüllen, dass er nicht zur Mannschaft gehörte. Wenn er den Vorarbeiter aber ignorierte, würde er sich unweigerlich verdächtig machen.

Als er in der Nähe eine Tür zu einem Gebäude aus Fertigbauteilen entdeckte, nutzte er diese Chance. Er quittierte die Aufforderung des Vorarbeiters mit einem Achselzucken, deutete auf die Tür, ging zu ihr und drückte auf die Klinke. Das Glück war ihm hold – die Tür ließ sich öffnen. Er trat über die Schwelle, während ihm der Vorarbeiter einen Fluch hinterherschickte.

Pitt hatte erwartet, ein Ersatzteillager zu betreten, stellte jedoch fest, dass er sich im hinteren Teil des Kontrollraums befand, von dem aus die Bergbaumaschinen auf dem Grund des Ozeans gesteuert wurden. Mehrere Videobilder erhellten den großen Bildschirm, während die Meldungen der Männer an den Computer

Workstations von den Stahlwänden widerhallten. Pitt drückte sich in eine dunkle Ecke, als er erkannte, dass Díaz die gesamte Operation von seinem Ledersessel am vorderen Ende des Kontrollraums aus leitete.

Mehrere ROVs flitzten über den Meeresboden und legten die Masse Sprengstoff frei, die in den künstlichen Graben aufgestapelt worden war. Ein ROV wandte sich nach oben, so dass seine Kamera die Ankunft der Gesteinsfräse aufzeichnete, die in diesem Moment auf dem Meeresboden aufsetzte und in einer Wolke aufgewirbelten Sediments verschwand.

Die Strömung reinigte das Wasser, während das ROV näher heranglitt, um einen besseren Überblick zur Wasseroberfläche zu übertragen. Als es sich drehte und die Seite der Fräse ins Blickfeld der Kamera geriet, stockte Pitt der Atem. Fixiert vom Greifarm der Fräse und an ihr Gehäuse gepresst, erkannte er das NUMA-Tauchboot *Starfish*.

Aber es war gar nicht der Anblick der *Starfish*, über den Pitt so erschrak. Was ihm die Kehle zuschnürte und das Atmen schwer machte, war der Anblick seiner Tochter, die allein und hilflos im Pilotensessel des manövrierunfähigen Tauchboots saß.

68

Neunzig Minuten.

Das war die Leistungsreserve der *Starfish*-Batterien. Wenn sie erschöpft waren und der Kohlendioxidabsorber nicht mehr funktionierte, würde Summer den langsamen Erstickungstod sterben. Es sei denn, die Unterkühlung würde noch eher ihren Tribut fordern.

Als Díaz und seine Männer sie zwangen, ins Tauchboot einzusteigen, und sie ins Wasser hinabließen, wusste sie schon, dass sie nicht die Absicht hatten, sie jemals wieder ans Tageslicht heraufzuholen. Sie aktivierte sofort das lebenserhaltende System und schaltete gleichzeitig sämtliche unnützen Energiefresser aus. Sie war ihrem Vater dankbar, dass er alles stillgelegt hatte, als sie an Bord der *Sea Raker* gebracht wurden, so dass ihr noch ein wenig zusätzliche Batterieleistung zur Verfügung stand.

Sobald sie auf dem Meeresboden aufsetzte, erkannte sie, dass neunzig Minuten eine trügerische Hoffnung waren. Während sich die Laufketten der Gesteinsfräse in Bewegung setzten und die wuchtige Maschine vorwärtskroch, sah sie wenig später die mit Sprengstoff gefüllte Grube vor sich. Ihr drohte ein baldiger – und heftiger – Tod.

Die Fräse fuhr bis zum Rand des Grabens und stoppte. Der Greifarm drehte sich nach außen und schwenkte die *Starfish* vom Gehäuse der Fräse weg. Ein Techniker an der Wasseroberfläche löste den Griff des Manipulators, und das Tauchboot sackte in den Graben hinab und landete in aufrechter Position auf einem Sprengstoffteppich.

Die Kameras zweier ROVs fingen das Geschehen ein. Die Scheinwerfer der Vehikel blendeten Summer, während sie das Tauchboot umkreisten. Sie entfernten sich nach und nach und verharrten schwebend über der Gesteinsfräse, als sie in die Dunkelheit kroch.

Summer verfolgte ihre Fahrt durch das kleine Sichtfenster, bis die ROVs zu einem winzigen Lichtpunkt zusammengeschrumpft waren. Dann machte sie sich an die Arbeit.

Ein letzter Schachzug blieb ihr noch: Sie konnte den Auftrieb des Tauchboots steuern. Das ROV mochte die Strahlruder des U-Bootes zerstört haben, aber es hatte die *Starfish* nicht ihrer Fähigkeit zum Auftauchen beraubt.

Summer setzte die Pumpen der Ballasttanks in Gang und startete den Prozess zum Entleeren der gefluteten Tanks. Sie wartete auf eine Reaktion, doch nichts geschah. Normalerweise hätte das Zischen von komprimierter Luft, gefolgt von einem Gurgeln hinausgepressten Wassers erklingen müssen, aber es herrschte absolute Stille. Sie überprüfte die Batteriespannung und die Stellung der verschiedenen Schalter und versuchte ihr Glück ein zweites Mal.

Abermals erfolgte keine Reaktion. Dann überprüfte sie die Druckluftbehälter, die die Ballasttanks versorgten. Die Anzeigen standen auf null. Die Mannschaft der *Sea Raker* hatte die Behälter also zuvor geleert, um einen solchen Versuch zu vereiteln.

Während sie durch die Sichtscheibe auf das Bett aus Sprengstoff blickte, bemühte sie sich, eine aufsteigende Panik zu unterdrücken. Sie atmete tief durch – und dachte an eine weitere Möglichkeit. Die *Starfish* war mit schweren Bleigewichten ausgestattet – die im Fall eines schnellen Alarmauftauchens abgeworfen werden konnten. Ihr Vater hatte einen Satz Gewichte ausgeklinkt, als er versuchte, sich vor der Gesteinsfräse in Sicherheit zu bringen, aber ein zweiter Gewichtssatz befand sich noch an Ort und Stelle.

Sie schlängelte sich aus dem Pilotensitz und zwängte sich hinter seine Rückenlehne, wo sie unter einer Bodenplatte einen zweiten Entriegelungshebel fand. Sie ergriff ihn und drehte ihn in Abwurfposition.

Nichts geschah.

Die Mannschaft der *Sea Raker* hatte auch in diesem Fall gründliche Arbeit geleistet, indem sie das Gewicht entsprechend präpariert hatte, damit es nicht abgeworfen werden konnte. Díaz hatte dafür gesorgt, dass sie von ihrer letzten Tauchfahrt nicht zurückkehrte.

Mit einem Gefühl wütender Resignation setzte sie sich in den Pilotensessel zurück und starrte in die Dunkelheit, während sie sich fragte, wie viel Zeit ihr noch blieb.

69

Pitt lief es kalt über den Rücken, als er mit ansehen musste, wie die *Starfish* auf einem Bett aus hochexplosivem Sprengstoff abgesetzt wurde. Die Unterwasserkameras des ROV verfolgten die Gesteinsfräse, als sie das Tauchboot zurückließ und zu der Geräteplattform kroch, die auf den Meeresboden heruntergelassen worden war. Die Fräse stoppte neben der Plattform und nahm mit Hilfe ihres Greifarms das Ende des spiralförmigen Zündschlauchs, der mit TNT gefüllt war, von der Plattform herunter.

Die Gesteinsfräse änderte ihren Kurs und kroch zum Sprengstoffgraben zurück, wobei sie den Schlauch seitlich neben sich abrollte. Schließlich rutschte das Ende des Schlauchs von der Geräteplattform herab und zog ein Drahtkabel hinter sich her. Mit kleinen Schwimmkörpern versehen, führte das Kabel zur Wasseroberfläche, wo ein Techniker, lediglich ein paar Reihen von Pitt entfernt, die Ladung auf Befehl zünden konnte.

Pitt blickte sich im Kontrollraum um und verwarf jeden Gedanken daran, die Steuerung der Fräse zu übernehmen. Drei Männer bedienten ihre Kontrollen an einer verbreiterten Konsole im vorderen Teil des Raums. In ihrer Nähe befand sich ein Nebenausgang, der von zwei bewaffneten Soldaten bewacht wurde. Weiter hinten war ein unbesetzter Tisch zu sehen, von dem aus die Hilfsfräse gesteuert wurde. Danach kamen ein halbes Dutzend gestaffelt angeordneter Workstations für die Steuerung der ROVs, der Geräteplattform und zahlreicher Bordkameras des Schiffes.

Pitt am nächsten war eine der ROV-Kontrollstationen, die aus einem großen Tisch mit mehreren Monitoren und einem Joystick-Lenksystem bestand. Ein schmächtiger Mann in einem Kampfanzug aus Flecktarnstoff kauerte vor den Kontrollen und verfolgte die Aktionen der Gesteinsfräse mit der Kamera seines ROV.

Pitt betrachtete die von der Kamera übertragenen Bilder von der dünnen Zündröhre, die sich neben der Fräse durch den Schlick schlängelte, und hatte eine Idee. Um sie in die Tat umzusetzen, brauchte er zwar ein wenig Hilfe, aber diese Idee war alles, was ihm in der kurzen Zeit, die ihm zur Verfügung stand, möglich erschien.

Der Schlüssel war das ROV und die dafür zuständige Kontrollstation im hinteren Teil des Raums. Da er über keinerlei Waffe verfügte, huschte Pitt zu einem Wandregal hinüber, in dem technische Handbücher aufgereiht waren. Er suchte sich den dicksten Ordner aus, dann kehrte er zu der von ihm ausgewählten Workstation zurück. Während sich der Techniker auf die Bedienelemente des ROV konzentrierte, nahm er nicht wahr, wie Pitt hinter ihn trat, ausholte und den Ordner gegen seine Schläfe schmetterte.

Der Techniker gab ein ersticktes Ächzen von sich, während er in seinem Sessel zusammensank und das Headset mit Kopfhörer und Mikrofon von seinen Ohren rutschte und auf die Kontrolltafel fiel. Pitt schlang sofort einen Arm um den Hals des Mannes und nahm ihn in einen schraubstockartigen Würgegriff. Der benommene Mann wehrte sich nicht, als Pitt ihn mit ein paar schnellen Schritten durch die Hintertür hinausschleifte. Die Aktion blieb unbemerkt. Während der vordere Teil des Raums durch die große Videowand hell erleuchtet wurde, herrschte im hinteren Teil nahezu vollständige Dunkelheit.

Draußen gewann der Techniker seine Orientierung zurück und versuchte, sich aus Pitts Griff zu befreien. Pitt gab ihm dazu keine Gelegenheit, sondern vollführte eine Drehung um die eigene Achse und rammte ihn gegen die Wand des Deckaufbaus. Der Mann schaffte es nicht mehr, die Arme rechtzeitig hochzureißen. Sein Schädel machte höchst unsanft Bekanntschaft mit der Stahlwand, und Pitt spürte, wie der Körper, den er im Schwitzkasten hatte, erschlaffte.

»Díaz hat sicher eine Unfallversicherung für dich abgeschlossen«, murmelte Pitt, schleifte den Mann hinter einen Geräteschrank und nahm ihm die Mütze ab. Er setzte sie auf seinen Kopf, kehrte eilig in den Kontrollraum zurück und nahm hinter den Kontrollen des ROV Platz. Dabei entdeckte er ein tragbares Sprechfunkgerät, das am Rand des Armaturenbretts lag. Er nahm es spontan an sich und verstaute es in einer Tasche.

Díaz schimpfte lauthals und deutete heftig gestikulierend auf die Videowand. Pitt erkannte sofort, weshalb. Das zeitweise ungelenkte ROV war auf den Meeresboden gesunken und rührte sich nicht, während seine Kamera starr auf einen Felsen gerichtet war. Pitt duckte sich hinter die Monitore seiner Kontrollstation und streckte die Hände nach dem Joystick und den Strahlruderkontrollen aus. Erfahren im Lenken von ROVs, brachte er es fertig, das Vehikel vom Meeresgrund hochzubringen und vorwärtszusteuern, worauf Díaz sich wieder beruhigte.

Er entwickelte schnell ein Gefühl für das ROV, das sich ähnlich lenken ließ wie ein ferngesteuerter Modellhelikopter. Dann steuerte er das ROV in geringer Höhe über den Meeresgrund und folgte den Spuren der Gesteinsfräse, bis sie und der Zündschlauch, den sie hinter sich herzog, in Sicht kamen.

Zwei Monitore standen auf seinem Kontrollpult und lieferten die Bilder der vorderen und der hinteren Kamera des ROV. Aber nur das Bild der vorderen Kamera wurde auf die Videowand an der Stirnseite des Kontrollraums übertragen. Er experimentierte mit den Kommandos und fand schließlich das Drop-down-Menü für die Bildqualität.

Díaz wollte, dass der Zündschlauch mit der Sprengladung verbunden wurde, und gab von seinem Kommandoplatz aus die entsprechenden Anweisungen. Pitt hingegen verringerte die Bildqualität. Verärgert verlangte Díaz, dass ein anderes ROV den Zündschlauch übernehmen solle, und löschte Pitts ROV von der Videowand.

Nun stellte Pitt das Bild wieder scharf und konnte zu seiner Erleichterung erkennen, dass die Gesteinsfräse zur *Starfish* zurückkehrte. Er unterdrückte den Drang, einen Blick auf Summer zu riskieren, und studierte stattdessen die Flanke der Fräse und den Zündschlauch auf dem Meeresboden.

Die Fräse kroch langsam an der *Starfish* vorbei und legte weitere zehn Meter zurück, ehe sie stoppte. Ihr Greifarm streckte sich zu seiner gesamten Länge aus und nahm das Ende des Zündschlauchs mit seinem Greifwerkzeug mit.

Auf Díaz' Befehl wurde der Schlauch freigegeben. Das Ende rutschte ins Bohrloch und versank bis tief unter die Grabensohle. Das andere Ende des Schlauchs mit dem daran befestigten Drahtkabel senkte sich auf die mit ANC-Sprengstoff gefüllte Rinne im Meeresboden herab. Sobald das TNT in der schlauchartigen Röhre gezündet würde, käme es im Zentrum des hydrothermalen Schlotes zu einer Explosion, die ihrerseits den ANC-Sprengstoff zur Explosion brächte.

Pitt folgte dem Zündschlauch mit seinem ROV und drehte es in Richtung des Sprengstoffgrabens. Dann dirigierte er das ROV behutsam rückwärts, um sich einen Überblick über die Sprengzone zu verschaffen. Anschließend lenkte er das ROV vorsichtig in Richtung der *Starfish*, um nicht ins Blickfeld der Kamera des zweiten ROV zu geraten.

Als das gelbe Tauchboot auf seinem Monitor erschien, entdeckte er sofort Summer im Pilotensessel. Er hoffte inständig, dass sie noch fit genug war, um ihm dabei zu helfen, ihr das Leben zu retten.

70

Das metallische Klappern am äußeren Schloss signalisierte den Gefangenen im Labor der *Sargasso Sea*, dass die Tür jeden Moment geöffnet würde. Alle zogen sich zurück und gingen hinter einem breiten Tisch in Deckung. Alle außer Dirk und Giordino, die rechts und links neben der Tür Position bezogen und durch zwei Labortische geschützt wurden.

Die Tür flog auf, und der Steuermann, Ross, wurde abermals mit vorgehaltener Waffe hereingestoßen. Ein Soldat folgte ihm und blickte sich um. Irritiert kniff er die Augen zusammen. Nicht wegen der Gefangenen, die sich im hinteren Teil des Labors drängten, sondern wegen Dirks und Giordinos äußerer Erscheinung.

Jeder hatte sich ein Laborhandtuch um den Kopf geschlungen, so dass Nase und Mund bedeckt waren. Außerdem trugen sie jeweils eine seltsame Brille, deren Gläser aus den ausgeschnittenen Böden von Plastikwasserflaschen bestanden. Ehe der Soldat reagieren konnte, hatte Giordino ein Becherglas in seine Richtung geschleudert. Der Soldat duckte sich, als der Glasbehälter über seinem Kopf gegen den Türbalken prallte und er mit einem Regen aus Glassplittern und einer Flüssigkeit überschüttet wurde.

»Ross, runter!«, brüllte Dirk.

Der Steuermann warf sich auf den Fußboden, während der Soldat den Raum mit einem Feuerstoß durchsiebte. Da sie mit dieser Reaktion gerechnet hatten, waren Dirk und Giordino rechtzeitig unter den Labortischen in Deckung gegangen. Das Gewehrfeuer verstummte, als der Schütze seine Waffe fallen ließ und sich die Augen zu reiben begann, aus denen sich wahre Tränenströme über seine Wangen ergossen.

Von den Schüssen alarmiert, stürmte ein zweiter Soldat durch die Tür herein. Dirk sprang aus der Deckung des Labortisches hoch und schickte das nächste Wurfgeschoss auf die Reise. Dies, ebenfalls ein verschlossenes Becherglas, zerschellte am Türrahmen nur wenige Zentimeter über dem Kopf des Mannes. Auch er vergaß sofort seine ursprüngliche Absicht und hustete und würgte, während seine Augen gleichzeitig anschwollen.

Die Schmerzen erzeugende Flüssigkeit war eine Hausmachermischung Tränengas, zusammengerührt aus Chemikalien, die im Labor zu finden waren. Angeleitet von der Schiffsbiologin Kamala Bhatt, hatte Dirk einen Mix aus Jod, Salpetersäure und Azeton hergestellt und in einem verschlossenen Behälter mit Hilfe eines Zündholzes erhitzt. Diese Mixtur war das primitive Äquivalent des Tränengases, das gewöhnlich bei Straßendemonstrationen, die in Gewalt auszuarten drohten, eingesetzt wurde.

Eine kleine Probe der Substanz hatten sie zuvor bei einem Mannschaftsangehörigen getestet, der sich freiwillig zur Verfügung gestellt hatte und dessen gerötete, wässrige Augen noch eine Stunde später von der Wirksamkeit der Lösung kündeten. Giordino hatte in einem Laborschrank zwei leere Bechergläser gefunden, die sich hervorragend dafür eigneten, das improvisierte Kampfmittel auf nahe Distanz gezielt einzusetzen.

Dirk und Giordino warteten kurz, bis sich das Gas verflüchtigt hatte, dann sprangen sie aus ihrer Deckung hervor. Der erste Soldat kroch auf allen vieren zur Tür, während ihm der zweite stolpernd folgte. Dirk rannte zur Tür und hob die Waffe des ersten Soldaten vom Fußboden auf. Giordino stürzte sich auf den zweiten Soldaten, erwischte ihn mit einem Schwinger in die Nieren und flog mit ihm durch die Türöffnung.

Dirk sprintete hinter den beiden her und fand beide Soldaten auf den Decksplanken liegend, wo sie sich hin und her wälzten und von Giordino am Aufstehen gehindert wurden. Giordino hatte seinem Opfer bereits die Kalaschnikow aus den Händen gewunden, als der Mann verzweifelt seine Augen rieb. Dirk streckte jetzt die Hand aus, um Giordino beim Aufstehen zu helfen, als ein Feuerstoß aus einem AK-47 dicht über ihren Köpfen gegen die Stahlwand prasselte.

»Fallen lassen!«, brüllte Calzado aus zehn Metern Entfernung. Alarmiert durch die Schüsse im Labor, war er mit zwei weiteren Angehörigen des Kommandotrupps zum Ort des Geschehens geeilt. Die drei kamen mit Gewehren im Anschlag auf Dirk und Giordino zu. Die NUMA-Männer hatten keine andere Wahl, als sich von ihrer Beute zu trennen und mit leeren Händen stehen zu bleiben.

Mit beträchtlicher Mühe kämpften sich die beiden tränengasgeschädigten Soldaten auf die Füße, die Augen rot und triefend.

»Schließt die Labortür und verriegelt sie«, befahl Calzado.

Die Wächter nickten und gehorchten. Nachdem die Tür gesichert war, deutete einer der Soldaten auf Dirk und Giordino. »Was geschieht mit ihnen?«

»Ich habe keine Zeit für weitere Störungen«, sagte Calzado. »Geht aus dem Weg, ich erledige das gleich hier und jetzt.«

Der Truppführer brachte sein Gewehr in Anschlag, zielte auf die beiden Gefangenen und krümmte den Finger um den Abzug.

71

Ohne die Funktion des elektronischen Heizsystems, dessen leises Summen, das gewöhnlich jede Tauchfahrt der *Starfish* begleitete, nicht zu hören war, herrschte in dem Mini-U-Boot eine Temperatur wie in einem Eisschrank. Summer hatte sich zähneklappernd im Pilotensessel zusammengerollt, während die Gesteinsfräse an dem U-Boot vorbeikroch und den langen Zündschlauch hinter sich herzog. Sie versuchte zu erkennen, wie die Fräse das Ende des Schlauchs in den Graben bugsierte, aber dann wurde ihr die Sicht durch eins der ROVs versperrt.

Das kastenförmige Vehikel näherte sich dem Mini-U-Boot und verharrte schwebend vor dem Sichtfenster. Summer widerstand der Versuchung, ihren Mittelfinger in Richtung des ROV hochzurecken, und schirmte stattdessen die Augen vor den grellen Scheinwerfern ab.

Dann geschah etwas Seltsames. Die Scheinwerfer des ROV blinkten.

Diesmal zögerte sie nicht mehr, sondern reckte den Mittelfinger in die Höhe und verfluchte Díaz wegen seiner höhnischen Geste.

Obgleich das ROV Summers Reaktion mit seinen Kameras aufzeichnete, verließ es seine Position nicht. Stattdessen blinkte es abermals mit seinen Scheinwerfern eine Kurz-lang-kurz-Folge, als wolle es ein modifiziertes SOS-Signal senden.

Mit erwachendem Interesse beobachtete Summer, wie das ROV das Blinksignal zweimal wiederholte. Dann streckte sie eine Hand aus, betätigte einen Schalter und blinkte mit den Frontscheinwerfern des Tauchboots.

Ihr Kinn sackte nach unten, als das ROV reagierte, indem es seine Nase auf und ab bewegte, als nickte es zustimmend. Irgendwo, vermutlich an den Kontrollen dieser Maschine, versuchte jemand, seine Hilfe anzubieten.

Sie beugte sich vor und betrachtete das ROV aufmerksam, während es näher kam. Es drehte sich ein wenig, so dass die Scheinwerfer nicht mehr auf das Cockpit gerichtet waren, und streifte sacht den tief angesetzten Greifarm der *Starfish*. Abermals blinkten die Lichter des ROV.

Summer aktivierte die Kontrollen und bewegte den Robotarm aus seiner Ruheposition.

Abermals nickte das ROV zustimmend. Als Summer den Manipulator weiter anhob, wackelte das ROV hin und her, als wolle es Missfallen ausdrücken.

Durch mehrfaches Herumprobieren fuhr Summer unter Anleitung durch das ROV den Manipulatorarm bis auf seine maximale Länge aus und öffnete den Greifer.

Nicht allzu weit vom U-Boot entfernt, hatte die Gesteinsfräse ihre Arbeit beendet und folgte ihren eigenen Fahrspuren zurück zum Absetzpunkt. Dabei würde sie in ein oder zwei Minuten die *Starfish* passieren.

Summer beobachtete, wie das ROV die Fräse für einen Moment ins Auge zu fassen und über ihre weiteren Aktivitäten nachzudenken schien, dann glitt es schnell neben das U-Boot. Summer musste das Gesicht an die Sichtscheibe pressen, um seine nächste Aktion verfolgen zu können.

Das ROV drehte sich und sank auf den Meeresgrund hinab. Es bewegte sich auf die *Starfish* zu und schob wie ein Schneepflug eine dünne Sandschicht vor sich her. Zuerst ratlos, erkannte Summer nach und nach, welche Absicht dahintersteckte. Das ROV hatte mit dem Zusammenschieben des Sandes am gegenüberliegenden Ende des mit dem Zündschlauch verbundenen Zündkabels begonnen. Es schob das Kabel zur *Starfish*. Oder genauer, zum Greifarm des Tauchboots.

Das ROV wollte, dass Summer das Kabel ergriff. Sie wartete, während das ROV erneut vorrückte. Als das Kabel in Reichweite kam, schnappte sie es sich mit dem Greifer des Robotarms.

Das ROV blinkte kurz, dann stieg es auf und verharrte schwebend über der Gesteinsfräse. Während die schwere Bergbaumaschine näher kam, manövrierte sich das ROV an seine Seite und tippte mit dem eigenen Gehäuse gegen einen stummelartigen metallenen Fortsatz, der schräg abwärtsgeneigt aus der Seitenwand ragte.

Es war eine Stütze, die ausgefahren werden konnte, um der Fräse zusätzliche Stabilität zu verleihen, wenn sie sich durch hartes Gestein fraß. Das ROV bewegte sich neben dem breiten Fuß der Stütze auf und ab und blinkte mit den Scheinwerfern.

Summer begriff. Sie zog den Robotarm ein, um der Fräse Platz zu machen, und wartete.

Die stählernen Laufketten gruben sich in den Meeresboden, während sich die Maschine durch das Sediment wühlte. Der Techniker an den Kontrollen folgte den bereits vorhandenen Fahrspuren, die an der *Starfish* vorbeiführten. Als die vorderen Fahrketten im Sichtfenster erschienen, fuhr Summer den Manipulator hoch und streckte ihn der Gesteinsfräse entgegen.

Als der Stabilisator in Sicht kam, drapierte sie das Zündkabel mit dem Greifarm um den Fuß der Stütze. Die Fräse bewegte sich so langsam vorwärts, dass Summer ausreichend Zeit hatte, eine zweite Kabelschlinge um die Stütze zu legen, ehe sie losließ. Mit jedem Meter, den die Maschine zurücklegte, zog sich die Schlinge enger zusammen, so dass sie nicht mehr vom Fuß des Stabilisators abrutschen konnte.

Das ROV erschien vor dem Sichtfenster der *Starfish* und führte eine Nickbewegung durch. Mit einem letzten blinkenden Gruß machte es kehrt und folgte der Gesteinsfräse. Summer wartete einige Zeit, dann knipste sie die externen Scheinwerfer der *Starfish* an. Sie sah, wie sich der Zündschlauch aus der Rinne herausschlängelte, an ihr vorbeiglitt und der Fräse folgte. Sie löschte die Scheinwerfer und beobachtete, wie die Lichter der Bergbaumaschinen nach und nach von der Dunkelheit verschluckt wurden.

Summer überprüfte die noch zur Verfügung stehende Batterieleistung, dann machte sie es sich in dem kalten engen Gefängnis des U-Boot-Cockpits so bequem wie möglich und suchte nach einer einleuchtenden Erklärung für das Erscheinen und Verhalten des rätselhaften ROV. Es hatte sie davor bewahrt, bei einer Explosion getötet zu werden, aber fände es auch einen Weg, sie vom Meeresboden wieder hinauf ans Tageslicht kommen zu lassen?

72

Pitt stellte sich die gleiche Frage, als die Hintertür des Kontrollraums aufsprang. Ein bewaffneter Soldat kam herein, im Arm die schlaffe Gestalt des benommenen ROV-Technikers. Der Mann kam vollends zu sich, als er Pitt an seinem Arbeitsplatz hinter den ROV-Kontrollen sitzen sah.

»Das ist er!« Er deutete mit einem Finger auf Pitt. »Das ist der Mann, der mich angegriffen hat. Erschießen Sie ihn!«

Pitt sprang auf, hütete sich jedoch vor weiteren Aktionen, als der Soldat sein Sturmgewehr auf ihn richtete. Auf diese Entfernung wäre jeder Schuss ein tödlicher Treffer. Die beiden Wächter, die am Vordereingang des Kontrollraums postiert waren, kamen nur Sekunden später aufgeregt angerannt. Pitt war jetzt umzingelt.

»Was geht hier vor?« Díaz kam herüber, um nachzusehen, was der Lärm zu bedeuten hatte. Sein Mund klappte auf, als er Pitt neben der ROV-Konsole stehen sah.

»Ich glaube, Sie haben mir eins meiner Tauchboote gemopst«, sagte Pitt vollkommen ruhig. »Das hätte ich gern zurück.«

Der ROV-Techniker machte einen Schritt vorwärts. »Er hat mich überfallen und nach draußen geschleift, um das zweite ROV unter Kontrolle zu bekommen.«

Díaz nickte, wobei er Pitt nicht aus den Augen ließ. »Einmal mögen Sie dem Tod von der Schippe gesprungen sein, aber ein zweites Mal wird Ihnen das nicht gelingen. Ich werde Sie persönlich nach Havanna bringen und bei Ihrer Hinrichtung in der ersten Reihe sitzen. Aber vorher dürfen Sie mir vorn Gesellschaft leisten ... um Ihrer Tochter beim Sterben zuzusehen.«

Er wandte sich an den Techniker. »Überprüfen Sie das Tauchboot. Wir holen die Maschinen herauf.«

Díaz kehrte zur Videowand an der Stirnseite des Kontrollraums zurück und ließ sich in seinen Kommandosessel fallen. Diesmal waren die Wächter vorsichtiger und nahmen Pitt in die Mitte.

Dieser schaute auf die Videowand und fand das Fenster mit den Bildern des zweiten ROV, das soeben begann, die *Starfish* zu umkreisen. Für einen kurzen Moment konnte Pitt seine Tochter durch das Sichtfenster blicken sehen, als ob sie auf irgendein Zeichen des ROV wartete. Aber diesmal fixierte es sie mitleidlos durch seine Kameras.

Pitt dachte an den Zündschlauch und hoffte inständig, dass das ROV keine Drehung vollführte und danach zu erkennen wäre, dass die dünne Röhre nicht mehr an ihrem Platz lag. Aber der Techniker dachte gar nicht daran, die Sprengladung zu kontrollieren. Er ließ das ROV längere Zeit über dem Tauchboot schweben, dann schickte er es hinter der Gesteinsfräse her.

Díaz lächelte zufrieden. »Ich hoffe, Sie haben sich von ihr verabschiedet, Mr. Pitt«, sagte er, dann wandte er sich halb um und befahl den Technikern an den Workstations: »Sämtliche Maschinen an Bord zurückholen. Sprengung vorbereiten.«

Vier große Winden auf dem Hauptdeck begannen die Tragseile der Gesteinsfräse, der Geräteplattform und der beiden ROVs auf ihren Trommeln aufzuwickeln. Im Kontrollraum verblassten die Videobilder der Kameras, bis in sämtlichen Fenstern nur noch dichtes Schneetreiben zu sehen war, als die Maschinen zur Wasseroberfläche aufstiegen.

Nachdem die vier Maschinen etwa dreißig Meter zurückgelegt hatten, rief Díaz per Sprechfunk die Kommandobrücke. »Bringen Sie das Schiff zweihundert Meter stromaufwärts. Wir wollen in Kürze sprengen.«

Die Propeller der *Sea Raker* brachten das Meer zum Schäumen, und das große Schiff nahm Fahrt auf. Ein paar Minuten später meldete der Kapitän, sie hätten die neue Position erreicht. Díaz wollte von dem leitenden Bergbauingenieur wissen, wie weit die Rückholmaßnahmen gediehen seien.

»Beide ROVs sind bereits an Bord, und die Geräteplattform ist soeben aufgetaucht. Die Gesteinsfräse befindet sich noch in zwanzig Metern Tiefe.«

»Wir halten uns weit außerhalb der Detonationszone auf. Der Sprengung steht nichts mehr im Weg.« Díaz wandte sich an Pitt. »Wollen Sie auf den Knopf drücken?«

Pitt erwiderte seinen Blick, ohne mit der Wimper zu zucken. »Nein danke. Ich glaube, diese Ehre gebührt ganz allein Ihnen.«

Díaz erhob sich, ging zur Kontrolltafel der Geräteplattform hinüber und legte einen Finger auf den Auslöser für den Zündkabelkontakt. Er lächelte Pitt an und drückte auf den Knopf.

73

Dirk sank auf die Knie und wartete auf den Einschlag der Kugeln aus Calzados Sturmgewehr in seine Brust, während er sich verzweifelt nach seiner abgelegten Waffe streckte. Stattdessen schoss ein qualvoller Schmerzimpuls durch seinen Kopf. Seine Ohren fühlten sich an, als würden sie jeden Moment explodieren, während sein Schädel mit einer Heftigkeit vibrierte, die den Höchstwert 10 auf der numerischen Schmerzskala weit übertraf.

Er glaubte, einen Kopfschuss erhalten zu haben, aber als er die Hände auf die Ohren presste, ertastete er kein Blut. Und als er hochschaute, sah er, dass sowohl Calzado und seine Soldaten als auch Giordino auf die Knie gesackt waren und ebenfalls die Hände an den Köpfen hatten und sich die Ohren zuhielten.

Die Ohren zu bedecken konnte den Schmerz zwar keinen Deut mindern, aber es war ein instinktiver Akt des Selbstschutzes vor der unsichtbaren Macht. Giordino ließ die Hände sinken und wollte das Gewehr zu seinen Füßen ergreifen, doch die schmerzhafte Lärmattacke zwang ihn, den Versuch abzubrechen und die Hände wieder auf die Ohren zu legen.

Während er sich vor Schmerzen krümmte, bemerkte Dirk drei Gestalten, die aus den Schatten des Achterdecks auftauchten und sich langsam näherten. Sie trugen ähnliche Kampfanzüge wie die Kubaner, nur waren diese Kombinationen schwarz. Seltsamerweise hatten sie Helme mit dicken, dunklen Visieren auf den Köpfen, wie man sie gewöhnlich bei Motorradfahrern sah. Zwei Gestalten hatten Sturmgewehre in den Händen und folgten der dritten Gestalt, die die Vorhut bildete und ein achteckiges Paddel wie einen Schild vor sich in die Höhe hielt. Das Paddel war durch Drahtleitungen mit einem voluminösen Rucksack verbunden.

Die drei Erscheinungen schienen gegen den Lärm immun zu sein. Während sie herankamen, beförderten die beiden bewaffneten Männer die Gewehre der Kubaner mit Fußtritten außer Reichweite, holten Plastikhandschellen hervor und fesselten die Soldaten, die sich auf den Decksplanken der *Sargasso Sea* wälzten. Der dritte Besucher kam zu Dirk und Giordino, wobei er nach wie vor das Paddel hochhielt und damit auf die Kubaner zielte.

Die Schmerzen in Dirks Ohren ließen sofort nach, und er erkannte, dass die Lärmattacke durch das Paddel ausgelöst wurde. Als alle Kubaner überwältigt worden waren, drückte der Mann auf einen Knopf an seinem Paddel und ließ es sinken.

Nachdem er sein Helmvisier hochgeklappt hatte, grinste Rudi Gunn seine beiden NUMA-Kollegen fröhlich an. »Für die Ohrenschmerzen entschuldige ich mich. Euer kleiner Fluchtversuch zwang uns, eher als geplant einzugreifen.«

»Rudi, dich hier zu sehen ist eine Labsal für meine Augen, aber damit hat es sich schon«, sagte Giordino, in dessen Ohren die Glocken von Big Ben unaufhörlich zwölf Uhr schlugen. »Was für ein Folterinstrument hast du da mitgebracht?«

»Es wird MRAD genannt oder Medium Range Acoustic Device. Das ist die tragbare Version einer für die Navy entwickelten Lärm-Waffe, die benutzt wird, um Piratenangriffe abzuwehren, wie sie vor der somalischen Küste beinahe täglich stattfinden. Das Ganze ist eine Art Hochleistungsmegafon, das genau auf ein Ziel ausgerichtete Schallwellen von extrem hoher Lautstärke abstrahlen kann.«

»Sozusagen ein gedopter Lautsprecher«, sagte Dirk und massierte seine Ohren.

»So könnte man den Apparat nennen. Jack und ich haben ihn von einem Freund im Naval Research Laboratory ausgeliehen.«

Jack Dahlgren, der bullige Schiffsingenieur, ein alter Freund von Dirk, kam näher, in der Hand ein Sturmgewehr. »Freut mich, dass es euch gut geht. Rudi, wir sollten am besten der Brücke einen Besuch abstatten. Weiß jemand, wie viele Soldaten an Bord sind?«

»Ich habe neun gezählt.« Giordino hob eine der kubanischen Kalaschnikows auf. »Wenn ihr diese Lärmkanone nicht noch mal auf mich richtet, komme ich gern mit und gebe euch Feuerschutz.«

Gunn verteilte leichte Kopfhörer an Dirk und Giordino. »Nehmt die. Im Fall des Falles sind sie eine kleine Hilfe.«

Er schaltete das System wieder ein und bewegte sich mit seinen bewaffneten Gefährten zum vorderen Deckaufbau. Die Schotten des Schiffes beeinträchtigten die Wirkung des MRAD-Systems, daher zögerte Gunn nicht, den Niedergang zu erklimmen und die Kommandobrücke zu stürmen.

Die restlichen vier Kommandosoldaten besetzten die Kommandobrücke und verfolgten aufmerksam das Geschehen an Deck. Zwei hielten, bewaffnet mit Kalaschnikows, Wache und fuhren sofort zu Gunn herum. Er ging auf Tauchstation und hielt gleichzeitig das MRAD-Paddel hoch. Dahlgren und sein Partner bogen um die Ecke und feuerten. Sie trafen ins Ziel und schalteten die Soldaten aus.

Die anderen Kubaner, beide waffenlos, waren während der Lärmattacke zusammengebrochen und rafften sich jetzt mühsam auf. Sie hoben die Hände, als Dirk und Giordino, Sturmgewehre im Anschlag, hereinkamen.

Dirk bückte sich und half Gunn aufzustehen. »Rudi, bist du okay?«

»Alles in Ordnung. Sind auf dem Schiff alle in Sicherheit?«

»Nicht mehr lange«, sagte Giordino. »Es heißt, dass unsere Freunde Sprengstoffladungen verteilt haben, um es zu versenken.«

Er bückte sich zu dem kleineren der beiden Kubaner hinunter, raffte auf dessen Brust den Kampfanzug zusammen, zog ihn mit einem heftigen Ruck vom Boden hoch, bis er dessen Gesicht in Augenhöhe vor sich hatte und der Mann mühsam auf den Zehenspitzen balancierte. »Wo ist der Sprengstoff versteckt? *Dónde están los explosivos?«*

Der Soldat sah die absolute Entschlossenheit in Giordinos Augen. *»La sala de máquinas«*, knurrte er widerwillig.

»Im Maschinenraum«, übersetzte Dirk. »Nichts wie hin.«

Er und Giordino verließen die Kommandobrücke im Laufschritt und standen zwei Minuten später und einige Decks tiefer im Maschinenraum. Sie brauchten nicht lange zu suchen, ehe sie mehrere Kisten Sprengstoff neben einem Seewasserventil fanden. Eine Explosion an dieser Stelle würde ein riesiges Loch in die Schiffswand reißen und das Schiff innerhalb kürzester Zeit sinken lassen.

Giordinos weitere Suche förderte einen simplen digitalen Küchen-Timer zutage, der mit einem Zünder verbunden war, welcher in der hochexplosiven Sprengladung steckte – eine ziemlich primitive Anordnung, dafür aber umso wirkungsvoller. Mit flatternden Nerven klemmte Giordino den Zünder ab und entschärfte die Ladung. »In zwei Stunden wäre unser Schiff unterwegs zu den Fischen gewesen.«

»Gut, dass Rudi und Jack rechtzeitig eingetroffen sind.«

Sie kehrten aufs Hauptdeck zurück und befreiten die Mannschaft aus den beiden Laboren, allerdings nicht bevor Giordino die Zeitschaltuhr und den Zünder über Bord geworfen hatte. Sie halfen Dahlgren, die überlebenden Kubaner einzusperren, dann kehrten sie zu Gunn auf die Kommandobrücke zurück.

Kopfschüttelnd stand er vor der Kommunikationskonsole. »Die Satellitenverbindung ist bei der Schießerei zerstört worden.«

»Wir können immer noch den Seefunk benutzen«, sagte Giordino. »Übrigens, wie habt ihr uns gefunden?«

»Wir haben euch mit Satellitenkameras verfolgt, bis wir Bimini auf der NUMA-eigenen *Caroline* verließen. Glücklicherweise hattet ihr eure Position beibehalten, nachdem wir die Floridastraße überquert hatten.«

»Wo liegt die *Caroline* jetzt?«

»In freundlichen Gewässern, etwa zehn Meilen nördlich.« Gespannt sah er Giordino an. »Ich habe es bis jetzt nicht gewagt zu fragen. Wo sind Pitt und Summer?«

»Seit zwei Tagen auf einem Bergbauschiff namens *Sea Raker*«, sagte Giordino. »Sie wurden mit der *Starfish* entführt, während sie die Bergbauaktivitäten inspizierten. Die *Sea Raker* operierte an derselben Stelle, wo die *Alta* sank. Wir müssen sie so schnell wie möglich finden.«

Gunn nickte, während er das Ruder übernahm und die Maschinen des Schiffes startete. Dann deutete er mit einem Finger auf einen Radarschirm, der den handstreichartigen Überraschungsbesuch des NUMA-Rettungsteams heil überstanden hatte. »Wenn die *Caroline* sie nicht zuerst findet«, sagte er im Brustton der Überzeugung, der jeden Zweifel wegwischte, »finden wir sie.«

74

Knapp zwanzig Meter unter dem Rumpf der *Sea Raker* zündete ein elektrischer Impuls eine Bleiazid-Sprengkapsel. Diese kleine Initialdetonation brachte sofort die achthundert Pfund TNT zur Explosion, die in einem Sack am Greifarm der Gesteinsfräse hingen.

Eine Druckwelle pflanzte sich im Wasser fort, als durch die Explosion in der Tiefe eine Gasblase entstand. Die Blase stieg rasend schnell auf und nahm in den höheren und damit dünneren Wasserschichten an Volumen und Druckwirkung zu.

An Bord der *Sea Raker* war die Druckwelle zuerst als ein Vibrieren zu spüren, das wie ein dumpfer Donnerschlag das Schiff erschütterte.

»Was war das?«, fragte Díaz, als das Deck unter seinen Füßen erzitterte.

Der leitende Bergbauingenieur schüttelte den Kopf. »Keine Ahnung. Eigentlich sollte das Schiff in dieser Entfernung nicht mehr von der Druckwelle erfasst werden.«

Pitt grinste die beiden Männer an und deutete auf die Videowand. »Vielleicht gab es irgendwelche Probleme mit Ihrer Sprengladung.«

Díaz blickte auf die Wand. Das Fenster, in dem die Bilder von der Gesteinsfräse zu sehen waren, hatte sich geleert.

»Was haben Sie getan?«, brüllte er Pitt an. Er fuhr herum und entriss einem der Wächter das Sturmgewehr.

Pitt brauchte keine Antwort zu geben. Díaz hatte die Frage kaum ausgesprochen, als die Gasblase die Unterseite der *Sea Raker* traf – wie ein Tritt in den Bauch. Der Mittelteil des Schiffes wurde fast vollständig aus dem Wasser gedrückt, wobei der Kiel an drei Stellen brach. Rumpfplatten rissen am Rückgrat, so dass auf seiner gesamten Länge Wasser eindrang. Alarmsirenen heulten überall, während augenblicklich die Hauptgeneratoren ausgeschaltet und die elektrischen Leitungen unterbrochen wurden.

Auf der Kommandobrücke bestätigten die Schadensmeldungen dem Kapitän seine schlimmsten Befürchtungen. Die Wassermassen drangen ungehindert ein, und es bestand nicht die geringste Hoffnung, dass die Schwimmfähigkeit der *Sea Raker* erhalten bliebe. Er gab Befehl, das Schiff zu verlassen. Die entsprechenden Anweisungen, zusammengefasst in einer automatisch abgespielten Audiodatei, plärrten wenig später aus den Lautsprechern der schiffsinternen Sprechanlage.

Im Kontrollraum hatte jeder der Anwesenden durch das Aufbäumen des Schiffes das Gleichgewicht verloren und unsanft Bekanntschaft mit dem Deck gemacht. Durch die Unterbrechung der Stromzufuhr herrschte in dem Deckaufbau vollständige Dunkelheit. Während sich Díaz auf die Füße kämpfte und dabei krampfhaft sein Gewehr umklammerte, flammte die Notbeleuchtung auf und tauchte den Raum in ein rötliches Licht.

Der leitende Bergbauingenieur erhob sich ebenfalls und griff nach Díaz' Arm. »Kommen Sie, wir müssen schnellstens hier raus.«

Díaz schüttelte den Kopf, sein Gesicht schien wutverzerrt. Er stieß den Ingenieur von sich weg und schwenkte den Lauf seines Gewehrs herum, wobei sein Blick suchend durch den Raum schweifte. »Wo ist er?«

Seine Wut kannte keine Grenzen, als er ihm klar wurde, dass Pitt den Schauplatz des Geschehens verlassen hatte.

75

Zu diesem Zeitpunkt hatte Pitt ausschließlich die Rettung seiner Tochter im Sinn. Seine einzige Chance, so gering sie auch sein mochte, gründete sich auf der Reservefräse, die er auf dem Schiff gesehen hatte. Wenn es ihm gelänge, sie in den Ozean hinabzulassen und damit die *Starfish* zu erreichen, schaffte er es vielleicht auch, das Tauchboot mit dem Greifarm einzufangen und es irgendwie an die Wasseroberfläche zu bringen.

Über die Details dieser Aktion würde er sich den Kopf zerbrechen, wenn er die *Starfish* gefunden hätte.

Als er den dunklen Kontrollraum verließ, fand er sich auf dem Schiffsdeck inmitten eines beginnenden Chaos wieder. Eine panische Flucht war bereits im Gange, und die Mannschaft drängte zu den Rettungsinseln. Heisere Rufe und Flüche hallten über das Deck, während die Soldaten – die meisten von ihnen waren Landratten und nie zuvor auf einem Schiff stationiert gewesen – ziellos durcheinanderrannten und nur daran dachten, sich einen Platz in einer der Rettungsinseln zu sichern. Ganz gleich, was sie an Gefolgschaftstreue für Díaz bisher an den Tag gelegt haben mochten, bei dem verzweifelten Bemühen, die eigene Haut zu retten, war es auf der Strecke geblieben.

Pitt stellte fest, dass sich die Reservefräse auf der gegenüberliegenden Deckhälfte befand, daher sprintete er durch einen mittschiffs gelegenen Verbindungsgang, um die Schiffsseite zu wechseln. Er blieb für einen Moment an der Reling stehen, um mit dem Sprechfunkgerät, das er sich vorhin von der Konsole der ROV-Kontrollstation geangelt und eingesteckt hatte, Ramsey anzufunken und ihn zu bitten, mit der *Gold Digger* noch einmal zurückzukommen, um Überlebende aufzufischen. Danach setzte er einen Notruf ab, in dem er um die Entsendung eines Tiefsee-Rettungsteams bat. Gleichzeitig wusste er jedoch, dass seine Chancen, von dieser Seite Hilfe zu bekommen, äußerst gering waren.

Während er über das Deck zum Vorschiff eilte, erkannte er, dass die *Sea Raker* mittlerweile zwar deutlich Schlagseite hatte, jedoch nur langsam sank. Vielleicht schenkte das Schicksal dem Schiff ein paar zusätzliche Minuten über Wasser, die Pitt nutzen konnte.

Er drängte sich an einigen Männern vorbei, die in einer Schlange darauf warteten, in eine Rettungsinsel zu klettern und sie flottzumachen. Dann rannte er an dem Frachtkahn entlang, der den Sprengstoff transportiert hatte und nach wie vor am Bergbauschiff vertäut war. Offenbar war ihm zu verdanken, dass die *Sea Raker* noch auf dem Wasser schwamm. In Höhe des Frachtkahnhecks fand er den dunklen Hangar, in dem die Reservefräse gewöhnlich auf ihren Einsatz wartete. Da bisher nur Teile des Stromnetzes im Schiff reaktiviert worden waren, befürchtete Pitt, dass die Maschine tot war. Ein Blick auf die Kontrollkonsole neben der Hangareinfahrt sagte ihm, dass seine Befürchtungen unbegründet waren. Eine Reihe stetig leuchtender Kontrolllampen erhellte die Instrumententafel und signalisierte, dass die Fräse mit elektrischem Strom versorgt wurde.

Pitt spielte an den Kontrollen herum, um den Antriebsmechanismus der Maschine zu entschlüsseln und ihre Scheinwerfer sowie die Kamera zu aktivieren. Ein spezieller hydraulischer Teleskoplift diente dazu, die Fräse über die Reling zu heben und in den Ozean hinabzusenken. Auf seiner Suche nach den Bedienungselementen des Lifts wurde er durch mehrere Männer gestört, die in den Hangar stürmten.

»Dort ist er!«, rief eine Stimme.

Díaz und ein Wächter standen in der Einfahrt des Hangars, beide mit Kalaschnikows im Anschlag.

Ehe er sich zu Boden warf, schaffte Pitt es gerade noch, den Lift einzuschalten und den Fahrthebel der Fräse nach vorn zu schieben. Nur den Bruchteil einer Sekunde später sägte eine Kugelsalve durch das Armaturenbrett und überschüttete ihn mit Plastiktrümmern. Obgleich der Hangar nur dürftig erhellt wurde, war er für die Schützen deutlich zu erkennen und rollte sich zur Seite, während weitere Schüsse fielen.

Im hinteren Teil des Hangars war es erheblich dunkler, und Pitt suchte hinter der Gesteinsfräse Schutz. Die schwere Maschine bewegte sich vorwärts. Ihre Stahlketten schrammten über die Decksplanken. Mit ihrer Walze keine drei Meter von der Reling entfernt, war das Vehikel unterwegs, um sich über die Kante des Hauptdecks zu schieben.

Díaz rief einem seiner Männer, die hinter ihm in den Hangar drängten, etwas zu und deutete auf die rechte Seite der Fräse. Pitt wich zur linken Seite der Maschine aus. Gewehrfeuer hämmerte durch den Hangar, aber es richtete sich nicht auf Pitt. Jemand zielte nach oben, und die Kugeln trafen die Decke des Hangars.

Die Fräse stoppte knirschend, als etwas dicht vor Pitt auf dem Deck aufschlug. Es war das Stromkabel der Fräse, das von den Kugeln durchtrennt worden war, um die Maschine anzuhalten. Funken sprühten vom Ende des Kabels, das sich über den Hangarboden schlängelte, während die Winde es weiter abspulte.

Dicht vor sich hörte Pitt ein Geräusch. Ein Soldat war auf den Trägerrahmen der Fräswalze gesprungen und richtete seine Kalaschnikow auf ihn.

Pitt streckte sich, ergriff die durchtrennte Stromleitung und drückte die Schnittfläche gegen den Stahlrahmen. Der Schütze schrie auf, als ein Stromstoß durch die Fräse fuhr.

Pitt zog das Kabel zurück, wollte die Fräse umrunden, um die Waffe des toten Soldaten aufzuheben. Er zögerte jedoch, als er Schritte hörte. Díaz kam um die linke Seite der Fräse herum, während sich zwei andere Soldaten von ihrer Rückseite näherten.

In einem plötzlichen Einfall schleuderte Pitt das Kabel zur Seitenreling und sah, wie das funkensprühende Ende über die obere Geländerstange hinabrutschte. Kurz darauf erschien Pitt mit hocherhobenen Armen an der rechten Seite der Fräse.

Die beiden Soldaten erreichten ihn zuerst und hielten ihn mit ihren Kalaschnikows in Schach, bis schließlich Díaz erschien.

Dieser entdeckte den toten Soldaten halb unter der Walze der

Fräse und starrte Pitt mit hasserfüllten Augen an. »Ich fürchte, aus Ihrer Reise nach Havanna wird nichts. Für Sie geht es hier und jetzt zu Ende.«

Er hob das Gewehr und zielte auf Pitts Brust. Während er den Finger um den Abzug legte, wurde hinter ihm ein Fauchen laut, das von einer riesigen Raubkatze zu stammen schien. Dann verschwand er in einer Flammenwolke.

Als Pitt das unter Spannung stehende Stromkabel von sich schleuderte, hatte er es nicht blindlings über die Reling geworfen, sondern sein Ziel war der darunter liegende Leichter gewesen. Das Kabel hatte sich durch den Laderaum gewunden und den ANC-Sprengstoff entzündet, der aus aufgerissenen Säcken herausgerieselt war und den Boden bedeckte. Es dauerte nur kurze Zeit, bis die schwelenden Sprengstoffreste eine der mit TNT gefüllten Kisten in Brand setzten, so dass der gesamte Inhalt des Frachtkahns explodierte.

Der Frachtkahn selbst wurde unter lautem Donner zerrissen, während eine Wolke aus Qualm und weißer Gischt in den Nachthimmel aufstieg. Die *Sea Raker* wurde zur Seite gedrückt, wobei der Deckaufbau zusammenbrach. Das Schiff krängte so weit über, dass die Reservegesteinsfräse und sämtliche Ausrüstungsteile über das schräge Deck abrutschten und in den aufgewühlten Fluten des Karibischen Meers verschwanden, ehe es sich auf den Bug stellte. Minuten später erhob sich das Heck aus dem Wasser, und beinahe elegant glitt das Schiff in die Tiefe, dem Meeresboden entgegen.

Ein weiter Kreis aus Schaum und Luftblasen markierte die Stelle, wo es verschwunden war. Danach breitete sich auf der nächtlichen See eine Stille aus, in deren dunklen Fluten die restlichen Überlebenden verzweifelt auf Rettung warteten.

76

Die Gesteinsfräse rettete Pitt zweimal das Leben. Hinter ihrer Masse war er vor der direkten Einwirkung der Explosionsdruckwelle geschützt, während alle anderen, die sich vor und neben der Maschine aufhielten, von den Flammen erfasst wurden. Dennoch wurde er durch die Druckwelle von den Füßen gerissen und anschließend – als die Fräse zur Reling abrutschte – von einer der Laufketten beinahe zerquetscht.

Vom dichten Qualm geblendet, tastete sich Pitt an der Fräse entlang, bekam eine Verstrebung zu fassen und klammerte sich daran. Er hielt sich auch noch daran fest, während die Fräse durch die Reling der *Sea Raker* brach und in die Tiefe abstürzte. Sobald sich die Wasseroberfläche über ihm schloss, stieß sich Pitt von der Fräse ab und schwamm aufwärts. Dabei strebte er von der *Sea Raker* weg, um ihrem Sog zu entgehen. Schließlich drehte er sich um und beobachtete, wie die letzten Mannschaftsangehörigen über Bord sprangen, während das Schiff versank.

Nach ein paar Minuten, die er sich wassertretend an der Meeresoberfläche gehalten hatte, erschien die *Gold Digger* mit dumpf und kehlig röhrenden Maschinen am Ort der Katastrophe. Nicht weit von einer der Rettungsinseln der *Sea Raker* entfernt, kam sie zum Stillstand, und der Lichtstrahl eines Suchscheinwerfers an ihrem Heck glitt über die Wellen. Von Angst um seine Tochter getrieben, schwamm Pitt zur Yacht und mischte sich unter die Überlebenden der *Sea Raker*, die sich mit lauten Rufen bemerkbar machten, um aus dem Wasser gezogen zu werden.

Ramsey befand sich an Deck und leitete die Rettungsaktion. Er atmete erleichtert auf, als er Pitt an Bord klettern sah. »Als ich die zweite Explosion sah, hatte ich schon befürchtet, dass es Sie erwischt haben könnte.«

Pitt konnte nur stumm nicken. In seinen Ohren war ein Klingeln, sein Körper schmerzte wie durch die Mangel gedreht, und er rang mühsam nach Luft. Schlimmer aber war die Erkenntnis, dass er Summer im Stich gelassen hatte, die nach wie vor unter ihnen auf dem Meeresgrund gefangen war.

»Das mit Ihrem Schiff tut mir leid«, murmelte er schließlich.

»Sie ... Sie waren das?« Ramsey musterte Pitt mit einem verärgerten Blick. »Ihre Freundschaft wird allmählich ziemlich teuer für mich.«

Pitt überging die Bemerkung. »Haben Sie das Tiefsee-Rettungsteam der Navy alarmiert? Wie schnell können die hier sein?«

Ramsey schüttelte den Kopf. »Ich habe etwas Besseres getan. Ich habe Verbindung mit einem Schiff aufgenommen, das wesentlich näher ist und ... das Sie möglicherweise sogar kennen.« Er deutete nach Steuerbord.

Zum ersten Mal bemerkte Pitt die Lichter eines Schiffes, das sich ihnen näherte. Was seine Beleuchtung von den Konturen erkennen ließ, kam ihm bekannt vor, und als der Abstand weiter schrumpfte, beseitigte der türkisblaue Rumpf die letzten Zweifel. »Die *Sargasso Sea?*«

»Ja. Sie haben per Funk geantwortet. Es scheint, als hätten sie nach der *Sea Raker* gesucht – und nach Ihnen und Ihrer Tochter.«

»Wer hat das Kommando?«

»Jemand namens Gunn. Er schien überrascht zu sein, als ich Ihren Namen erwähnte.«

Ramsey gab einem Angehörigen seiner Mannschaft ein Zeichen, dann wandte er sich wieder zu Pitt um. »Ich lasse das Zodiac zu Wasser, damit Sie gleich überwechseln können.«

Ein müdes Lächeln huschte über Pitts Gesicht. Er ergriff Ramseys Hand und drückte sie.

»Mark, Sie sind ein guter Mann. Und falls es Sie tröstet, ich kann Ihnen eines garantieren.«

»Und?«, fragte Ramsey.

»Dass Sie nie wieder ein Rennen gegen mich verlieren werden.«

77

Mit Vollgas jagte Pitt im Zodiac zur *Sargasso Sea* hinüber, während sie etwas Fahrt zurücknahm und auf die Luxusyacht zutrieb. Dirk Pitt junior, Rudi Gunn und Al Giordino warteten an der Reling und halfen Pitt senior an Bord.

Giordino betrachtete interessiert Pitts versengte und triefnasse Kleidung. »Du siehst aus, als hättest du ein Nickerchen in einer Gesteinsmühle gemacht.«

»Ich brauchte den Schlaf und konnte es mir nicht aussuchen.«

»Wo ist Summer?«, fragte Dirk. »Die *Gold Digger* sprach von einem Tiefsee-Notfall.«

»Sie steckt auf dem Meeresgrund in der *Starfish* fest«, sagte er. »Ich freue mich natürlich, dass ihr hier seid, aber sie war das einzige Tauchboot auf der *Sargasso Sea*. Wir brauchen externe Hilfe – und das schnellstens.«

»Brauchen wir nicht.« Gunn deutete eine Verbeugung an und machte eine Handbewegung wie der Chefkellner eines Sternerestaurants. »Wenn Ihr mir bitte folgen wollt, großer Meister ...«

Gunn geleitete die Gruppe mit Pitt, der es kaum erwarten konnte, die Rettungsaktion für Summer zu starten, nach achtern. Auf dem Achterdeck trafen sie Jack Dahlgren dabei an, wie er das Tauchboot inspizierte, das Gunn von der *Caroline* ausgeliehen hatte. Es trug den Namen *Bullet* und war eine Kombination aus Tauchbootcockpit und Powerbootrumpf. Sowohl mit konventionellen als auch Elektromotoren ausgestattet, konnte das schlanke Wasserfahrzeug mit Renngeschwindigkeit über die Wellen jagen.

Pitt war mit dem Boot vertraut, nachdem er es einige Jahre zuvor durch türkische Gewässer gelenkt hatte. »Woher kommt dieses Schmuckstück?«, wollte er wissen.

»Jack und ich brauchten etwas Schnelles und zugleich Leises, um die *Sargasso Sea* zu erreichen. Das Boot operierte vor Bimini und war auf der *Caroline* stationiert. Die *Caroline* hat den Kurs geändert und ist der *Sargasso Sea* entgegengekommen. Für den Rest des Weges haben wir dann diesen Renner genommen.«

Dahlgren schaute zu Pitt hoch und nickte. »Schön, Sie zu sehen, Boss. Ich hörte, dass Sie etwas Schnelles brauchen, um auf Tieftauchstation zu gehen.«

»Summers Leben hängt davon ab.«

»Sie kann sofort starten«, sagte Dahlgren und tätschelte das schnittige Tauchboot. »Springen Sie rein, und wir setzen Sie ins Wasser.«

Pitt wandte sich zu Gunn um, während er zum Einstieg der *Bullet* hinaufkletterte. »Ramsey braucht Hilfe, um die Überlebenden zu versorgen.«

Gunn nickte. »Wir kümmern uns darum, sobald du gestartet bist.«

Giordino stieg zu Pitt ins Tauchboot, und sie wurden eilends über die Reling gehievt. Pitt nahm Kurs auf Ramseys Yacht und pflügte durch die leichte Dünung, um kurz vor der *Gold Digger* abzutauchen.

Normalerweise nutzte das U-Boot bei seinen Tauchfahrten ausschließlich die Schwerkraft, aber zu diesem Zeitpunkt konnten sie sich den Luxus dieser zeitaufwendigen Methode nicht leisten. Nachdem er die Ballasttanks geflutet hatte, richtete Pitt die Nase der *Bullet* abwärts und schaltete die Schubdüsen auf volle Kraft. Das Boot schoss regelrecht in die Tiefe. Bei siebenhundert Fuß verringerte Pitt den Schub und brachte es nach einer Minute, als der Meeresgrund unter ihnen in Sicht kam, in eine horizontale Lage.

Die *Bullet* war nicht mit einem Sonar ausgestattet, daher mussten sie versuchen, Summer visuell zu orten. Giordino markierte ihre Position, während Pitt einen weiten Bogen mit dem Tauchboot beschrieb.

»Da ist etwas rechts von uns.« Giordino deutete auf das große Sichtfenster aus Acrylglas.

Pitt nahm Kurs auf ein dunkles Objekt am Rand ihres Sichtkreises. Es war die Reservegesteinsfräse, die sich während des Absinkens aufgerichtet hatte und senkrecht auf dem Meeresgrund stand. Pitt umkreiste die mächtige Fräswalze am vorderen Ende und stoppte das Tauchboot bei dem grässlichen Anblick, der sich ihnen plötzlich bot. Ein Mann war auf den Meißeln aufgespießt worden. Seine versengte Uniform ließ darauf schließen, dass er während der Explosion des Leichters auf die Walze geschleudert worden war.

»Sag hallo zu Juan Díaz«, sagte Pitt, der die Gestalt sofort erkannte. Ihr Gesicht war zu einem letzten Todesschrei verzerrt. »Er hat diese Operation geplant und geleitet.«

»Wie ich sehe, hast du ihn mit deinem Witz und deinem Charme total überwältigt«, stellte Giordino fest.

»Damit und mit einer Tonne Sprengstoff.«

Giordino markierte abermals ihre Position, während Pitt wieder Fahrt aufnahm. Innerhalb eines Umkreises von zwei- bis dreihundert Metern müssten sie auf Summer stoßen. Er legte diese Strecke zurück, dann machte er einen Schwenk nach links. Der Untergrund wurde steiniger, hügeliger, und die Häufigkeit und Vielfalt ozeanischer Lebewesen nahm stetig zu.

»Die Wassertemperatur steigt hier ein wenig«, meldete Giordino. »Wir kommen offenbar in die Nähe des hydrothermalen Schlotes.«

Einige Sekunden später stießen sie auf ein paar Kettenspuren. Pitt folgte ihnen bis zu dem mit Sprengstoff gefüllten Graben im Meeresboden. Auf dessen anderer Seite war die gelbe Hülle der *Starfish* zu sehen. Pitt lenkte die *Bullet* hinüber, bis die beiden Tauchboote fast auf Tuchfühlung Nase an Nase einander gegenüberlagen.

Summer war im Pilotensessel zusammengesunken. Als der helle Scheinwerferstrahl ins Cockpit drang, hob sie den Kopf und schlug die Augen auf. Sie zwinkerte zweimal, dann schloss sie die Augen wieder und lehnte sich nach hinten.

»Sieht so aus, als litte sie bereits unter einer leichten Kohlenmonoxidvergiftung«, sagte Giordino.

»Wir müssen irgendeine Möglichkeit finden, sie mit unseren eigenen Mitteln nach oben zu bringen.« Pitt lenkte die *Bullet* ein kleines Stück rückwärts, dann umkreiste er langsam die *Starfish.*

»Pass auf, Partner«, sagte Giordino. »Wirf mal einen Blick auf den Heckrahmen.«

Pitt folgte Giordinos Anweisungen und untersuchte die Basis der *Starfish.* Mehrere Drähte waren um eine Verstrebung an der Seite geschlungen und reichten bis unter das Tauchboot. Pitt lenkte die *Bullet* auf die andere Seite des gelben Tauchboots und stellte fest, dass die Drahtenden an einer gegenüberliegenden Verstrebung befestigt waren. »Dort befindet sich das zweite Ballastgewicht. Sie haben es fixiert, so dass Summer es nicht abwerfen kann.«

»Das erklärt, weshalb sie hier gestrandet ist«, sagte Giordino. »Wahrscheinlich haben sie die Ballasttanks ebenfalls manipuliert.«

»Was hältst du von einem chirurgischen Eingriff?«

»Unverzüglich.«

Pitt lenkte das Tauchboot so dicht wie möglich an die *Starfish* heran, während Giordino sich an die Arbeit machte. Mit seinem eigenen kleinen Greifwerkzeug fasste Giordino nach einem der Drähte, dann drehte er die mechanische Klaue. Dank der Hydraulik des Manipulators ließ sich der Draht problemlos kappen.

Das Gleiche machte Giordino mit den anderen Drähten. Aber die *Starfish* rührte sich nicht vom Fleck und machte nicht die geringsten Anstalten aufzusteigen. Offenbar hatte sich das Ballastgewicht in seiner Ruhelage verkeilt.

Pitt lenkte die *Bullet* vorwärts und versetzte dem anderen Tauchboot einen Stoß. Nichts geschah.

»Vielleicht sitzt sie im Schlick fest«, sagte Giordino.

»Dann müssen wir sie herausziehen.« Pitt brachte die *Bullet* über der *Starfish* in Stellung und suchte sich eine günstige Position, bis Giordino mit dem Manipulator eine der Tragseilösen zu fassen bekam.

»Ich hab sie«, murmelte er, »obwohl dieser mechanische Arm bestimmt nicht für solche Abschleppaktionen konstruiert wurde.«

Pitt nickte. Langsam löste er die Ballasttanks der *Bullet*. Das schlanke Tauchboot stieg ganz allmählich auf, bis der Greifarm auf seine maximale Länge ausgefahren war.

Pitt ließ die Ballastpumpen in Betrieb, dann aktivierte er die Strahlruder. Das Tauchboot bewegte sich vorwärts, zog an der *Starfish*, die nachgab und sich leicht auf die Seite neigte. Dann löste sich das gelbe Tauchboot mit einem Ruck aus dem Schlickbett – und stieg langsam auf.

Die beiden Tauchboote schwebten gemeinsam in Richtung Meeresoberfläche, aber für Pitts Geschmack geschah das immer noch viel zu träge. Er richtete die *Bullet* schräg aufwärts und steigerte die Leistung der Strahlruder. Trotzdem erfolgte das Auftauchen mit quälender Langsamkeit. Keine Lichtquelle erhellte das Innere der *Starfish*, was darauf hindeutete, dass ihre Batteriereserven erschöpft waren.

In etwa fünfzig Fuß Tiefe machte sich Pitt zum Umsteigen bereit. Beide Tauchboote brachen gemeinsam durch die Wasseroberfläche. Pitt schlängelte sich durch die Einstiegsluke hinter der Cockpitkuppel und hechtete ins Wasser.

Im Licht eines Suchscheinwerfers der *Sargasso Sea* erreichte er mit wenigen Schwimmzügen die *Starfish* und kletterte zur Hauptluke hinauf, löste die Sicherungssperre und drehte hektisch am Verschlussrad. Er tauchte ins Innere des Tauchboots, in dem eine eisige Kälte herrschte.

Summer schlang die Arme um den Hals ihres Vaters, als er sie aus dem Pilotensessel hob. Sie erschauerte heftig und atmete zischend ein. »Dad.«

Er trug sie zur Luke, wo Giordino bereits kauerte.

»Stemm sie hoch.« Er zog sie wie eine Puppe aus dem Tauchboot.

Pitt folgte ihr und sah zu seiner Erleichterung, wie Summer die Augen aufschlug und mühsam lächelte.

Von den beiden Männern auf dem Tauchboot gestützt, sog sie die kühle, salzige Nachtluft gierig in ihre Lunge. »Ich war gar nicht so sehr weggetreten«, sagte sie und schaute sich blinzelnd um. »Aber ich habe wahnsinnige Kopfschmerzen.«

»Fast wärest du für immer eingeschlafen«, sagte Giordino, während die *Sargasso Sea* zentimeterweise längsseits ging, um sie an Bord zu nehmen.

»Ich habe ein helles Licht gesehen«, fuhr Summer mit matter Stimme fort. »Ich dachte, es wäre ein Engel, der mich holen wollte, aber dann erkannte ich, dass es etwas anderes war.«

»Und was?«, fragte Pitt und beugte sich zu ihr hinunter.

»Du bist es gewesen«, antwortete sie, streckte eine Hand nach seinem Gesicht aus und wischte eine Träne von seiner Wange.

EPILOG

Puerto Grande

78

General Alberto Gutier betrat das Büro des Vizepräsidenten und maß es insgeheim an seinen eigenen Ansprüchen. Es war eine großzügige Enklave im obersten Stockwerk der Zentrale der Partido Comunista de Cuba, verfügte über ein eigenes Bad und bot einen beeindruckenden Blick auf die Stadt. Gutier warf einen kurzen Blick aus dem Fenster auf das José-Martí-Denkmal, das unter dem nächtlichen Himmel im Licht zahlreicher Scheinwerfer erstrahlte. Das Büro war wie maßgeschneidert, dachte er, und würde seinen Ansprüchen vollauf gerecht werden, sobald man die antiquierte Inneneinrichtung seines derzeitigen Benutzers entfernt hätte.

Obgleich Vizepräsident César Alvarez über achtzig Jahre alt war und kränkelte, erfreute er sich eines wachen und scharfen Verstandes. Er blieb hinter dem ausladenden Schreibtisch sitzen, als Gutier in den Raum geleitet wurde.

»Herr Vizepräsident«, sagte dieser, »Sie sehen heute Abend so gut aus wie schon lange nicht mehr.«

»Vielen Dank, General«, erwiderte Alvarez mit seiner typischen Reibeisenstimme. »Bitte, nehmen Sie Platz.«

»Weshalb wollten Sie mich noch zu so später Stunde sehen?«

»Von den Kaimann-Inseln erreichen uns keine guten Nachrichten.«

»Es ist eine schreckliche Tragödie.«

»Welches ist die letzte Information, die Sie haben?«, fragte Alvarez.

»Ich weiß nicht mehr, als den amtlichen Berichten zu entnehmen ist«, sagte Gutier. »Auf einer Yacht muss es, kurz nachdem der Präsident sie betreten hat, eine Explosion gegeben haben. Seitdem hat ihn niemand mehr gesehen. Also wird angenommen, dass er bei der Explosion ums Leben kam.«

»Rettungsmannschaften konnten die menschlichen Überreste bislang nicht identifizieren, daher besteht wohl keine Hoffnung mehr.« Der Vizepräsident schüttelte den Kopf. »Wer könnte den Wunsch gehabt haben, den Präsidenten aus dem Weg zu räumen?«

»Wer anders als die CIA?«, erwiderte Gutier. »Sie haben versucht, Fidel zu töten, und bei Raúl ist es ihnen jetzt gelungen.«

»Was reden Sie da? Sie nehmen doch wohl nicht ernsthaft an, dass die Amerikaner dahinterstecken, oder?«

»Höchstwahrscheinlich hatte ich den dafür Verantwortlichen sogar in meinem Gewahrsam. Er war ein amerikanischer Schiffsingenieur, der mit einer Ladung Sprengstoff an der Küste festgenommen wurde. Bedauernswerterweise kam er während des Transports nach Havanna bei einem Hubschrauberabsturz ums Leben.«

»Das ist eine schwerwiegende Anschuldigung.«

»Machen Sie sich keine Sorgen. Wir werden diese Staatsaffäre unter strenger Geheimhaltung lösen und uns der Einmischung der Amerikaner entschlossen widersetzen. Schon bald werden wir stärker sein, als Sie es sich zurzeit überhaupt vorstellen können.«

»Wir?«

»Wenn Sie das Amt des Präsidenten übernehmen, braucht Kuba einen neuen Vizepräsidenten. Ich stehe bereit, um der Nation in dieser Funktion zu dienen.«

»Der Präsident hat, was seinen Nachfolger betrifft, als Wunschkandidaten Außenminister Ruiz genannt. Ich dachte, das sei Ihnen vielleicht bekannt.«

»Ruiz kann angesichts seiner offenen Bewunderung für Amerika wohl kaum zu irgendetwas ernannt werden.« Gutier musterte den alten Politiker mit einem arroganten Lächeln. »Ich vermute, ich muss Sie nicht daran erinnern, welche Position die Revolutionsarmee in dieser Angelegenheit einnimmt.«

Alvarez erwiderte Gutiers Grinsen mit einem müden Blick. »Ja, ich sehe, worauf Sie hinauswollen. Diese Lösung könnte sich in der Tat als ausgesprochen unpopulär erweisen.« Er sah auf seine

Armbanduhr, als fiele ihm in diesem Moment ein, dass er eine Verabredung versäumt habe, und erhob sich aus seinem Sessel.

»General, wenn Sie mich für einen kurzen Moment entschuldigen würden. Ich bin gleich zurück.« Der alte Mann verließ mit schlurfenden Schritten das Büro und schloss die Tür hinter sich.

Gutier lehnte sich zurück und grinste zufrieden. Das Amt des Vizepräsidenten war ihm sicher. Danach würde es nicht mehr lange dauern, bis er auf den Stuhl des Präsidenten wechselte. Mit Freuden würde er als erste Amtshandlung Ruiz degradieren und als Repräsentanten der Partei auf eine Schweinefarm in der tiefsten Provinz schicken.

Sein Tagtraum wurde durch ein Rascheln ganz in der Nähe unterbrochen. Eine Gestalt kam aus dem kleinen Badezimmer des Büros.

In einem dunkelgrauen Anzug und einem frisch gestärkten weißen Oberhemd glich Raúl Castro in nichts dem Geist, der er eigentlich hätte sein müssen. »Guten Abend, General.« Castro ließ sich in Alvarez' Schreibtischsessel sinken.

»Herr Präsident«, stammelte Gutier. »Ich dachte, Sie seien tot.«

»Natürlich dachten Sie das. Sehr clever von Ihnen, der CIA die Schuld zu geben, wo sie es doch war, die mich auf Ihre Attentatspläne aufmerksam machte. Ich hatte es eigentlich nicht glauben wollen, aber Ihre soeben geäußerten Vorstellungen von Ihrer und wahrscheinlich auch meiner Zukunft bestätigen den Wahrheitsgehalt dieser Information.«

»Ich hatte nichts damit zu tun.«

»Natürlich hatten Sie das. In den amtlichen Verlautbarungen von den Kaimann-Inseln ist lediglich von einem Feuer die Rede, das an Bord der Yacht ausbrach. Niemand hat von einer Explosion gesprochen. Niemand außer Ihnen.«

Gutier war zu perplex, um einen klaren Gedanken zu fassen. »Aber ich habe in einem Video gesehen, wie Sie an Bord der Yacht gingen, kurz bevor sie explodierte.«

Castro lächelte. »Ein nettes Double, nicht wahr? Jorge Castenada. Ein geistesgestörter Bauer, der vor einigen Jahren seine gesamte Familie umgebracht und eine lebenslängliche Strafe im Boniato-Gefängnis abgesessen hat. Vor kurzem wurde Magenkrebs im fortgeschrittenen Stadium bei ihm diagnostiziert, also hatte er ohnehin nicht mehr lange zu leben, ehe Sie ihn ermordeten. Aber merken Sie sich den Namen, denn ab jetzt wird es der Ihre sein.«

Die Bürotür flog auf, und vier Sicherheitsleute stürmten herein, gefolgt von Vizepräsident Alvarez. Die Wächter rissen Gutier auf die Füße und fesselten ihm die Hände auf dem Rücken. Während sie ihn zur Tür zerrten, rief er: »Castro, stopp! Sie machen einen Fehler. Sie müssen mich anhören!«

»Leben Sie wohl, Jorge Castenada«, sagte Castro.

»Warum nennen Sie mich so?«

Castro hob eine Hand, um die Wachen anzuhalten. Er kam näher und betrachtete Gutier voller Verachtung von Kopf bis Fuß. »Gestern kam General Alberto Gutier beim Absturz eines Armeehelikopters vor der Küste im Norden ums Leben. Jorge Castenada kehrt unterdessen in die Einzelhaft in das Bonaito-Gefängnis zurück, wo er den Rest seiner lebenslänglichen Strafe ohne Aussicht auf vorzeitige Entlassung absitzen wird.«

Castro gab den Wächtern mit einem Kopfnicken ein Zeichen, und sie schleiften den entlarvten General aus dem Büro. Seine Protestrufe verhallten nach und nach auf der Hintertreppe des Gebäudes.

»Ich habe diesen Mann schon immer für Ungeziefer gehalten«, sagte Alvarez ruhig.

»Das trifft sicher zu, und nicht nur auf ihn, sondern offenbar auch auf seinen Bruder. Nun, sie liefern immerhin eine heilsame Lektion dafür, wohin sich das Land nicht entwickeln sollte.«

»Minister Ruiz glaubt, mehr Freiheit für die Menschen werde in Zukunft verhindern, dass Typen wie er an die Macht kommen.«

»Vielleicht hat er damit recht.«

»Was geschieht als Nächstes, Herr Präsident?«

Castro blickte noch einige Sekunden lang durch die offene Tür. »Ich glaube, als Nächstes steht ein Besuch im Hafen auf meiner Tagesordnung.«

79

Die Morgensonne streichelte die *Gold Digger* und die *Sargasso Sea*, die Bug an Heck vor dem Terminal Sierra Maestra im Hafen von Havanna vertäut waren. Kurz nachdem die *Starfish* geborgen worden war, hatte sich eine Korvette der kubanischen Marine zu den beiden Schiffen auf den Weg gemacht, um sich an der Rettungsaktion zu beteiligen. Anschließend hatte die Korvette die Schiffe als Geleitschutz nach Havanna begleitet. Im dortigen Hafen standen Krankenwagen der Armee bereit und brachten die Überlebenden der *Sea Raker* unter verschärften Sicherheitsbedingungen in ein Armeekrankenhaus.

Auf der Kommandobrücke standen Pitt und Gunn in geruchssicherem Abstand von Giordino, der sich eine Ramón-Allones-Zigarre angezündet und zwischen die Zähne geklemmt hatte, und unterhielten sich. Ein offensichtlich vollkommen verwunderter Matrose kam herein. »Sir, Sie haben Besuch«, sagte er zu Pitt und trat zur Seite.

Begleitet von einem Berater, betrat Raúl Castro wie selbstverständlich die Kommandobrücke und stellte sich vor. Überrascht gingen die beiden Amerikaner auf ihn zu und hießen den kubanischen Präsidenten an Bord willkommen.

»Wie man mir berichtete, haben Sie ein Bergwerksunternehmen entlarvt, das in meinem Land widerrechtlich den Abbau von Uranerz betrieben hat. Außerdem sollen Sie eine Umweltkatastrophe verhindert haben«, sagte Castro.

Pitt nickte bestätigend. »Ich bin froh, dass Sie nicht in diese Bergbauaktivitäten involviert sind, Mr. President. Unglücklicherweise gab es mehrere Todesopfer, und ein ziemlich teures Bergbauschiff wurde versenkt, für das Ihre Regierung unter Umständen Ersatz leisten muss.«

Castro akzeptierte diese Möglichkeit mit einem Achselzucken.

»Mein Bruder und ich haben früher sehr oft in den Gewässern vor Havanna und Matanzas geangelt. Ich wäre zutiefst betrübt, würde dem Meer ein bleibender Schaden zugefügt werden. Sind die dortigen hydrothermalen Schlote mittlerweile gesichert?«

»Ja, obgleich an einem Schlot noch immer Sprengstoff liegt, der möglichst bald entfernt werden sollte.«

»Was ist mit diesen Quecksilberlecks?«, fragte Castro.

»Die sind nach wie vor ein Problem«, sagte Gunn. »Sowohl hier als auch südlich von Kuba ist das Wasser hochgradig verseucht.«

»Es könnte sein, dass wir eine Lösung gefunden haben«, sagte Pitt. »Mark Ramsey ist überzeugt, dass er eine seiner Unterwassermaschinen zu einer Art Planierraupe umbauen kann. Diese Maschine könnte dann die freigelegten Schlote mit Sediment vom Meeresgrund zuschütten. Damit ließe sich der Quecksilberaustritt erheblich verringern, wenn nicht sogar vollständig stoppen.«

»Meine Regierung wird bereit sein, Sie auf jede erdenkliche Art und Weise zu unterstützen.«

»Vielen Dank, Mr. President«, sagte Gunn.

Zu Pitt gewandt, bemerkte Castro: »Mein Bruder hat einmal Ihren Namen erwähnt. Irgendwann sollen Sie geholfen haben, Havanna vor der Zerstörung zu bewahren.«

»Das liegt viele Jahre zurück«, sagte Pitt.

»Sie sind ein wahrer Freund Kubas.« Castro warf einen Blick auf die Kiste Zigarren, die Giordino auf die Kommandobrücke mitgebracht hatte. »Wie ich sehe, haben Sie sich bereits mit unserem feinen Tabak versorgt. Gibt es noch irgendetwas anderes, das ich Ihnen als kleine Geste der Dankbarkeit anbieten darf?«

»Mr. President, vor Punta Maisi liegt das Wrack eines spanischen Schiffes, das wir gerne untersuchen würden. Es könnte sein, dass wir dort ein mesoamerikanisches Artefakt finden werden, das Juan Díaz in seinen Besitz hatte bringen wollen.«

»Ich habe gehört, dass Díaz ein ganzes Lagerhaus voller Antiquitäten besitzt, die jetzt vom Nationalmuseum für Naturgeschichte übernommen werden. Sie haben meine Erlaubnis, das Wrack zu untersuchen, aber ich muss darauf bestehen, dass sämtliche Fundstücke, die Sie bergen können, dem Museum übergeben werden.«

»Selbstverständlich.«

Castro wandte sich zum Gehen, und Pitt begleitete ihn auf die Brückennock.

Die Strahlen der Morgensonne vergoldeten die Gebäude von Alt-Havanna. Castro deutete mit einer ausholenden Geste auf die Stadt.

»Dies ist ein ganz besonderer Ort. Ich kann Ihnen versichern, dass vor allem den Bewohnern Havannas – aber auch den Menschen in ganz Kuba – klar ist, wie viel Not und Kummer Sie ihnen erspart haben. Sie sind Ihnen auf ewig dankbar.«

»Das kubanische Volk hat eine bessere Zukunft verdient. Es hat lange genug darum gekämpft«, sagte Pitt und sah, wie Castro das malerische Stadtpanorama mit einer Mischung aus Stolz und Hoffnung betrachtete.

»Mr. President, für mich können Sie nichts mehr tun, aber es gibt noch etwas, das Sie für Kuba tun können.«

Castro wandte den Kopf, sah Pitt in die Augen und nickte. »Für Kuba ... immer ... alles.«

80

Dies war das Ziel. Die *Algonquin*. Haasis war nicht besonders erpicht darauf, ein unbewaffnetes Handelsschiff unter Beschuss zu nehmen, aber so lauteten nun einmal seine Befehle. Ein einziger Torpedo sollte abgefeuert werden, um sie zu versenken. Das Oberkommando der Pazifik-Flotte wollte, dass es aussähe wie ein Unfall – so weit man einen Torpedoangriff auf ein Schiff überhaupt als Unfall tarnen konnte. Wahrscheinlich eher nicht, dachte Haasis. Aber da man sich mitten im Pazifik befand, wäre ein gehöriger Aufwand nötig, um zu beweisen, was wirklich geschehen war.

»Waffenkontrolle, Torpedo eins Abschuss vorbereiten.«

Haasis klebte förmlich am Periskop, während ein Mark-48-Torpedo in Abschussrohr Nummer eins geschoben und das Rohr geflutet wurde. Der Kapitän betrachtete das Handelsschiff noch einige Sekunden, ehe er mit ruhiger Stimme sagte: »Nummer eins Feuer.«

Ein leises Rauschen erklang am Bug des U-Bootes, und Haasis zählte die Sekunden, die der Torpedo brauchte, um sein Ziel zu erreichen. Das unter liberianischer Flagge registrierte Schiff erschauerte, und eine schwarze Qualmwolke wallte mittschiffs in die Höhe. Haasis, der die Luft angehalten hatte, atmete erleichtert aus, als er sah, wie zwei Rettungsboote, die offenbar mit der gesamten Mannschaft besetzt waren, in den Ozean herabgelassen wurden. Nachdem sein Kiel durch den Treffer zerschmettert worden war, zerbrach der schwer beladene Erzfrachter in zwei Hälften, die zehn Minuten später synchron versanken.

»Guter Schuss, Gentlemen«, sagte Haasis. »Wir werden das Video heute nach dem Abendessen in der Messe vorführen.«

Er wandte sich an den Officer of the Deck. »Parker, dirigieren Sie die *Oregon* zu dem gesunkenen Schiff, um die Überlebenden aus dem Bach zu fischen.«

»Jawohl, Sir«, sagte der Lieutenant.

Kurz darauf kehrte er zurück und machte dem Kapitän Meldung. »Nachricht wurde gesendet und bestätigt, Sir. Die *Oregon* ist unterwegs.«

»Sehr gut.«

»Sir, gestatteten Sie mir eine Frage? Ich kann mich erinnern, die *Oregon* gesehen zu haben, als wir vor ein paar Monaten in Osaka lagen. Sie ist ein äußerst heruntergekommener, altersschwacher Frachter. Wie kommt es, dass ausgerechnet dieses Schiff in der Nähe ist?«

Haasis schüttelte den Kopf. »Ich kenne auch nicht sämtliche Antworten, mein Sohn. Hören Sie einfach nur auf meine Befehle und sorgen Sie dafür, dass sie so präzise wie möglich ausgeführt werden.«

»Ja, Sir.«

Aber der Befehl, den Erzfrachter zu versenken, wollte Haasis nicht gefallen. Eine Begründung wurde nicht genannt, dafür war das geforderte Ergebnis unmissverständlich. Während der weiteren Fahrt der *Asheville* beschäftigte der Vorfall sein Gewissen und ließ ihn nachts in seiner Koje keinen Schlaf finden. Erst einen Monat später, nachdem die *Asheville* in die Point Loma Submarine Base zurückgekehrt war, wurde er über Sinn und Zweck seiner Mission vollständig aufgeklärt. Die *Algonquin* war mit einer Ladung hochwertigen Uranoxids nach Nordkorea unterwegs gewesen, und zwar war die Menge groß genug, um einige Dutzend Atomsprengköpfe herzustellen. Nachdem er diese Wahrheit erfahren und eine Belobigung für sein Schiff und dessen Mannschaft erhalten hatte, kostete dieser Einsatz den erfahrenen Kapitän keine einzige schlaflose Nacht mehr.

81

»Anscheinend bewacht jemand das Nest«, sagte Gunn und reichte Pitt, der neben ihm auf der Kommandobrücke der *Sargasso Sea* stand, ein Fernglas. Das NUMA-Schiff pflügte ein Dutzend Meilen von der Ostspitze Kubas entfernt durch eine nur mäßig bewegte See.

Pitt richtete die Linsen auf ein modernes Vermessungsschiff, das in einer halben Meile Entfernung ankerte. »Wir wissen, dass Díaz, nachdem er Perlmutters Aufzeichnungen gestohlen hatte, seinen Bergbaumanager losgeschickt hat, um die *San Antonio* zu suchen«, sagte Pitt. »Das müsste das Suchschiff sein.«

»Er ist der Letzte, um den wir uns noch kümmern müssen«, sagte Gunn. »Wie ich gehört habe, ist es Perlmutters kubanischem Dieb nicht allzu gut ergangen. Er war illegal ins Land gekommen – und wurde vom FBI wegen Industriespionage gesucht. Kurz nach dem Einbruch bei Perlmutter haben sie ihn geschnappt, und er wird wohl für lange Zeit in den Knast wandern.«

Während sich das NUMA-Schiff dem fremden Schiff weiter näherte, kam Giordino von der Brückennock herein. »Vielleicht sollten wir uns bei den Jungs dafür bedanken, dass sie uns den Lageplatz des Wracks zeigen. Damit ersparen sie uns eine tagelange Suche.«

Gunn grinste. »Ich glaube nicht, dass sie sehr freundlich darauf reagieren würden.«

Aus dem Lautsprecher des Brückenfunkgeräts drang ein Knistern, gefolgt von einer barschen Stimme mit spanischem Akzent. »Die *Kelowna* ruft das amerikanische Schiff. Sie befinden sich in einer Sperrzone. Verlassen Sie sofort dieses Gebiet, sonst wird auf Sie geschossen.«

»Ich habe dich gewarnt, dass sie empfindlich reagieren«, sagte Gunn.

»Grund genug, unsere befreundete Schutztruppe zu rufen«, sagte Pitt, wechselte die Frequenz, funkte das Festland an und stellte danach die Verbindung mit dem Vermessungsschiff wieder her. »Hier ist das Forschungsschiff *Sargasso Sea*. Sie haben zwanzig Minuten Zeit, Ihre Position zu verlassen und Kurs auf Baracoa zu nehmen. Im Falle einer Weigerung feuern wir sofort.«

Pitts Nachricht entfesselte eine Salve von Flüchen und Schimpfwörtern.

»Sogar mehr als empfindlich«, sagte Giordino. »Sie sind ganz mies drauf.«

»Dann sollten wir lieber ein wenig auf Distanz gehen, bis unsere Freunde erscheinen.«

Pitt ließ das NUMA-Schiff abdrehen und sich langsam in Richtung kubanische Küste zurückziehen. Zwanzig Minuten später ging das Schiff auf Gegenkurs und schlich sich bis auf einhundert Meter an die *Kelowna* heran. Sogleich drangen die massivsten Drohungen aus dem Lautsprecher des Funkgeräts auf der Kommandobrücke, doch Pitt ignorierte sie.

Gunn deutete aus dem Brückenfenster. »Sie zeigen uns, was sie zu bieten haben«, sagte er mit einem nervösen Unterton in der Stimme.

Ein halbes Dutzend Männer in Kampfanzügen nahmen an der Reling des Vermessungsschiffes Aufstellung und richteten ihre Sturmgewehre auf die *Sargasso Sea*. Einer der Männer hatte offenbar einen Raketenwerfer auf der Schulter, mit dem er auf das NUMA-Schiff zielte.

»Die gesamte Mannschaft sofort unter Deck«, befahl Pitt über die Sprechanlage.

Das Funkgerät meldete sich wieder. Diesmal erkannte Pitt die Stimme Molinas.

»Dies ist Ihre letzte Chance. Verlassen Sie auf der Stelle das Gebiet, oder wir eröffnen das Feuer.«

Pitt konnte erkennen, wie Molina auf die Brückennock hinaustrat. Ein dumpfes Flappen ertönte, während der kubanische Anführer seinen Männern etwas zurief. Die Soldaten erstarrten, als vor ihnen im Wasser Gischtfontänen hochgeschleudert wurden. Sekunden später erschien ein Armeehubschrauber im Tiefflug über dem Wasser nur wenige Meter von dem Vermessungsschiff entfernt. Der Himmel verdunkelte sich für einen kurzen Moment, als drei weitere Helikopter auftauchten, das Schiff umkreisten und dabei Warnschüsse dicht neben dem Schiffsrumpf ins Wasser jagten.

Die Angreifer waren eine Schwadron kubanischer Mil-Mi-24-Kampfhubschrauber von einer nahe gelegenen Militärbasis. Pitt konnte mithören, wie der Führer der Schwadron das Vermessungsschiff anfunkte und mit augenblicklicher Vernichtung drohte, wenn es nicht sofort seine Position räumte.

Molina gehorchte widerstrebend, gab Befehl, den Anker zu lichten und nach Backbord abzudrehen. Begleitet wurde dieses Manöver von einer unerwünschten fliegenden Eskorte.

Unter Giordinos Anleitung wurde am Heck eine Seitensichtsonar-Sonde ausgebracht, und das NUMA-Team begann, den Meeresgrund zu untersuchen. Nach etwa einer Stunde erschien ein kleines Schiffswrack auf dem Monitor, nicht weit von der Position entfernt, die das Vermessungsschiff vorher eingenommen hatte. Molina hatte also tatsächlich das Nest bewacht.

Die Sonarsonde wurde eingeholt, während die *Starfish*, repariert und mit aufgeladenen Batterien, startklar gemacht wurde. Pitt erwartete seine Tochter und seinen Sohn am Tauchboot. »Dies ist eure Mission«, sagte er zu ihnen. »Geht runter und macht euch auf die Suche.«

»Das brauchst du uns nicht zweimal zu sagen.« Dirk kletterte schnell ins Boot. Summer umarmte ihren Vater. »Danke, dass du uns den Vortritt lässt.«

»Seid nur so nett und versucht dieses Mal, aus eigener Kraft zurückzukommen.«

Kurze Zeit später erreichte das Mini-U-Boot den Meeresgrund in fünfhundert Fuß Tiefe. Gunn hatte die *Sargasso Sea* genau über ihrem Zielobjekt geparkt. Das Schiffswrack kam sofort in Sicht. Dirk lenkte das Tauchboot über das Wrack und inspizierte seine Überreste.

Laut Perlmutters Recherchen war die *San Antonio* ein Dampfschiff, das im Jahr 1887 in Belfast vom Stapel gelaufen war. Die Jahre, die sie seit ihrem Untergang an dieser Stelle lag, hatten es gar nicht gut mit ihr gemeint. Der Holzrumpf des Schiffes und die Decksaufbauten sowie die Decks selbst waren größtenteils verschwunden. Übrig geblieben war kaum mehr als ein Rest des mächtigen Kielbalkens, der aus dem Sand ragte.

Dirk hielt die *Starfish* über dem Mittelpunkt des Schiffes schwebend in Position. Orientieren konnte er sich am Kessel der *San Antonio*, der hoch aufgerichtet wie ein einsamer Wächter auf einem Feld voller Maschinentrümmer in unterschiedlichen Stadien des Zerfalls stand. In der Nähe des Hecks reflektierte ein bronzener Propeller das Scheinwerferlicht des Tauchboots. Offenbar war er das einzige Überbleibsel des Dampfschiffs, das den jahrelangen Aufenthalt auf dem Grund des Ozeans unbeschadet überstanden hatte.

»Das Meeresgetier muss eine wahre Schlemmerorgie veranstaltet haben, ehe es weiterzog«, sagte Summer. »Von den Holzteilen ist so gut wie nichts mehr übrig.«

»Nur gut, dass keine Steine zu seiner bevorzugten Diät gehören. Immerhin hat die Vorliebe für Holz den Vorteil, dass wir uns einen besseren Überblick verschaffen können.«

Am Bug beginnend, starteten sie eine gründliche Inspektion und gruben mit dem Greifarm der *Starfish* das gesamte Trümmerfeld um. Als sie wieder zum Kessel gelangten, deutete Summer aus dem Sichtfenster auf eine Entdeckung. »Dort, seht ihr, an den Kessel gelehnt, das ist der Stein!«

Dirk manövrierte die *Starfish* näher heran, um mehr erkennen zu können. Ein großer halbrunder Stein mit eingravierten Symbolen auf seiner Oberfläche ragte zwischen den Trümmern hervor. Dabei diente ihm der Kessel als Stütze. Der Stein war genauso groß wie das Steinfragment, das sie in Zimapán gefunden hatten.

»Er muss auf dem Hauptdeck gelegen haben und ist heruntergerutscht, als das Schiff auseinandergerissen wurde.« Dirk strahlte seine Schwester triumphierend an. »Gut gemacht!«

Summer brachte ein müdes Lächeln zustande. »Wenn ich daran denke, was wir während der Suche alles ertragen mussten, kann ich nur hoffen, dass das Trümmerstück eine interessante Geschichte zu erzählen hat.«

82

Es dauerte mehrere Stunden, ehe Summer ihre Antwort erhielt. Um eine Seilschlinge um den Stein zu legen und mehrere Hebesäcke daran zu befestigen, waren zwei Aufstiege zur Wasseroberfläche und langwierige Manöver mit dem Greifarm der *Starfish* nötig. Indem es die Wirkung der Hebesäcke mit einer zusätzlichen Leine verstärkte, half das Tauchboot, den Stein aus seinem Sandbett zu befreien, und begleitete ihn bei seinem Aufstieg ans Tageslicht.

Ein Kran auf der *Sargasso Sea* hievte den Stein behutsam an Bord, dann barg er das Tauchboot. Schiffsmannschaft und Wissenschaftler drängten sich bereits um das Artefakt, während Dirk und Summer das Mini-U-Boot verließen und ebenfalls herüberkamen, um ihren Fund zu begutachten.

»Sieht aus wie das perfekte Pendant zu dem Stein in Díaz' Büro«, sagte Pitt.

Die Gravuren waren, wahrscheinlich auf Grund der jahrelangen erodierenden Einwirkung des Seewassers, weniger scharf konturiert, aber Summer sah weitgehend die gleichen Muster und Bildzeichen, die auch schon auf dem ersten Steinfragment gefunden wurden. Zu erkennen war sogar die vollständige Zeichnung eines Vogels, die ihn als Fischreiher identifizierte.

Wahrscheinlich um einiges wichtiger war ein Diagramm am unteren Rand. Es erschien wie die geografische Darstellung einer Bucht oder eines Hafens mit einer Handvoll vorgelagerter Inseln. Summer strich mit den Fingerspitzen über den rauen Stein und fragte sich, welches Geheimnis er enthüllen werde.

»Summer, kannst du freundlicherweise für einen Moment zur Seite gehen?«, bat Jack Dahlgren. »Du stehst der Kamera im Weg.«

Sie drehte sich um und sah Dahlgren an einem Stativ mit einer

Videokamera darauf herumhantieren. »Bist du über Satellit mit Dr. Madero verbunden?«

»Er wartet auf dem Laptop gleich neben dem Holzgestell, in dem der Stein liegt.«

Summer und Dirk traten an den Computer, auf dessen Bildschirm Dr. Madero in seinem Büro in Mexiko zu sehen war. Ein dicker Verband zierte seinen Kopf, aber das Lachen war ihm offenbar nicht vergangen.

»Dirk, Summer, ich empfange gerade die Bilder. Sie sind wunderbar!«

»Hat ja auch lange genug gedauert«, sagte Summer. »Wie fühlen Sie sich, Professor?«

»Prima, ganz prima. Ich habe gelegentlich leichte Kopfschmerzen, aber die Ärzte meinen, sie werden vergehen. Es ist schon seltsam, im Krankenhaus aufzuwachen, nachdem man drei Tage lang bewusstlos war. Mein Gedächtnis war völlig gelöscht, aber nach und nach kommt alles wieder zurück.«

»Wir waren zutiefst geschockt, als wir hörten, dass Díaz Sie in Ihrem Büro niedergeschlagen hat.«

»Ein böser Mann, der verdient hat, was mit ihm geschah. Ich bin froh, dass Sie bei dieser Geschichte unversehrt geblieben sind.«

»Unversehrt und gespannt, was der Stein zu erzählen hat«, sagte Summer, während sich Pitt und Giordino zu einer ersten Bestandsaufnahme zu ihnen gesellten.

»Ich konnte eine Aufnahme des ersten Steins mit einem Bild des Fragments, das Dahlgren von Ihnen geborgen und mir soeben geschickt hat, vergleichen. Damit ist eine grobe, aber auch halbwegs vollständige Übersetzung möglich. Natürlich hätte Dr. Torres, möge er in Frieden ruhen, eine weitaus bessere Textübertragung erarbeitet.«

»Und was erzählt der Stein?«, fragte Summer, die ihre Neugier kaum zügeln konnte.

»Ich fasse das Wesentliche zusammen, so gut ich kann. Es beginnt mit dem Erscheinen Quetzalcoatls, eines legendären toltekischen Herrschers, und seiner Armee. Montecuhzoma heißt ihn zunächst willkommen, wird dann jedoch getötet. Es kommt zu einem blutigen Aufstand gegen die Invasoren. Während der Kämpfe kann Quetzalcoatl entkommen.

Nach Ende der Kämpfe sammeln die Stammesältesten Geschenke und Opfergaben und geben sie in die Obhut der Adler- und Jaguar-Krieger. Diese Gaben werden in sieben Schiffen über das Wasser zu einer Insel transportiert, die am unteren Rand des Steins markiert wurde. Dort befindet sich auch eine Darstellung Huitzilopochtlis, der alten aztekischen Gottheit. Diese – sowie das Bild des Reihers – deuten darauf hin, dass die Krieger in ihre alte Heimat Aztlán zurückgekehrt sind.«

»Haben Sie irgendeine Vermutung, wo diese Insel liegt?«, fragte Dirk.

»Am unteren Rand des Steins ist ein Bild zu sehen – und es gibt einen Hinweis, dass die Reise möglicherweise zehn Tage dauerte. Da wir nicht wissen, von wo aus sie aufbrachen oder welche Richtung sie einschlugen, ist es schwierig, ein mögliches Ziel zu bestimmen.«

»Ich habe Yaeger soeben ein Bild von dem Stein geschickt«, sagte Dahlgren, als er ebenfalls herüberkam. »Vielleicht finden seine Computer einen Ort, auf den die geografischen Angaben zutreffen.«

»Das mit dem Abtransport einiger wertvoller Objekte verstehe ich«, sagte Giordino, »aber, Professor, wer sind Quetzalcoatl, Motecuhzoma und Huitzilopochtli?«

»Huitzilopochtli ist der Gründungsvater der Azteken, eine Art zum Gott erhobener George Washington, der die Mexica bei ihrer Wanderung nach Tenochtitlan geführt hat. Quetzalcoatl war ein legendärer toltekischer Herrscher, der einige Jahrhunderte früher gelebt hat. Die Azteken glaubten einer Prophezeiung, dass er eines Tages zurückkehren und seinen Thron wieder einnehmen werde. Daher brachte man ihn mit der Ankunft von Hernán Cortés und seinen spanischen Konquistadoren im Jahr 1519 in Verbindung. Viele Historiker vertreten auch die Auffassung, dass die Azteken glaubten, Cortés sei der zurückgekehrte Quetzalcoatl. Die Inschriften auf dem Stein deuten anscheinend darauf hin, dass diese Annahme zutraf.«

»Wenn Cortés als Reinkarnation Quetzalcoatls gilt«, fragte Giordino, »wer ist dann dieser Motecuhzoma?«

»Wir kennen ihn besser als Montezuma«, sagte Pitt.

Summer sah ihren Vater an. »War es das, was du in Díaz' Büro entdeckt hast?«

»Es war nur eine Vermutung, aber Díaz besaß eine Seite aus einem Codex, auf der ein Krieger, ausstaffiert mit Diamanten und einem grünen Federkopfschmuck, dargestellt war. Ich kann mich an Fotos von einem ähnlichen Kopfschmuck erinnern, der Montezuma zugeordnet wurde.«

»Oder Moctezuma, wie er heutzutage richtigerweise genannt wird«, warf Madero ein.

»Díaz kannte die Verbindung«, sagte Pitt. »Deshalb hätte er dich wegen des Steins beinahe getötet.«

»Welche Rolle spielt Moctezuma in diesem Durcheinander?«, fragte Giordino.

»Eine ungemein wichtige«, sagte Madero. »Sehen Sie, die Darstellung auf dem Stein stimmt mit den spanischen historischen Dokumenten überein. Cortés und seine Streitmacht von fünfhundert Mann landeten 1519 in der Nähe von Veracruz. Von dort marschierten sie zur aztekischen Hauptstadt Tenochtitlan, einer prächtigen Stadt auf einer Insel im Texcoco-See, die nun das Zentrum von Mexico City bildet.

Moctezuma hieß Cortés und seine Leute zwar persönlich willkommen, und doch herrschte auf beiden Seiten tiefes Misstrauen. Nichtsdestoweniger übergab Moctezuma Cortés die Schätze des aztekischen Reichs, darunter große Mengen Gold.

Kurz darauf wurde Moctezuma getötet, wahrscheinlich von seinen eigenen Leuten, und Cortés konnte den Frieden nicht aufrechterhalten. Die Spanier mussten um ihr Leben rennen und entkamen um Haaresbreite dem wütenden Angriff der aztekischen Krieger.«

»Konnten die Spanier das Gold demnach gar nicht mitnehmen?«, fragte Giordino.

»Nur eine kleine Menge. Cortés sammelte seine Leute und kehrte ein paar Monate später zurück, belagerte Tenochtitlan und zerstörte schließlich die Stadt in einer blutigen Schlacht. Aber das Gold und die anderen Kostbarkeiten waren verschwunden. Wo sich Moctezumas Gold befindet, das ist ein jahrhundertealtes ungelöstes Rätsel.«

»Bis zu diesem Moment«, sagte Pitt. »Der Codex und die Steinhälften erzählen uns die vollständige Geschichte. Die Azteken luden ihren Schatz in große Kanus, stachen in See und durchquerten das Karibische Meer in Richtung Osten. Die Überreste eines dieser Kanus fanden wir vor Jamaika, aus diesem Grund wissen wir, dass es sie gab – und dass sie groß und seetüchtig waren.«

»Eine bemerkenswerte Reise, ganz sicher. Ich versuche, eine genauere Übersetzung anzufertigen«, versprach Madero. »Wenn ich auf etwas Bedeutsames stoße, gebe ich Ihnen Bescheid.«

»Danke, Professor«, erwiderte Summer. »Vielleicht können wir uns im Nationalmuseum in Havanna treffen und uns beide Steine nebeneinander ansehen.«

»Abgemacht«, erwiderte Madero. Dann unterbrach er die Videoverbindung, und sein Bild verblasste auf dem Monitor.

»Damit stellt sich die Frage: Wohin haben sie sich gewandt?«, sagte Summer.

Schweigen senkte sich auf die Gruppe, bis Dahlgren ihre Aufmerksamkeit auf den Laptop lenkte. »Ich glaube, Hiram hat etwas gefunden.«

Auf dem Bildschirm war Hiram Yaeger in seinem Computerzentrum in der NUMA-Zentrale zu sehen. »Wie ich höre, braucht ihr Hilfe bei eurer Schatzkarte.«

»Ich fürchte, die Azteken haben uns keine Längen- und Breitenkoordinaten hinterlassen«, sagte Pitt. »Kannst du irgendetwas mit dem Diagramm auf den Steinen anfangen?«

»Auf diese Frage hatte Max innerhalb von zwölf Sekunden eine Antwort parat«, sagte er und verwies auf sein Computersystem.

»Ich habe eine Suche nach vergleichbaren geografischen Gegebenheiten gestartet und das Suchgebiet auf den Golf von Mexiko, die Karibische See und beide Küsten von Mexiko beschränkt. Gefunden habe ich etwa ein Dutzend Beinahe-Treffer und einen Fast-Volltreffer.«

Er hielt einen Bogen Papier hoch, auf dessen oberer Hälfte das Steindiagramm zu sehen war, während die untere das Satellitenbild von einer Bucht mit den gleichen Umrissen darstellte. »Eine ziemlich genaue Übereinstimmung, würde ich meinen.«

»In meinen Augen sieht es wie ein Volltreffer aus«, sagte Pitt.

»Ist dieser Ort weit entfernt?«, fragte Summer, während sie sich zum Computer vordrängte. »Kommen wir von hier dorthin?«

»Oh, dorthin kommt ihr auf jeden Fall«, sagte Yaeger und entblößte seine Zähne in einem breiten Grinsen. »Nur wieder von dort wegzukommen könnte ein Problem sein.«

83

Puerto Grande hatte Christopher Columbus die weite, halbmondförmige Bucht genannt, die er 1494 entdeckte. Sie blieb während der nächsten vierhundert Jahre unter spanischer Kontrolle und diente als Hafen für die Ausfuhr von Baumwolle und Zucker. Im Juni 1898 landeten dort amerikanische Marineinfanteristen und eroberten die Bucht in einer der ersten Landschlachten des Spanisch-Amerikanischen Krieges. Mittlerweile trug die Bucht den Namen eines nahe gelegenen Flusses und hieß Bahía de Guantánamo.

Nach dem schnellen Sieg über die Spanier schlossen die USA mit der neuen unabhängigen Regierung Kubas einen Pachtvertrag für ein einhundertsiebzehn Quadratkilometer großes Gebiet der äußeren Bucht ab, um dort eine Nachschubbasis für die Navy einzurichten. Heute wird dieses Gebiet von der Naval Station Guantánamo Bay, kurz GTMO, eingenommen – mit ihrem berüchtigten Internierungslager. Für dessen Pacht zahlen die Vereinigten Staaten alljährlich nur 4085 Dollar an die Kubaner – und zwar jeweils in Form von Schecks, die von der Castro-Regierung nicht eingelöst werden, weil sie den Pachtvertrag als ungültig betrachtet und das Gebiet zurückfordert. Ein Einlösen der Schecks würde als Anerkennung des Vertrages gewertet werden.

Summer stand am Bug der *Sargasso Sea* und genoss die Sonne und die kühle Brise, während das Forschungsschiff in die Bucht einlief. Eine Lockheed P-3 Orion, weltweit als Seeaufklärer und als U-Boot-Jäger eingesetzt, stieß aus dem azurblauen Himmel herab und landete auf einem kleinen Flugplatz zu ihrer Linken, während das Schiff zur Marinebasis rechts von Summer herumschwenkte. Dort schob es sich in ein offenes Dock und machte neben einer Navy-Fregatte fest.

Als sie von Bord gingen, begleitete Summer ihren Vater, ihren Bruder und Al Giordino.

Zwei Offiziere erwarteten sie bereits. Zu ihrer aller Überraschung gehörte auch St. Julien Perlmutter zum Empfangskomitee. Er hatte es sich nicht nehmen lassen, aus Washington herzufliegen und zu diesem Zweck nach zehn Jahren zum ersten Mal wieder ein Flugzeug zu betreten.

»Willkommen auf Gitmo«, sagte der ältere der beiden Offiziere in einem gezwungen freundlichen Tonfall. »Ich bin Admiral Stewart, Kommandeur der Joint Task Force Guantánamo.«

»Sehr freundlich von Ihnen, uns persönlich willkommen zu heißen, Admiral«, sagte Pitt und schüttelte ihm die Hand.

»Es geschieht nicht sehr oft, dass ich vom Vizepräsidenten angerufen und gebeten werde, bei einer Jagd auf ein Phantom behilflich zu sein.«

»Eins kann ich Ihnen versichern«, sagte Perlmutter in einem zutiefst beleidigten Tonfall, »von einem Phantom kann nicht die Rede sein.«

»Darf ich Sie mit Commander Harold Joyce bekannt machen? Unter anderem ist er unser diensthabender Stützpunkt-Historiker. Ich bin sicher, dass Commander Joyce Ihnen alle Wünsche erfüllen kann. Wenn Sie mich jetzt entschuldigen würden.« Stewart machte kehrt und entfernte sich.

»Hat ihm heute Morgen jemand Reißnägel in den Haferbrei gerührt?«, fragte Dirk.

Joyce lachte. »Nein, es ist nur so, dass er es einfach nicht mag, von Politikern herumkommandiert zu werden. Vor allem wenn es Politiker sind, deren Vorgesetzter er früher war.«

»Es ist bekannt, dass Vizepräsident Sandecker hier und da auf einige Zehen getreten ist«, sagte Pitt.

Der Navy-Commander, eher klein von Wuchs, lächelte Summer durch seine Gelehrtenbrille freundlich an, dann wandte er sich an Perlmutter. »Mr. Perlmutter, ich freue mich wahnsinnig, dass Sie unsere Basis besuchen. Vor kurzem erst habe ich Ihre Geschichte der römischen Marine gelesen und fand sie so spannend wie einen Roman.«

»Damit gehören Sie zwar zu einer winzigen Minderheit, aber – danke. Waren Sie hinsichtlich unserer Bitte erfolgreich?«

»Sie deuteten an, dass Sie auf einer der Inseln eine Höhle oder eine Lagerstätte suchen. In der Bucht gibt es zwar mehrere Inseln, unter diesen sind aber nur zwei groß genug, um sich Insel nennen zu dürfen, und ragen weit genug aus dem Meer heraus – Hospital Cay und Medico Cay. Ich kenne beide Inseln von Wanderungen, aber ich fürchte, dass ich dort nichts gesehen habe, das auch nur andeutungsweise einer natürlichen Höhle ähnelt.«

»Vielleicht wurde sie sorgfältig verschlossen«, sagte Summer, die sich nicht so leicht entmutigen ließ.

»Das wäre möglich«, ging Joyce sofort voller Eifer auf Summers Vermutung ein. »Tatsächlich kann ich mich nur an eine einzige Stelle erinnern, die von Interesse sein könnte: einen alten Munitionsbunker auf Hospital Cay. Ich habe mich nicht allzu sehr dafür interessiert, aber als ich ein paar Nachforschungen anstellte, erfuhr ich, dass er in den Anfangstagen des Stützpunkts erbaut worden war. Er ist nach wie vor verriegelt, aber ich kann nirgendwo eine Inventarliste oder einen Hinweis darauf finden, dass er jemals als Munitionslager benutzt wurde.«

»Da wir gerade hier sind, meinen Sie, wir könnten uns den Bunker einmal aussehen?«, fragte Summer.

Perlmutter nickte. »Ich denke, das wäre das Vernünftigste.«

»Allerdings«, sagte Joyce. »Ich war so frei, die Genehmigung des alten Herrn bereits einzuholen. Das Schwierigste ist dabei gewesen, den Schlüssel zum Schloss zu finden. Ich habe stundenlang in den Archiven des Stützpunktes herumgewühlt. Dort ist sicherlich seit einem Jahrhundert nicht mehr Staub gewischt worden.«

»War die Suche erfolgreich?«, fragte Summer.

Joyce holte einen handtellergroßen messingfarbenen Schlüssel hervor.

»Am Kai liegt eine Barkasse bereit«, sagte er. »Fahren wir einfach rüber und sehen uns das Ganze mal an.«

Die Gruppe zwängte sich ins Boot, und Joyce brachte sie zu der winzigen Insel in der Mitte der Bucht. Zu seiner Überraschung sah Pitt einen kleinen Frachter mit kubanischer Flagge am Heck die Bucht durchqueren.

»Laut den Bedingungen des Pachtvertrags von 1903 genießen die Kubaner in der Bucht uneingeschränktes Verkehrsrecht, selbst wenn ihr Weg mitten durch unseren Stützpunkt führt«, sagte Joyce. »Es geschieht immer wieder, dass Flüchtlinge auf Flößen angetrieben werden, aber das kubanische Militär hat die Kontrolle ziemlich verschärft.«

Er lenkte das Boot auf den Strand von Hospital Cay, eine etwa eine halbe Meile lange schmale Insel mit einer Hügelkette in der Mitte, die sich wie ein Rückgrat über ihre gesamte Länge erstreckte. Die Insel war genauso trocken wie die Landschaft rund um die Bucht und mit niedrigen Büschen und Kakteen bewachsen.

In der Nähe ihres Landeplatzes fielen Pitt mehrere regelmäßig geformte Vertiefungen im Erdreich auf, die auf ein früheres Bauwerk hinwiesen. »Hatte dieser Ort irgendeine Bedeutung für den Stützpunkt?«

»Das kann man wohl sagen«, meinte Joyce. »Hier befand sich die ursprüngliche Bekohlungsstation für die Schiffe der Navy. Deshalb waren sie auch so scharf auf die Bucht. Mehrere große Kohlebunker wurden auf dem Höhenrücken gebaut, die über ein Gleis mit den Kais verbunden waren. Diese Anlage wurde bis 1937 benutzt, als die letzten mit Kohle betriebenen Schiffe der Navy außer Dienst gestellt wurden.«

Dirk ließ den Blick über die kahle Insel schweifen. »Viel haben sie der Nachwelt nicht hinterlassen.«

»Ein paar Jahre später haben sie alles abgerissen, und seitdem hat sich hier nichts mehr getan. Was jedoch nicht abgerissen wurde, war der Munitionsbunker. Er steht am nördlichen Ende der Insel.«

Es war nur ein kurzer Fußmarsch auf die andere Seite der Insel, aber sie waren in dem warmen, feuchten Klima alle in Schweiß gebadet, als sie zu einem kleinen Einschnitt im Höhenrücken gelangten. Dort führte Joyce sie zu einem aus Zement bestehenden Torbogen in der Bergflanke, der mit massiven stählernen Torflügeln verschlossen war. Er schob den Messingschlüssel ins Schloss und versuchte, ihn zu drehen, aber der Mechanismus wollte nicht nachgeben.

»Lassen Sie mich mal versuchen, junger Mann.« Perlmutter drängte sich vor. Er umfasste den Schlüssel mit beiden Händen und setzte seine vierhundert Pfund Körpergewicht ein. Das Schloss kapitulierte mit einem Knirschen, und er zog die Torflügel auf.

Der Raum dahinter war vollkommen leer. Seine gemauerten Innenwände erstreckten sich knapp zehn Meter in den Berghang hinein. Von einem Schatz oder Munitionsvorräten war nichts zu sehen. Die Schatzsucher schauten sich enttäuscht um.

»So viel zu Montezumas Schatz«, sagte Summer resignierend.

»Offenbar waren hier Räuber am Werk«, murmelte Joyce traurig.

»Es ist nicht das erste Mal, dass so etwas passiert«, sagte Perlmutter. »Die Pyramiden sind ebenfalls ausgeräumt worden.«

»Wahrscheinlich bereits vor dreitausend Jahren«, sagte Pitt geistesabwesend, während er an der Innenwand der Felskammer entlangging, die Mauersteine abklopfte und die schmalen Fugen zwischen ihnen inspizierte.

Perlmutter sah ihn prüfend an. »Suchst du nach einer verborgenen Tür?«

Während er weiter mit dem großen Messingschlüssel gegen die Steine schlug, meinte Pitt: »Ich finde es seltsam, dass es so gar keine Überreste oder sonstige Hinweise darauf gibt, dass in diesem Raum jemals irgendetwas aufbewahrt wurde. Man könnte meinen, dass er ganz bewusst sorgfältig gereinigt wurde.«

Giordino richtete den Lichtstrahl seiner Stablampe auf den Zementboden. »Dagegen ist mein Haus ein reiner Hort des Schmutzes.«

Es dauerte vierzig Minuten, bis Pitt mit dem Schlüssel einen anderen Laut hervorbrachte als den Klang von solidem Fels.

Giordino machte einen Abstecher zur Barkasse und kehrte mit einem Werkzeugkoffer zurück. Mit Hammer und Meißel nahmen er und Pitt einen Stein in Angriff, der sich wenig später im Mauerverbund lockerte.

Einander abwechselnd, bohrten sie ein Loch in eine Mauerfuge. Während sie den Meißel immer tiefer hineintrieben, kam ihnen Dirk mit einem langen Schraubenzieher zu Hilfe, mit dem er von der anderen Seite Druck auf den Mauerstein ausübte. Mittlerweile heftig schwitzend, hebelten sie den Stein zentimeterweise aus der Wand. Schließlich schob Giordino Vater und Sohn zur Seite, zog den großen Stein aus der Wand und legte ihn auf den Boden.

Mehrere Sekunden lang sagte keiner ein Wort und starrte auf die Öffnung. Es war, als hätte jeder von ihnen Angst, einen Blick auf die andere Seite der Wand zu werfen und feststellen zu müssen, dass auch dort nichts von Interesse zu sehen war. Dann gab sich Pitt einen Ruck, schob eine Stablampe in die Öffnung und ließ den Lichtstrahl durch die Dunkelheit wandern. Unfähig, ihre Neugier zu zügeln, schaute Summer durch die Öffnung. »Ich sehe einen Jaguar«, murmelte sie mit gepresster Stimme. »Ich glaube, er hält Wache.« Sie drehte sich um und lächelte ihren Bruder und ihren Vater verheißungsvoll an.

Dirk, der ebenfalls nicht widerstehen konnte, schob Summers Kopf zur Seite. »Und genug Gold, um Fort Knox zu füllen!« Mit vereinten Kräften schlugen sie ausreichend viele Steine aus der Wand, um eine Öffnung zu schaffen, die groß genug war, dass sie in den dahinterliegenden Raum vordringen konnten.

Summer betrat die Kammer als Erste. Eine große, gelb und schwarz gefleckte Raubkatze mit gefletschten Zähnen erwartete sie. Summer ließ den Lichtstrahl ihrer Lampe abwärtswandern und erhellte das aus Stein gemeißelte Gesicht eines eingeborenen Kriegers unter dem Kopfschmuck aus Jaguarfell.

Sie ging an der Steinfigur des Kriegers vorbei. Vor ihr erstreckte sich eine lange Höhle, in der der Lichtstrahl ihrer Lampe tausendfach funkelnd reflektiert wurde.

Gold.

Es war überall – in Form von Statuen, vergoldeten Speeren und Schilden, mit Edelsteinen besetzten Tellern und Schalen. Ein großes Kanu aus Holz lehnte an einer Wand, randvoll mit goldenen

Artefakten, diamantbesetzten Masken und kunstvoll gravierten runden Steinplatten.

Die anderen folgten Summer in andächtigem Schweigen.

Joyce traute seinen Augen nicht. »Was ist das alles?«

Pitt deutete auf einen weiten Mantel aus gewebter Baumwolle, der mit Edelsteinen und hellgrünen Federn verziert war. »Montezumas legendärer Schatz.«

Summer umarmte ihren Bruder. »Eine kleine Wiedergutmachung für Dr. Torres.«

Perlmutter betrachtete die Artefakte mit großen Kinderaugen. »Es stimmt also«, murmelte er.

Pitt trat neben den Historiker. »St. Julien, ich glaube, du hast uns einiges verschwiegen. Du wusstest die ganze Zeit, dass der Schatz hier lag, nicht wahr?«

Perlmutter lächelte. »Ich war nicht allzu scharf darauf, die Geschichte umzuschreiben, aber die Tatsachen lassen sich nicht bestreiten. Wie wir jetzt wissen, hat ein spanisches Sabotagekommando im Auftrag des Archäologen Julio Rodriguez die *Maine* in die Luft gesprengt, um des Azteken-Steins habhaft zu werden. Ellsworth Boyds Autopsiebericht lieferte den entscheidenden Hinweis. Aus ihm ging nämlich hervor, dass er an einer Schusswunde starb, und im Wrack habt ihr höchstwahrscheinlich den spanischen Revolver gefunden, aus dem die tödliche Kugel abgefeuert wurde.«

»Scheint so, als sei Rodriguez mit der *San Antonio* hierhergekommen«, sagte Pitt.

»Er hatte Jahre zuvor an Ausgrabungen an der Fundstätte einer alten Siedlung der Taino-Indianer in der Guantánamo-Bucht teilgenommen, daher kannte er sich in dieser Gegend aus. Ich denke, das Diagramm auf Boyds Stein reichte aus, um ihm den richtigen Weg zu weisen, sobald er im Besitz des Steins war.«

»Aber wenn die *San Antonio* mit dem Stein versunken ist, woher wussten die Vereinigten Staaten dann, wo er zu finden war? Und weshalb ist der Schatz noch hier an Ort und Stelle?«

»Offensichtlich war Boyd die Bedeutung des Steins bewusst«,

sagte Perlmutter. »Sein Partner war ein Experte für mesoamerikanische Kulturen, daher erkannten sie sehr schnell die Verbindung zum Schatz Moctezumas. Ich vermute, dass er mit dem Stein nach New York zurückkehrte, um die finanziellen Mittel für die Suche aufzutreiben. Stattdessen wurde sein Schiff in Santiago überfallen, und er wurde von Rodriguez nach Havanna verfolgt, wo man ihn auf der *Maine* getötet hat.«

»Er hatte jedoch den Generalkonsul in Kuba und den Kapitän der *Maine* über alles, was er wusste, ins Bild gesetzt«, fuhr Perlmutter fort. »Ich fand mehrere Berichte über den Untergang der *Maine*, in denen von ›Boyds Fundstück‹ die Rede war. Daher die Jagd auf die *San Antonio* und deren Versenkung durch die amerikanische Flotte. Nachdem man ihn aus dem Wasser gefischt hatte, lebte Rodriguez noch lange genug, um einen Hinweis auf Guantánamo zu geben. Danach wurde in zahlreichen militärischen Berichten auf die strategische Notwendigkeit hingewiesen, die Guantánamo-Bucht zu besetzen.«

»Soll das heißen, dass der Spanisch-Amerikanische Krieg wegen Moctezumas Schatz geführt wurde?«, fragte Pitt.

Perlmutter nickte. »Das war wohl der entscheidende Faktor, ganz gleich wie man es betrachtet. Deswegen wurde die *Maine* versenkt und Kuba von uns besetzt.«

»Und weshalb blieb der Schatz hier unangetastet.«

»Washington wollte den nunmehr unabhängigen kubanischen Staat nicht verärgern. Außerdem hatten die Vereinigten Staaten sich gerade erst durch ihren Sieg über die spanische Flotte hier und auf den Philippinen als neue Weltmacht etabliert.

Und darum wurde die Entdeckung des Schatzes geheim gehalten. Präsident McKinley hielt es für besser, mit der Preisgabe seiner Existenz ein paar Jahre zu warten, daher ordnete er an, den Schatz bis nach dem Ende seiner Präsidentschaft unter Verschluss zu halten. Wahrscheinlich hatte er nicht damit gerechnet, dass Theodore Roosevelt sein Nachfolger werden würde.«

»Erfuhr Roosevelt von dem Schatz?«

»Ganz gewiss. Er hatte jedoch persönliche Motive, den Fund

geheim zu halten. Als Held von San Juan Hill wollte Roosevelt um jeden Preis vermeiden, dass sein Ruf durch vermeintliche Raffgier befleckt wurde. Hinzu kam, dass sich die innenpolitische Lage in Mexiko während des letzten Jahres seiner Präsidentschaft deutlich verschlechterte. Der Widerstand gegen den mexikanischen Präsidenten Porfirio Díaz nahm zu und führte schließlich zum Ausbruch der Mexikanischen Revolution. Roosevelt wusste, dass die mexikanische Öffentlichkeit mit allgemeiner Empörung auf die Nachricht reagieren würde, dass sich die Vereinigten Staaten Moctezumas Schatz' bemächtigt hätten, wodurch sich die ohnehin schon heikle Lage noch verschlimmert haben würde.«

»Demnach begrub er die ganze Angelegenheit.«

»Im wahrsten Sinne des Wortes. Roosevelt ordnete an, den Schatz dort, wo er sich zu diesem Zeitpunkt befand, unerreichbar zu versiegeln. Sämtliche Aufzeichnungen und Dokumente von seiner Entdeckung wurden eliminiert, und die wenigen, die von seiner Existenz wussten, wurden zu strengster Geheimhaltung verpflichtet … und natürlich wurde ihnen verboten, das Gebiet um die Guantánamo-Bucht jemals wieder zu betreten. Ich bekam Wind von dieser Geschichte, als ich durch Zufall auf eine von Roosevelt unterzeichnete Executive Order stieß, welche die Anweisung zur Schaffung eines geheimen Verwahrortes für sogenanntes ›sensibles Material‹ auf der Basis enthielt.«

»Und danach geriet diese Anordnung und alles, worauf sie sich bezog, in Vergessenheit.«

»Genau.«

Summer kam zu den beiden Männern herüber, in der Hand eine kleine Steinskulptur von einem Fischreiher mit Rubinen als Augen und einem goldenen Schnabel. »Ist das nicht wunderschön? Die Kunstfertigkeit, die da zum Vorschein kommt, ist einzigartig.«

»Hier liegt genug Gold, um die Staatsschulden zu bezahlen«, stellte Dirk fest.

»Es ist wirklich eine bedeutende Sammlung«, bestätigte

Perlmutter. »Man kann nur hoffen, dass es wegen ihrer Verteilung nicht zu einem Krieg kommt.«

»Dirk und ich haben längst entschieden, was mit dem Schatz geschehen wird«, sagte Summer. »Ein Drittel geht an das Nationalmuseum in Havanna, ein Drittel wird dem Museo de Antropología de Xalapa in Veracruz übergeben, und ein Drittel gelangt in die Obhut des Smithsonian in Washington, und zwar mit der Maßgabe, dass die Teile der Sammlung alle fünf Jahre rotieren.«

»Klingt nach einem vernünftigen Plan«, sagte Pitt. »Aber was geschieht, wenn die Navy alles für sich beansprucht?«

Summer grinste hinterhältig, dann legte sie einen Arm um die Schultern von Commander Joyce und zog den schmächtigen Offizier an sich. »In diesem Fall müssen wir uns wohl an den Azteken ein Beispiel nehmen und ein paar Herzen herausschneiden.«

84

Als es an der Tür des Hauses auf dem Hügel klopfte, erschraken seine Bewohner, zu denen sich nur noch sehr selten Besucher verirrten.

»Ich sehe nach, wer es ist«, sagte Salvador Fariñas zu seiner Frau, die in der Küche damit beschäftigt war, einen Fisch für ihr Abendessen zu filetieren.

Fariñas öffnete die Haustür und trat hinaus, um die Besucher zu begrüßen. Nach einigen Minuten erschien er wieder in der Türöffnung und rief seine Frau. »Maria, ich denke, du solltest mal kurz herauskommen.«

Maria wischte sich die Hände an ihrer Schürze ab und folgte der Aufforderung ihres Mannes mit einer Miene, die keinen Zweifel daran ließ, wie ungehalten sie über die Störung war. Als sie vors Haus trat, erblickte sie einen Lieferwagen, der in der Auffahrt parkte, und zwei Männer, die flache Holzkisten ausluden.

Fariñas war soeben im Begriff, eine der Kisten mit einem Schraubenzieher zu öffnen, als er seine Frau bemerkte. »Maria, sie sind zurück! Sie sind zu dir zurückgekehrt!«

Mit einem verwirrten Gesichtsausdruck trat sie näher heran, als er den Deckel anhob. Zum Vorschein kam das Gemälde von einer alten Frau, die einen Blumenstrauß im Arm hielt. Maria erkannte sofort das Porträt ihrer Mutter, das sie vierzig Jahre zuvor gemalt hatte. »Mein Bild von Mama«, murmelte sie ungläubig. Sie schaute zum Lieferwagen und auf die anderen Kisten, die ausgeladen wurden. »Sind dies meine Bilder?«

»Ja!«, sagte Fariñas. »Man hat sie uns alle zurückgegeben.«

Ihre Augen schimmerten feucht. »Das verstehe ich nicht.«

Es war, als würde im Innern der Frau ein Schalter umgelegt, der bewirkte, dass sich die Trauer, die ihr jahrzehntelang das Herz schwer gemacht hatte, in Wohlgefallen auflöste. Gemeinsam mit ihrem Mann hebelte sie die Kisten auf und betrachtete ihre Werke wie eine Mutter ihre Kinder.

Als auch die letzte Kiste ausgeladen worden war, kam der Fahrer des Lieferwagens zu ihr. »Das ist für Sie, Señora Fariñas.« Er reichte ihr einen dicken Briefumschlag. »Wir wünschen Ihnen noch einen schönen Tag.«

»Danke«, erwiderte sie und riss den Umschlag auf. Er enthielt eine Nachricht und einen schlanken Gegenstand, in braunes Papier eingewickelt. Sie faltete die Nachricht auseinander.

Maria,
denken Sie immer daran, der Künstler, der in einem lebt, stirbt niemals,

Dirk Pitt

Sie wickelte das braune Papier auseinander und fand in der Verpackung einen Kolinsky-Rotmarderhaarpinsel.

Plötzlich rannen Tränen über ihre Wangen. Sie tupfte sie mit ihrer Schürze ab und gewann ihre Fassung zurück. Dann reckte sie den Künstlerpinsel wie eine Siegesfahne in die Luft und sagte mit kräftiger Stimme: *»Absolutamente!«*

– ENDE –